Gast · Entscheide dich, Rose

Lise Gast

Entscheide dich, Rose

Zwei Romane für Mädchen

Loewe

Die Deutsche Bibliothek – CIP Einheitsaufnahme

Gast, Lise:
Entscheide dich, Rose. Zwei Romane für Mädchen / Lise Gast
Bindlach : Loewe
(LeseRiese)
ISBN 3-7855-2446-3

ISBN 3–7855–2446–3

Umschlagillustration: Ulrike Heyne
Satz: Concept GmbH, Höchberg bei Würzburg
Gesamtherstellung: Fortuna Print, Bratislava
Printed in ČSFR

Entscheide dich, Rose

Inhalt

Unverhofft kommt oft

Im Lehrsaal ist es heiß. Der Professor spricht fließend, aber einschläfernd monoton. Rose hat sich schon zweimal dabei ertappt, geträumt zu haben, richtig geträumt, nicht nur vor sich hin gedacht. Ihr Kopf muß dabei heruntergesunken sein, und womöglich hat sie sogar geschnarcht. Zu Hause wird ihr nachgesagt, daß sie schnarche. Rose findet das eine abscheuliche und blamable Eigenschaft, derer man sich schämen muß. Und man kann nie kontrollieren, ob es stimmt.

Vielleicht erfindet einmal ein Arzt etwas gegen das Schnarchen. Vielleicht gelingt es ihr, Rose Hofer, und sie wird berühmt und bekommt – hoppla, schon wieder! Eben sah sie sich auf dem Podium, in einem schwarzen, dezent ausgeschnittenen Kleid, einen silbernen Pokal entgegennehmend, während alles ringsum applaudierte. Einen Pokal? Bekommt man, wenn man eine große medizinische Erfindung macht, einen Pokal wie eine siegreiche Fußballmannschaft? Jetzt hört es aber auf! Jetzt muß sie sich zusammennehmen, um wach zu bleiben. Rose kneift sich in den Arm und reißt die Augen krampfhaft auf. Frühjahrsmüdigkeit, wahrscheinlich, geht allen so. Aber schlafen etwa die andern?

Vor ihr, etwas tiefer, denn der Hörsaal ist ja im Halbkreis aufsteigend gebaut, sitzt ein junger Mann, den sie hier noch nicht gesehen hat. Jedenfalls kommt ihr das so vor. Sein Gesicht kann sie nicht erkennen;

aber dieser schmale Schädel mit dem ausgebauten Hinterkopf wäre ihr bestimmt aufgefallen. Sie hat sich eine Zeitlang eingehend mit Schädelkunde befaßt und würde ihn nie übersehen haben. Auch jetzt beginnt sie, mit den Blicken diesen Kopf abzutasten. Das dazugehörige Gesicht interessiert sie nicht. Gleich darauf muß sie stirnrunzelnd feststellen, daß der vor ihr Sitzende ebensowenig auf den Vortrag des Professors hört wie sie. Seine Schultern beben vor unterdrücktem Lachen – in Anatomie! Rose schüttelt ärgerlich den Kopf.

Sie nimmt ihr Studium sehr ernst. Im Kolleg müde zu sein erscheint ihr eine Todsünde. Nun gar lachen!

Es ist doch nicht zu glauben: Der Schmalschädlige vor ihr lacht nicht nur, sondern steckt auch noch seinen Nachbarn mit an. Denn jetzt schiebt er ihm einen Zettel zu, und nun prustet der andere. Rose reckt sich und versucht, den Zettel zu erspähen. Einen Augenblick lang gelingt es ihr, aber da steht kein blöder Vers darauf, keine Mitteilung, überhaupt kein Wort. Eine Zeichnung ist drauf, eine Karikatur: der Professor, wie er leibt und lebt. Rose erkennt den natürlich übertrieben betonten Unterkiefer des Vortragenden, mit wenigen Strichen klar und lebendig hingeworfen, empfindet Hochachtung vor dieser Leistung und runzelt dabei die Stirn. Das sind doch Dummejungenmanieren!

„Mensch, ärgere dich nicht“, flüstert in diesem Augenblick ihre Nachbarin ihr zu. Rose sieht sie an. Merkt man ihr so leicht an, was sie denkt?

„Sehr deutlich. Laß doch den beiden da vorn ihren Spaß. Die können sich's leisten, der eine jedenfalls.“

„Wieso?“ fragt Rose, wider Willen interessiert.

„Er hat das Staatsexamen schon in der Tasche. Große Hoffnung am ärztlichen Horizont. Sich abzeichnendes Genie.“

„So? Von mir aus. Übrigens keine Kunst bei dem Hinterkopf!“

Nun prusten sie beide auch. Der Professor hebt ein wenig die Stirn und wirft einen strafenden Blick herüber. Rose hat ihre Gesichtszüge längst wieder geordnet und kritzelt eifrig in ihr Heft. Gleich darauf ist Schluß. Der Professor verbeugt sich, die Hörer klopfen Beifall. Rose steht auf und schiebt sich mit den anderen hinaus.

Sie denkt an die „tolle Begabung“ mit dem kindischen Benehmen und dem schön ausgeschwungenen Hinterkopf. Man könnte ja auch das Gesicht des jungen Menschen einmal betrachten, natürlich nur aus wissenschaftlichem Interesse. Sie verlangsamt ihren Schritt, ohne sich umzusehen, und freut sich, heut ihr neues Sommerkleid angezogen zu haben; es ist hell, längsgestreift und sportlich, und es macht ausgesprochen schlank. Rose dehnt sich, während sie das denkt, in diesem Augenblick macht es „Knacks“, und ihr Gürtel fällt herunter. Der Druckknopf hat den beglückten Atemzug nicht ausgehalten.

Es gibt fatalere Situationen. Ein erwachsener Mensch wird vielleicht nicht einmal zugeben, daß dies fatal ist: den Gürtel eines Sommerkleides verlieren. Rose aber fühlt, wie ihr Gesicht brennt, als ihr ein rasch zuspringender junger Mann – natürlich kein anderer als der, an den sie eben dachte – den Gürtel aufhebt und überreicht. Sie möchte, was unlogisch und ausgesprochen unfreundlich wäre – wer aber kennt sich in Frauenherzen aus? –, den Gürtel nehmen und ihm um die Ohren klatschen, einmal, zweimal, diesem hübschen und, wie ihre Nachbarin sagte, medizinisch so hochbegabten jungen Mann.

In jedem Leben gibt es Pechtage. Sie vergehen und werden abgelöst von anderen, die neue Spannungen, Konflikte, Aufgaben und Freuden bringen. Ja, auch Freuden, selbstverständlich.

Rose, die ein wenig zuviel über sich und ihr Leben nachdenkt, hat sich gesagt, daß es Freuden geben müsse, schon um die Arbeitskraft anzutreiben. Deshalb reitet sie auch, was natürlich ein ziemlicher Luxus ist. Von ihrem Monatswechsel könnte sie es nicht bezahlen. Nun, da wird eben Blut gespendet und das so verdiente Geld dafür verwendet.

Reiten ist Rose nichts Neues, es gehört zu Hause ebenso dazu wie Radfahren. Freilich, auf den Ponys, auf denen sie genau wie ihre Geschwister reiten gelernt hat, gibt es nicht viel Dressur; man reitet fast nur Gelände, also wild. Manche sagen sogar Wildwest. Hier im Reitverein der Universität wird gedrillt und geschult, aber auch das tut gut. Rose hat längst gemerkt, wie förderlich es dem inneren Menschen ist, wenn der äußere geschunden wird. Und geschunden wird man wahrhaftig, zumal wenn man mutig genug war, sich für den Fortgeschrittenenkurs anzumelden.

Heute zum Beispiel gibt es wieder einmal keine Gnade. Der Reitlehrer verlangt, daß „deutsch" getrabt, also „ausgesessen" wird, bis den Schülern alle Glieder schnackeln, und am Schluß der Stunde kommt das Springen. Eine Reitstunde ist fast so anstrengend wie ein Kolleg.

„Die Herren noch einmal über das Hindernis. Reihenfolge wie bisher. Von den Damen nur, wer es sich zutraut. – Nun, meine Schönen?"

Die Stimme des Reitlehrers klingt sarkastisch. Rose hört es genau. Sie weiß, daß keine der andern Studentinnen es riskieren wird, nicht aus Angst vor dem Herunterfallen, sondern um sich nicht zu blamieren. Dieser frühere Kavallerist hält nichts von weiblichen Künsten im Sattel und macht kein Hehl daraus. Sie holt tief Luft.

Sultan, fest überzeugt davon, daß er seine Schuldigkeit getan und nun Ruhe verdient hat, ist wenig erbaut davon, als sie ihn aus dem zufriedenen Dösen, in das er schon versinken wollte, mit einem energischen Klopfen der Schenkel weckt. Das Klopfen war vielleicht ein wenig zu energisch und sozusagen ein Alarmsignal, Marke „Jetzt oder nie!" oder: „Und wenn die Welt voll Teufel wär'!"

„Teufel, Teufel", sagt auch prompt der Reiter neben Rose, der bisher hinter ihr ritt, so daß sie ihn nicht sehen konnte. „Sie sind doch hoffentlich lebensversichert?"

Auch der Reitlehrer zieht die Augenbrauen hoch und tritt einen Schritt zurück. „Wir haben es hier wohl mit einer Tollkühnen zu tun!"

Eben springt Halunke. Er springt pomadig und keinen Millimeter höher als nötig. Sein Reiter hat vergessen abzudrücken und klappt nach hinten, bleibt allerdings im Sattel. Rose bedauert einen Augenblick lang die Bahnpferde. Jeden Tag, jede Stunde müssen sie klaglos einen andern Nichtskönner im Sattel dulden. Da sind ihre Ponys zu Hause wahrhaftig besser dran, auf die kommt kein Fremder, außer –

„Na, haben wir's uns anders überlegt?"

Ach so, sie ist an der Reihe. Verwirrt gibt sie Galopphilfe, und Sultan springt gehorsam an. Rose kann nicht mehr kalkulieren, ob sie auskommt, das tut sie sonst stets, denkt für das Pferd. Jetzt bleibt ihr nichts übrig, als mitzugehen und zu hoffen, daß Sultan sich nicht als ein Satan entpuppt und im letzten Augenblick verweigert, so daß sie allein über das Rick geht, zum Jubel der anderen.

Nein, Sultan springt. Er springt in dem Augenblick, und zum erstenmal fühlt sie, was es bedeutet, gemeinsam zu springen: Pferd und Reiter – eine Bewegung, ein Wille, ein einziger gemeinsamer Schwung. Unmöglich, dem Pferd jetzt ins Kreuz zu fallen oder auf dem Widerrist zu landen. Weich und eng gleiten ihre Oberschenkel am Sattelleder entlang, als Sultan aufsetzt.

„Na also, das Frauenzimmer kann ja!"

Rose lacht verlegen, während sie durchpariert. Der Reitlehrer klopft behaglich mit der Gerte an den Stiefelschaft.

„Wohl als Kind auf Ponys geritten? Merkt man sofort am Sitz. So was verliert sich nicht."

„Ist das nun ein Lob oder ein Tadel?" fragt Rose atemlos, während sie ihrem Pferd den Hals tätschelt. „Jaja, brav bist du gewesen!"

Der Reiter, der vorhin, als sie zum Sprung ansetzte, neben ihr hielt und sich über sie belustigte, lacht sie jetzt offen an. Er erinnert sie an jemanden; nur kommt sie im Augenblick nicht darauf, an wen.

„Nehmen Sie's als Lob. So hab' ich es im Examen gemacht, wenn die Herren Halbgötter delphische Orakel von sich gaben."

„Ach – eigentlich nachahmenswert." Sie sieht einen Augenblick zu ihm hin und weiß plötzlich, wer er ist: der markante Hinterkopf aus der langweiligen Vorlesung in Anatomie. Hoffentlich erkennt er sie nicht oder erinnert sich wenigstens nicht an ihren verlorenen Gürtel. Was er sagt, findet sie nicht dumm. Sie gehört zu der Sorte Menschen, die immer glauben, alle andern Menschen könnten alles besser.

Sie sagt so etwas, als sie absattelt, sagt es ein wenig schüchtern und mit schlechtem Gewissen. Er lacht.

„Ging mir früher ähnlich. Später gibt sich das. Zum mindesten lernt man, so zu tun als ob."

Sie streicheln und loben ihre Pferde, verfüttern den letzten Zucker und bummeln dann nebeneinander den Stallgang entlang.

„Stimmt das, mit dem Ponyreiten? Haben Sie als Kind ein Pony gehabt?" fragt er. Seine Stimme hat einen leichten Hamburger Tonfall, Rose hat es schon in der letzten Viertelstunde gemerkt. Sie hat eine Tante, die so spricht und die sie sehr liebt. Deshalb vielleicht ihre kritiklose Schwäche dieser Sprechart gegenüber. Auf seine Frage hin nickt sie.

„Nicht gehabt. Wir haben sie noch. Nicht nur eins, sondern mehrere. Ja, das klingt so nach unermeßlichem Reichtum und little Lord Fauntleroy, es ist aber in Wirklichkeit nichts als eine Liebhaberei meines Vaters, wir wohnen sowieso auf dem Lande, und er meint, nichts erziehe den Menschen so wie der Umgang mit Pferden und das Reiten. Und da er selbst keine Zeit hat, uns zurechtzuhobeln, hat er die Ponys angeschafft. Wir haben natürlich nichts dagegen."

„Toll, dieser Gedanke. Und was –"

Er zögert.

„Praktischer Arzt. In einem kleinen Kaff, nicht mal Kleinstadt. Beinah Dorf. Meine Mutter lebt nicht mehr, sie war auch Ärztin."

So, nun weiß er wenigstens das. Von den Geschwistern – Rose ist das zweitälteste Kind von sieben, die größte Tochter – sagt sie vorsichtshalber nichts. Sie hat sich das abgewöhnt. Die ewigen Fragen und Sticheleien, die darauf folgen, kann sie schon auswendig: „Na, wer kommandiert denn da?" Oder: „Ach, wie reizend. Sind auch Zwillinge dabei?" Oder: „Und Sie sind die Älteste? Na, ich danke schön!"

Sie spricht schnell weiter.

„Ja, ich habe auf Ponys angefangen. Ganz früh. Manches lernt man dann natürlich falsch und legt es nie wieder ab."

„Aber man lernt sitzen. Aussitzen – ungefähr in jeder Lebenslage", sagt ihr Begleiter. Er hat genau gehört, daß sie sozusagen Entschuldigungen oder doch Erklärungen sucht. „Und daß Sie fest sitzen, habe ich gemerkt. Hören Sie, machen Sie doch den Pfingstritt mit! Über die Alb – bei diesem Götterwetter! In einer Praxis versauern können wir noch lange."

Rose sieht auf: „Woher wissen Sie denn …?"

„Daß Sie auch vom Fach sind? Na, schwer zu raten ist das nicht. Vater Arzt, Mutter Arzt – übrigens, Stetten ist mein Name. Thomas Stetten. Leider noch nicht Dr. Stetten."

„Aber Staatsexamen?“

Sie fragt, weil sie merkt, wie gern er ja sagen will. Er strahlt.

„Soeben. Alle Hindernisse genommen. Ausgesessen. So werden Sie es auch machen. Hauptsache.“

„Das sagen Sie so. Ich habe ja noch nicht mal das Physikum. Blutiger Anfänger.“

„Machen Sie sich nichts draus. Mir hat mal jemand gesagt – ein Franzose übrigens, wir sprachen von der Liebe –: ‚Am schönsten ist es, wenn man noch die Treppe hinaufgeht.‘ So ist es auch mit dem Studium. Nur weiß man das anfangs nicht. Ich möchte jetzt, heute, da man weiß, wo man die Hebel ansetzen muß, jetzt möchte ich noch mal von vorn an studieren.“

Seine Augen blitzen. Rose fühlt es warm durch ihr Herz gehen. Sie ist entbrannt für die Medizin und wittert den Gleichgesinnten. Und wie er das sagt, das ist so kameradschaftlich; es betont gar nicht, wie sehr er ihr überlegen ist, nur, daß er genauso denkt und fühlt.

„Nun, und wie ist das mit dem Pfingstritt? Drei Tage, stellen Sie sich das mal vor. Drei Tage im Sattel!“

„Da muß ich eben noch mal Blut spenden“, sagt Rose. Sie treten gerade aus dem Reithaus, die Luft ist frisch und wie voller Verheißung, der Himmel ist blank und morgendlich hell. Herrgott, ist die Welt schön!

„Sehr gut. Ich übrigens auch. Meine Finanzen schleifen am Boden. Aber deshalb trinken wir jetzt doch einen Kaffee, drüben, am Neckar, wo man jetzt schon draußen sitzen kann. Was immer an Vorlesungen auf Sie wartet, das läuft Ihnen nicht davon. Wohl aber könnte ich das tun. Und was dann?“

Rose guckt aus den Augenwinkeln zu ihm hinüber. Junge Männer, die sehr von sich überzeugt sind, mag sie nicht. Aber er lacht so vergnügt, daß sie, ganz gegen ihre sonstige Art, zu dem Ja, das den Pfingstritt betrifft, auch noch das hinzufügt, was ein ganz und gar unprogrammgemäßes und eigentlich sträflich schlemmerhaftes Frühstück nach sich zieht. Denn für gewöhnlich besteht ihr Frühstück und das unzähliger männlicher und weiblicher Kollegen aus einem Joghurt und einer Scheibe Schwarzbrot, fertig.

Sie sagt das, als sie den ersten Schluck Kaffee mit Genuß getrunken hat, hier im Vorgarten des Neckarcafés, mit dem Blick über den Fluß hin auf die Platanenallee am hellen Morgen. Und neben der Tasse steht noch ein Teller mit Butterbrötchen, krachend frisch und appetitlich.

„Frühstücken Sie eigentlich immer so gemütlich?“ fragt Rose. Er sieht sie an. Sein Blick ist auf einmal ernst, obwohl es um seine Mundwinkel zuckt.

„Vielleicht glauben Sie es nicht. Vielleicht aber doch. Es ist das erstemal seit zwölf Semestern.“

So ist das gekommen. Mitunter sind es Kleinigkeiten, die eine Reihe von Handlungen auslösen, aus einem Schneeball eine Lawine machen. Das klingt ein wenig pathetisch, denkt Rose, aber der Vergleich stimmt. Die Tatsache, daß sie doch noch gesprungen ist, obwohl eigentlich nur die Herren aufgefordert waren, hat dies alles nach sich gezogen. Sie sprechen davon, als sie am zweiten Abend ihres Rittes nach Versorgen der Pferde durch den kleinen Ort schlendern, in dem übernachtet wird. Es ist ein süßer und lauer Frühlingstag, eigentlich gar nicht typisch für diese Landschaft, die sonst herb und gebirgig ist. Rose sagt das, Thomas lächelt sie an, ein wenig hintergründig.

„Auch herbe Landschaften können mitunter süß sein, vor lauter Frühling, vor lauter Blüten." Weiter sagt er nichts, aber die Fortsetzung dieses Satzes steht sehr deutlich in seinen Augen. Rose sieht rasch weg.

Sie nennen sich beim Vornamen; alle, die den Ritt mitmachen, tun das, das elende steife „Fräulein Hofer" – „Herr Stetten" fällt dadurch weg. Das ist gut.

Gut ist es auch, auf einem Dreitageritt eine Art Sonderkavalier zu haben. Eigentlich glaubt sie auch jetzt noch nicht ganz, daß Thomas sich etwas aus ihr macht. Staatsexamen in der Tasche und nur noch den Rest der Doktorarbeit vor sich, solche Leute sehen kleine stud. med.s eigentlich überhaupt nicht an. Es ist eben wahrscheinlich sonst kein Mädchen mit, das der Mühe lohnte, denkt Rose.

Objektiv betrachtet ist das natürlich Unsinn. Wer einen solchen Ritt mitmacht, ist kein Sonntagsreiter. Sie haben ganz hübsche Geländestrecken hinter sich gebracht, bergauf, bergab, ach, es ist wundervoll, und noch, noch!, liegt ein ganzer Tag im Sattel vor ihnen.

„Ein Tag noch, ein ganzer langer Tag!" sagt Thomas eben, er scheint demselben Gedankenpfad gefolgt zu sein. „Kennen Sie das Lied von Storm: ‚Wir wollen ihn, mein wackrer Freund, genießen, ja, genießen!'"

„Das ist aber ein Herbstlied", sagt Rose.

„Ist doch egal, ob Herbst oder Frühling. Und was tun Sie dann?" fragt er. Es geht sich so hübsch nebeneinander nach dem langen Ritt, die Abendsonne färbt die weißen Stellen zwischen dem dunklen Gebälk der Fachwerkhäuser rosa. Der Flieder ist aufgesprungen, jetzt in der Abendkühle duftet er berückend, fast überwältigend süß. Die beiden gehen stumm nebeneinanderher, ihre Haut spannt an den Backenknochen vom Sonnenbrand, den man bekommt, wenn man viele Stunden in Wind und Sonne reitet. Rose guckt ihre Stiefelspitze an, während sie, die Absätze zuerst aufsetzend, langsam dahintrottet. „Ich fahre heim, und Sie?"

„Für mich ist es zu weit. Hamburg. Lohnt nicht. Warum auch? Kann es irgendwo auf diesem alten und ewig jungen Globus schöner sein als im Augenblick hier? Oder sind Sie anderer Ansicht?"

Rose sieht auf und blickt ringsum. Erst ist es, als wollte sie ganz sachlich prüfen, ob er recht hat. Drüben schwingt der Höhenzug duftblau dahin, wie eine Melodie von Mozart, davor, halb rechts, blüht ein Apfelbaum als wirkungsvolle Staffage. Er sieht aus wie ein Riesenstrauß, weiß, rosa überschäumt – nein, nirgends kann der Frühling so überwältigend sein wie hier im südlichen Deutschland.

Sie sagt das. Thomas sieht sie an.

„Sie stammen von hier?"

„Ja. –"

„Darf man fragen, wo Sie wohnen?" fährt er nach einem Augenblick Pause fort. Rose guckt vorsichtig zu ihm hin. Er sieht ein wenig unsicher drein, sie merkt genau, was er jetzt denkt. Oft geht ihr das so, sie kann mitunter wörtlich Gedanken lesen.

„Nicht weit. Vielleicht fünfzig Kilometer Luftlinie."

Nein, mehr sagt sie nicht. Wer weiß, wen ihre anderen Geschwister wieder mit nach Hause gebracht haben! Pfingsten ist immer der Teufel los, es wimmelt von Gästen, die auf Liegestühlen und zusammengeschobenen Sesseln nächtigen, wenn Tante Troll sie nicht einfach in die Kinderbetten steckt und die Kleinen ins Heu scheucht.

Es ist schön zu Hause, keine Frage, schön, lustig, lebendig, warm, gerade wenn das Haus voll ist. Aber es ist auch unbeschreiblich, unsagbar unordentlich. Tante Troll, Mutters ältere Schwester, die nach Mutters Tod zu ihnen zog und gleichsam unbeabsichtigt auch geblieben ist, Tante Troll peilt die Wirtschaft über den Daumen. Sie ist Malerin und Grafikerin, macht entzückende Tierplastiken und kocht ausgezeichnet, aus Leidenschaft. Ihre Kuchen sind sozusagen lyrische Gedichte, ihre Suppen stimmen andächtig, und Bowlen setzt sie an, da kann kein Mann mit.

„Aber!“

„Welches Aber ist es denn?“ fragt Thomas in diesem Augenblick.

„Vielleicht ein ganz dummes“, sagt Rose und versucht, unbefangen und über der Situation stehend auszusehen; „bei uns geht es zu Pfingsten zu wie in einem Narrenhaus. Wir haben nämlich keine Hausgehilfin. Eine Tante von uns – ja, ordentlich ist sie nicht, sie ist nämlich Künstlerin“, sagt sie und setzt sozusagen wieder auf, nachdem sie die Hürde genommen hat. Siehe da, man ist nicht aus dem Sattel gekommen. Rose ist beinah verblüfft, ähnlich wie damals der Reiter auf Halunke. „Pfingsten lohnt es für die meisten nicht, nach Hause zu fahren, da kommt alles zu uns. Ja, Sie dürfen das nicht falsch verstehen."

Es klingt ja wirklich reichlich ungastlich, was sie da hervordruckst. Und ungastlich will sie wahrhaftig nicht sein, wo er doch in Hamburg zu Hause ist und nicht weiß, wohin mit sich. Vielleicht aber war seine Frage gar kein Wink mit dem Zaunpfahl?

Doch. Es war einer. Denn jetzt sagt er in höflichem Ton, aber sonst unmißverständlich: „Aber Pfingsten ist doch vorbei. Ich meine die Feiertage. Und die andern Gäste sind vielleicht schon wieder weg, so daß Platz wäre. Ich habe ja sogar den Schlafsack mit und brauchte nicht einmal Bettwäsche."

Er sagt es schüchtern, trotzdem kann Rose nicht umhin zu denken: Bescheiden ist er ja gerade nicht, sich so einzuladen. Was erwidert man denn in einem solchen Falle, wenn man einen Besuch nicht haben will! Warum will sie ihn eigentlich nicht haben?

Sie will ihn schon, freilich.

Das alles geht blitzschnell durch ihren Kopf. Dann hat sie schon gesagt, eigentlich, ehe sie es selbst zu Ende dachte:

„Aber ich bitte Sie, darauf kommt es doch nicht an! Wenn Sie also Lust haben, können Sie gern mitkommen."

So, nun ist es heraus. Was sie noch weiter gesprochen haben, daran erinnert sich Rose nicht mehr, als sie neben den andern Reiterinnen abends im Stroh liegt. Sie kann nicht einschlafen. Sie hat ihn nun also eingeladen. Gut. Er hat es ihr sehr deutlich nahegelegt und ist selbst schuld.

Er ahnt natürlich nicht, was ihm bevorsteht. Voriges Jahr waren zu Pfingsten elf Gäste da. Es war lustig, zweifellos. Bis auf den Umstand, daß Sö sich mit ihrem Tanzstundenpartner verzankte, weil er ein einziges Mal Tine aufgefordert hatte und Lars sich darüber totlachen wollte. Lars, der Älteste, ist in diesem Jahr auch daheim. Das weiß Rose. Weil er damals so lachte, fühlte sich Michael genötigt, den großen Bruder anzugreifen, und der wehrte sich sehr handgreiflich. Sehr schön ist so was ja nie. Und die Kleinen wollen abends nicht zu Bett, wenn etwas los ist. Keiner fühlte sich wirklich verantwortlich für sie, Tante Troll greift nicht durch, sie betont immer wieder, sie sei lediglich als „Köksche" angestellt und für nichts anderes zuständig, bestimmt aber für keinen Kinderkrach. Dabei liebt sie die Kinder …

Kochen, ja, das will sie, sagt sie immer, alles andere aber läßt sie laufen, wie es läuft, vielleicht aus einer gewissen Scheu heraus, sich einzumischen.

Natürlich haben sie zu Hause eine Putzfrau. Das ist in einem solchen Haushalt nötig. Aber einen, der die Zügel richtig in der Hand hält, haben sie eben nicht. Was wird Thomas denken, wenn er in dieses Durcheinander hineinschneit?

Rose träumt. Sie träumt, daß sie durch ein Haus geht, in dem überall Staub gewischt ist und alle Betten weiß überzogen sind. In den Vasen stehen Blumen, und nirgends liegen niedergetretene Hausschuhe herum, meist einzelne, über die man stolpert, oder Klumpen von nassem Badezeug. Die Fenster sind geputzt und der Tisch strahlendweiß gedeckt. Und um den Tisch sitzen –

Der Traum, bisher ein Wunschtraum, wechselt in einen Angsttraum hinüber. Am Tisch sitzen Michael, Josi und Volker und essen. Und essen, wie sie das in Wirklichkeit auch tun, nämlich wie die Indianer. Michael stopft sich den Mund voll Kartoffelsalat, so daß er ihn fast nicht mehr zubekommt, und Volker hält die dazugehörige heiße Wurst am Zipfel über sich und schnappt danach, als wär' er auf dem Rummelplatz. Josi gurgelt mit der Milch. „Werdet ihr wohl! Ihr sollt doch nicht!" ruft Rose im Traum. In Wirklichkeit würde sie das auch rufen, und zwar mit derselben Wirkung wie jetzt, nämlich gar keiner. „Werdet ihr wohl manierlich essen!" Da erscheint Sö auf der Bildfläche und tanzt um den Tisch, sie hat ihr Tanzstundenkleid an, das gelbe, das ihr so gut steht, wenn sie braun gebrannt ist, und das ihre unwahrscheinlich dünne Taille zeigt. Natürlich, hätte Sö es sonst angezogen? Sö trällert, streckt die Arme aus und ruft:

„Los, Thomas, kannst du Rucki zucki?"

Rose ist in den neuen Tänzen nie so bewandert wie Sö, und sie vertritt deshalb verbissen die Ansicht, daß so etwas wie Rucki zucki kein Tanz sei, sondern eine Krankheit. Thomas aber kann es, und Sö kann es noch viel besser, und sie tanzen …

Rose stöhnt und dreht sich auf die andere Seite. Dabei bekommt sie einen Puff ihrer Nebenschläferin, die sich auch gerade umdreht. Und dann liegt sie lange wach, sie wischt sich den Angstschweiß vom Gesicht und denkt, wie man nachts oft denkt: „Wenn das nur gutgeht! Eigentlich kann es ja gar nicht gutgehen …"

Jede Nacht vergeht einmal, und am Tage sieht manches nicht mehr gar so bedrohlich aus. Man sollte sich das merken, denkt Rose, als sie den Fuß in den Bügel hebt und in den Sattel greift, um sich auf ihren Sultan für den letzten wundervollen Tag dieses Pfingstrittes hochzuziehen. Dieser eine Tag der Freiheit jedenfalls bleibt ihr noch. Und wie hat Thomas gesagt?

„Wir wollen ihn, mein wackrer Freund, genießen, ja genießen!“

Ein Zuhause

Die Kleinbahn zuckelt dahin, asthmatisch und augenscheinlich darauf bedacht, den Reisenden für ihr Geld etwas zu bieten. Thomas zeigt sich entgegenkommend genug, es zu bemerken, wie „reizend" die Landschaft ist.

Das ist sie wirklich. Und daß man nicht recht vorwärts kommt, hat auch sein Gutes. Rose eilt es nicht.

„Was haben Sie denn vor, wenn Sie erst den Doktor haben?" fragt sie. Sie weiß nun schon einiges von Thomas, die letzten gemeinsamen Tage brachten sie einander näher als sonst Wochen. Erstens sind sich Reiter überhaupt schnell vertraut, und dann schuf das viele Fachsimpeln natürlich auch eine Gemeinsamkeit, die noch zusätzlich wirkte. Immer wieder kamen sie auf Fachfragen, und das Persönliche wurde zurückgeschoben.

Jetzt fragt Rose also. Wenn sie ihn mitnimmt nach Hause, muß sie ja einiges wissen über diesen netten, klugen Kommilitonen, der so gute Manieren hat und – ein Glück! – sie um einen halben Kopf überragt.

Letzteres ist nicht unwichtig. Alle Hoferkinder pflegen das Mittelmaß zu überwachsen, und bei Mädchen ist das fast nicht unbedingt wünschenswert. Rose sieht befriedigt an ihm hoch, wie er da, schlank und hübsch, am Abteilfenster steht. Zusätzlich zu diesen positiven Eigenschaften besitzt er auch noch eine Nase, die ihr gefällt. Sie ist zu kurz für sein Gesicht und hat kreisrunde, ein wenig nach oben gerichtete

Nasenlöcher, die ihm einen gleichzeitig kindlichen und impertinenten Ausdruck geben. Rose muß dieses Gesicht unauffällig, aber immer wieder, ansehen und tut das ausgesprochen gern.

Jetzt wartet sie gespannt auf die Antwort.

„Ich weiß es noch nicht." Es klingt einsilbig; Rose seufzt innerlich und fragt nicht weiter. Wenn sie erst Staatsexamen hat, wird sie wissen, was sie will. Aber vielleicht mag er nur nicht darüber sprechen.

Sie fragt also nicht weiter. Nun werden sie gleich da sein, Rose sieht nach der Armbanduhr und stellt sich innerlich, sozusagen Gewehr bei Fuß, auf die Seite ihrer oft beseufzten Familie. Zwar hat die noch keiner angegriffen, aber besser ist besser. Thomas lehnt, jetzt ausgesprochen wortkarg, am Fenster. Bereut er seinen Entschluß schon?

„Ich bekomme sie nicht zusammen", sagt er schließlich und blickt zu Rose auf, die soeben auf die Bank geklettert ist, um etwas aus ihrem Köfferchen zu holen.

„Wen?" fragt sie, in ihrer Tätigkeit innehaltend.

„Ihre Geschwister. Sie erzählen mal von dem und mal von dem, und fünf weiß ich nun auch."

„Erst Lars, mein ältester Bruder. Dreiundzwanzig, ein Jahr älter als ich. Dann meine Wenigkeit. Dann – na?"

Sie unterbricht, weil er aufstrahlt wie ein Schulkind, das sich meldet, weil es genau weiß, was der Lehrer jetzt fragen wird.

„Tine, Buchhändlerin. Dann Michael, siebzehn, und dann die beiden Kleinen, Josi und Volker. Vierzehn und dreizehn."

„Aber das sind doch erst sechs!“ Rose lächelt.

„Ich muß eins vergessen haben!“ sagt Thomas.

„Ja, Sö. Sie ist sechzehn. Sö sollte man nicht vergessen ...“

Sie sagt es langsam, ein wenig zu bedeutungsvoll, und ist froh, daß er es nicht bemerkt. Denn er fragt nur:

„Sö? Ein merkwürdiger Name.“

„Ja, eigentlich Sölvi, aus dem Norwegischen. Übrigens sind wir gleich da. Die nächste Station ist unsere.“

Die Sonne brennt erbarmungslos, als sie den Bahnhofsweg entlanggehen, dem Dorf zu. Die Autostraße macht hier einen Bogen um die Ortschaft herum. Am Ortseingang steht ein junges Mädchen in einem kurzen bunten Rock. Sie hat ein süßes kleines Gesicht unter dunklem Haar und neben sich zwei bis oben vollgestopfte Reitstiefel. Aus dem einen gucken Zahnbürste und Kamm in trautem Verein heraus, aus dem anderen eine messingne Mokkamühle. Rose verlangsamt unwillkürlich den Schritt und sieht die andere auffordernd an.

„Entschuldigen Sie“ – na also, hat sie nicht recht vermutet? –, „ich möchte zu Dr. Hofer.“

„Wir auch. Hast richtig geraten.“ Es ist eine Freundin von Tine, wie sich sogleich herausstellt und Rose angenommen hatte. Solche Leute können gar nicht woandershin wollen. Die Art des Gepäcks imponiert Rose. Sie spricht sich lobend darüber aus – Reitstiefel lassen sich bekanntlich sehr schwer verpacken. Ute wehrt bescheiden ab: ihre Erfindung sei das nicht, lediglich die Realisierung einer Anregung von anderer Seite. Und ob sie überhaupt kommen dürfe? Tine hat sie zwar eingeladen, aber zugesagt hatte sie damals nicht, jedenfalls nicht fest.

„Natürlich kannst du." Freundinnen von Schwestern werden geduzt, das hat man ein für allemal eingeführt. „Ich ahne nur nicht, besser: ich ahne wohl. Aber Schlimmes."

Das Dorf ist so, wie Dörfer in Süddeutschland heute noch zu sein pflegen, ursprünglich altmodisch, mit reizenden Gasthöfen, „zum Lamm", „zur Krone" – grün umwachsen, mit schmiedeeisernen Schildern, jetzt aber von der Neuzeit gezeichnet durch eine moderne Fabrik, anscheinend Textilien, die den Gesamteindruck stört, aber die Bevölkerung ernährt. Sonst wirkt der Ort noch ausgesprochen bäuerlich, mit gemauerten Dungstätten vor den Häusern und einer winkligen „Hauptstraße", die bis vor einiger Zeit wohl das Ärgernis aller Autofahrer war, jetzt aber durch die Umgehungsstraße entlastet wird. Alte enge Gassen, in denen sich Kinder und Gänse tummeln, ein Schwein galoppiert mit Gequieke davon. Ob hier herein ein junger Wind nicht guttäte, in diese alten Gassen? denkt Thomas, sagt es aber nicht.

Und nun das Doktorhaus.

Es liegt ein wenig von der Straße zurück, das Schild „Dr. Hofer, prakt. Arzt, Sprechstunden Montag bis Freitag 8–11 Uhr" trägt einen Pfeil, der den genesungsuchenden Patienten zwischen einer Scheune und einem Bauernhaus hindurch in eine schmale, leicht ansteigende Gasse hinaufweist. Rechts ein Parkplatz, dann ein Vorgarten, klein, mit einer Blautanne, ein paar Krüppelkiefern, und ein runder Bogen über dem Eingang.

Dann das Haus selbst. Es ist nicht modern, vorn hinaus die Praxis, wie man sogleich sieht, Warte-, Sprech- und Behandlungszimmer, linker Hand vom Haus die Garage. Rose führt ihre Besucher zwischen beiden durch, öffnet ein Gartentürchen und steht mit ihnen in einem Grasgarten, der, weitläufig, etwas verwildert, mit Obstbäumen bestanden und von einer etwa mannshohen Mauer eingefriedet ist, wohl den Abschluß des Dorfes gegen die Felder bildend. Ja, dahinter fängt das Freiland an; Felder, Wiesen – und von drüben grüßt der Wald. Herrlich liegt das Haus. Und hier auf der Rückseite, der Süd- und Westsonne hingegeben, sind die Wohnräume, denen eine Veranda vorgelagert ist, die, wie man merkt, im Sommer den Hauptaufenthaltsraum des Hauses bildet. Eine kleine Holztreppe führt vom Grasgarten zu ihr hinauf. Die Veranda ist breit und trägt auf ihrem Holzgeländer Blumenkästen.

„Grüß Gott, tritt ein, bring Glück herein“, sagt Rose und geht voran. Was wird ihrer warten?

Ihre Ahnungen erweisen sich als nicht unbegründet. Die Wirklichkeit läßt alle Ahnungen weit hinter sich.

Tante Troll arbeitet. Rose merkt das bereits im Flur, ehe sie ihr bescheidenes Köfferchen aus der Hand gestellt hat. Es sieht ringsum unbeschreiblich aus.

Wenn Tante Troll auch ausschließlich nur kocht, so hält sie damit doch Leib und Seele des Doktorhauses zusammen. Es gibt aber Zeiten, da „der Geist über sie kommt“. Dann arbeitet sie – will sagen: sie ist künstlerisch tätig. Sie modelliert und malt. Dann geht gewöhnlich der ganze Haushalt aus den Fugen.

Nun sind ja jetzt zum großen Glück Ferien. Da kommt es nicht so darauf an, daß alles wie am Schnürchen läuft, wenn nur Vater zur richtigen Zeit sein Essen bekommt. In einem Arzthaushalt muß ja sowieso dauernd umdisponiert werden. Außerdem – welch ein Glück! – ist Tine da. Sie läuft den dreien sogleich über den Weg und freut sich mächtig.

„Ich habe Urlaub, noch vierzehn Tage", strahlt sie, „paßt das nicht ausgezeichnet? Ihr bekommt sofort Kaffee."

Sie setzen sich auf die Veranda. Kein moderner Sitzplatz mit Solnhofer Platten, Steingarten und geheiztem Schwimmbecken daneben, sondern eine solide, altmodische Veranda aus nachgedunkeltem Holz, darüber eine rot-weiße, richtig großväterliche Markise. Schattig, kühl, leicht verwohnt und riesig anheimelnd. Auf dem Tisch Michaels Briefmarkenalbum, zwei Aschenbecher, bis zum Rand gefüllt, eine halb zusammengeschobene karierte Decke und eine Riesenschale voll Lupinen. Rose ist etwas nervös.

„Wollen wir nicht erst ..."

„Nichts gibt's! Hiergeblieben!"

Tine sieht süß aus in ihrem hellen Kleid, wie sie das Kaffeebrett, das, wie alles in diesem Haus, etwas ungewöhnliche Ausmaße hat, längs durch die aufgestoßene Tür balanciert. „Ich habe Waffeln gebacken. Also, ich sage euch: Da kann auch Tante Troll nicht mit!"

Und der Kaffee! Schon allein sein Duft hindert einen an der Flucht. Tine stapelt in glücklichem Eifer alles, was nicht auf den Tisch gehört, auf die Verandabrüstung zwischen die Blumenkästen, in denen Kapuzinerkresse brennend gelb-rot wuchert, und hat im Handumdrehen einen zierlichen, beinah großmütterlich anmutigen Kaffeetisch gedeckt, mit blauweiß gemusterten Tassen und Tellerchen.

„Ich kam, als es gerade bei Tante Troll ausbrach. Der Genius, meine ich. Gekocht hat sie bis dahin noch. Jetzt tu' ich es, und ihr werdet staunen. Leider hat uns die Putzfrau versetzt. Aber jetzt in den Ferien können ja auch die Kleinen hie und da einen Handgriff tun, zum mindesten ihre Betten machen."

„Bei dem mindestens wird es wohl bleiben", prophezeit Rose düster, Tine lacht.

„Ich bin ja auch noch da. Und du weißt ja, wie gern ich wirtschafte. Langt zu, Ute, ich hab' noch mehr draußen. Bei uns muß man sich ranhalten, verstehst du?"

Der Kaffee ist großartig, und die Waffeln zergehen auf der Zunge. Und was tun sie den hungrigen Studentenmägen wohl. Man bekommt das Gefühl, hier nie wieder aufstehen zu wollen.

„Bis ans Ende meiner Tage werde ich hier sitzen, Kaffee trinken und heiße Waffeln essen. Ich vermag es nicht zu ändern, es ist stärker als ich", sagt Thomas mit einer Festigkeit, die Rose neu ist. „Hier sitze ich, ich kann nicht anders. Es ist so wahnsinnig nett hier."

Wie er das sagt, in seinem Hamburger Tonfall, muß man es ihm wohl glauben. Aber Rose kann in die Melodie noch nicht einstimmen. Sie weiß, was alles am Horizont droht.

Zunächst erscheinen die Kleinen, die die Großen zum Teil schon überragen. Michael jedenfalls, der sicher seinen Bruder Lars mit dessen Länge von eins neunzig bald überholt haben wird. Sie krümeln sich heran, angelockt vom Duft nach Zimt und zerlassener Butter, haben ungewaschene Pfoten, kurze Lederhosen – auch Josi – und keinerlei Frisuren, sondern Wirrköpfe, wenigstens äußerlich. Sie futtern los, genau wie in Roses Angsttraum, und es nützt nicht viel, daß man sie diskret an den Gebrauch eines Taschentuches erinnert. „Es gibt ein Gespenst, das Taschentücher frißt", zitiert Josi unbekümmert und laut, als Rose sie leise nach einem fragt, „weiß der Himmel, wo die immer hinkommen, ich hol' mir im Bedarfsfall immer Zellstoff aus Vaters Schublade."

Lars und Sö erscheinen noch nicht.

„Sie spielen irgendwo Tennis, ich weiß nicht, wo", erklärt Volker, der Jüngste, mit vollem Mund, und Josi kräht: „Bei Pfäfflins! Lars ist in die Elisabeth dort verschossen!"

„Josi!" stöhnt Rose. Bisher ist alles einigermaßen gegangen. Josi aber sagt alles, was sie denkt, sie hat mit ihren vierzehn Jahren die Naivität eines nie eingeschüchterten Kindes. Der Unterschied ist nur, daß man mit vierzehn anders und mehr denkt als in goldener Kindheitsfrühe. „So was sagt man doch nicht!" seufzt Rose schwach. „Wenn man überhaupt darüber spricht, sagt man nicht ‚verschossen', sondern höchstens –"

„Verknallt", vollendet Thomas. Josi brüllt vor Vergnügen. Rose lehnt sich resigniert zurück und nimmt eine Zigarette aus der Packung, die Ute ihr hinhält. Thomas fingert in der Tasche nach seinem Feuerzeug. Der Rauch mischt sich schön mit dem Duft der drei kleinen Kletterrosen, die Michael jetzt in einer handgroßen, gläsernen Kugelvase auf den Tisch stellt.

„Es sind die ersten, vom Torbogen. Sie sind im Winter erfroren, aber ich hab' gleich gesagt …"

Michael ist ein großer Gartenfan, allem Wachsenden auf der Spur, unbeirrt vom Spott der andern buddelnd und pflanzend. Er ist noch linkisch und unfertig, mit zu langen Gliedern und einer Stimme, die umkippt, aber seine Hände sind behutsam und sorglich, wie sie an den Blumen hantieren. Schöne, vielversprechende Hände, Vaters Hände, obwohl sie jetzt natürlich schmutzig sind, mit abgestoßenen Nägeln und schwarzen Streifen dort, wo überhaupt Platz dafür vorhanden ist.

Rose schweigt. Sie liebt ihre kleinen Geschwister, viel mehr, als einer der anderen ahnen kann. Sie liebt sie, immer aufs neue ist sie betrübt darüber, daß diese Kinder nicht richtig erzogen werden. Wer aber soll sie erziehen? Vater? Der hat seine Praxis, und nachts sitzt er viele Stunden – zu viele Stunden – am Schreibtisch über seinen Büchern. Ach ja, auch hier fehlt Mutters Vernunft und ihr Einwirken.

Vater hätte eigentlich Wissenschaftler werden sollen, seine ganze Liebe gilt einem Sondergebiet der Medizin, und jede freie halbe Stunde, die er erlisten kann, verwendet er darauf. Kein Arzt hat viel freie Zeit, auch wenn er mehr und mehr an Schlaf spart.

Und Tante Troll? Ach, wer kann erwarten, daß sie sich mit „anderer Leute Balgen" befaßt. Bleiben die Ponys. Rose zweifelt, ob sie imstande sind, Kindern außer Selbstbeherrschung beim Reiten, Sanftmut bei der Behandlung und Zuverlässigkeit beim Füttern und der Haltung, zweifellos guten Eigenschaften, die die Kleinen auch wirklich aufweisen, noch ordentliche Tischmanieren und Höflichkeit in jeder Lebenslage zu vermitteln. Früher ist Vater mit ihnen geritten, Da haben sie mit ihm über alles sprechen können, was ihnen durch den Kopf ging. Er hat sie beobachtet, gekannt und unmerklich gelenkt und beeinflußt. Seit anderthalb Jahren reitet er nicht mehr, wie Josi berichtet. Vielleicht verläßt er sich darauf, daß die Kinder nun soweit sind, sich selbst zu erziehen. Vielleicht ist diese Art, Kinder zu behandeln, sogar die beste, weil sie ganz unmerklich ist. Aber – – –

Wer genauer hinsieht, merkt natürlich die Schwächen. Es fehlt an allen Ecken und Enden. Im Herbst ist Josi sitzengeblieben. Rose erfährt es erst jetzt, und nur durch Zufall.

„Ich war eben anhänglich“, erklärt Josi ungerührt. „Außerdem fingen die Mädchen in meiner Klasse sämtlich an, albern zu werden. Mit Lippenstift und Lidschatten und so blödem Zeug.

Als ob das nicht Zeit hätte, bis man zwanzig oder noch älter ist. Über mich haben sie sich aufgeregt, weil ich in Lederhosen geh'.“

„In die Schule auch?“ fragt Rose.

„Klar“, sagt Josi. „Ich hab' doch keine Jeans. Außerdem, ob das einen Unterschied macht! Viele kommen in Shorts, wenn es so heiß ist. Warum dann nicht in kurzen Lederhosen?“

„Das ist aber ein Unterschied, Josi“, sagte Rose betreten, „doch, bestimmt! Meine Shorts sind dir zu groß, sonst –“

„Vielleicht kann ich dir welche nähen?“ fragt jetzt Ute. „Ich hab' mir selbst auch welche genäht. Es ist ganz leicht.“

„Wollen wir nicht lieber ein paar Platten spielen, wir haben neue da", sagt Tine. Michael bringt einen Stoß an. Er ist musikalisch, liebt gute Musik. Natürlich sind auch eine Anzahl Beatplatten dabei, die Tante Troll anzuschaffen pflegt. Sie hat eine Schwäche für diese Art der Musik, und Michael ärgert sich: Für dasselbe Geld könnte er zwei Wochen lang Klavierunterricht haben. Aber darum kümmert sich niemand.

Schließlich, als es kühler wird, raffen sie sich auf und gehen, die Ponys anzusehen. Die weiden im Grasgarten unter den alten, seit Jahren nicht ausgeholzten Apfelbäumen, zwei größere, zwei kleinere, und eine Mutter mit Kind. Schäker, das diesjährige Fohlen, ein falber kleiner Hengst, schnuppert Rose neugierig und zutraulich entgegen. Man hat vergessen, ihr die Geburt mitzuteilen, und entzückt sich nun an ihren Zorn- und Liebesausbrüchen. Als erstes hatte sie zwar nach dem Ereignis gefragt, aber man überging es. Jetzt stehen die Einheimischen und sehen wohlgefällig zu, wie Rose, Thomas und Ute den Kleinen mit Zärtlichkeiten und die Geschwister mit Beschimpfungen überschütten.

„So was schreibt man doch – oder telegrafiert", schilt Rose, „nein, so ein hübsches Fohlen haben wir lange nicht gehabt. Ging alles glatt? Wart ihr dabei? Seit wann ist er denn da? Nein, wahrhaftig, es ist eine Heimtückerei sondergleichen, einen nicht auf dem laufenden zu halten. Mit so etwas Wichtigem!"

„Wir hätten dich doch gar nicht erreichen können. Du warst auf dem Pfingstritt. Er ist erst zwei Tage alt!" sagt Volker – Rose beruhigt sich, als sie das hört.

„Aber vorhin hättet ihr es mir sagen müssen",

schließt sie ihre Schimpfkanonade ab, „morgen reiten wir, Thomas und ich. Aber Ute muß auch mal dürfen. Vielleicht nehmt ihr die Ponys mal nachmittags?" schlägt sie Tine vor. Natürlich sind die beiden auch für die Erwachsenen reitbaren Ponys immer sehr gefragt, zumal in den Ferien. Rose brennt darauf, alles, was sie in Tübingen gelernt hat, nun hier auszuprobieren.

Tine ist friedlich, und Ute versichert natürlich mit Höflichkeit, ihr sei alles recht. Zunächst geben die Kleinen die übliche Vorstellung, die in kleinen Abwandlungen bei jedem Besuch, der darum bittet, vom Stapel läuft. Sie reiten ihre kleinen Pferde – auf dem Zirkel – im Trab und Galopp, sie springen über einen eigens dafür ausgehobenen Graben und rufen schließlich den Großen zu, sie sollten das Hindernis auflegen. Rose, der solche Vorführungen anfangs stets peinlich sind und die dann vor lauter Stolz auf die kleinen Geschwister fast zu platzen droht, holt das Rick. Es wird kunstgerecht aufgelegt, locker, damit es abfällt, wenn ein Huf es auch nur streift, aber fest genug trotzdem.

„Höher!" schreit Volker, der sein Nickerchen warm und an den Zügel geritten hat, und Josi nickt zustimmend, als Rose fragend zu ihr hinguckt. „Klar, schaffen die!"

Die beiden schaffen es wirklich. Der kleine Reiter muß sich in acht nehmen, damit er die Stange nicht mit den eigenen Füßen reißt, die beträchtlich unter den Ponybauch herunterhängen. Er hat sich eine katzenhafte, merkwürdige Haltung angewöhnt.

„Wie ein Hunne", sagt Rose halblaut zu Thomas. Volker darf es nicht hören. Rose strahlt trotzdem;

man sieht ja, wie Thomas diese Wildwestreiterei gefällt.

„Nun nehmt schon mal die großen", ruft Rose deshalb, als das Repertoire der Shetlandponys zu Ende geht; Josi und Volker haben nur darauf gewartet. Ihnen geht es wie ihren Pferden und wie Rose selbst: Zunächst haben sie nie Lust, eine Schaustellung zu geben, dann werden sie warm, und schließlich können sie nicht genug kriegen und überbieten einander.

Sie reiten die größeren Ponys auch ohne Sattel. Weihnachten haben sie einen Voltigiergurt bekommen.

„Wo ist denn der? Nehmt ihn doch, damit ihr mal zeigen könnt, was ihr gelernt habt."

„Ach was, den brauchen wir schon längst nicht mehr", sagt Josi, die die dunklere Stute mit dem größeren Temperament hat, und treibt diese, sie am Zügel neben sich führend, im Trab quer durch den Garten, greift in die Mähne, und hopp!, ist sie oben. Als Kinder haben sie alle im Reitverein voltigiert. Das kommt ihnen natürlich durch ein ganzes Reiterleben hindurch zugute. Auch Volker springt auf und ab, daß seine Haare wippen. Er vergißt oft wochenlang, sich zu kämmen und, so vermutet Rose jedenfalls, Haare schneiden zu gehen, deshalb heißt er in der Familie wegen seines rundherum herunterhängenden Strohhaares der Kaffernkral.

„Muß man das hier können? Oder haben Sie auch Sättel und Bügel?" fragt Thomas, von diesen Künsten etwas eingeschüchtert. Rose lacht. Dann gibt sie den Kleinen noch ein paar Anweisungen für Sitz und Haltung, damit ihnen die Bäume nicht allzusehr in den

Himmel wachsen, wie sie sagt. Freilich, verbessern kann sie nur in der Theorie. Reiten, wie es die LPO verlangt, ist das natürlich nicht zu nennen, aber diese kleinen Teufel sind auf ihren Gäulen so sicher, daß einen der blasse Neid ankommt.

In der Nacht wacht Rose auf. Sie ist ganz verschlafen, war spät ins Bett gekommen, und in den letzten Tagen hatte sie so viel Luft und Sonne. Von vorher, von den Fleißprüfungen und Testaten und Scheinen, die man ergattern muß, gar nicht zu reden. Beinah kann sie sich nicht hochreißen. Aber ihr ist, als habe die Garage gescheppert. Vater ist wohl heimgekommen.

Sie hatten gestern vergeblich auf ihn gewartet. – Er ist es. – Rose sieht das Licht im Flur angehen, sie schleicht im Schlafanzug mit nackten Füßen hinaus. Sie will Vater warnen, damit er Thomas nicht weckt, der in der Wohnstube im Klappbett liegt.

Vater steht in der Küche am Wasserhahn und läßt ein Glas vollaufen. Er ist ohne Mantel. Als er sich herumdreht und Rose erkennt, leuchtet sein Gesicht warm und freundlich auf. Es hat müde ausgesehen, kein Wunder, wenn er so spät heimkommt!

„Es ist Mitternacht, Dr. Hofer“, sagt Rose und legt ihre Arme um seinen Hals. „Muß es denn immer so spät werden?“

„Ach ja. Ach nein übrigens“, sagt Vater und lacht. Er setzt die Brille wieder auf, die er geputzt hat. „Hast du mir das hier aufgebaut?“ Er deutet auf ein zierliches Abendbrot-Arrangement, das auf dem Küchentisch seiner wartet. Salat, zwei dünne, dick belegte Butterbrote, Kompott. Rose schüttelt den Kopf.

„Nein, leider. Tine sicherlich. Aber ich werde jetzt wenigstens aufpassen, daß du es ißt."

Mager ist der Vater und hält sich ein wenig gebeugt. Oder bildet sie sich das nur ein? Geht Vater schon längere Zeit so? Ein bißchen nach vorn eingefallen, ein bißchen alt, müde, schwach geworden? Rose schluckt. Vater. Man müßte zu Hause sein, auf ihn achten, man müßte ihm Liebe geben, jetzt, da er Mutter nicht mehr hat. Man müßte – aber man muß doch – und man will ja auch studieren, auf eigene Füße kommen, selbständig werden.

Vater merkt nichts von Roses Gedanken. Er lacht sie an.

„Wie hübsch, daß du dich zu mir setzt, große Tochter, junge Kollegin", sagt er fröhlich. Es klingt unbefangen, dankbar und ohne jeden Vorwurf.

„Nun erzähl, wie geht es? Was hörst du am liebsten? Schon Angst vorm Physikum? Los, ich höre zu."

Als Rose mit dem Stoßgebet im Herzen, daß Vater diese Nacht von Patienten unbehelligt durchschlafen möge, ins Bett kriecht, ist sie merkwürdig glücklich und traurig zugleich. Es ist arg schön, allein mit Vater zu sitzen; aber es ist gar zu selten, daß so etwas einmal klappt. Versäumnisse, Unüberlegtheiten – einmal wird man sie bitter bereuen. Aber sie muß ja – – –

Ihre Gedanken gehen im Kreis. Vater sah müde aus. Und wer weiß, ob er nun auch wirklich schlafen gegangen ist. Er hat noch etwas von „nur eine Kleinigkeit nachsehen" gemurmelt, als sie sich verabschiedeten, und ist ins Sprechzimmer gegangen. Mitunter klebt er dann dort am Schreibtisch fest und vergißt alles um sich her. Rose zieht die Decke hoch, sie liegt mit Josi zusammen in einem Bett, dem sogenannten Doppeldackel, da Ute ja auch noch eine Lagerstatt braucht. Besuchern gibt man möglichst ein einzelnes Bett. Die Hoferkinder sind von jeher gewohnt, doppelt zu schlafen, wenn es nötig ist; auch die karierten Überzüge sind sie gewohnt. Das alles paßt Rose im Grunde nicht. Sie möchte es so gern „richtig" zu Hause haben, endlich bürgerlich, zum mindesten aber ordentlich. Jedoch dazu kommt es nie. Wenn es wenigstens moderne bunte Überzüge wären, Irisette nennt man sie wohl, aber kariert, wie Bauern! Immer sind andere Anschaffungen wichtiger als ein Gastbett oder solch ein Bezug. Und man soll ja auch Haupt- und Nebensachen trennen können.

Vater ist eine Hauptsache. Kümmert sich niemand ernstlich um ihn? Sorgt dafür, daß er zur Zeit ins Bett kommt? Tante Troll schläft längst, sie haust im Gastgeschoß in einer Giebelstube und führt bewußt ihr eigenes Leben, wenn sie die Kocherei besorgt hat.

Schließlich schläft Rose trotz aller Gedanken ein, sie ist jung, und Jugend braucht Schlaf. Und ihr ist, als schöpfe sie trotz aller Besorgnisse und Gedanken eben doch Kraft aus diesen Gedanken, mehr Kraft als aus einem Schlaf in ihrem Tübinger Studentenbett, das weiß bezogen ist und in dem keine streitbare kleine Schwester ihr die Bettdecke wegzieht. Sie ist eben zu Hause, in ihrem trotz allem geliebten Zuhause.

Thomas schlief übrigens keineswegs, als Dr. Hofer nach Hause kam. Er hatte noch keinen Schlaf finden können. Erst waren ihm die Beinlinge seines Schlafanzuges zugenäht gewesen, ein alter Witz und nicht weiter tragisch zu nehmen; nachdem er sie etwas mühsam mit dem Taschenmesser aufgetrennt hatte, hatte er gehofft, sich zur wohlverdienten Ruhe ausstrecken zu können. Aber blitzschnell hatte er die Beine wieder angezogen: Ein Igel lag zusammengerollt am Fußende im Bett. Daraufhin hatte er Licht gemacht und sich im Zimmer erst einmal richtig umgesehen. So etwas macht munter.

Natürlich sind das die Kleinen gewesen, natürlich hat er so etwas vor nicht allzu langer Zeit gleichfalls getan, so etwas oder ähnliches. Die leise Unruhe „was wird nun noch alles passieren", ist jedoch geblieben und hindert ihn jetzt am Einschlafen.

Er lauscht auf die Schritte im Haus. Der Gedanke, daß seine Anwesenheit im Wohnzimmer vielleicht stören könnte, ist ihm unangenehm. Jemand schleicht draußen an der Tür vorbei. Wohl Rose, denkt er. Er hat keine Ahnung, daß dieses Haus mehrere Ausgänge nach dem Garten zu besitzt, von denen keiner jemals abgeschlossen wird, so daß man das Wohnzimmer nicht als Durchgang braucht. Meist sind die Schlüssel zu den Türen „verlegt", manche auch vor Jahren schon abgebrochen. Hier steigt niemand ein …

Bums – er muß doch geschlafen haben. Ob aber Rose mit einem Bums erscheinen würde?

„Rose, sind Sie es?" flüstert er vorsichtig. Eine tiefe Stimme, nicht Roses Stimme, antwortet.

„Nein, junger Mann, bitte um Entschuldigung. Ich wußte nicht, wer hier untergebracht ist."

Der Strahl einer Taschenlampe geistert durchs Zimmer. Thomas hat sich auf die Ellbogen gestützt, halb aufgerichtet.

„Kann ich Ihnen mit etwas behilflich sein?“

„Ja, hier. Halten Sie mal –“ Er fühlt die Lampe in seiner Hand. „Leuchten Sie – oder nein, wenn Sie sowieso wach sind, kann ich ja auch anknipsen.“

Thomas sitzt verschlafen und benommen im Bett, während Tante Troll – denn das muß sie ja wohl sein – einen Lexikonband nach dem andern vom Regal nimmt. Sie trägt einen feuerroten Schlafanzug und trotz der lieblichen Jahreszeit schwarze, pelzgefütterte Schuhe, ist groß und mager und hat glattes, eisengraues Haar, kurz geschnitten und ziemlich anliegend. Ihr Kopf ähnelt dem eines nicht mehr jungen Raubvogels. Die Augen blitzen zu ihm herüber, als sie das, was sie anscheinend sucht, gefunden hat.

„Tut mir leid, wenn Sie jemand anderen erwarteten“, sagt sie.

„Ich erwartete niemanden“, antwortet er wahrheitsgemäß. „Jedenfalls heute nacht nicht“, setzt er in Gedanken hinzu.

„Glaub’ ich Ihnen. War nur ein dummer Schnack.“

Sie setzt sich in einen der Sessel, die hier stehen, setzt sich, ohne es zu merken, auf Thomas’ Gürtelhose, die dort liegt. Sie schlägt ein Bein über das andere, stützt den Ellbogen darauf und das Kinn in die Hand. So sitzt sie und sieht ihn an. Ihre Augen sind von einem bemerkenswerten, einem wahren Alten-Fritz-Blau. An wen erinnert dieser Kopf nur?

„Ich sehe schwarz, ich sehe schwarz“, sagt sie nach einer Weile sehr ruhig. „Hoffentlich täusche ich mich. Ich täusche mich fast nie.“

„Ist etwas – ich meine – liegt ein besonderer Grund vor, sich zu sorgen?“ fragt Thomas. Er hört selbst, wie gedrechselt dieser Satz klingt. Tante Troll muß lachen.

„Keiner, als daß alte Tanten dämliche Träume haben. Ach, ihr Kinder –“ Sie steht auf, lächelt ihn an, was ihr Gesicht auf geradezu verblüffende Art verschönt, und hebt die Hand zum Schalter. Knips, Licht aus. Thomas bleibt verstört zurück.

Am anderen Morgen ist aller Sou verweht. Rose hat an der Tür gekratzt. In dieser Familie wird nicht geklopft, sondern gekratzt. Rose erklärt, woher das kommt:

„Lars hat einmal ein Lustspiel gesehen, in dem der Adjutant des Zaren, jetzt Diener eines Herrn Neureich, die Hauptrolle spielt, er und seine entzückende und charmante Frau, in die er wild verliebt ist und die für ihn Artischocken vom Markt stiehlt. Diese beiden Eheleute klopften auch nicht, sondern kratzten. ‚In Ruhsland man krahzt‘, heißt es in dem Stück, Lars hat es so oft vorgeführt, daß nun die ganze Familie ‚krahzt‘…

Das ist bei uns so“, entfährt es Rose mit einem leisen Seufzer, „jeder Spaß wird totgehetzt, aus einer Ermahnung wird ein Strafgericht, aus einem Witz ein Volksfest. Sie sehen, die große Familie – ich selbst kann auch nicht anders. Auch ich ‚krahze‘.“

„Darf ich fortan auch?“ fragt er begierig. Rose lacht.

„Sie dürfen. Jetzt aber trinken Sie noch eine Tasse.“

Sie sitzen trotz der noch kühlen Morgenfrühe auf der Veranda. Rose hat einen Bohnenkaffee gekocht. „Hoffentlich haben Sie gut geschlafen?“

„Doch, danke, danke, ja." Er leert seine Tasse – sie wollen gleich zum Reiten. Alle andern schlafen noch. Sie unterhalten sich gedämpft.

„Vater kam gestern so spät zurück, er sieht gar nicht gut aus", sagt Rose. „Möchten Sie keinen Kaffee mehr? Dann stell' ich den Rest ins Sprechzimmer unter die Haube. Ich weiß nicht, ob Tante Troll für Vaters Frühstück sorgt. Und Tine schläft noch."

„Müssen Sie wirklich nach Tübingen zurück?" fragt Thomas. Rose hat vorsichtshalber von Anfang an gesagt, sie bleibe nur zwei Tage zu Hause.

„Ich muß arbeiten", sagt sie und sieht ihn nicht an. Er kann den Ausdruck ihres Gesichts nicht recht deuten.

„Arbeiten will ich auch", sagt er deshalb vorsichtig. „Vielleicht aber könnten wir das auch hier?"

„Ich fürchte, daraus wird nichts", sagt Rose etwas unglücklich, das ist auch so ein Punkt, über den sie sich oft geärgert hat.

Sie fühlt, daß es Thomas hier gefällt. Und vielleicht hat er in Tübingen eine gottsjämmerliche Bude mit Blick auf eine Brandmauer. Allen gefällt es hier auf Anhieb, sie hat gestern noch mit Lars darüber gesprochen. Lars und Sö sind gestern abend noch aufgetaucht, braun vom Tennis und voll erfrischender Albernheit, wenigstens Lars. Sö ist stiller, erwachsener, findet Rose, und sieht aus wie das Titelbild einer Modezeitschrift, einfach beneidenswert. Sö war schon immer das hübscheste der Hoferschen Kinder, sie weiß das leider auch.

„Vielleicht könnte ich mit Ihnen arbeiten?" sagt Thomas jetzt. „Oder meinen Sie, dazu kann ich noch zu wenig?"

Rose sieht auf.

„Zu wenig? Natürlich nicht! Wenn Sie wirklich wollen?“

Thomas denkt flüchtig an die zugenähten Hosenbeine und den Igel. Aber erstens wiederholt man einen Scherz nicht, denn dann ist es keiner mehr, und viertens muß er Tante Troll noch unbedingt am Tage erleben. Und sechstens und achtens kennt er eigentlich weder Tine noch Ute, noch Sö richtig, ganz abgesehen davon, daß er natürlich in erster Linie Roses wegen bleibt.

Gut, daß sie nicht Gedanken lesen kann, die Tante Troll! Natürlich bleibt er, wenn er bleibt, Roses wegen! Er sagt das, es klingt vielleicht ein ganz klein wenig zu betont, um ganz echt zu wirken. Rose horcht auf.

„Und was will Sö werden?“ fragt er, als sie aufstehen. Natürlich! Rose geht ihm voran in den Hof, wo die Reitponys stehen. Sie seufzt, gibt dann aber Auskunft.

Alle Männer fragen sofort nach Sö, wenn sie sie ein einziges Mal gesehen haben. „Verschiedenes dummes Zeug. Maskenbildnerin oder so was.“ Sie satteln. Es sind kleine, gedrungene Sättel mit Schweifriemen. Rose taucht unter den Ponybauch.

„Lassen Sie mich gurten. Die Isländer mögen es nicht so fest wie die Großpferde. Wahrscheinlich gibt es noch fürchterliche Kräche wegen Sös Berufsplänen. Die Familie verstößt sie, und nach acht Tagen erscheint sie mit einem Millionär, der nichts lieber möchte als sie auf Händen durchs Leben tragen.“

Rose ist mit ihrem Sattel fertig. Thomas müht sich

mit dem Schweifriemen. Sie nimmt ihn ihm aus der Hand.

„Warten Sie, so rum. Nun können Sie aufsitzen. Ich halte Ihnen den Bügel gegen."

„Danke. Verkehrte Welt. Ich müßte Ihnen – –"

„Ach, lassen Sie. Ich bin schon oben." Sie reiten im Schritt an. Thomas ist das lieb, er muß sich auf dem stämmigen kleinen Pferd erst zurechtrücken. Als sie in einen grasigen Feldweg einbiegen, sagt Rose:

„Sö ist in vielem ganz anders als wir." Dann schweigt sie und trabt an. Thomas' Pony folgt. Die Welt ist hell und frisch, jung im blitzenden Tau. Ach, wer hat denn Sorgen! Wer hat je welche gehabt! Rose pariert aufatmend zum Schritt durch. Die Ponys machen die Hälse lang und schnauben. Thomas treibt seines neben Roses.

„Wundervoll. Obwohl sie merkwürdig kurz traben. Man muß sich erst dran gewöhnen. Aber diese Luft – und diese Landschaft! Ach, Rose, das ist was anderes als in der Halle!"

Wohin jetzt? Warum tut man eigentlich jemals etwas anderes als reiten?

„Vielleicht ist es wirklich ganz gut, wenn wir noch ein paar Tage bleiben", sagt Rose. „Auch um Vaters willen. Er sieht so müde aus. Heute nacht war es sehr spät, und er wollte noch nicht einmal ins Bett."

„Was tut er nachts noch? Krankenberichte?"

„Auch. Vor allem aber etwas anderes. Sein Spezialgebiet ist die Geschichte der antiken Medizin. Kommen Sie nur ja nicht einmal auf dieses Thema, wenn Sie mit ihm zusammen sind! Er hört dann nicht mehr auf. Ob Aineios der Großonkel des Hippokrates war oder nicht und was für diese Annahme spricht und was dagegen; daß es von diesem Mann ein Porträt geben soll und daß er der erste antike Arzt war, der auf einer Inschrift erwähnt wird … oder schreiben Sie zufällig Ihre Doktorarbeit über dieses Thema?“

„Zufällig nicht, leider. Das wäre eine Chance! Aber interessieren würde es mich natürlich. Was für Quellen benützt denn Ihr Vater?“

„Unzählige. Immer schafft er neue Bücher an. Oder vielmehr alte. Solange Mutter lebte, hielt sich dieses Steckenpferd in mäßigen Grenzen. Jetzt denke ich manchmal –“

„Was denken Sie manchmal?“ fragt er, als sie stockt.

„Daß es ihm zuviel wird. Daß er – ach, lassen Sie. Wollen wir angaloppieren? Ich reite voran, mein Pony ist das schnellere. Treiben Sie Ihres! Los!“

Sie reiten ein kleines Tal entlang – Täler sind typisch für diese Landschaft und sehr reizvoll – und dann links einen kleinen Weg hoch. Eine Tafel hängt hier, wohl von der Forstverwaltung angebracht, darauf steht: „Heidenäckerle“. Wie anheimelnd das klingt, Heidenäckerle! Und man sieht auch das Heidekraut rechts und links, wenn man etwas höher kommt. Der Untergrund ist federnd von dicken Fichtennadelpolstern, auf denen die Ponys lautlos gehen. Mischwald, Nadel- und Laubbäume, letztere in hellem, frischem Kleid. Eine Straße wird überquert, dann folgen sie wieder einem schmalen Pfad.

„Achtung, Wild!“ flüstert Rose nach hinten. Wirklich, da springen sie ab, drei Rehe, unwahrscheinlich leicht und behend. Rose hält ihr Pony zurück, damit Thomas neben sie kommt.

„Haben Sie gesehen? So nahe! So etwas erlebt man nur im Sattel. Sie fürchten sich vor den Huftritten nicht, zu Fuß käme man nie so nahe heran. Mir ist immer, als hätte ich etwas geschenkt bekommen, wenn ich Wild gesehen habe."

Thomas nickt. Sie reiten weiter, nebeneinander, Schritt. Dann steigt Rose ab, und er tut es ihr nach. Der Weg wird immer steiler, die dicken Pferdchen schnaufen.

„So, und hier – bitte!"

Rose, die etwas vorweg war, steht still, dreht sich um und macht eine Bewegung, als lege sie ihm die Landschaft zu Füßen. Thomas steht und schaut.

Freilich, hierher zu kommen, das lohnt sich! Eine Lichtung läßt den Blick frei, man sieht weit, weit.

„Die drei Kaiserberge!" stellt Rose vor, „Staufen, Stuifen und Rechberg. Ja, sie stehen hier auf schwer historischem Boden! Wiege und Grablege der Hohenstaufen – Grablege wenigstens der Kaiserinnen. Die Kaiser hat es in die Welt gelockt, vorwiegend nach Süden. Und sie sind dabei umgekommen."

„Und das ist die Rauhe Alb?"

„Ja. Das sogenannte kalte Feld. Bei klarem Wetter sieht man die Teck, und bei ganz klarem soll man – man soll, ich habe es noch nie erlebt – die Alpen sehen können. Früher zog sich hier der Limes entlang. Ich zeige Ihnen nachher Stellen, wo man ihn noch sieht. Wir können ihn sogar ein Stück entlangreiten. Auch Kastelle sind noch da, von Römertürmen.

Wissen Sie, es ist schon etwas Eigenartiges um diese Landschaft. Vor tausend Jahren sind hier auch Leute geritten, haben vielleicht genau auf dieser Stelle gehalten und ihre Pferde grasen lassen, so wie wir jetzt, und zu den Bergen hinübergesehen. Der Staufen trug damals eine Burg, soviel ich weiß, jetzt ist nur noch eine Steinplatte droben zur Erinnerung. Aber grün war es ringsum genauso wie jetzt und der Himmel bestimmt auch genauso unwahrscheinlich blau mit weißen Federwolken. Es ist nicht nur die Landschaft der Hohenstaufen, sondern auch die Schillers. Ganz in der Nähe hat er gelebt, ein paar Jahre – ja, unwichtig, welche. Aber er hat diese Landschaft in sich aufgesaugt, und vielleicht dachte er gerade an diesen Blick hier, als er das Lied schrieb: Eilende Wolken, Segler der Lüfte …

Sehen Sie, so etwas erzählte uns Vater, wenn er früher mit uns ritt. Er nahm uns mit zur Barbarossalinde und zeigte uns die Marksteine im Wald, auf dem der krumme Bischofsstab oder das Hirschgeweih oder irgendeine frühe Jahreszahl eingemeißelt waren. Er hat uns in die Klöster und Kirchen der Umgebung geführt, romanisch und barock, hie und da auch ein gotisches Münster – und er hat uns erzählt.

Ich liebe diese Landschaft. Sie ist nicht großartig, aber sie ist lieblich und treuherzig und so ehrlich und deutsch, finde ich."

Sie schweigt. Er sagt auch nichts. Sie blicken beide lange in dieses wundervolle, halb grüne, halb duftblaue Halbrund, es ist merkwürdig, wie sehr das verbindet, wenn man so etwas zu zweien, schweigend, in sich aufnimmt.

Und was wird nun?

„Wen habt ihr denn da aufgegabelt?“ fragt Tante Troll, als sie gegen zehn herunterkommt. Der Frühstückstisch ist noch nicht abgeräumt. Tine und Ute sitzen daran. Tine gießt Tante Troll ein. „Ich kam heute nacht zufällig ins Wohnzimmer.“

„Freund von Rose. Mediziner. Nett, nicht?“

„Hm. Tut mir leid, daß ich zur Zeit ausfalle.“

Tante Troll hebt die Hände, schöne sensible Hände mit Fingern, an denen ein Gelenk mehr zu sitzen scheint als an gewöhnlichen Händen. Die Haut daran ist rauh, und in den Vertiefungen um die Nägel herum sitzen rötliche Tonreste. Tante Troll modelliert. „Laß nur, ich schaffe es schon.“

Tine tut nichts lieber als wirtschaften, für andere sorgen. „Ich bin gern Buchhändlerin“, sagt sie zu Ute, während Tante Troll schweigend und hungrig eine Semmel nach der andern schlachtet; sie hat wahrscheinlich die ganze Nacht gearbeitet. „Aber am zweitgernsten Hausfrau. Deshalb wirtschafte ich in den Ferien zu Hause, sooft es geht. Heute gibt es Frühlingssuppe und hinterher einen bildschönen Auflauf. Ihr könnt euch schon freuen.“

Gerade als Rose und Thomas zurückkommen, ist der Friede auf der Veranda dahin. Tante Troll bestimmt, daß Volker Holz und Kohlen holen und Josi den Abwasch von gestern zu machen habe. Michael braucht sie selbst. „Du kommst zu mir herauf!“

„Immer Micha, immer das Vorzugspüppchen", mault Josi, die lieber Ställe zementiert als abwäscht. „Gestern durfte er auch."

„Und mit Kohlenholen ist er auch dran und nicht ich", giftet Volker. Im Wohnzimmer befindet sich noch ein uralter, wunderschöner, grüner Kachelofen, der an kühlen Tagen geheizt wird. Das Futter für ihn haben die Kinder heraufzuholen, hat Tante Troll bestimmt.

„So? Gut, daß ich das höre. Er wird jetzt acht Tage keine Kohlen holen!" Tante Troll schleudert einen wilden Blick aus ihren blauen Augen auf den Jüngsten der Familie. „Und du tust es täglich, verstanden?"

Sö platzt heraus. Als einzige von den sogenannten Kleinen hat sie begriffen. Tante Troll zwinkert ihr zu und rauscht davon, Michael in ihrem Kielwasser.

Mittags allerdings stellt sich heraus, daß auch Volker sehr wohl begriffen hatte. Bei ihm weiß man nie, woran man ist. Er hat, Tante Trolls Befehl entsprechend, Holz und Kohlen für acht Tage ins Wohnzimmer geschleppt und aufgestapelt. Tine verlangt wütend, daß er den Berg sofort wieder abtrage. Volker ist vorsichtshalber außer Sicht gegangen.

„Ach, laß es liegen, wir sind ja sowieso immer draußen", sagt Sö und knirscht mit ihren hellen Sandaletten über den Kohlenstaub, der den Weg vom Keller her markiert. „Vielleicht kommt ja auch mal wieder eine kühlere Periode, da haben wir gleich was da."

Man sitzt nach Tisch noch eine Weile beisammen, auch Vater ist dabei. Tine bringt ihm einen Extrakaffee, da er sagt, er könne sich nicht hinlegen.

„Ich muß sofort ein paar auswärtige Besuche machen", sagt er etwas schuldbewußt, als die Töchter ihm zur Mittagsruhe raten, „ja, rot angestrichen, also wichtig. Freilich bin ich müde, wenn ich nur wüßte, wovon."

„Schwer zu raten", wirft Rose ein.

„Könnte mich Lars heute mal fahren?" fragt Vater.

„Lars ist vorhin weggegangen", sagt Rose, „schade, er hätte es gern getan. Etwas Kräfte spart er doch für dich, wenn du nicht selbst fährst."

Lars besitzt als einziger der Geschwister schon den Führerschein. In diesem Augenblick schaltet sich Thomas ein.

„Wenn ein Fahrer gesucht wird: ich stelle mich gern zur Verfügung", sagt er. „Ich fahre leidenschaftlich gern, da ich noch kein Auto habe. Darf ich?"

Rose freut sich, wie er das sagt, sehr höflich, herzlich und gleichzeitig so, daß man merkt, es ist ihm Ernst damit. Vater nimmt dankend an. Die beiden brechen auf.

Rose und Sö helfen Tine, die Küche fertigzumachen, und dann merkt Rose plötzlich, daß sie nicht weiß, was sie tun soll. Nanu, Langeweile? Oder – nein, das kann sie doch nicht glauben, daß sie auf Thomas angewiesen ist. Hier, zu Hause? Sie schüttelt den Kopf über sich selbst, holt ein paar von den medizinischen Büchern, aus denen sie hatte lernen wollen, und verzieht sich damit ins Töchterzimmer. Der Doppeldackel ist leer. Rose legt sich darauf, sie kann am besten im Liegen lernen. Nach fünf Minuten kommt Sö herein und sieht die ältere Schwester, die Wange auf dem schiefliegenden, aufgeschlagenen

Buch, in einen tiefen, nicht geräuschlosen Schlaf versunken.

Sö lacht und zieht sich um. Sie pflegt sich, wenn Besuch da ist, mindestens dreimal am Tag umzuziehen …

„Wach auf, Rose, schnell! – Rose!"

Josis Stimme. Es ist Nacht. Rose weiß nicht, was los ist. „Laß doch!" murmelt sie.

„Wach auf! Wir brauchen dich! Es ist etwas passiert!"

Roses Lider sind wie Blei. „Was denn?" Sie richtet sich mühsam auf. Es muß sehr früh sein, Josis Gesicht ist fahl in der dunkelgrauen Dämmerung.

„Wir haben die Ponys auf die Koppel gebracht, jetzt schon, weil es am Tage so heiß ist und die vielen Bremsen kommen. Und da hat der Hund vom Metzger, der große, gefleckte, Tiger heißt er –"

„Ja?"

„Der hat Rune angefallen. Erst jagte er Schäker, und da ging Rune auf ihn los und wischte ihm eins mit den Hinterhufen, und da sprang er sie von der Seite an. Es ist eine Wunde am Hals, so groß –"

Nun ist Rose munter. Sie fährt aus dem Bett und in die Trainingshose. Als sie miteinander durch die dunkle Wohnung hasten, stößt Josi im Wohnzimmer an den Teewagen. Es klirrt. Ein Toter wäre aufgewacht, Thomas natürlich erst recht. Er behauptet sogar, schon wach gewesen zu sein. Ein Unfall bei den Ponys? Natürlich kommt er mit.

„Zum Stall. Wir haben Rune hereingestellt", berichtet Josi atemlos im Laufen. Sie rennen durch den Grasgarten. Im Stall hockt Volker, barfuß im Schlafanzug, die eine Hand an Runes Hals. Diese schmale braune Jungenhand ist blutig, das sieht wahrhaftig nicht schön aus. Die andere Hand ist in die Mähne gekrallt.

„Ruhig, Rune, ruhig. Jetzt kommt Rose ja. Jetzt helfen wir dir. Jetzt wird alles gut“, flüstert Volker. Schäker, der kleine Hengst, steht neben der Mutter, dicht an sie gedrängt. Es riecht nach Torfmull, Pferdemist und der bitteren Ausdünstung, die Ponys haben.

Thomas und Rose sehen sofort, daß hier mit einem einfachen Verband nicht viel zu machen sein wird. Die Wunde, von der sie Volkers Hand vorsichtig wegschieben, klafft und blutet sofort wieder stark.

„Aber die Schlagader ist es nicht“, sagt Thomas als erstes, und das klingt schon sehr beruhigend, sehr tröstlich. Volkers Hand drückt sofort wieder zu, als die beiden gesehen haben, was nötig ist.

„Wir müssen nähen. Wissen Sie, wo –“

„Ja. Warten Sie hier, ich hole es. Hauptsache, Rune steht still. Laßt sie nicht los. Ich bring’, was wir haben müssen.“

Rose weiß natürlich, wo Vaters Erste-Hilfe-Köfferchen steht. Darin sind Nadeln, Fäden, Tupfer und was man sonst braucht. Innerhalb weniger Sekunden, so scheint es ihr, ist sie wieder zurück, schnappt den kleinen Koffer auf, Thomas sichtet, wählt die Nadel – etwas dicker, Pferdehaut ist hart –, es geht alles, als wären sie schon jahrelang aufeinander eingespielt. Kein Wort fällt außer den wenigen, die Thomas halblaut vor sich hin sagt: „Achtung, hier –“ oder „Tupfer“ oder „Etwas Penicillinpuder, bitte“ – jetzt sind sie fertig.

Die Wunde ist genäht, der Verband sitzt. Rose fährt mit dem Handrücken über die Stirn und sieht, daß Thomas im selben Augenblick dasselbe tut. Sie müssen beide lachen.

„Puh!“ sagt Rose und setzt sich auf die niedrige Krippe. „Ein Glück, daß Sie mitgekommen sind. Allein hätte ich das nie –“

„Klar hätten Sie“, sagt Thomas und wischt sich die Hände an einem Stück Zellstoff ab, „oder Josi hätte. Oder vielleicht sogar Ihr Vater? Aber der braucht seinen Schlaf. Ihr laßt eure Rune doch nicht verbluten, soweit kenne ich euch doch.“

„Natürlich nicht. Aber es war gut – ich meine, daß Sie gleich mitkamen“, sagt Volker. „Dieses Mistvieh, dieser Tiger. Na warte!“ Volkers Lippen flatterten. Rose sieht es, sieht, wie er's unterdrücken und männlich und gelassen sein will, und am liebsten möchte sie den kleinen Bruder jetzt in die Arme nehmen. Sagen: „Heul ruhig, es ist ja vorbei!“ Aber das darf man bei Dreizehnjährigen nicht mehr. So tut sie, als habe sie nichts gesehen.

Thomas setzt sich neben sie. Keiner von ihnen bringt es fertig, jetzt wegzugehen und sich ins warme Bett zurückzulegen.

Allein Schäker ist unbeeindruckt und ohne Befangenheit. Als sei nichts geschehen, drängt er sich an seine Mutter und sucht nach der ihm zustehenden, warmen Quelle, findet sie und stößt mit dem Schnäuzchen, da anscheinend nicht gleich genug fließt. Dann hört man ihn schmatzen, zufrieden und eifrig.

„Wo habt ihr die andern?“ fragt Rose nach einer Weile. Josi winkt beruhigend.

„Beim Forstmeister in der Koppel. Er kam gerade vorbei, wahrscheinlich von der Frühpirsch, und bot es uns an. Er hat auch eine Wut auf Tiger, er sagt, der wildert. Das stimmt auch! Ich habe ihn schon ein paarmal gesehen, früh, als wir sie in die Mühlenweide brachten. Er war im Wald, bestimmt. Und jetzt gibt es überall Jungwild."

„Erschießen müßte man ihn!" knurrt Thomas.

„Oder von Anfang an richtig erziehen. Andere Hunde wildern ja auch nicht", schränkt Josi ein, die alle Kreatur liebt.

„Neulich hab' ich ein Kitz gefunden", erzählt Volker jetzt. „Um ein Haar wäre ich draufgetreten. Es war ganz, ganz klein, bestimmt gerade geboren. Ja, ‚gesetzt' heißt das, ich weiß. Es lag neben einem Baumstamm, genau in derselben Farbe, so …", er kuschelt sich ins Stroh, „… das Goschel auf der Erde. Es rührte sich nicht, hob den Kopf nicht. Aber es lebte."

„Hast du es etwa –"

„Angefaßt? Du spinnst wohl. Dann nimmt's die Mutter doch nicht mehr an. Aber am nächsten Morgen bin ich wieder hin und hab' nachgeguckt. Da war's fort."

„Ob es ein Fuchs – –"

„Aber nein. Dann hätte ich Spuren gefunden. Nein, seine Mutter hat es geholt."

Volker schweigt. Das Rehkitz hat eine Mutter, Schäker auch. Schäker steht, an den warmen mütterlichen Leib gedrückt, während Runes Schweif immer wieder über ihn hinstreicht, schützend, besitzend, einen Bannkreis ziehend. Rose sieht dieses Bild, das ihr stets ans Herz rührt, und dann den kleinen Bruder an, der jetzt an der Raufe lehnt. Er ist blaß im Morgenlicht und dünn und sieht aus, als friere er. „Geht ihr eigentlich jeden Morgen mit den Ponys hinaus?“ fragt sie nach einer Weile, in der sie stumm dagesessen ist. „Wer weckt euch da eigentlich? Und kriecht ihr nachher wieder ins Bett?“

„Manchmal ja, manchmal auch nicht. Je nachdem, was gerade zu tun ist –“ Josi hat auch jetzt Eimer und Gabel ergriffen und hantiert damit, liest Pferdemist aus dem Stroh und kippt ihn in die Karre. Sie tut das geschickt und gelassen, man merkt ihr die jahrelange Übung an. Trotzdem –

„Kommt, los. Ich koch' euch einen Kakao. Sie möchten sicher auch was Warmes, Thomas“, sagt Rose und steht entschlossen auf. Josi stellt den Eimer weg.

„Ich finde, wir müssen jetzt du zu Thomas sagen“, meint sie, während sie mit den andern hinausgeht. „So was erlebt man doch selten, und er hat sich prima bewährt. Findest du nicht, Rose? Wenn er schon mal da ist und so was mitmacht bei uns.“

Thomas lacht, ein wenig verlegen und ziemlich geschmeichelt. Er hält ihr die Hand hin.

„Wenn ich darf?“

„Doch, ich finde. Die andern meinen es bestimmt auch. Rune hätte hinsein können! Stellt euch das mal vor – oder lieber nicht. Du hast dich benommen wie ein richtiger Tierarzt, alles was recht ist.“

Rose fühlt Thomas' Schulter einen Augenblick an ihrer, die Stalltür ist so schmal. Diese Schulter bebt ein wenig – sicher lacht er. Im nächsten Augenblick stehen sie draußen, der Morgen blinkt und funkelt in tausend Tautropfen auf dem Rasen des Gartens. Jetzt sehen sie einander an, und da lachen sie so, daß sie wie auf Kommando die Hände vor die Münder pressen. Vier Mann sind sie, und acht nasse, bräunliche Schlafanzugknie strahlt der junge Tag an. – – –

Dr. Hofer ist ausgestiegen, und Thomas fährt den Wagen in die Garage. Er bleibt einen Augenblick drin sitzen und denkt nach. Es sind da einige Probleme aufgetaucht, die er vorher nicht ahnte.

Gilt eigentlich Josis Duz-Angebot auch für Rose? Und für die anderen? Die Kleinen duzen ihn seit dem Ponyfall unbefangen harmlos. Tine geht unverändert freundlich und herzlich mit ihm um, ohne daß er dahinterkommt, ob sie ihn duzt oder siezt. Sö ist beleidigt. Weil man sie nicht geweckt hat, angeblich. Sie sieht an Thomas vorbei, das kann sie penetrant gut. Thomas seufzt und findet, daß es nicht leicht ist, wenn man allzu hübsche und attraktive Schwägerinnen – hoppla, wie kommt er auf dieses Wort? Vorsicht! Ein Mann mit Plänen, wie er sie hat, muß achtgeben. Einen Augenblick ist ihm siedend heiß, wenn er sich vorstellt, daß er so etwas versehentlich sagen und nicht nur denken könnte. Nein, überfahren läßt er sich nicht, weder von Rose, die das zweifellos überhaupt nicht beabsichtigt, wie er innerlich sofort hinzusetzt, noch von seinem eigenen, dem weiblichen Geschlecht und seinen Reizen gegenüber etwas anfälligen Herzen. Achtung. Abstand halten! Nur gut, daß Tine so treuherzig ahnungslos ist und Sö – nun ja, zur Zeit an ihm vorbeisieht. Das erleichtert die Situation sogar erheblich. Denn von dieser Seite ist zweifellos am meisten zu befürchten, wenn man überhaupt von Fürchten reden will.

Thomas steigt aus, fühlt, daß er Durst hat, und geht ins Haus. Im Flur bleibt er stehen. Aus der Küche klingen Stimmen.

„Du bist gemein, Micha!" Thomas verhält unwillkürlich den Schritt und horcht.

„Gar nicht gemein." Die brüchige Jungenstimme klingt so, daß man sich das dazugehörige grinsende Gesicht gut vorstellen kann. „Was krieg' ich dafür?"

„Was willst du denn?" Sös Stimme. Sie klingt gleichzeitig ungeduldig und bittend, ja drängend.

„Packung Zigaretten. Aber ohne Filter."

„Du sollst doch noch nicht rauchen. Das ist ungesund, alle Leute –"

„Krieg' ich sie?"

„Na schön. Morgen. Nun fang an."

Thomas zögert einzutreten. Er hat Dr. Hofer zu einem dringenden Abendbesuch gefahren und weiß nun nicht, wer noch wach ist. Deshalb wollte er selbst etwas zu trinken holen. Jetzt hört er Sö rufen:

„Ich komme gleich, und meinst du es nicht gut,
so bitt' ich dich, im Augenblick, ich komme!
Hör auf zu werben, laß mich meinem Gram."

„Nanu?" denkt Thomas. Das ist doch Shakespeare, Romeo und Julia, wenn mich nicht alles täuscht. Er räuspert sich und drückt mit einem Entschluß die Klinke herunter. Sö sitzt auf dem Küchentisch, sie trägt lange schwarze Ballethosen, in denen sie meist am Abend herumläuft, und einen enganliegenden schwarzen Pulli. Micha lehnt am Schrank, ein Heft in der Hand. Auf dem Tisch steht ein überdimensionaler Gurkentopf.

„Verzeihung, ich wollte – schlafen die andern schon? Ich war so durstig...“, sagt Thomas und geht auf Zehenspitzen zur Wasserleitung.

„Sie sitzen auf der Veranda.“ Michael sieht zu, wie Thomas vom Kran aus den Händen trinkt. „Gehst du zu ihnen?“

„Ich wollte. Und ihr? Warum seid ihr hier?“

„Ach, Sö will durchaus – –“

„Er soll mir die Stichworte geben. Keiner will das. Alle lassen mich stundenlang bitten, wenn ich probieren will.“ Sös Stimme klingt rauh vor Empörung.

Thomas greift nach dem Heft.

„Vielleicht kann ich ...“ Michael entspringt. Sö nimmt Thomas das Heft noch einmal aus der Hand.

„Meinetwegen. Warten Sie, hier.“ Sie blättert. Jetzt hat sie die Stelle gefunden und gibt ihm das Heft zurück. „Los. Sie sind die Amme. Von hier ab: Zuschanden werde –“

„Zuschanden werde Romeo“, liest Thomas gehorsam. – Er liest es, wie man es in der Schule liest, ohne große Betonung und bestimmt ohne eine Ahnung, was nun losbrechen wird.

Es bricht los.

„Die Zunge erkranke dir für solchen Wunsch!“

Sö hat ihn bei der Schulter gepackt und blitzt ihm ins Gesicht, während sie weiterspricht. Nein, nicht spricht – schreit, rast, wütet – er versteht die ersten

Verse vor Schreck überhaupt nicht. Dann erst gelingt es ihm, nachzulesen und seine Stichworte zu suchen. Sö hat ihn losgelassen und lehnt, wieder auf dem Tisch sitzend, den Kopf an den Gurkentopf.

Ihre Augen sind fast geschlossen, und sie umschlingt mit einem Arm zärtlich das tönerne Gefäß.

„Oh, dies Verbannt! Dies eine Wort ‚verbannt',
erschlug zehntausend Thybalts.
Allein dies Wort ‚verbannt ist Romeo',
das im Gefolge kommt von Thybalts Tod,
bringt Vater, Mutter, Thybalt, Romeo
und Julian um! Verbannt ist Romeo –
Nicht Maß noch Ziel kennt dieses Wortes Tod!"

Thomas gibt schüchtern das nächste Stichwort. Sös Stimme sinkt zu einem Flüstern herab. Es ist eine merkwürdige, herbe Kinderstimme, in der kein Klingen ist, die in ihrer nackten Verzweiflung ans Herz rührt. Thomas fühlt einen Schauer zwischen den Schulterblättern. Solch ein Leid, solch eine Sehnsucht.

„Nicht Romeo, den Tod umarm' ich dort!"

Und dann jene letzten zwei Zeilen – er hört sie und glaubt, sein eigenes Herz müsse brechen:

„Oh, such ihn auf, den Ring gib meinem Teuren.
Bescheid aufs letzte Lebewohl ihn her!"

Sö hat die Stirn an den Rand des Gurkentopfs gestützt und umfaßt mit beiden Händen je einen Henkel. Thomas sieht, wie ihr zwei Tränen langsam über das Gesicht laufen und auf den Küchentisch tropfen. Sonst ist es totenstill. Er legt das Heft mit einer scheuen Bewegung hin.

„Kommen Sie!"

Sö schüttelt stumm den Kopf, ohne sich sonst zu rühren. Draußen hört man Schritte. Sie gehen jedoch vorbei.

„Wollen wir nicht hinüber zu den andern?"

„Jaja", seufzt Sö erwachend und rutscht vom Tisch. Thomas öffnet ihr die Tür und löscht dann das Licht in der Küche.

Er hat „Romeo und Julia" mehrfach gesehen, mit besten Kräften im Theater und auch im Film. Jetzt aber denkt er rebellisch, daß Shakespeare es doch anders hätte machen sollen. Müssen die zwei Liebenden sich erst im Tod finden? Zum Henker, wenn er, Thomas Stetten, dies Trauerspiel geschrieben hätte, dann käme alles anders. Zumal, wenn jemand wie Sö die Julia spielte.

Als sie auf die Veranda kommen, erwartet sie dort ein hausfrauliches Idyll, das traulicher aussieht, als es ist. Man hat Vater nach Hause kommen hören, und auch Michael ist zu ihnen gestoßen und hat höchstwahrscheinlich berichtet, wo Thomas weilt. Die Töchter haben Tante Trolls Nähmaschine, ein asthmatisches Urtier aus der mittleren Steinzeit sozusagen, herausgeschleppt, und Ute läßt sie surren. Tine schneidet gerade etwas zu, und Rose säumt, nachdem sie kurz aufgesehen und Sö begrüßt hat, schweigend und verbissen Knopflöcher. Thomas setzt sich.

„Was ist los?" fragt er, dumm, wie nur ein Mann

fragen kann, und bekommt selbstverständlich die Antwort: „Ach, nichts.“

Der Tag endet eisig. Thomas wundert sich, daß er in den vorigen Nächten gar nicht gefroren hat. Das Deckbett muß doch recht dünn sein.

Am andern Morgen findet er sich am Kaffeetisch ein, als Rose zufällig dort allein ist. Er wünscht einen guten Morgen und fragt, ob Rose nicht Lust habe, auch mit dem Vater mitzufahren. Dann könnten sie zusammen büffeln, mindestens aber könnte er sie abhören. Er habe sich das gestern abend im Bett ausgemalt.

Er sagt „ausgemalt“ und nicht „ausgedacht“. Das ist ein grundlegender Unterschied. Rose strahlt auf, versucht, es zu verbergen, und gießt den Kaffee statt in Thomas' Tasse in die Zuckerdose. Darüber muß sie lachen. Thomas lacht mit. Alles ist gut.

Die Erfindung, im Wagen zu lernen, erweist sich als großartig. Rose und Thomas, abgeschlossen von der Umwelt und unerreichbar für kleine Geschwister und große Unwichtigkeiten des Hauses, vertiefen sich in Atlanten, fragen einander ab, wiederholen, skizzieren und pauken. Zwischendurch, wenn Vater kommt, steuert Thomas den Wagen ein paar Häuser oder ein Dorf weiter, während Rose, die Finger in den Ohren, halblaut memoriert.

„Das machen wir jetzt jeden Tag“, seufzt sie einmal, als es ihr gelungen ist, tatsächlich alle zwölf Hirnnerven mit Verlauf und Funktion herzubeten und Thomas sie gebührend gelobt hat.

„Großartig, Rose, das erzähl' ich deinem Vater, wenn er kommt. Paß auf, nicht einmal er als approbierter Arzt –“ Er bricht ab. Jetzt hat er doch wahrhaftig du gesagt.

Rose schweigt. Nie ist sie geistesgegenwärtig und schlagfertig, wenn solch eine Panne passiert.

„Verzeihung“, sagt Thomas schließlich lahm. „Ich habe mich versprochen.“ Da muß Rose lachen.

„Scheint so. Wollen wir es nicht dabei lassen?“ Sie hat in Gedanken schon oft du gesagt; da kann sie nur froh sein, daß er sich versprochen hat und nicht sie.

Gerade tritt der Vater wieder aus dem Haus. Es ist später Nachmittag, und schon viele Besuche liegen hinter ihnen. Er öffnet die rechte Wagentür, steigt ein und lehnt sich aufatmend und behaglich zurück. „Jetzt noch drei, höchstens, dann – –“ Er hält inne, sein Kopf senkt sich ein wenig. Rose, die hinter ihm sitzt und gerade ein Buch aus ihrer Mappe herausgräbt, beachtet es nicht. Thomas hat den Motor soeben angelassen und schaltet. Als er losfährt, fällt Dr. Hofers Oberkörper auf eine auffällige Weise nach links, an Thomas' Schulter. Thomas meint, es liegt an seinem etwas schnellen Anfahren, dabei guckt er eine Sekunde nach rechts und sagt erschrocken: „Pardon.“ Im nächsten Augenblick aber entfährt es ihm: „O Gott, Rose!“

Sie kommen eigentlich erst richtig zur Besinnung, als Vater im Krankenhaus liegt, wohlgeborgen und schlafend. Was bis dahin geschah und gesprochen wurde, kann keiner mehr richtig sagen. Akute Gefahr scheint nicht mehr zu bestehen. Es war ja gottlob kein Herzinfarkt, wie sie im ersten Augenblick befürchtet hatten, sondern nur ein schwerer Anfall von Angina pectoris, wobei das „nur“ dem Krankheitsbild einen zu harmlosen Anstrich gab. Vaters Zustand war trotzdem bedenklich, vor allem war nicht mit einer baldigen Genesung zu rechnen.

Thomas fährt ein Stück die Landstraße entlang, von der Kreisstadt nach Hause zu, hält dann und legt erst einmal Rose einen Arm warm und beschützend um die Schulter.

„Nun sei nicht so verstört, verstanden! Was sollen die zu Haus denn sagen, wenn du so ankommst! Du mußt jetzt tapfer sein. Du wirst es noch oft sein müssen.“

Es sind genau die richtigen Worte, die Rose jetzt hören muß. Sie reagiert, wie er gehofft hat, setzt sich auf, sucht nach ihrem Taschentuch und putzt sich geräuschvoll die Nase. Ihr Gesicht ist noch ganz verfallen, es ähnelt dem ihres Vaters plötzlich erstaunlich und beängstigend. Aber sie versucht, Thomas dankbar und tapfer zuzulächeln.

„Jaja, natürlich, ich muß ja“, und, nach einer kleinen Pause: „Was aber soll nun werden?“

„Eben, das müssen wir besprechen“, sagt Thomas. „Jetzt kommt es auf uns an – auf euch an“, verbessert er sich rasch. Rose hört es. Tut er das, weil er nicht aufdringlich erscheinen will?

„Was denkst du denn, was werden soll?“ fragt sie leise. Er zündet eine Zigarette an.

„Wir müssen beraten, zunächst braucht ihr einen Vertreter. Für einige Zeit. Sobald dein Vater transportfähig ist, muß er in ein Sanatorium, sagte der Chefarzt. Seine Leberwerte sind auch nicht in Ordnung. Inzwischen müßt ihr euch hier irgendwie arrangieren.“

Rose versucht zuzuhören.

„Ein Vertreter? Wird das nicht furchtbar teuer auf so eine ungewisse Zeit hin? Ich weiß noch, was für ein Aufstand es war, wenn Vater und Mutter mal Urlaub machen und einen Vertreter nehmen sollten, und da handelte es sich nur um vier Wochen. Ich fürchte, so ausgesprochen gut stehen wir finanziell im Augenblick nicht da."

Ganz etwas Ähnliches sagt Tante Troll, als sie etwas später Familienrat halten. Alle miteinander, auch die Kleinen dürfen aufbleiben, keiner hat das Herz, sie schlafen zu schicken. Verstört und stumm hocken sie zwischen den großen Geschwistern.

„Natürlich sind Vertreter sehr teuer", sagt Thomas, der das natürlich weiß, „du mußt eben sehen, daß ihr einen bekommt, der vielleicht erst gerade mit dem Studium fertig ist."

Niemandem fällt auf, daß er Rose duzt. Nur Tante Troll hat ein klein wenig die Nüstern geweitet. Jetzt zuckt sie die Schultern.

„Man sollte es hoffen, daß man einen bekommt, der keine allzu hohen Ansprüche stellt. Obwohl –"

„Obwohl?" fragt Lars, man hört seiner Stimme an, daß er ahnt, was nun kommt. Und es kommt.

„Euer Vater war nie ein Finanzgenie. Ich habe mich vorhin in seinem Zimmer umgesehen. Diese Anhäufung von Büchern – ich fürchte, da ist nicht ein Zehntel davon bezahlt. Von anderen Rechnungen gar nicht zu reden. Sprech- und Behandlungszimmer sind vor einem halben Jahr neu gerichtet worden. Sehr schön, ja, vor einer Woche bekam ich zufällig ein paar Rechnungen, richtiger: Mahnungen in die Hände."

Schweigen. Allen ist plötzlich kühl in der warmen Frühlingsnacht.

Die Sterne stehen über dem Garten, in dem man die Ponys hin und her gehen und leise schnauben hört. Sonst ist es ganz still. Sie haben die Lampe gelöscht, wie sie es abends oft tun. Der Jasmin duftet fast zu süß.

Rose fühlt ein leises Zucken an ihrer Schulter. Es schnieft neben ihr. Dann flüstert es, es haucht mehr, angstvoll, erwürgt: „Müssen wir da – die Ponys verkaufen?“

„Dummes, du! Natürlich nicht. Wir müssen sparsamer leben, klar. Aber irgendwie wird es schon gehen. Vater wird doch eines Tages wieder gesund sein.“

Rose hält inne. Keiner wagt, etwas zu antworten. In der Ferne hört man jetzt eine klare, reine Frauenstimme, vermutlich aus dem Rundfunk, süß und schmelzend:

„O du Heimatflur,
O du Heimatflur,
laß zu deinem sel'gen Raum
mich noch einmal nur,
mich noch einmal nur,
entfliehn, entfliehn im Traum.“

„So eine Schnulze! Das hat uns gerade noch gefehlt“, sagt Rose so herzhaft wie möglich. Eine harte junge Manneshand umspannt im Schutz der Dunkelheit die ihre für einen Augenblick fast schmerzhaft. „Bravo“, heißt das. Sie erwidert den Druck sekundenlang.

„Wir müssen überlegen. Vor allem dürfen wir nichts

überstürzen. Ich würde vorschlagen – –" Sie beginnt mit praktischen Vorschlägen. Woher man einen Vertreter bekommt, welches Zimmer er haben soll, und ähnliches. Roses Stimme klingt, je länger, desto vernünftiger und ruhiger, und Lars und Tine sekundieren ihr ebenso. Die anderen atmen unmerklich ein ganz klein wenig auf. Es scheint ja, als ginge alles weiter.

Aber in Roses Herzen klingt das Lied von vorhin noch nach, unauslöschlich, unüberhörbar – unerträglich.

O geliebtes Zuhause …

Als man, spät genug, auseinandergegangen ist und die andern schon schlafen, liegt Rose noch immer wach. Es ist die erste Nacht in ihrem jungen Leben, in der sie keine Sekunde schläft. Schließlich gibt sie's auf, steigt so leise wie möglich, um Josi nicht zu wecken, aus dem ohnehin nicht sehr bequemen Doppeldackel, nimmt einen Bademantel um und schleicht ins Sprechzimmer. Dort setzt sie sich an Vaters Schreibtisch und zündet sich eine Zigarette an. Sie will den Gedanken, die sie bedrängen, nun nicht mehr entfliehen in gnadenreiches Vergessen, sondern Audienz geben. Sie stellt sich ihnen. Es sind merkwürdige Gedanken.

Vielleicht – denkt Rose in dieser einsamen Nacht an Vaters Schreibtisch –, vielleicht leben wir doch alle falsch. Wir alle.

Vielleicht haben Menschen früherer Generationen richtiger gelebt. Es gibt Unwichtiges, Wichtiges und sehr Wichtiges im Leben. Das Unwichtige ist das Geld. Jawohl, ist es, so angenehm es sein kann. Das Wichtige die Ausbildung, der Beruf, das Vorwärtskommen. Das sehr Wichtige sind die Menschen.

Die Menschen, die wir und die uns lieben. Vater zum Beispiel. Er liebt uns, auch wenn er es nie sagt, und wir lieben ihn auch und sagen es nicht. Ich jedenfalls liebe ihn, heftig, oft schmerzlich und fast immer so, daß ich es ihm nicht zeige, weil ich mich geniere. Ist das nicht dumm, und falsch, und traurig? Warum ist er so am Rande meines Lebens?

Man hat keine Zeit füreinander. Gewiß, das ist heute so. Früher hatte man welche. Früher gab es keine Autos, die Besuch ins Haus schütteten, kein Telefon und keine Hochschulbildung für Mädchen. Damals blieb die Tochter so lange im Elternhaus, bis sie heiratete. Solange war sie die Hilfe der Mutter und der „Sonnenschein" des Vaters. Brrr, gräßlich, wenn man das heute hört. Wie stolz sind wir, daß wir die Schule besuchen und auf der Uni studieren dürfen wie die Jungen, unsern Mann im Leben stehen, etwas werden, durchkommen.

Gewiß, es ist auch schön – und nützlich, und sehr nötig. Muß es uns aber zwangsläufig alle, aber auch alle Zeit nehmen, die wir sonst für die Liebe hätten?

Nicht für die Liebe, die zwischen Mann und Frau ihre Fäden spinnt, schränkt Rose sogleich ein wenig eilig ein, für die werden wir uns eines Tages die Zeit nehmen. Hoffentlich! Sondern die Liebe zu den andern, den Geschwistern, den Freunden, den Eltern? Zu denen, die uns brauchen, zu den Einsamen, den Alten?

Eines Tages sind wir selbst alt und einsam. Und dann?

Rose sitzt und grübelt. Damals, als die Mutter starb, war sie selbst gerade zwanzig, hatte soeben das Abitur gemacht. Wenn sie da ein Jahr mit dem Studium gewartet hätte, um Vater beizustehen? Ein Jahr – oder ein halbes, ein Semester? Freilich wäre das möglich gewesen. Sie ist die älteste Tochter, sie heißt Rose nach ihrer Mutter, die Vater sehr geliebt hat. Warum hat sie sich damals nicht die Zeit genommen und gesagt: Vater, ich bin da, für dich da. Lieber Vater …

Sie wollte studieren, brennend gern, und sie weiß, daß es für sie das richtige ist, Medizin zu studieren. Sie würde nie etwas anderes wählen. Aber sie hätte ja auch etwas später damit anfangen können. Vater aber wäre sie damals ein Trost gewesen, eine Stütze, eine Zuflucht. Oh, sie hat es deutlich gemerkt, daß er sie brauchte. So oft fing er an, von Mutter zu sprechen, und brach ab, weil er merkte, daß keiner von ihnen es fertigbrachte, auf ihn einzugehen, ihm zuzuhören, für ihn dazusein. Tante Troll nicht und niemand von ihnen. Dies gehört zu den Dingen, die im Leben nicht nachzuholen sind, zu den wichtigen, den ganz wichtigen, den wichtigsten des Lebens. Warum hat sie es nicht getan?

Oh, ich habe versäumt, ich habe versäumt, sagt sich Rose und drückt die Fingerspitzen an die Schläfen, wie sie in dieser Nacht so am Schreibtisch sitzt. Ich war gedankenlos und ohne Liebe und Einsicht. Ich habe kritisiert und genörgelt, wenn zu Hause nicht alles glattging, und habe trotzdem keinen einzigen Tag meines Lebens hergeben wollen, um den andern, dem Vater zu helfen. Ich bin eine schlechte Tochter gewesen und eine schlechte ältere Schwester. Wohin kommen wir, wenn wir nicht zusammenhalten? Jetzt klammern wir uns aneinander, weil uns etwas Schreckliches bedroht. Warum taten wir es nicht längst? Warum ging ich nicht als Beispiel voran?

Vater! Oh, sie liebt ihn. Sie liebt sein mageres Gesicht mit den Falten rechts und links vom Mund, seine trockene, gute Hand, sie liebt die Art, wie er ins Telefon lächeln kann, fast unmerklich, aber gütig, menschenliebend. Wie er zuhört, wenn ein Patient ins Reden kommt. Wie er die Kleinen mitunter ansieht, wenn sie vom Reiten kommen, dreckig und verschwitzt, aber so beispiellos lebendig.

Vater! Sicher weiß er nicht, er kann ja nicht wissen, daß und wie sehr sie ihn liebt. Mit einem wilden und plötzlichen Entschluß reißt Rose die Schreibtischschublade auf, nimmt den Rezeptblock, der dort liegt, fingert nach einem Kugelschreiber.

„Lieber Vater", schreibt sie darauf, „lieber Vater, lieber, lieber Vater!"

Sie schreibt noch mehr. Es wird ein kurioser Brief – in dem es durcheinandergeht wie Kraut und Rüben, ein wilder und zärtlicher und junger Brief, ein Brief voller Selbstvorwürfe und Einsichten und Bitten, ein Brief voller Liebe und voller Dank. Rose ahnt, daß sie ihn nicht abschicken wird, wenn sie erst zur Besinnung kommt. Wenn sie überlegen wird, wie er ihn auffassen wird.

Nein, sich selbst zuvorkommend, adressiert sie einen Umschlag, stopft das Rezept hinein, klebt zu und sucht mit fliegenden Händen nach einer Briefmarke. Wirklich, sie findet eine. Drauf und los! Sie rennt durch den schimmernden Morgen zum Bahnhof, wo der Briefkasten hängt, der früh geleert wird. Hinein mit dem Brief! Vater soll wissen, daß sie ihn liebt, auch wenn sie es nie hat merken lassen. Er wird verstehen, er wird! Es ist noch nicht zu spät!

Schwierigkeiten, Pannen und Sorgen

Das ganze Haus riecht nach Bohnerwachs und Kernseife, auf dem blankgewienerten Linoleum rutscht man aus, nirgends darf eine Zeitung herumliegen, und Tante Troll hat schlechte Laune. Volker, durch einen unmodern kurzen Haarschnitt entscheidend und nicht unbedingt zu seinem Vorteil verändert, teilt Josi das mit.

„Immer sind die Weiber narret, wenn ein Mann erwartet wird“, sagt er verächtlich.

„Deshalb doch nicht. Nur weil –“

„Na, weil?“ fragt Volker höhnisch. Josi zuckt die Achseln. Sie mag nicht darüber sprechen.

Lars, Rose und Thomas sind abgereist. Ebenso Ute. Tine putzt und schrubbt. Die Schule hat wieder angefangen. Für die Ponys bleibt nur der Nachmittag, der, durch Schularbeiten sowieso schon verkürzt, natürlich nie ausreicht. Grund genug, um seelisch unterbelichtet zu sein. Dazu kommt noch, daß man sich dauernd, vor jeder Mahlzeit, man denke!, die Hände waschen soll, daß man zum Friseur geschickt wird und keine allzu deutlichen Vokabeln benutzen darf, zum mindesten nicht bei Tisch. Volker fragt sich, ob es unter diesen Umständen nicht geraten ist, zeitig genug abzuhauen und den längst gehegten Plan, Schiffsjunge zu werden, endlich wahr zu machen. Nur Schäker, der kleine Hengst, hindert ihn vorläufig an der Ausführung dieses Planes; er ist so süß und possierlich, daß man sich nicht von ihm trennen kann, der Lichtpunkt eines trüb gewordenen Lebens. Volker hält sich an ihn, verschwindet, aus der Schule gekommen, sofort im Garten oder im Stall und wird den ganzen Nachmittag lang nicht mehr gesehen. So hat Josi das Vergnügen, ihm die aktuellen Neuigkeiten zu übermitteln, als es soweit ist.

„Er ist da“, meldet sie atemlos, „Tante Troll hat ihn vom Bahnhof abgeholt. Aber er ist ganz anders, als wir dachten.“

„Wie denn anders? Anders als Vater?“ fragt Volker. Er sitzt im Gras und krault Schäker, der vor ihm steht, vorsichtig unter dem Kinn. Erwachsene Ponys lassen sich gern dort kraulen, Ponykinder müssen es erst lernen. Volker hat eine sehr zarte Hand, wenn es sich um Tiere handelt.

„Klar. Anders als Vater. Aber auch sonst.“ Josi kann nicht recht ausdrücken, was sie meint. Es ist wie bei einem Aufsatz: Man weiß genau, was man schreiben will; aber es kommt nicht richtig heraus.

„Nun sag schon!“

„Na ja. Erstens hat er ziemlich lange Haare, und viele. Braun und lockig, verstehst du? Und dann – jung ist er jedenfalls nicht“, schließt Josi den Versuch, ausführlich zu werden, hoffnungslos ab.

„Nein, jung ist er nicht“, sagt Sö im Augenblick zu Tine. Sie sehen einander an, ähnlich verständnislos wie die kleineren Geschwister. Auch Tante Troll ist verblüfft. Einziger Unterschied zwischen ihr und ihren Untergebenen: Sie spricht es ihm gegenüber aus, gleich bei der ersten Mahlzeit, die man zusammen genießt. Vier Kinder sind dabei, diesmal hat die Neugier gewirkt, bloß Sö fehlt noch.

„Wir dachten Sie uns viel jünger“, sagte Tante Troll also in schöner Offenheit, während sie den Kartoffelsalat herumreicht. Dr. Neumann guckt hoch.

Er trägt eine Brille, hat dicke, über der Nase zusammengewachsene Augenbrauen und wirklich sehr volles, wenn auch graumeliertes Haar.

„War auch geplant. Ich meine –“ Er grinst. Dadurch wirkt er erstaunlich anders, kein bißchen mehr wie ein Kinderschreck und eigentlich sehr nett. „Mein Sohn sollte kommen. Im letzten Augenblick fiel er in Liebesbande. Da war nichts zu machen. So übergab ich ihm meine Praxis und kam selber. Voilà.“

„Na schön.“ Mir kann es recht sein, denkt Tante Troll. Ein Sohn, der in dieser Hinsicht nicht sicher ist, wäre für uns bestimmt nicht das richtige. In diesem Augenblick, wie auf ihr Stichwort, kommt Sö herein, besser: tritt Sö auf. Sie hat ein Talent, wirkungsvoll aufzutreten, nie übersieht man sie.

Auch Dr. Neumann blickt hoch, und seine Augen bekommen einen gleichzeitig wohlgefälligen und frechvergnügten Ausdruck, den Tante Troll mit Unbehagen registriert. Obwohl sie sich sofort sagt, daß er weniger dafür kann als Sö. Dieses Gör ist zweifellos viel zu frei aufgewachsen, und das bekam ihm nicht. Dabei kann man nicht einmal etwas sagen. Sö benimmt sich schlicht und brav, nur eben weiß sie allzu genau, wie gut ihr das steht. Sie schaltet bei jeder Mannsperson, die in ihrem Umkreis auftaucht, sofort die richtige Beleuchtung ein: brav oder verrucht, frisch-fröhlich oder weltschmerzlich. Tante Troll ärgert sich; sie beschließt, von nun an ihre Gemächer nicht mehr zu verlassen. Bis auf die Küchenarbeit natürlich. Sonst aber –

Es soll ihr nicht gelingen.

„Wer ist denn dieses junge Mädchen, das zuletzt kam? Auch eine Tochter des Hauses?" fragt Dr. Neumann prompt nach dem Essen, ehe sie entspringen kann. „Nein, wie Geschwister doch verschieden sein können! Ein interessantes Gesicht, ohne Zweifel!"

Tante Troll winkt ab. Er aber läßt sie nicht aus den Fängen. Sie muß noch eine Zigarette mit ihm rauchen. Widerstrebend fügt sie sich. Sie setzen sich auf die Veranda. Dr. Neumann holt einen alten Burgunder aus seinem Koffer. Darauf hellt bei Tante Troll das Wetter sichtlich auf.

Sie liebt Burgunder und meint, man könnte das Unvermeidliche mit dem Angenehmen verbinden. Sie sitzen lange. Die Kinder lassen sich nicht blicken. Die Kleinen reiten, jetzt sind die Abende lang. Michael hat noch Schularbeiten zu machen. Sö ist verschwunden. Tine sitzt im Mädchenzimmer und schreibt an Rose: „– und Du kannst beruhigt sein, er ist alt. Mir gefällt er soweit ganz gut –"

„Warst du schon im Wartezimmer?" fragt Volker eines Morgens Josi, als sie sich beim Frühstück treffen.

„Nein, warum?" gegenfragt sie kauend.

Volker grinst.

„Da liegen jetzt prima Sachen, nicht bloß dämliche Illustrierte. Bilderbogen mit Versen. Also wunderbar. Eins heißt: Ein galantes Abenteuer."

„Wie ist denn das?" fragt Josi begierig.

„Hach, da kommt ein junger Mann in eine fremde Stadt, dort begegnen ihm fünf Putzfrauen. Die begrüßt er frech als ‚holde Damen'. Daraufhin stürzen sie sich auf ihn und hauen ihn mit ihren Besen derart zusammen, daß er auf der Flucht kopfüber in ein Kehrichtfaß fliegt, und schließlich reist er wieder ab, völlig zu Mus gekloppt."

„Und sonst? Was gibt's denn noch?"

„Ach, eins ist spannend. Da kommen drei Räuber in eine Mühle, in der die Müllerstochter allein ist. Wie die mit denen umgeht! Einen zerquetscht sie, einen dreht sie um eine Welle, und dem dritten klemmt sie den Kopf mit einem Kistendeckel ab. Und da steht drunter:

So bringt ein einzig Mädchen oft
drei Männer ins Malheur."

„Was sagst du denn da für ein Gedicht auf?" fragt in diesem Augenblick Tante Troll. Sie ist, überraschend für die Kinder, zum Frühstück heruntergekommen. Volker sieht treuherzig zu ihr auf.

„Ach, bloß aus dem Wartezimmer. Da liegen jetzt solche Bilderbogen, wie die fromme Helene in die Hölle kommt, und wie sich der Bäcker und der Schornsteinfeger um ein Mädel hauen. Zuletzt heißt es:

Man sieht, daß es Spektakel gibt,
wenn man sich durcheinander liebt."

„Hm", sagt Tante Troll. „Wilhelm Busch, natürlich. Aber …"

Sie sagt nichts weiter, entläßt die Kinder zur Schule und geht dann hinüber. Kopfschüttelnd blättert sie die Bogen durch. Später stellt sie Dr. Neumann zur Rede. Er bekennt sich offen zu dieser Tat.

„Natürlich. Patienten sollen ruhig lachen, während sie warten. Der Humor ist gesund und macht gesund.“

„Zweifellos.“ Und Busch sei klassisch, gewiß, gewiß, sagt Tante Troll. Und sie selbst übrigens alles andere als eine Moralpaukerin, falls er das noch nicht gemerkt habe. Immerhin, ob diese Auswahl gerade geeignet wäre, vor Kinderaugen zu kommen? Busch habe etwas oft sehr Grausames. „Sie haben doch selbst Kinder?“ fragt sie, sich unterbrechend. Er hat ein vertracktes Zwinkern in den Augenwinkeln.

„Jawohl. Die haben daran lesen gelernt.“

Tante Troll schweigt. Dann sagt sie:

„Ich weiß nicht. Busch führt eine Sprache darin – er appelliert immer an die Schadenfreude der Menschen.“

„Glauben Sie, diese kleine – wie heißt sie? Sölvi? hat keinen Spaß an so was?“

„Spaß daran! Als ob es darum ginge! Spaß hat auch Volker daran, wie ich feststellen konnte.“

Tante Troll schweigt verärgert. Sie fühlt sich in eine falsche Rolle gedrängt. Auch sonst benimmt sich der neue Hausgenosse ungewöhnlich. Er brüllt die Patienten an, daß es einem himmelangst um die Praxis werden kann. Privat- oder Kassenpatienten, alles egal.

Freilich ist es oft berechtigt. Vater hat seine Leute verwöhnt. Er war mit dem Glockenschlag in der Sprechstunde, Dr. Neumann dagegen frühstückt gern, gut und ausgiebig, auch behaglich, holt die versäumte Zeit freilich später durch konzentrierte Arbeit immer wieder ein. Er läßt sich aber nicht zwingen. Wenn die Patienten nach einer Viertelstunde anfangen, ins Wohnzimmer zu kommen, wird er grob. Er gebraucht Vokabeln, die den Kleinen teils verboten, teils neu sind. Sie frohlocken, und man sieht förmlich, wie sie innerlich ein neues Wort nach dem andern notieren und ihrem Wortschatz einverleiben. Vor allem Volker strahlt.

„Und so was sollen wir nie sagen!" stellt er befriedigt fest, während er mit Josi dem Bahnhof zutrabt. Die Kinder fahren in die Kreisstadt ins Gymnasium. Sö und Michael haben schon den ersten Zug benutzt. Haha, da haben sie was verpaßt, aber man wird es ihnen berichten!

Tante Troll sieht sich in einer Lage, die ihr gar nicht behagt. Bisher hat man gelebt, gearbeitet und gesprochen, wie man wollte. Bitte, wem es nicht paßte, der mochte sich verdrücken. Jetzt plötzlich ist es an ihr, die Fahne der Moral zu schwingen. Sie findet sich nicht geeignet für diesen Posten.

Es kommt, wie es kommen muß: Nach acht Tagen geht Dr. Neumann. Der Anlaß ist kindisch, Tante Troll gibt das zu. Sie kam zufällig ins Zimmer, als der Doktor Sö die Wangen tätschelt. Man kann sagen: väterlich. Und das wäre im Grund noch kein Grund. Trotzdem.

Es ist Abend, und sie hatten vorher ganz nett gezecht, er und Tante Troll. Dann war sie ans Telefon gegangen und hatte eine hysterische Patientin, die durchaus noch einen Nachtbesuch ertrotzen wollte, mit vielen süßen Redensarten beschwichtigt. Nun kam sie zurück, stolz auf ihre Leistung und ausgesprochen menschheitsliebend gesonnen, und mußte feststellen, daß auch Dr. Neumann so zu denken schien. Sö entsprang. Tante Troll sagte zunächst auch nichts.

„Vielleicht hat sie es gar nicht gesehen“, dachte er und nahm einen tiefen Schluck aus seinem Rotweinglas.

„Sie irren“, stellt Tante Troll daraufhin fest. Sie kann Gesichtsausdrücke überaus geschickt entziffern, das liegt vielleicht in ihrer Kunst zu modellieren begründet, und hat es dadurch leicht, Gedanken zu erraten. Er sieht zu ihr auf und grinst.

„Ich freue mich, in Ihnen einen vernünftigen Menschen gefunden zu haben“, sagt er. „Andere Erziehungsberechtigte! Mein Kompliment!“ Und nimmt ihre Hand vom Tisch und küßt sie. Tante Troll ist verblüfft.

„Sind Sie gestört?“ fragt sie, sehr höflich im Ton. Er lacht jetzt richtig und lausejungenhaft vergnügt.

„Keineswegs. Ich liebe nun mal schöne Frauen!“ Und nun küßt er Tante Troll wahrhaftig gutgezielt auf die Wange. Daraufhin schlägt es ein.

Tante Troll erzählt Tine später diese Begebenheit sehr ausführlich. „Es war nicht etwa deshalb, weil er mich abschmatzte, wahrhaftig, so albern bin ich nicht. Deshalb hätte ich ihm auch keine hinter die Ohren gegeben. Aber er wollte damit erreichen und unterstreichen, daß ich als ein Mitwisser den Schnabel halte. So was ist eine krumme Tour, und da sagte ich: aus!“

Tine gibt ihr recht. Dr. Neumann ist also abgereist. Nicht der Ohrfeige wegen, so kleinlich ist er nicht, und das spricht eigentlich wieder für ihn. Aber Tante Troll hat es ihm nahegelegt. Er lacht und sagt: „Auf Wiedersehn!"

Sie halten erneut Kriegsrat. – Es ist jetzt, ehe die großen Ferien anfangen, noch verhältnismäßig leicht, einen Vertreter zu bekommen. In den Sommerferien ist es unmöglich. Man muß sich schnellstens entschließen.

„Wir nehmen eine Frau, sehr einfach. Eine Ärztin. Da fallen solche Pannen von vornherein weg", sagt Tante Troll, und Tine nickt erleichtert. Sö enthält sich der Stimme. Tines Urlaub geht seinem Ende entgegen, sie möchte gern beruhigt abfahren können.

„Ich werde dich wirklich sehr vermissen, Kind", sagt Tante Troll betrübt. Tine schlingt die Arme um ihren Hals.

„Notfalls telegrafierst du. Dann komme ich wieder." Ihr Herz ist schwer. Sie müßte dann kündigen, ein halbes oder ein ganzes Jahr aussetzen, und anschließend in eine andere Buchhandlung überwechseln. Das ließe sich wohl einrichten, jedoch da ist ein Mensch in München, um dessentwillen Tine nicht gern weg möchte. Ein Mensch, der mit Vornamen Theo heißt und blaue Augen hat und für Tine so wichtig ist – so wichtig –, kein Mensch auf der Welt kann nachfühlen, wie wichtig er ist.

Tine sagt nichts davon. Die Putzfrau ist wieder erschienen und tut das Ihre. Tine kann also fort.

Freilich kosten Putzfrauen heutzutage keine Kleinigkeit. Nach den Finanzen zu fragen aber wagt Tine sowieso nicht. Sie fährt sehr schweren Herzens ab. Sö bringt sie zur Bahn.

„Nun kommt es auf dich an, du bist jetzt die Älteste zu Hause“, sagt Tine zum Abschied. Sö nickt, sie nickt vergnügt und ohne Beklemmungen.

„Du wirst es erleben. Ich bin tüchtiger, als ihr alle glaubt.“

„Rose!“

„Thomas!“

„Das ist aber nett!“

Sie haben sich eine Ewigkeit – zwei Tage – nicht gesehen. Das Semester vertröpfelt. Viele Studenten und Studentinnen sind abgereist. Einige aber können sich dazu noch nicht entschließen und sind darauf angewiesen, sich ihre tägliche Mittagsmahlzeit in der Mensa einzuverleiben. Rose schiebt vor lauter Freude ihren Teller von sich. Sie sieht blaß und schmal aus. Thomas stellt das besorgt fest. Es tut ihr wohl. „Wie geht's?“

„Bescheiden wäre geprahlt.“ Sie sagt „bescheiden“ auf gute alte Landsersitte, die neuerdings zu Hause so streng verpönt ist. Ach ja, zu Hause! Da wären wir ja beim Thema.

„Wie war der Vertreter? Ging alles gut?“

„Eben nicht. Im konträren Gegenteil. Fürchterlich.“ Rose erzählt. Thomas will sich totlachen. Sie ist etwas beleidigt.

„Ich finde es eher zum Weinen als zum Lachen!“ sagt sie böse. Thomas streichelt ihre Hand.

„Und wie geht es deinem Vater?“

„Ich weiß nicht. Er schreibt natürlich, es gehe ihm blendend. Aber darauf kann man sich selbstverständlich nicht verlassen.“ Rose sieht sorgenvoll und betrübt aus. Thomas betrachtet sie voller Mitgefühl.

„Wollen wir hinfahren?“ fragt er mit einem Entschluß. Rose sieht auf.

„Wie denn? Wir? Und womit?“ – Er lacht.

„Ich könnte mir einen Wagen besorgen. Dann teilen wir das Benzin durch zwei und gondeln hin. Nach Mergentheim. Was meinst du dazu? Mit Vorlesungen und solchem Kram gibst du dich doch in diesen letzten Tagen auch nicht mehr so viel ab.“

„Oho, wenn du wüßtest!“

Aber der Vorschlag klingt allzu verlockend. Rose sagt zu. Sie schwelgen in Plänen. Rose sieht sofort wieder munterer aus.

Es zeigt sich, daß man die Rechnung leider ohne den Wirt gemacht hat. Thomas erscheint am andern Tag wie ein begossener Pudel und ohne Wagen. Man sieht ihm an, wie peinlich es ihm ist.

„Wir haben uns zu früh gefreut. Er gibt ihn mir nicht. Außer, er fährt selbst mit.“ Pause.

„Dann soll er in Gottes Namen doch.“ Rose sagt das nach einem Augenblick Schweigen. Dieses Schweigen, auf das er gelauert hat, läßt sein Gesicht wieder aufleuchten. Er strahlt. Niemand kann sichtbarer strahlen als Thomas, wenn er sich freut.

„Schön, wenn du einverstanden bist. Es ist zwar nur ein uralter Zweisitzer –“

Wenn man dünn ist, kann man auch zu dritt in einem Zweisitzer fahren, denkt Rose. Sie ist dünn. Thomas auch. Der Besitzer des Wagens ist es allerdings nicht.

Wagen ist übrigens übertrieben. Es ist einer jener Oldtimer, die eigentlich nur noch zum Jux oder zur Angabe gefahren werden. Der dicke Kurt Dinger, der ihn sein eigen nennt, ist freilich ungeheuer stolz darauf.

Als er und Rose einander vorgestellt werden, gibt es eine kleine Überraschung.

„Ich glaube, wir sind verwandt", sagt Dinger, „kann das stimmen? Mein Vater hat mir manchmal von einem Vetter zweiten Grades erzählt, der in Süddeutschland Arzt ist und unzählige Kinder sein eigen nennt. Sind Sie eins davon?"

„Woher stammen Sie denn?" fragt Rose.

„Aus Lübeck. Überlegen Sie mal, haben Sie Verwandte dort? Ich bin noch nicht lange hier an der Zeitung, und mein Vater trug mir beim Abschied auf, die Verwandtschaft auf jeden Fall aufzufrischen. Wie ist das, haben Sie viele Geschwister?"

„Ja." Rose sagt es etwas eilig und spricht schnell weiter. „Es kann sehr wohl stimmen. Wir werden Vater fragen."

„Wie schön! Eine bisher unbekannte und so holde Kusine begrüßt man gern!" setzt Dinger mit schmelzender Stimme an.

Rose winkt ab. Aber sie lacht dabei. Ulkig, wie sich manchmal so etwas trifft. Aber sie findet es erleichternd, von einem, wenn auch nur entfernt Verwandten etwas anzunehmen, besser als von einem gänzlich Fremden. Auch wenn er Thomas' Freund ist. Sie sagt das. Dinger strahlt.

Er ist Redakteur, was man unschwer an der Hornbrille und seiner etwas gespreizten Art zu reden erkennen kann. Sein Wagen heißt Ferdinand, mit Pf geschrieben, wie Dinger betont, es wäre sein Pferdel. Wenn man sich auf das Seelenleben dieses Wagens versteht, läuft er auch noch, allerdings ziemlich geräuschvoll. Die Motorleistung scheint sich in mäßigen Grenzen zu halten. Bei Gegenwind, so behaupten übelwollende Bekannte Dingers, müßte man den zweiten Gang einschalten. Wo er stehenbleibt, hinterläßt er Ölspuren. Rose betrachtet das Prachtstück mißtrauisch, als der neue Vetter sie mit übertriebener Höflichkeit zum Einsteigen auffordert.

„Keine Angst, wir haben sicher Rückenwind. Ich habe die Wettervoraussage angehört“, tröstet Dinger und schiebt seinen Bauch hinter das Steuer. Rose und Thomas quetschen sich rechts von ihm nahe aneinander. Ferdinand hat den Vorteil, offen zu sein. „Sportwagen“, sagt Kurt stolz und fährt an.

Sie sind am zeitigen Nachmittag aufgebrochen, wohlweislich. Schon in Nürtingen rät Dinger, einen Kaffee zu trinken, damit der Motor abkühle. Hinterher „kommt“ er nicht wieder. Schließlich läßt man ihn anrollen, die Straße ist gottlob abschüssig.

„Na also! Wunderschön! Wir lassen ihn hinfort nicht mehr ausgehen!“ Leider bezieht sich der Himmel.

„Vereinzelte Schauer“, sagt Kurt bedauernd, als die ersten Regenböen über sie hinstreichen. Ein offener Sportwagen hat seine Nachteile, wenn auch die Vorteile zweifellos überwiegen, wie er betont. Rose und Thomas versichern tapfer, wetterfest zu sein, und erwähnen nichts von einem Verdeck, das ja eigentlich dasein müßte. Zwanzig Kilometer hinter Nürtingen verliert der Ferdinand die Lust am Laufen.

Kurt klettert hinaus, klappt die Haube hoch und vertieft sich ins Durchprobieren von Kabeln, Ventilen und Schrauben, was nicht im Theoretischen steckenbleibt. Hinterher sieht er entsprechend aus. Freilich, auch Rose und Thomas haben an Eleganz eingebüßt. Die Sommersachen kleben ihnen am Leibe. Sie lachen. Es fängt an zu dämmern. Kurt meint, man solle nichts überstürzen, und ob sie nicht hier irgendwo übernachten sollten. Talabwärts laufe der Ferdinand ja vielleicht noch.

Wie tröstlich. Sie drehen um und rollen bis in die nächste Ortschaft. Im Gasthof zum „Bären“ ist noch ein Zimmer frei.

„Eins nur“, sagt die Wirtin. Es habe zwei Betten und eine Chaise. Rose, durchgeregnet bis auf die Knochen, eiskalt und müde, sagt tapfer: „Meinetwegen. Wenn es den Brüdern nichts ausmacht?“

„Aber ich bitte dich.“

Die Wirtin äußert die Bitte, den Tapeten nicht zu nahe zu kommen. Sie seien neu, und man sähe jeden Fleck daran. Rose bestellt noch für jeden einen Glühwein, ehe sie hinaufgeht, um das Zimmer anzusehen.

„Ich hoffe, ihr bezahlt, ich bin ein ausgebrannter Vulkan.“

Kurt versichert, diesen Gefallen tue er einer kleinen Schwester nur zu gern. Er trägt Bartkoteletten, die ihm zu dem schwarzen Haar, das in einer diabolischen Schneppe in seine Stirn hereinwächst, etwas Mephistophelisches geben. Er ist klein, rundlich und behende. „Ich glaube, das beste ist, wir tragen uns als Artisten ein.“

Es bleibt nicht bei einem Glühwein für jeden. Nach dem dritten empfiehlt sich Rose, geht hinauf und kriecht unter das dritte Deckbett, das die Wirtin auf die Chaise gelegt hat. Später erscheinen die Männer. Sie protestieren. Zwei wunderschöne Betten, und die einzige Dame muß sich auf der Couch zusammenkrümmen. Rose ist noch wach. Sie hört sich das Kavalierslamento ihrer beiden neugebackenen Brüder eine Weile an.

„Na, und wenn ich nun wirklich in eines der gepriesenen Betten krieche? Wer kommt dann in den Genuß des anderen?"

Kurt schlägt vor, darum zu knobeln. Diesen Plan aber lehnt Rose von vornherein ab.

„Ich bin doch keine Sache, über die ihr verfügen könnt!" Mit nur leicht verbrämtem, genußvollem Aufseufzen sinken die Männer in Bett und Schlaf.

Am anderen Morgen wendet sich Kurt schon zeitig seinem „Wagen" zu und beginnt, in seinen Eingeweiden zu wühlen. Die beiden anderen haben Zeit zu einem gemütlichen und ausgedehnten Frühstück. Der Tag ist schon in aller Frühe golden und verspricht, herrlich heiß zu werden.

„Stell dir vor, wir hätten diese Mißgeburt von Wagen allein!" sagt Thomas und weist mit dem Daumen in die Richtung, in die Kurt entschwebt ist. Rose schaudert.

Schließlich fahren sie aber doch weiter. Jedoch schon im übernächsten Ort versagt der Motor wiederum, und Kurt, der Mühsal müde, überantwortet den Ferdinand einer Reparaturwerkstatt. Resigniert schließt sich der stolze Autofahrer den beiden andern an, die zum Kurhaus hinüberbummeln. Was sich hier so Kurhaus nennt …

„Immerhin, ich hab' ein Plakat gesehen, daß dort heute eine Modenschau stattfindet", sagt Rose. „Ich war noch nie zu einer Modenschau und finde, diese Bildungslücke muß geschlossen werden. Das Ganze findet im Park statt, also sind wir außerdem in frischer Luft und Sonne, können sitzen, vielleicht sogar Eis essen ..." Sie malt es noch genauer aus. Und ganz ähnlich zeigt es sich auch, der Laufsteg besteht aus hintereinandergelegten Brettern, die sonst anderen Zwecken dienen mögen, und rechts und links stehen kleine Tische und Stühle, besetzt mit Kurpublikum. Vergnügt setzen die drei sich dazu. Aber nach kaum fünf Minuten stößt Rose einen kleinen Entsetzensschrei aus, den sie zwar mit beiden Fäusten in den Mund zurückzuschieben versucht, was ihr aber nur halb gelingt.

„Was hast du denn?" fragt Thomas.

„Da! Da!" stöhnt Rose und weist mit dem Kinn auf eins der jungen Mädchen, die zur Zeit zwar sehr hübsche, aber auch äußerst freizügige und dünne Nylon-Nachthemden vorführen. „Das ist doch Sö! Dort, die zweite –"

Wahrhaftig, es ist Sö, ihre „kleine" Schwester. Die beiden jungen Männer grinsen und verfolgen Sös Geschwänzel auf dem Laufsteg mit Vergnügen, Rose aber löffelt nicht einmal ihr so kostbares Eis aus, sondern geht im gemäßigten Sturmschritt – der Reiter würde sagen: im versammelten Galopp – durch Tische und Stühle und zischende Kurgäste hindurch, dorthin, wo hinter einem Kleinbus die jungen Trägerinnen reizender Nachtwäsche verschwinden. Man hört Wortwechsel, aber zum Glück setzt gerade wieder die Kurkapelle ein, Ouvertüre zu „Dichter und

Bauer". Etwas später erscheint Rose wieder bei ihren beiden Fahrern, sie sieht erhitzt und zerrauft aus.

Später gesellt sich Sö zu ihnen, wieder zivil bekleidet. Ihr Gesicht ist ein Gemisch von Triumph und schlechtem Gewissen.

„Wir müssen doch Geld verdienen", sagt sie sofort, gemäß der Taktik: Angriff ist die beste Verteidigung. „Michael arbeitet in einer Gärtnerei. Tine schickt ihr halbes Gehalt aus München. Soll ich allein mit leeren Händen dastehen?"

Sie wandern zu viert durch den Kurgarten, während sie leise und erbittert reden. Rose bleibt dabei, daß dies nicht geht. Was würde Vater dazu sagen!

„Ach ihr! Immer, wenn euch was nicht in den Kram paßt, schaltet ihr Vater dazwischen. Sonst aber macht ihr genau das, was ihr mögt, jawohl. Und bei mir tut ihr, als hätte ich mich als Tänzerin nach Südamerika verpflichtet oder als Haremsdame eines Maharadschas."

„Wer, wir? Ich etwa? Was tu' ich denn, was Vater nicht passen würde?" ereifert sich Rose.

„Du bist mit zwei Kavalieren unterwegs, und zwar seit gestern", sagt Sö frech. Rose will erklären, verhaspelt sich und wird zu ihrem erhöhten Ärger rot.

„Das ist etwas ganz anderes. Außerdem ist der eine der beiden unser Vetter! Daß du's nur weißt."

Sie erklärt, hastig und befangen. Sö wirft Dinger einen spitzbübischen Blick zu. Rose merkt, daß sie ihr nicht glaubt. Sie wendet sich hilfesuchend an Thomas und möchte ihn am liebsten ohrfeigen, weil er grinsend beiseite guckt. Jetzt nimmt Dinger das Wort; erstaunlich sachlich und beruhigend. Er sagt:

„Ich habe einen Vorschlag. Bei uns auf der Redaktion in Tübingen macht jetzt einer nach dem andern Urlaub. Da werde ich schon einen Arbeitsplatz für Sie finden, wenigstens für die Dauer der großen Ferien. Wollen Sie?“

Sö guckt ihn nachdenklich an. Thomas nickt ihr ermutigend zu, etwas zu stark ermutigend, findet Rose. Trotzdem überwindet sie sich und sagt:

„Na wunderbar, da kannst du mit mir auf meiner Bude wohnen, auf diese Weise hättest du keine Unkosten für die Unterkunft. Und billig essen können wir auch.“

Sö verspricht, mit ihrem derzeitigen Chef zu reden. Man sieht ihr nicht an, wie sie zu Dingers Plan steht, allein nach erstaunlich kurzer Zeit kommt sie zurück und meldet, er habe sie aus seinen Fängen entlassen. Sö scheint sogar erleichtert zu sein. Vielleicht war dort doch nicht alles Gold, was glänzte.

Rose äußert sich lobend und zufrieden. Es ist ihr dabei nicht ganz wohl. Von nun an werden sie also zu dritt statt zu zweit sein.

Rose rutscht die Hand aus

Vater liegt auf dem Balkon eines sehr schön gelegenen Krankenzimmers, und er hat ein so beglücktes Aufstrahlen in seinen Augen, als sie kommen, daß Rose sich sehr festhalten muß, um nicht ein bißchen zu weinen, hier, vor ihren beiden Kavalieren, die sie kennen als jemanden, der mit einem durch dick und dünn geht und nicht mit der Wimper zuckt. Frühere Generationen durften weinen, wenn ihnen danach zumute war. Heutzutage verlöre man an Image. Rose meint, Image sei nicht die bequemste Erfindung unserer Tage. Aber was hilft's.

Im Grunde war es schöner, ein ganz kleines bißchen weinen zu dürfen – sie sieht ihn mit schwimmenden Augen an. Das einzige, was sie sich an Zärtlichkeit gestattet, ist, seine Hand heimlich zu berühren, manchmal, im Gespräch. Die beiden jungen Männer merken das nicht. Vaters liebe, langgestreckte und so angenehm trockene Hand mit den vielen Adern auf dem Handrücken und den schönen, rundgeschnittenen Nägeln. Keine Hand der Welt vermittelt einem so wie sie das Gefühl von Treue, Zuverlässigkeit und Ruhe.

„Du hast mir so einen lieben Brief geschrieben", sagt Vater einmal, als die beiden Männer gerade damit beschäftigt sind, eine Landstraßenverbindung auf der Karte zu suchen, von der sie gesprochen haben, „einen Liebesbrief geradezu, Rose. Mir war der ganze Tag verklärt, als ich ihn bekam. Nie hätte ich geglaubt, daß mir altem Mann noch einmal so etwas vom Leben gewährt wird.“

Er sagt es so, daß Rose nicht einmal rot zu werden braucht. Rose lächelt. Und dann erzählt sie, von zu Hause, vom Studium, von Dinger, von der Fahrt hierher. Von Sö erzählt sie natürlich nichts, diese Fehlleistung braucht Vater nicht zu erfahren. Auch von Dr. Neumann nicht mehr als das Nötigste, daß er nicht allzulange blieb.

Lieber verbreitet sie sich in ihren Schilderungen über die kleinen Geschwister und die Ponys. Wie süß das Hengstlein ist, und daß es dieses Jahr viele Frühäpfel gibt. Und daß Tante Troll einen Sonnenwagen gemalt hat, Phoebus’ Sonnenwagen, nur daß davor keine Rosse im klassischen Sinne laufen, sondern Ponys, schlicht und unverkennbar.

Sie lachen viel bei diesem Besuch, und Vater bestätigt, daß Kurt Dinger tatsächlich ein Verwandter ist, freilich einer um einige Ecken, wie man so sagt. Er lädt ihn herzlich ein, sein Haus und seine Familie zu besuchen, und Dinger verspricht es voller Eifer. Vater hat eine sehr herzliche und nette Art, mit jungen Menschen umzugehen. Als sie zum Wagen zurückschlendern, sprechen sie darüber.

„Ihr Vater ist Wissenschaftler? Er hat diesen Blick“, sagt Kurt Dinger einmal. Rose sieht einen Augenblick auf.

„Wußten Sie das?“ fragt sie.

„Was?“

„Daß er – ich meine, Vater ist doch Arzt“, sagt sie, neu ansetzend. Kurt schiebt sich soeben hinter das Steuer seines Ferdinands.

„Ja, gewiß, aber doch viel mehr Forscher und Wissenschaftler“, sagt er und drückt auf den Anlasser. Der Motor antwortet wieder einmal nicht.

Kurt schüttelt den Kopf und wiederholt den Versuch.

„Steigen Sie ruhig ein, er kommt schon noch“, verkündet er, „spätestens übermorgen springt er an.“ Es dauert zwar nicht so lange, aber doch einige Minuten, dann jedoch knattert er los. Und so erstaunlich es klingt, sie gelangen noch am selben Tag nach Tübingen zurück. Und da soll der Mensch nicht mehr an Wunder glauben.

Tante Troll ist abergläubisch. Da die Sache mit Dr. Neumann schiefgegangen ist, nachdem man alles auf Hochglanz poliert und mit einem für dieses Haus falschen Pomp geschmückt hatte, wie sie es ausdrückt, soll diesmal nichts inszeniert werden. Die Ärztin, die als Vertretung kommen will, ist mittleren Alters, also bestimmt eine in jeder Beziehung gemäßigte, vernünftige Person. Tante Troll hat ausdrücklich nach dem Alter gefragt. Fräulein Menzel befindet sich in dem Lebensabschnitt, da man die meisten Dummheiten schon hinter sich gebracht hat, sich lieber im Hut fotografieren läßt und morgens beim Aufwachen nicht mehr so selbstverständlich allerliebst auszusehen pflegt wie zwanzig Jahre früher.

Leonie, der Wagen, ist gerade unpäßlich und schnell noch in Behandlung gegeben. So wird Michael beordert, Fräulein Dr. Menzel zu Fuß abzuholen. Der Weg zum Bahnhof ist nicht weit, und Micha trägt das

Köfferchen. Tante Troll steht in der Haustür und heißt die neue Hausgenossin willkommen.

O weh! Tante Troll merkt in den ersten Minuten, was los ist. Fräulein Dr. Menzel hat das Wesen eines berühmten Chirurgen, besser: Sie gibt sich, wie solch ein Halbgott es bei aller Arroganz nie tun würde. Mit weißen Handschuhen fährt sie in ihrem Zimmer sofort über das Fensterbrett. Das Badezimmer läßt sich so, wie es im Augenblick ist – aufgeräumt und sauber –, von ihr natürlich nicht benützen. Bei Tisch hält sie den Teller schräg und fährt mit der Serviette darüber, ehe sie sich auftut.

Das alles würde eigentlich genügen, sie sogleich wieder zu verabschieden. Tante Troll indes tut es nicht.

Tante Troll hat ernstliche Sorgen. Der Kuraufenthalt ihres Schwagers wird sich länger hinziehen, als man annahm. Die Rechnungen, die ins Haus kommen, übersteigen auch die pessimistischsten Schätzungen erheblich. Und der Praxis tut es auch nicht gut, wenn der Vertreter dauernd wechselt.

Lars wollte in den Semesterferien wie immer arbeiten gehen, um sich etwas zu verdienen. Da Fräulein Menzel nicht chauffiert, Leonie auch einige Anforderungen an die Kunst des Fahrers stellt, weil man sie nie richtig überholt, kommt er heim und macht den Chauffeur. Sehr gern tut er es nicht. Er hätte im andern Fall gut verdient und weiß, wie nötig das heutzutage ist, nötiger als je. Mit verschlossenem Gesicht sitzt er am Steuer, wenn die Ärztin aus den Patientenhäusern kommt. Sie spricht ihn nicht an. Er sie auch nicht, das schon gar nicht.

Eines Tages kommen Rose, Sö und Thomas zu Besuch. Sö hat unter Kurt Dingers Anleitung einiges vom Stenogrammaufnehmen und Briefabtippen begriffen und den Mammon, der ihr dafür zufloß, nur zum Teil in Blusen, Badeanzügen und Perlonstrümpfen angelegt. Einiges brauchte sie natürlich. Sie hatte damals, als sie zu ihrem ersten Job fuhr, den Besuch bei einer Freundin vorgetäuscht.

Michael arbeitet in einer Gärtnerei im Ort.

Die drei Tübinger kommen ahnungslos fröhlich heim. Sie finden eine gewitterdräuende Tante Troll, einen wortkargen, mürrischen Lars, der auch in ihrer Gegenwart nicht zu dem gewohnten, heiteren Geschwisterton auftaut, und so gut wie keine kleinen Geschwister vor. Verwundert sehen sie sich in dem arg veränderten Zuhause um.

„Wo ist denn Josi?“ fragt Rose, nachdem sie von Michaels Arbeit gehört hat.

„Sie macht die Praxisräume sauber“, berichtet Tante Troll.

„Jetzt am Abend?“ fragt Rose verblüfft.

„Wann sonst? Tagsüber kann sie ja nicht hinein.“

Erstens findet Rose, ist eine Vierzehnjährige vielleicht keine ausreichend geübte Putzfrau für eine Arztpraxis. Sie spricht nach Tisch mit Tante Troll darüber. Und zweitens hat Josi ja eigentlich anderes zu tun.

„Sie hat Ferien“, sagt Tante Troll verärgert. „Wenn Sö nicht heimkommt? Die jeweilige Älteste muß eben dran glauben.“

Die Putzfrau hat vor den wahrhaft übertriebenen Ansprüchen der neuen Ärztin längst das Feld geräumt.

Rose schweigt. Dann geht sie ins Sprechzimmer. Sie findet zu ihrem Erstaunen keine wütende oder weinende Josi vor, sondern eine verbissen putzende.

„Ja, kannst du das denn richtig?“ fragt Rose zweifelnd.

Josi nickt.

„Ich war bei Frau Brücher.“ Das ist die ehemalige Hilfe des Doktorhauses. „Sie hat mir alles ganz genau gezeigt. Man muß das können. Ich lerne es auch. Ich bringe es so weit, daß sie – sie! – nichts mehr zu meckern findet.“

Josis Gesicht ist wild entschlossen. Rose schluckt. Natürlich schadet es einem Mädel in Josis Alter nicht, wenn es einmal ein paar Wochen gründlich putzt. Freilich, es sind Josis Ferien, und sie bekommt nicht einen Pfennig für diese Arbeit. Michael verdient.

„Aber er gibt alles an Tante Troll ab, jeden Samstag“, sagt Josi sofort. Rose beißt sich auf die Lippen.

Es ist dumm, daß ihr zum Heulen zumute ist. Heulen, Blödsinn! Sie geht hinaus, zieht ihre alten Jeans an und eine abgetragene Leinenbluse und kommt zu Josi zurück.

„Komm, stell mich an. Ich helfe dir“, sagt sie. Josis warm aufstrahlendes Gesicht ist ihr Lohn genug. Heulen tut jemand anderes. Das aber erfährt Rose an diesem Abend nicht mehr.

Thomas ist in den Garten gegangen. Wie er voraussah, findet er Volker bei den Ponys. Einen blassen, ganz veränderten Volker. Der sitzt, den Arm um Runes Hals geschlungen, und flüstert mit der Stute.

„Du wirst nicht verkauft, eher können sie mich verkaufen. Ich geb’ dich nicht her, nie, nie!“

Thomas ist Kindertränen gegenüber ziemlich machtlos. Er weiß das auch. Statt vorsichtshalber einen stillen Rückzug anzutreten, setzt er sich neben Volker und läßt sich dessen Herz ausschütten. Daß die Menzel pausenlos bei Tante Troll hetzt, daß ihr nichts recht und gut genug sei, daß Tante Troll schon ganz angesteckt sei. Daß die Ponys verkauft werden sollen, weil sie „stänken". Die Menzel sagt das täglich, wenn sie zum Auto geht. Manchmal sagt sie auch „schlachten".

Er erzählt das alles mit kleiner, dünner Stimme. Thomas fühlt den Drang, Fräulein Dr. Menzel auf der Stelle niederzuschießen.

Er sucht Rose auf und schlägt ihr das vor. Rose sieht ihn einen Augenblick an und bohrt dann den Zeigefinger in die rechte Schläfe, eine nicht mißzuverstehende Geste. Thomas ist gekränkt. Wenn man es gut meint und mit brauchbaren Vorschlägen kommt, um eine unhaltbare Situation zu meistern!

So etwas sagt er. Er hat mitunter die Art, sich allzu schriftdeutsch auszudrücken. Rose geht das auf die Nerven. Sie ist überhaupt kribbelig und reizbar.

„Unhaltbare Situation ist übertrieben", sagt sie kalt. Thomas dreht sich beleidigt um und geht davon. Das auch noch.

Am Abend verkündet Lars, daß er seinen Posten ab sofort kündige. Er fahre morgen nach Leverkusen und fange wieder bei Bayer an. Sich hier von dieser Lackäffin schurigeln zu lassen, das habe er satt.

Rose hat in den letzten Wochen den Führerschein gemacht. Sie traut sich noch nicht viel zu. Flehend blickt sie zu Thomas. Als er stumm an ihr vorbeischaut, gibt sie sich einen Stoß und sagt: „Gut, ab morgen werde ich versuchen, Leonie zu dressieren."

Ihr ist gar nicht wohl dabei. Aber vielleicht ist es gut, wenn sie sich auf diese Weise etwas Fahrpraxis aneignet. Lars begibt sich in seine Gemächer, um zu packen. Es wird ein wortarmer Abschied.

Rose hat sich vorgenommen, ganz sanft und milde zu sein und Fräulein Dr. Menzel keinen Haken zu bieten, an den diese ihren Hut hängen kann. Sie hat Leonie in aller Morgenfrühe mit Volkers Hilfe gewaschen, innen mit dem Staubsauger bearbeitet und alle Fenster geputzt. Der Wagen glänzt „frisch wie am ersten Tag". Auf die Minute pünktlich steht er vor der Tür.

Fräulein Dr. Menzel erscheint, prüft die Sauberkeit des Türgriffs und steigt ein. Rose schaltet. Leonie setzt sich seufzend in Bewegung.

„Ich wollte Ihnen nur sagen", beginnt die Ärztin, „Sie täuschen mich nicht. Ich habe jeden Morgen notiert, wie lange sich jeder von Ihnen, insbesondere aber Sie selbst, im Bad aufhalten. Und wie lange das Wasser der Dusche jeweils rauscht. Sie als künftige Ärztin sollten sich schämen, in derart mangelhaftem Zustand den Tag zu beginnen."

Rose ringt nach Luft. Sie hat das Gefühl, einen Schlag auf den Solarplexus bekommen zu haben. Alles kann man ihr vorwerfen, dies aber nicht. Die Kleinen sind Dreckferkel, zugegeben. Die Wirtschaft zu Hause wird über den Daumen gepeilt. Sie selbst aber und ihre größeren Geschwister trifft der Vorwurf mangelhaften Waschens nicht. Alle größeren Hoferkinder sind wahre Wasserfanatiker, leidenschaftliche

Schwimmer, Waschexperten. Die haben den Ehrgeiz und auch das Bedürfnis, selbst bei minus zwanzig Grad Außentemperatur im ungeheizten Badezimmer kalt zu brausen, und haben das schon oft genug getan.

Sie sagt einiges von diesen Argumenten, einiges nur. Sie sagt es beherrscht und gemäßigt. Fräulein Dr. Menzel zuckt nur die Achseln.

„Jaja. Wie die Alten sungen, so zwitschern die Jungen. Nachdem ich dieses sagenhafte Durcheinander der Kartei gesehen habe, die Ihr Vater hinterlassen hat, wundert mich nichts mehr."

Rose findet im Augenblick keine Erwiderung. Die Sprechstundenhilfe, die Vater hatte, ist ihnen durchgegangen, nachdem Dr. Neumann drei Tage da war. Rose ahnt, weshalb. Das ändert nichts an der Tatsache, daß die Kartei restlos durcheinanderkam. Josi kann nicht alles, und das vor allem kann sie gar nicht können.

Rose verzichtet auf eine Erklärung. Sie setzt dazu an, merkt jedoch, daß bei ihr ein solcher Wutausbruch bevorsteht, der alles verderben würde. So bremst sie nur den Wagen so plötzlich, daß Fräulein Menzel fast mit dem Kopf durch die Scheibe geht, zieht den Zündschlüssel ab und steigt aus. Schlag zugeworfen, bumm. Weggegangen. Nicht gelaufen, keineswegs, gegangen. Ein ordentlicher Marsch tut wohl. Als sie heimkommt, findet sie Thomas nicht vor.

Es wäre Balsam für ihre Seele, ihm jetzt das Herz auszuschütten. Herrlich, daß es Männer gibt, bei denen man das kann. Rose sucht im ganzen Haus nach ihm und kommt dabei in Tante Trolls Gemächer. Tante Troll modelliert. Rose fühlt ihre Erbitterung wachsen.

Tante Troll hat von jeher getan, was sie wollte. Jetzt aber, da das Schiff am Sinken ist – ist es am Sinken? Rose fühlt eine eiskalte Angst in sich hochkriechen. Sie verzichtet darauf, mit Tante Troll zu sprechen, und hastet die Treppe wieder hinunter. Diesmal von wirklicher Angst und Sehnsucht getrieben, fragt sie überall nach Thomas. Wo ist er? Wo ist ein mitfühlendes Herz?

„Hast du Thomas nicht gesehen?“ fragt sie Volker, der ihr in den Weg läuft.

„Auf der Mauer“, sagt Volker. Rose stolpert, fast tränenblind, die Verandastufen hinunter.

Der Garten ist verwildert, die Wege zum Teil überwachsen. Die Apfelbäume hat seit Jahren kein Kundiger ausgeholzt, und das Gras wird einfach von den kleinen Pferden abgeweidet, niemand sorgt dafür, daß der Rasen sich erholt, daß er gedüngt und neu angesät wird. Dennoch ist er der schönste, der liebste Garten der Welt, er ist der ewig jung bleibende Garten der Kindheit. Hier kann einem nichts geschehen, hier ist man behütet und beschützt und zu Hause.

Vielleicht trägt zu diesem Gefühl auch der Umstand bei, daß dieser Garten altmodischerweise nicht von einem Scherengitterzaun oder von Maschendraht, sondern von einer soliden Mauer umgeben ist; einer Mauer, die höher ist als man selbst und oben so breit, daß man bequem drauf sitzen kann, großartig sitzen, die Beine herunterhängend, lesen oder Frühäpfel essen, zumal unreife natürlich. Rose und ihre Geschwister haben das ihr ganzes Leben lang geübt und geliebt, und wie oft hieß die Antwort, wenn man nach jemandem fragte: „auf der Mauer.“

So steuert Rose also dorthin. Thomas sitzt in der Tat auf der Mauer, dort, wo sie von jeher gern saßen und wo auch Rose am ersten Abend, den sie hier waren, mit ihm gesessen ist. Der Blick von hier aus ist lieblich, über einen Kartoffelacker hinweg zum Fluß hinüber und den dahinter sanft ansteigenden Bergen hin. Thomas sitzt nicht allein dort. Neben seinem weißbehemdeten Rücken sieht man einen zweiten im buntgemusterten Pullover. Um diesen Pullover liegt Thomas' Arm, warm, beschützend und zärtlich.

Rose verhält den Schritt. Nein, sie will nicht albern sein, auf einen bloßen Verdacht hin sich nicht anstellen. Ihr Herz, durch die Aufregungen der letzten Tage schreckhaft geworden und dauernd angestoßen von Ereignissen, die schwer zu verkraften sind, weigert sich zu glauben, was die Augen sehen. Zum mindesten muß man sich erst genau überzeugen, wer recht hat, das Herz oder die Augen.

Rose haßt alles Heimliche, ist lieber grob als diplomatisch. Nie würde sie jemandem eine Falle stellen.

Sie verläßt den Weg, der durch den Garten auf die Ecke der Mauer zuführt, und wendet sich nach rechts. Dort stehen die Himbeersträucher, wildwuchernd, dahinter das Haselnußgebüsch. Dort ist in der Mauer ein Pförtchen, durch das man aus dem Garten auf das freie Feld hinaustreten kann. Rose bückt sich und taucht in das Gebüsch. Das Pförtchen kreischt in den Angeln. Gut so, vielleicht hören das die beiden und werden aufmerksam.

Sie scheinen es nicht gehört zu haben. Als Rose auf der anderen Seite der Mauer zwei Schritte ins Feld hinaus tut, sieht sie sie noch immer sitzen. Eng nebeneinander, Thomas spricht auf Sö ein. Leise, sanft und eindringlich – sein Mund berührt Sös Schläfe, so eindringlich spricht er.

Rose steht, halb hinter einem wildwuchernden Holunderbusch verborgen, und sieht zu den beiden empor. Sie hört nicht, was sie sprechen. Sie glaubt aber etwas anderes zu hören. Peng, peng, peng.

Rose hat früher einmal Geige gespielt. Wenn man die Wirbel am Geigenhals dreht, um die Saiten höher zu stimmen, kann es vorkommen, daß diese springen. Mitunter schlägt einem dann das Ende der Saite ins Gesicht; das ist besonders reizvoll bei der metallbesponnenen G-Saite. Vor allem aber ist es der Ton, den man nie vergißt: Peng, peng, peng. Kaputt, zerrissen, irreparabel.

Rose dreht sich langsam um, wendet sich dem Pförtchen zu, duckt ein wenig den Kopf – seit wann kann man denn nicht mehr aufrecht durch das Pförtchen gehen, ist man so lange nicht hindurchgegangen? – und taucht zurück in den Garten. Sorglich und behutsam, wenn auch völlig geistesabwesend, schließt sie die kleine Tür, aus der sonst die Ponys hinausspazieren würden, und geht durch den Garten dem Haus zu. Merkwürdig, vorhin, als sie hierherkam, hatte sie doch ein schweres Herz? Deshalb wollte sie ja mit Thomas sprechen. Ein schweres Herz? Was ist denn nun das, was sie jetzt in der Brust trägt?

Fräulein Dr. Menzel ist abgereist. Rose und Tante Troll sitzen im Sprechzimmer. Vaters Schreibtisch steht mitten im Raum. Rose sitzt auf der einen Seite, die Wangen in die Fäuste und die Ellbogen auf die

Tischplatte gestützt. Tante Troll auf der anderen. Sie sehen sich an, senken gleichzeitig die Augen und starren auf das grüne Löschblatt, das hier liegt und auf dem Vater seine Rezepte auszuschreiben pflegte. Keiner sagt etwas. Beide denken dasselbe: Was nun?

„Da war doch noch eine Adresse. Irgendeiner", sagt Rose schließlich schwach. Sie muß sich immer wieder zurückrufen, ihre Gedanken laufen dauernd andere Wege. Trostlose, verängstigte und traurige Wege freilich auch diese.

„Ja. Hier ist die Telefonnummer. Ein Dr. Markus, soviel ich mich erinnere." Tante Troll kramt zwischen den Papieren, die sich rechts von ihr auf dem Schreibtisch türmen. Rose nimmt den Zettel und streckt die Hand nach dem Telefon aus. Ihr Arm ist im Schultergelenk wie abgeschlagen, sie hat das Gefühl, den Hörer nicht heben zu können.

Tante Troll sieht sie mitleidig an und nimmt ihn dann mit einer raschen Bewegung selbst. Rose läßt es geschehen.

Tante Troll spricht. Ihr Gesicht, vorher merkwürdig erstarrt und wie aus Holz geschnitzt, belebt sich. Als sie aufgelegt hat, kommt sie um den Schreibtisch herum, klemmt sich auf den Stuhl neben Rose und legt ihren Arm um die jungen Schultern. So etwas tut sie sonst nie.

Rose fühlt ihr Herz ganz leicht beben. Ein Mensch ist ihr nahe, sekundenlang. Dann ist es schon wieder vorüber.

Tante Troll hat sich aufgerichtet. Sie schüttelt Rose ein wenig und sagt:

„Er kommt. Hauptsache. Ich weiß nicht, was uns

jetzt noch passieren kann. Auf, los! Wenn es diesmal nicht klappt!“

Diesmal muß es klappen, das ist allen klar. Rose und Josi haben sich vorgenommen, nicht nur die Praxis, sondern das ganze Haus in einen Zustand zu versetzen, der als geradezu hinreißend und einmalig sauber zu bezeichnen sein wird. Sie arbeiten verbissen und ohne aufzusehen. Thomas kommt sich recht verloren vor inmitten dieser Putzteufeleien. Er wird von Rose anscheinend überhaupt nicht wahrgenommen.

Am Abend verliert er die Geduld. Es ist nicht erhebend, einen ganzen Tag lang übersehen zu werden.

„Nun mach doch mal eine Pause. So geht das nicht weiter“, sagt er, als er Rose einmal erwischt, als sie allein ist. Sie putzt soeben die Spiegelscheibe im Sprechzimmer. Ohne hineinzusehen übrigens. Ach, hätte sie doch! Dann hätte sie im Spiegelbild Thomas' Augen gesehen, die nach den ihren suchen, bittend, warm und herzlich.

„Rose!“ sagt er weich, als sie schweigt. Genauso weich klang seine Stimme, als er heute nachmittag auf Sö einsprach. Genauso weich, so zärtlich und besorgt.

„Geh zum Teufel! Geh! Geh! Ich will dich nicht – warum bist du noch nicht fort! Geh zu Sö, oder wohin du willst! Ich will dich nie wieder – nie wieder –“

Rose hat sich umgedreht. Sie sieht sein Gesicht jetzt vor sich, ganz nahe und groß, sein junges Gesicht mit den lustigen Nasenlöchern und den ein wenig umschatteten Augen. Geliebtes, geliebtes Gesicht – einen Augenblick erkennt sie es deutlich wie eine Großaufnahme im Film, mit jedem kleinsten Zug, dann verschwimmt es. Irgend etwas drängt sich dazwischen, eine Wand, durchsichtig wie aus Milchglas und doch anders. Wie eigentlich? Wie eine Fensterscheibe, an der Wasser herabfließt. In manchen Blumengeschäften gibt es das. Oder einfach ein Fenster, über das ein starker Regen, ein Wolkenbruch niederschwemmt. Rose aber hat trotzdem getroffen. Sie fühlt es am Brennen ihrer rechten Handfläche. Sie hat in dieses Gesicht hineingetroffen, jetzt steht sie und läßt die ausgerutschte Hand herunterhängen. Jetzt ist alles zu Ende, jetzt geht Thomas und kommt nie wieder. Ein Mann, den eine Frau ins Gesicht schlug, kommt nicht wieder. Er geht – für immer.

Thomas geht. Man hört die Tür hinter ihm zufallen, die Sprechzimmertür ist das. Noch eine, die vom Flur. Die Haustür hört man nicht mehr, denn jetzt sitzt man am Schreibtisch, wo Tante Troll vor ein paar Stunden gesessen hat, sie hat den gekrümmten Arm auf der Platte und den Kopf darauf liegen, und da schwemmt ein Wolkenbruch auf das grüne Löschblatt herunter, der große, auseinanderlaufende Flecke hinterläßt. Was macht das? Ein Löschblatt ist leicht auszuwechseln, man weiß sogar, wo die Reserveblätter liegen. Man hat ja so gut aufgeräumt.

Alles im Leben kann man auswechseln. Ein Schreibtischlöschblatt, das versehentlich naß wurde, ein gebrauchtes Handtuch und eine eingeworfene Fensterscheibe. Kein Mensch sieht, daß hier etwas ausgewechselt wurde. Für Bilder gibt es sogar Wechselrahmen, man kann sie im Geschäft kaufen. Sie sind dazu da, daß man das Bild, das durch den Rahmen schaut, recht oft wechselt.

So kann man auch mit seinem Herzen verfahren, denkt Rose in der Nacht, die jetzt folgt. Natürlich kann man das. Auf jeden Fall aber das Bild, das bisher drin war, herausnehmen. Klapp, ratsch – weg ist es. Wenn es dabei am Rand ein wenig oder sogar stark einreißt, um so besser. Man braucht es ja nicht mehr. Ein anderes kann in den leeren Rahmen hinein.

Ein anderes? Oh, nie, nie, wimmert das Herz. Rose knirscht mit den Zähnen und würgt das Wimmern herunter. Meinetwegen, ein neues braucht ja nicht sofort hinein. Nur das alte heraus, man kann auch ohne Bilder im Herzen leben.

Rose dreht sich – sie weiß nicht, zum wievielten Male – auf die andere Seite und versucht einzuschlafen. Auf jeden Fall kommt morgen der neue Vertreter.

Ein langer und ein kurzer Besuch

Er kommt. Am nächsten Tag schon. Dabei gibt es einen ziemlichen Trubel, obwohl Tante Troll die Devise ausgegeben hatte, diesmal ganz, ganz behutsam und vorsichtig zu sein, oder gerade deshalb. So merkt niemand, daß Thomas abgereist ist. Jedenfalls fragt keiner nach ihm. Auch gut, oder sogar besser. Bestens! Das Bild ist aus dem Rahmen gerissen und fortgeworfen, verkramt, vor sich selbst versteckt. Verbrannt? Nein, verbrannt hat man es nicht. Im Augenblick waren keine Streichhölzer greifbar. Aber wiedersehen will man ihn natürlich nie mehr.

Dr. Markus ist nicht sehr groß, aber breitschultrig und hat einen festen, gutgeformten Kopf. Sein Gesicht ist unauffällig, ohne durchschnittlich zu sein. Er ist nicht ausgesprochen gesprächig, aber freundlich, hat eine bestimmte, ruhige Art. Rose fährt auf seinen Wunsch hin die Leonie und arbeitet, während sie auf ihn wartet, das Zusammensein mit ihm empfindet sie für sich sehr bald als außerordentlich wohltuend. Mitunter fragt sie ihn etwas Fachliches. Dann erklärt er knapp, geschickt und umfassend, so daß sie bald überhaupt nur noch fragt.

Sie sagt so etwas. Gerade fahren sie ins Nachbardorf, denselben Weg, den sie einmal mit Thomas geritten ist. Vor kurzem hatten sie ein starkes Gewitter mit nachfolgendem Regen, der drei Tage nicht mehr aufhörte. Seitdem ist es herbstlich. Die Beete in den Dorfgärten sind niedergeschlagen und verwüstet, die

Dahlien und Georginen lassen die Köpfe hängen, dort wo sie überhaupt schon blühten. Es ist erst August, aber solch ein blasser, kühler Morgen wie der heutige zeigt, daß der Höhepunkt des Sommers überstiegen ist, und gehört eigentlich in den September. Was kommt, ist Herbst, vielleicht ein goldner. So hofft man wenigstens!

Rose sagt, es werde ihr schwerfallen, wieder nachzuschlagen, statt zu fragen. Er lächelt.

„Wenn man jung ist, darf man soviel fragen, wie man will. Man sollte das genießen."

„Ach." Rose seufzt. Dann fährt sie fort: „Das glauben die Al…, die Erwachsenen so gern. Ein unausrottbarer Irrtum, daß die Jugend schön, golden und sorglos sei. Daß man mit einem glücklichen und bereiten, strahlenden Kindergesicht vor der Weihnachtstür, sprich: vor dem Leben stünde, das sogleich mit der Bescherung beginnen würde. Schöne Bescherung! Kann ich jedenfalls nur sagen."

Es klingt nicht bitter, was sie da hervorbringt. Sie bemüht sich, es so leicht wie möglich dahinzuplaudern, und das gelingt auch ganz gut. Aber vielleicht weiß er, der alle medizinischen Fragen so glatt und mühelos beantwortet, auch hier eine Antwort? Zunächst freilich sagt er nichts.

Das ist gut. Unausdenkbar, jetzt hören zu müssen: „Ach, frühe Enttäuschung erlebt jeder. Reif auf junge Blüten!" Danke, zum Übelwerden. Er sagt nichts dieser Art. Er schweigt. Schließlich sagt er leise, tastend, testend:

„Ihr Herr Vater wird bestimmt wieder gesund." War es das, was sie bedrückt?

Rose sieht grübelnd nach vorn. Sie fährt nicht schnell. Der Weg mündet in den Wald. Sie sagt:

„Danke. Das wäre schön. Und es ist augenblicklich auch mein größter Wunsch. Aber ob man es ihm wünschen soll?“

„Warum denn nicht? Er ist doch noch nicht alt?“ fragt Dr. Markus verwundert. Rose schüttelt den Kopf.

„Nein. Sterben hat Zeit mit achtzig und neunzig, heutzutage. Sagt oder denkt wenigstens jeder. Vater ist noch nicht alt genug, er ist ein Mann in den besten Jahren. Aber wenn er zurückkommt – was erwartet ihn denn? Seine Frau ist tot. Sein Haus ist eine wahre Narrenbude. Seine Schwägerin führt ihr eigenes Leben. Seine Kinder streben hinaus.“

„Das ist der Lauf der Welt. Kinder streben von den Vätern weg“, sagt der Mann an ihrer Seite. „Vergessen Sie nicht: Auf ihn wartet, was viele nie haben. Auf ihn wartet ein Zuhause“, fügt er etwas zögernd hinzu.

„Ja, freilich. Das wartet auf ihn“, sagt Rose leise. Sie fühlt, daß es so ist, trotz allem. Es ist ein Zuhause, das auf Vater wartet. Es ist laut und unordentlich und voller Pannen und Katastrophen, aber es ist ihr Zuhause.

Ganz plötzlich fühlt sie, daß sie nicht mehr traurig ist. Sie hat einen Menschen verloren, der ihr teuer war, aber sie hat ein Zuhause. Vielleicht kann man nicht beides besitzen? Vielleicht ist es unverschämt, beides zu verlangen?

Sie weiß es nicht und wagt nicht, zu entscheiden, was sie wählen würde, wenn sie vor die Wahl gestellt würde.

„Es ist etwas außerordentlich Seltenes, heute seltener als je“, sagt die Stimme neben ihr ruhig, nachdenklich und ein wenig neidvoll. Sie hört es genau. Sofort wendet sie sich ihrem Begleiter zu.

„Haben Sie keines?“

„Nein.“

O weh, das klingt abweisend. Man hätte nicht so direkt fragen sollen.

„Aber jetzt – jetzt müssen Sie bei uns – finden Sie nicht, daß man bei uns zu Hause sein kann?“ fragt sie ungeschickt, aber eifrig. Sie möchte ihm so gern etwas Freundliches sagen.

„Doch, das finde ich“, bestätigt er lächelnd. Dann schweigen sie. Es ist ein gutes Schweigen, keiner wartet nervös auf ein Wort des anderen.

Als sie an diesem Abend heimkommen, ist Rose zum erstenmal wieder wirklich vergnügt, mehr, glücklich in sich. Sie wünscht nicht mehr, daß alles anders wäre, alles, wie es war, oder alles, wie es einmal hätte werden sollen. Es ist, wie es ist, und es ist gut so. Mit einemmal.

Merkwürdig!

Als sie in den Flur treten, ist Besuch da. Man riecht das sofort, es weht köstlich aus der Richtung der Küche. Rose wirft ihre Mütze auf den Haken hinauf und stößt die Küchentür auf. Richtig, da hockt jemand auf der Eckbank, ein Glas vor sich, und Tante Troll sitzt gegenüber. Auch mit einem Glas.

„Prosit!“ sagt sie, hebt es den Eintretenden entgegen und lacht. Der Besuch ist Kurt Dinger.

Einen kleinen Ruck hat es Rose doch im Herzen

gegeben. Sie hatte halb gehofft, halb gefürchtet, es wäre – nun? Thomas natürlich. Nun gut, dann also nicht. Dinger ist so vergnügt, daß sie gar nicht dazu kommt, wehmütigen Gedanken nachzuhängen. Seine Ausdrucksweise ist barocker denn je. Rose setzt sich neben ihn, Dr. Markus neben Tante Troll.

„Gibt es eigentlich nichts zu essen? Es riecht doch so gut."

„Doch. Einen Pilzauflauf. Ich habe ihn kreiert." Dinger wuchtet seine Masse zum Backofen, hockt sich davor und öffnet das Rohr. „Oh, das wird kein Auflauf. Das wird ein Gedicht. Das wird Lyrik auf der Zunge."

Auch er ist Koch aus Leidenschaft. Tante Troll bestätigt es. Sie haben sich gesucht und gefunden und schon viele Rezepte ausgetauscht. Dinger lobt und preist Thomas, der ihn zu dieser seiner Verwandtschaft geführt habe. Sonst hätte er sich vermutlich nicht aufgeschwungen, der Mahnung seines Vaters zu folgen.

„Ich glaube, diesen Freund zu besitzen ist Thomas Stettens beste Eigenschaft", sagt Tante Troll. Rose lacht dazu. Seit heute nachmittag kann sie wieder lachen.

Es wird ein munterer Abend. Die Kleinen schlafen schon. Zuletzt stellt sich heraus, daß Dinger Klavier spielt und Dr. Markus einen guten Bariton besitzt. Da wird aus dem munteren Abend ein ebensolcher Morgen.

Sogar das Repertoire stimmt zusammen. Es ist angenehm altmodisch, wie Tante Troll, nun schon sanft benebelt, feststellt. Sie fangen mit Schumanns Grenadieren an, die Marseillaise wird einfach markerschütternd geschmettert, und dann geraten sie an Hugo Wolf.

„Der ist in tiefster Seele treu,
der die Heimat so liebt wie du.“

Rose meint es noch zu hören, als sie endlich im Bett liegt, in der Schwebe zwischen Wachsein und Einschlafen. Dr. Markus hat eine schöne, angenehme Stimme. Er hat sie angesehen, als er diese Worte sang.

Kurt Dinger reist noch nicht gleich wieder ab. Es scheint ihm hier zu behagen. Er schläft am Tage und wird erst nachts munter wie ein Goldhamster oder der Dichter Edgar Allan Poe. Mit Tante Troll versteht er sich ohne ein Wort. Sogar Rose kommt zu kurz über dieser seiner neuen Liebe, wie er sagt.

„Nur daß ich immer noch vergeblich auf Gegenliebe hoffe“, seufzt er zuweilen.

„Sie Anfänger“, sagt Dr. Markus freundlich-ironisch, als er es hört. „Gegenliebe? Liebe ist sich selbst genug, sie ist Selbstzweck.“

„Meinen Sie das im Ernst?“ fragt Rose, als sie wieder einmal im Wagen sitzen und losfahren. „Finden Sie, daß es genug ist, zu lieben, ganz gleichgültig, ob es der andere erwidert?“

„Jawohl, das finde ich“, sagt Dr. Markus sachlich. „Der Fall, daß zwei große Lieben zusammentreffen, ist so wunderselten, daß es vermessen wäre, dies vom Leben zu erwarten. Eine einzige große Liebe in einem Menschenleben ist schon mehr, als ein gewöhnlich Sterblicher verkraften kann."

Rose hört sich das an: „Aber Liebe ist doch erst dann, wenn –"

„Irrtum", sagt der Mann an ihrer Seite, „eben nicht. Nicht erst dann, wenn – nämlich, wenn der andere auch liebt. Liebe allein ist genug. Sie mobilisiert so viele Kräfte, sie macht den ganzen Menschen neu und schöner und führt ihn zum Wesentlichen. Denn das Wesentliche ist immer das Menschliche, immer. Ob Gegenliebe dabei ist, kommt in zweiter Linie, ist mitunter sogar störend. Das aber wissen die wenigsten. Deshalb wird nirgends soviel gestümpert und gepfuscht wie in der Liebe. – Sie sollten dankbar sein, daß ich Ihnen diese Privatvorlesung halte."

„Dankbar. Hm." Rose schweigt eine Weile. „Aber man will doch auch – man möchte doch auch –" Wie drückt man das nur sachlich aus? „Es ist andererseits doch auch schön – und fruchtbar, geliebt zu werden?"

„Schön? Mitunter. Fruchtbar? Ich weiß nicht. Fruchtbar ist, was aktiv macht. Geliebt zu werden macht sehr selten aktiv. Sehen Sie große Schönheiten an, männliche und weibliche. Ihnen bekommt, von allen Seiten geliebt zu werden, meist miserabel. Aber zu lieben, sich anzustrengen, schöner, erfolgreicher, reizender, lebendiger, interessanter, kurz liebenswerter zu werden, das fördert."

Es ist ein Samstag abend, an dem sie das Gespräch führen. Das Haus schläft, als sie heimkommen. Rose stellt sich vor, Thomas wäre da. Wie würde sie reagieren? Sich freuen? Wahrscheinlich doch. Ihn das merken lassen? Nie. Wie unbequem!

„Kennen Sie die Geschichte von der Tante, die ihre Nichte fragt: ‚Warum machst du denn solch ein betrübtes Gesicht, Kind?'" fragt Dr. Markus halblaut. Sie stehen voreinander im Sprechzimmer, wollten sich soeben für die Nacht verabschieden. Auf dem grünen Löschblatt liegt kein Zettel mehr, das Telefon schweigt. Man könnte ins Bett gehen, aber man ist es nicht gewöhnt, nicht doch noch wieder fortzumüssen.

„Nein. Erzählen Sie!" sagt Rose.

„Nun, die Nichte lacht ein bißchen und sagt: Ich liebe und werde geliebt, Tante. – Oho, und da läßt du den Kopf hängen? – Tja, wenn es nur derselbe wäre, sagt das Mädchen."

Rose schweigt. Sie ist viel zu stark mit sich selbst beschäftigt, um zu begreifen, was er meint. Als sie aufblickt, sieht sie Dr. Markus' Blick auf sich ruhen, nachdenklich und ein wenig melancholisch. Er nimmt ihn sofort zurück, als er den ihren trifft.

„Gute Nacht", sagt er leise. Rose gibt ihm die Hand und geht, verwirrt und etwas plötzlich. Er steht noch eine Weile und horcht ihrem jungen Schritt nach.

Der nächste Tag ist ein dienstfreier Sonntag. Dienstfrei – was man so nennt. Immerhin kann man hoffen, daß nicht ganz so viele „dringende Fälle" kommen wie sonst, ausnahmsweise. Die Bauern haben jetzt keine Zeit, krank zu sein. Rose schläft lange und kommt gegen elf herunter. In der ziemlich chaotischen Küche steht Michael am Spülstein und wäscht ab. Er tut es ohne Vorwurf und Märtyrermiene, genau so, wie er mitunter den Ponystall ausmistet oder eine immer wieder Kurzschluß verursachende Bügelschnur in Ordnung bringt. Was nötig ist, wird getan, basta. Er pfeift sogar dabei. Rose möchte ihm etwas Nettes sagen, aber es fällt ihr gerade nichts ein.

„Wo sind die andern?“ fragt sie also nur.

„Ins Bad gefahren. Sö, Volker und Josi. Sie wollen bis abends bleiben.“

Es ist so heiß, daß Rose Lust fühlt, dasselbe zu tun. „Gibt es noch Frühstück?“ erkundigt sie sich.

„Ja. Draußen.“ Er weist mit dem Ellbogen in Richtung der Veranda. Rose geht hinaus.

Tante Troll sitzt vor einem unabgeräumten Frühstückstisch und liest. Sie trägt lange, enge rote Hosen und ein buntes Oberteil ohne Ärmel. Ihr Haar ist neuerdings ganz kurz geschnitten und liegt an dem trocknen, eckigen Schädel an, seine Konturen hervorhebend. Sie sieht aus wie eine ältere Indianersquaw oder wie Rockefeller persönlich, findet Rose. Im Liegestuhl etwas abseits räkelt sich Kurt Dinger, auch lesend. Rose setzt sich.

„Habt ihr noch Kaffee?“

Gerade erscheint Dr. Markus. Tante Troll macht, während sie einen Knurrlaut nur halb unterdrückt, eine Bewegung, als wolle sie sich die Finger in die Ohren stecken, besinnt sich dann aber und quetscht etwas wie „guten Morgen!“ heraus.

„Was liest du denn, Tantchen?“ fragt Rose hinterhältig. Sie hat das Buch sofort erkannt. Tante Troll sieht verdrossen auf.

„Spaziergang im Garten. Faust I. Heute hat er übrigens Geburtstag.“

„Der achtundzwanzigste ist heute? Ach richtig.“

„Wollen wir nicht – ach so, Sö ist nicht da. Schade. Komm, Rose, lies du das Gretchen! Und Sie“ – junger Mann verschluckt sie noch gerade, man hört es aber trotzdem – „Sie, Kurt, übernehmen den Mephisto. Los, kommen Sie!“

Kurt rührt sich nicht.

„Wozu kommen?“ fragt er mit vor der Sonne genüßlich geschlossenen Augen. „Ich werde ihn wohl auswendig können! Freilich fehlt noch eine Kleinigkeit: der Faust.“

„Den macht Dr. Markus. Der ist am leichtesten zu lesen.“ Tante Troll rückt mit einer ungeduldigen Bewegung Tassen, Tellerchen und Brotkorb in die Mitte des Tisches. „Hierher, los. Wir sehen zu dritt hinein – oder du bringst noch den andern Faust, Rose, schnell. Weißt du, wo er steht?“

Rose läuft. Sie findet ihn. Sie lesen, Tante Troll ist eine hervorragende Marthe. Die andern verschlucken sich vor Lachen. Allmählich kommt auch Rose in Feuer. Tante Troll steht auf.

„Faß an, wir stellen den Tisch weg. Wir spielen es richtig. Die paar Verse werdet ihr doch wohl allmählich im Gedächtnis haben!“

Dr. Markus bietet Rose den Arm.

„Mein schönes Fräulein, darf ich wagen,
meinen Arm und Geleit Ihr anzutragen?“

Und Rose wehrt mit den klassischen Worten ab.

„Schön. Nun ihr beiden, Faust und Mephisto! Und dann kommt die Geschichte mit dem Kästchen“, bestimmt Tante Troll, „hier ist der Schrank –“ Sie deutet auf den Blumenkasten auf der Brüstung. „Fang an, Rose.“

„Geschwind, ich seh’ sie unten kommen!“ ruft Kurt Dinger, vom Spiel entflammt. Markus seufzt beklommen:

„Ich weiß nicht, soll ich?“

„Fragt Ihr viel?“ höhnt Dinger mephistophelisch. Er stellt das kleine Radiogerät, das man hier draußen anzuschließen pflegt, rasch entschlossen auf die Brüstung und schließt den imaginären Schrein zu.

„Fort, fort, geschwind,
um Euch das süße junge Ding
nach Herzens Wunsch und Will zu wenden.“

Rose wartet auf ihr Stichwort. Dann fragt sie halblaut: „Muß ich singen? Ich meine das Lied, das jetzt kommt.“

„Natürlich!“ faucht Tante Troll ärgerlich. Rose schämt sich ein bißchen, gefragt zu haben. Und die Worte kommen ihr auch wie von selbst. „Es ist so schwül, so dumpfig hie –“

Als sie dann ansetzt: „Es war ein König in Thule –“, hört sie vom Wohnzimmer her leise, andeutungsweise die Begleitung.

Dr. Markus ist hineingegangen und sucht die richtige Tonart, findet dann mit ihr zusammen. Rose singt das ganze Lied, seltsam abwesend, ein wenig heiser – sie hat eine Altstimme – und völlig im Bann des Spiels. Sie knöpft sich dabei das Mieder auf, das sie gar nicht trägt, legt es weg, löst die Zöpfe – die andern halten den Atem an. Dann erblickt sie das

Schmuckkästchen. Dinger hat ihr das aufgeschlagene Buch darangelehnt. Alles geht ohne jeden Holper und wunderbar glatt.

„Wie kommt das schöne Kästchen hier herein?
Ich schloß doch ganz gewiß den Schrein.“

Und dann kommt die große Szene, auf die sie sich allesamt längst freuen. Tante Troll, Frau Marthe, und Dinger, Mephisto, gehen auf und ab. Es ist kaum zu ertragen, wie köstlich Dinger den Mephisto bringt.

„Er liegt in Padua begraben, beim heiligen Antonius –“

Michael lehnt längst in der Tür, Wort für Wort aufsaugend. Rose und Dr. Markus verbeißen sich das Lachen; dann aber sind sie wieder dran, und sie treten auf, ernst und ganz bei der Sache.

„Versprich mir, Heinrich!“ bittet Rose, und Dr. Markus erwidert aus dem Grund seines Herzens:

„Was ich kann!“

Es schellt. Der Hund schlägt an. Rose will unterbrechen, aber Dr. Markus fährt fort:

„Laß das, mein Kind.“

Rose spielt. Sie kann die Worte längst auswendig, sieht mit einem halben Blick Michael von der Tür her winken und wendet sich wieder Dr. Markus zu.

„So glaubst du nicht?“ Dr. Markus sieht sie an.

„Mißhör mich nicht, du holdes Angesicht …
Wer darf ihn nennen und wer bekennen,
ich glaub’ ihm.“

„Tante Troll!“ Michaels Stimme, halblaut, respektvoll, aber doch dringlich. „Da ist Besuch!“

„Raus. Wir spielen Faust. Siehst du das denn nicht!“

Hinter Michael erscheint ein Paar, ein Herr und eine Dame, sonntäglich angetan. Tante Troll streift sie mit einem Blick.

„Moment. Erst müssen wir fertig sein.“

Es sind die Gutsleute vom Nachbardorf, nette, ältere, würdige Herrschaften, mit denen sie im freundschaftlichen Verkehr stehen. Sie bleiben im Halbdämmer stehen und warten. Michael schiebt der Dame schließlich einen Sessel in die Kniekehlen und dem Herrn einen lehnenlosen Hocker. Etwas anderes ist gerade nicht greifbar.

„Danke. Wir wollen nicht stören!“

„Gleich! Wir sind sofort soweit“, verheißt Tante Troll.

„Nenn's Glück – Herz – Liebe – Gott – ich habe keinen Namen dafür ...“

„Guten Tag. Nein, kommen Sie doch näher“, sagt Tante Troll etwas später im unbefangensten Umgangston, „wie reizend, daß Sie einmal vorbeikommen!“

Auch Rose begrüßt die Bekannten, stellt Dr. Markus und Dinger vor und türmt dann Teller, Tassen und Bestecke aufeinander, um alles in die Küche zu tragen. „Ich mache neuen Kaffee.“

„Du, die waren zum Mittagbrot eingeladen, glaub' ich“, meint Michael, als sie die Last absetzt. Sie sieht ihn an.

„Zu Mittag? Es ist zwei.“ Sie hat kurz vorher auf

ihre Armbanduhr gesehen. Die Küchenuhr steht auf halb sechs. Sie kann unmöglich recht haben. „Weißt du das auch genau?"

„Na klar. Sie sind ja auch schon seit anderthalb Stunden da!"

„Wir tun, als wüßten wir das nicht." Rose reißt eine frische Tischdecke aus der Truhe. „Ganz harmlos – ich decke den Tisch neu."

Vielleicht war sie etwas zu harmlos und unbefangen. Als sie, leicht und fröhlich plaudernd, die Decke über den Tisch auf der Veranda breitet, sieht sie, daß sie einen Oberbettbezug erwischt hat. Noch dazu einen, der einen Riesenriß auf der Seite hat, die nach oben kommt.

Sie entschuldigt sich verwirrt, zieht das Tuch wieder vom Tisch und läuft ins Haus.

Michael hat schon kräftig gewerkelt. Es riecht nach Kaffee, herrlich riecht es. Rose merkt, daß sie vergessen hat zu frühstücken. „Haben wir noch Kuchen?"

„Ich weiß nicht. Geh, ich besorge das schon!"

Rose deckt den Tisch neu. Diesmal klappt es. Sie wendet die „bewährte Verschleppungstaktik" an, fragt, ob man etwas auf dem Plattenspieler hören möchte, plaudert und horcht nach rückwärts. Nach zehn Minuten – zehn Minuten können lang sein – erscheint Michael mit einem Teller, auf dem Kuchen hochgetürmt und lecker liegt. Michael ist ein Prachtkerl.

„Warst du beim Bäcker?" flüstert Rose, als sie noch einmal in die Küche rennt, atemlos. Michael strahlt. Auf der Veranda ertönen die kräftigen Stimmen der Donkosaken aus dem Plattenspieler.

„Klar. Hier war doch nichts mehr“, antwortet er. „Mit dem Rad. Beinah wäre ich hingeschmiert, weil ich so schnell gefahren bin, und an der Ecke kam mir einer entgegen, links. Aber ich mußte doch – Schwerdtners haben immer solchen Hunger!“

„Und bezahlt? Woher hattest du denn Geld?“

„Na gar nicht. Soviel Kredit werden wir wohl noch haben!“

Er sagt das im Schutze der draußen brausenden Musik etwas laut. Etwas zu laut. Die Donkosaken haben soeben ausgesungen. Michaels Worte, von der rauhen Jungenstimme herausgestoßen, hallen noch in Roses Ohren. Man muß sie draußen gehört haben.

Josi, in Hose, Turnhemd und Gummistiefeln, steht oben auf dem Haufen und stößt die Gabel mit dem Fuß in den Mist, als grübe sie mit dem Spaten. Der Pony-Zweispänner ist nahe herangefahren; es ist eine Lust, Gabel auf Gabel von dem braunglänzenden Pferdemist hinüberzuwerfen. Michael packt. Er kann das gut.

Die sogenannten Kleinen sind allein zu Hause. Tante Troll ist mit Kurt Dinger in die Pilze gegangen, Rose fährt Dr. Markus. Die Putzfrau kommt wieder einmal nicht. Es sind Herbstferien.

„Zehn Mark müssen sie uns aber für die Fuhre geben!“ sagt Josi soeben und wischt sich mit der Unterseite des Arms die Haare aus dem Gesicht. „Mindestens! Wenn wir sie auch noch ins Haus fahren!“

„Werden sie schon“, kräht Volker, „dafür kaufen wir Hafer!“ Michael sieht kurz zu ihm hin.

„Dafür werden Rechnungen bezahlt“, murmelt er.

„Was heißt – Rechnungen? Mit zehn Mark reicht's kaum für eine.“

„Das hier gibt aber sicher drei Fuhren“, schnauft Josi unerschüttert und gräbt weiter. „Achtung, Micha, Vorsicht! Du wackelst!“

Michael, oben auf dem Wagen, schwankt tatsächlich. Josi läßt die Gabel sinken. Hinter Michael guckt jemand um die Hausecke, vorsichtig wie ein Indianer auf dem Kriegspfad.

„Thomas! Mensch!“ Sie springt vom Misthaufen und läuft ihm entgegen. „Thomas, das ist eine Wolke, daß du kommst!“

Es ist wahrhaftig Thomas Stetten. Er ist gekommen, um sich zu verabschieden, bevor er Tübingen und die Gegend verläßt. Er fragt zunächst nach Rose. Als er hört, daß sie im Augenblick nicht da ist, seufzt er erleichtert auf. Die Kleinen schleppen ihn sogleich in den Garten, wo er Schäker, den kleinen Hengst, bewundern muß, der „unglaublich“ gewachsen ist. Thomas staunt ehrlich.

„Er ist ja überhaupt kein Baby mehr, nein, und was für eine merkwürdige Farbe er kriegt!“

„Ja, wir müssen ihn also verkaufen.“ Josis Stimme verliert die Fröhlichkeit von vorhin, sie wird leise und betrübt. „Eigentlich wollten wir ja tauschen. Aber es sind so viele unbezahlte Rechnungen da, verstehst du. Von Vaters Büchern. Und von der Praxis. Das neue Sprechzimmer ist auch noch nicht fertig bezahlt.“

„Ja, aber die Praxis läuft doch weiter? Rechnet Rose denn nicht ab?“

„Doch. Jedenfalls will sie es. Aber sie hat so wenig Zeit. Sie muß die Leonie fahren, Dr. Markus kann es sicher auch, aber er meint, es sei besser, sie tue es. Und Rose fährt furchtbar gern."

Thomas steht und streichelt den kleinen Hengst. Ohne aufzusehen, fragt er:

„Dr. Markus? Wie ist er denn – ich meine, das ist doch euer neuer Vertreter? Ja, ist er nett?"

„Oh, furchtbar nett. Lustig und alles. Rose fährt ihn immer, sie stecken dauernd zusammen. Er hört sie ab, glaube ich. Und neulich haben sie zusammen Faust gespielt, das war zum Quieken."

„Faust? Zum Quieken?" Thomas sieht Josi mit einem nicht sehr geistreichen Gesicht an.

„Na, Tante Troll war Marthe Schwerdtlein und Dinger Mephisto, da kannst du dir ja vorstellen!"

„Dinger ist hier?" fragt Thomas tief verwundert und vergißt im Augenblick seine Verwunderung über das vorher Gesagte. „Was macht denn Kurt bei euch?"

„Urlaub. Abends spielt er Schach mit Tante Troll, und früh wäscht er manchmal ab. Das muß er nicht; aber er sagt, das freut Tante Troll. Und er tue es ja sonst nie."

„Hattet ihr nicht eigentlich eine Ärztin als Vertretung?" fragt Thomas nach einer Weile. Er hat sich auf die alte, halbvermorschte Gartenbank gesetzt und zündet sich eine Zigarette an. „Möchtest du auch eine, Micha?"

„Nein, danke. Wir haben uns geschworen, nicht zu rauchen, bis alle Rechnungen bezahlt sind", sagt Michael leise, ein wenig geniert. Thomas sieht ihn an.

„Wer denn? Tante Troll?"

„Ja, die auch. Und Rose und Sö und ich und Josi und Volker auch."

Da werdet ihr ja Reichtümer sammeln, in der Tat, denkt Thomas. Er sagt es aber nicht. Er kommt auf seine vorherige Frage zurück.

„Und die Ärztin? Wie war die?“ beharrt er. Josi zuckt die Achseln.

„Ungemütlich sauber. Wirklich, kannst es glauben. Un-anständig sauber. Das hättest du auch nicht ausgehalten. An der Scheuerleiste fuhr sie mit weißen Handschuhen entlang!“

„Und wenn eins von uns das Telefon benützt hatte, verlangte sie, daß Josi es mit drei verschiedenen Tüchern hintereinander abwischte. Den Hörer jedenfalls. Als ob wir die Lepra hätten“, erzählt Volker entrüstet. „Nee, weißt du, sauber sein ist ja ganz schön. Im Sommer putzen wir die Ponys auch – im Winter soll man es nicht, da zerstört man nur das Schutzfell.“

„Und ihr verkauft den Schäker?“ fragt Thomas. Josi nickt.

„Ja, in ein anderes Dorf. An einen sehr reichen Mann. Der hat dort zwei Reitpferde stehen, er ist Fabrikbesitzer. Aber ob er –“

Sie bricht ab. Ihre Stimme wäre beinah umgekippt.

„Ob er was?“ fragt Thomas leicht dümmlich. Er konnte sich doch denken, was kommt.

„Ob er gut zu ihm ist.“ Josi macht sich an ihren Gummistiefeln zu schaffen, sie putzt und wischt daran herum, obwohl sie doch gleich wieder damit in den Mist steigen wird.

„Ja“, sagt sie dann, „es geht nicht anders. Und er zahlt fünfzehnhundert Mark. Das ist der Schäker aber auch wert, alles, was recht ist!“

Sie dreht sich wieder um und erklettert neuerlich

langsam und etwas umständlich den Misthaufen. Schweigend treibt sie die Gabel hinein. Thomas steht dabei.

Dann legt er seine Aktenmappe weg, streift die lange Hose ab – drunter trägt er seine kleine blaue Sporthose – und krempelt die Ärmel hoch. „Habt ihr eine Gabel für mich?"

„Ja, warte. Und Lars' Stiefel." Michael läuft davon, Josi sieht Thomas dankbar an.

„Nett, daß du mitmachst. Wir wollen heute so lange Mist fahren, bis alles raus ist. Jetzt brauchen die Gärtnereien welchen."

Die Sonne fällt herbstlich silbern schräg in den Hof. Der Himmel ist hoch und gläsern. Thomas, der körperlichen Arbeit seit Jahren entwöhnt, fühlt eine angenehme Wärme in sich aufsteigen und sanft durch den ganzen Körper ziehen. Man sollte jeden Tag ein Fuder Mist laden, denkt er. Überhaupt, ach, nirgends kann es so schön, so still und trotzdem so warm lebendig sein wie hier. Nirgends? Dort, wo er hinstrebt, nun mal auf keinen Fall.

Er bremst diesen Gedankengang ab. Jetzt ist er hier. Die Kinder arbeiten schweigend. Von drüben, vom Garten her, hört man von Zeit zu Zeit einen Apfel ins Gras fallen. Sonst ist es still. Thomas hat das Gefühl, seit langem nichts so Angenehmes getan zu haben. Freilich, nach dieser Schufterei am Schreibtisch! Was wird Rose sagen, wenn er da ist? Sie müssen heute abend feiern, ganz groß. Er hat seinen Doktor noch mit niemandem gefeiert. Heute abend geht's los! Oh, er freut sich darauf, er freut sich vor allem darauf, die Bombe platzen zu lassen. Wie wird er es anfangen? Sich vorstellen, steif und konventionell: „Dr. Stetten, sehr angenehm –“ oder wie? Erst gar nichts sagen? Und beim ersten Glas –

Rose wird doch nicht mehr böse sein, daß er damals so sang- und klanglos verblühte? Sang- und klanglos trifft es nicht ganz – eigentlich mit Krach. Sie hatten sich gezankt, besser: Rose hatte ihn beschimpft, und die Hand war ihr auch ausgerutscht, milde gesprochen. Er weiß auch genau, weshalb, er ahnt es jedenfalls. Sö – Rose muß etwas gesehen und falsch gedeutet haben, völlig falsch. Nun, jetzt ist er ja hier und bereit, das alles aufzuklären.

Er möchte sich verabschieden. Er möchte hierher zurückdenken können ohne Nachgeschmack, ohne Bitterkeit, ohne das Gefühl, etwas falsch gemacht und nicht zurechtgerückt zu haben. Er möchte – nein, so weit wagt er nicht zu denken. Wer weiß, wie lange er fortbleiben wird. Wenn man in die Welt hinausstrebt, jung und soeben erst fertig, dann soll man noch nicht ans Wiederkommen denken. Das bremst. Das gibt eine ganz falsche und schiefe Perspektive.

Er selbst hat kein Daheim. Vaters Wohnung in Hamburg ist längst keins mehr. Seine eigene Bude in Tübingen auch nicht. Am ehesten das Institut. Aber auch das ist mit dem hier nicht zu vergleichen, mit diesem Heim, von dem wahrscheinlich nicht einmal Rose weiß, was sie daran hat. Rose sieht die Mängel und Fehler und geniert und entschuldigt sich dafür. Aber –

Thomas schuftet. Josi lacht ihn anerkennend an. Aber er sieht sie überhaupt nicht. Er denkt so heftig, wie er arbeitet. Das Fuder ist voll geworden, ohne daß er es gemerkt hat. Beinah enttäuscht hält er inne, als Michael abwinkt.

„Aufhören!"

Thomas fragt:

„Fertig?" Es klingt enttäuscht.

„Aber nein! Wir fahren es nur weg und sind in einer Viertelstunde wieder da. Dann geht's weiter. Geh doch inzwischen hinein."

„Ach, lieber bleib' ich hier. Es ist so schön hier draußen. Ich hab' viele Wochen im Zimmer gesessen." Er sieht zu, wie die Kinder einspannen, streichelt die Ponys und schlendert in den Garten. Dort hebt er einen Apfel auf und beißt in die schaumige Süße hinein. Was tut's, wenn er madig ist? Die Bäume sind alt, ungepflegt und seit Jahren nicht ausgeholzt. Aber die Äpfel, die sie jedes Jahr spenden, sind süß, süß. Sie schmecken nach Heimat. Thomas lächelt und wirft den Apfelrest weit über die Mauer.

Über die Mauer. Dort hat er damals mit Sö gesessen – als sie so traurig war – als sie ihm ihr Herz ausschüttete. Kein Mensch ahnt, was hinter Sös hübscher Fassade vor sich geht. Auch er war überrascht. So ein großer, „wertbeständiger" Kummer. Wie mag sie sich damals herausgekämpft haben? Daß sie es tat, bezweifelt er nicht. Die Hoferkinder sind allesamt tapfer und zupackend, eins wie das andere.

Thomas hat selbst Geschwister. Sie sind viel älter und völlig anders als er. Sie sind kühl, strebsam, jeder für sich, und erfolgreich. Die denken nicht daran, „wir" zu denken. Jedes denkt „ich" und nochmals „ich". Er stellt sich vor, daß sie gemeinsam sparen könnten, um Vaters Schulden abzuzahlen. O weh, dazu reicht keine Phantasie aus. Noch nie ist ihm das so klargeworden wie heute, daß sie ihm fremd sind, eine andere Welt. In seiner Welt werden die äußeren Erfolge nie großgeschrieben werden. Dafür etwas anderes. Etwas Besseres.

Thomas denkt an Sö. Er denkt an Michael und Josi und Volker und Lars. Und natürlich an Rose, zunächst an Rose. Es ist aber, als könnte man Rose und den Gedanken an sie gar nicht isolieren. Sobald man an sie denkt, denkt man auch an all das, was zu ihr gehört.

Er ist hergekommen, um mit ihr zu sprechen. Als sie nicht da war, fühlte er erst Enttäuschung und dann Erleichterung. Er ist froh, mit den Kindern sprechen und arbeiten zu können.

„Hallo, Thomas!" Da sind sie wieder. Er wendet sich zu ihnen zurück. Nicht denken, nicht denken.

Und dann kommt endlich Leonie. Sie hören es brummen, Volker spitzt die Ohren und sagt, schon ehe man überhaupt entscheiden kann, ob das Brummen von einem Flugzeug oder einem Wagen herrührt: „Das sind sie."

Sie sind es wirklich. Der Wagen biegt in den Hof.

Er fährt bis zur Garage, deren Wellblechtür offensteht. Die eine Türhälfte allerdings ist etwas zurückgefallen. Das hindert den Wagen hineinzufahren. Deshalb hält er davor.

Thomas späht hinüber. Rose sitzt nicht links, nicht am Steuer. Dort steigt der Arzt aus, von dem die Kinder gesprochen haben. Er geht um den Wagen herum und öffnet die rechte Tür. Da sitzt Rose. Er hilft ihr heraus.

Rose gibt ihm die Hand und läßt sich hochziehen, lehnt sich dann an ihn an. Er legt den einen Arm um ihre Schulter. So gehen sie ins Haus. Man kann sie vom Hof her zwei, drei Schritte gehen sehen, langsam, dicht nebeneinander, ehe sie von der Hausecke verdeckt werden.

Thomas hat hinübergesehen und sticht jetzt die Gabel mechanisch wieder ein. Er tut es heftig und kräftig, kräftiger als zuvor. Josi beobachtet es mit Befriedigung. Sie dachte, jetzt, wo Rose da ist, wird er ihnen die Arbeit hinwerfen und zu Rose laufen. Er tut es nicht. Sie laden die zweite Fuhre und fahren sie weg.

Als sie dann zurückkommen, ist Thomas allerdings nicht mehr da. Er wird hineingegangen sein ins Haus, sich gewaschen und umgezogen haben. Lars' Gummistiefel jedenfalls stehen säuberlich nebeneinander an der Waschküchentür. –

An diesem Abend gibt es noch eine Sensation im Doktorhaus. Eins der beiden größeren Ponys fohlt. Dieses Ereignis kommt ziemlich überraschend, man hat zwar monatelang gerätselt und hin und her debattiert, ob die Stute tragend ist oder nicht, sich aber schließlich damit beschieden, daß sie es nicht ist, und sie ruhig weitergeritten. Bei Ponys ist Trächtigkeit sehr schwer festzustellen. Josi findet Mutter und Kind. Sie ist abends noch einmal in den Grasgarten gelaufen. Ach, welch ein Glück, welch eine Überraschung! Und welch ein Trost, wieder ein Fohlen zu haben, da Schäker verkauft wird!

Diesmal ist es eine kleine Stute, wollig und süß. Josi hat im Handumdrehen die Geschwister benachrichtigt.

Über dieser Aufregung entgeht allen, daß Rose nicht kommt. Später hört man, sie sei schon schlafen gegangen. Und auch, daß Thomas Stetten dagewesen war, entschwindet dem Gedächtnis der Kinder ganz. Erst Tage später erzählen sie davon.

Eine Entscheidung

Rose liegt im Bett. Josi hat ihr soeben die Kissen gerichtet und ihr dabei abschließend mit zärtlicher Hand auf die Decke geklopft, so daß man sich eigentlich darunter vor Schmerzen krümmen müßte. Rose ist das gewohnt. Josi hat eine Art zu pflegen, daß man besser wieder gesund wird, um ihr zu entgehen. Das ist schließlich auch eine Therapie!

Rose hat eine schwere Grippe hinter sich. Sie ist nach der plötzlichen Fieberattacke entsetzlich matt, mag nichts essen, nichts denken, nicht einmal trinken. Sie ist ganz gleichgültig. In ihrem Kopf summt es, und die Hände sind merkwürdig weit weg vom Körper. Rose liegt still auf dem Rücken. Wenn jemand kommt, macht sie die Augen zu.

Ähnlich ging es ihr schon einmal, damals, vor nun zwei Jahren, als ihr Vater ihr anbot, in Genf zu studieren, und sie nicht weg wollte. Weil – nun, weil hier jemand war, von dem sie sich nicht trennen konnte, damals.

Jetzt kann sie über dies alles nur lächeln. Aber damals war es Ernst. Sie konnte sich nicht entscheiden. Es wurde dann für sie entschieden, wie das manchmal so ist. Und jetzt ist sie längst soweit, daß sie weiß: Es war gut so. Damals aber hatte sie auch dieses Gefühl des Zerrissenseins, des Mittendurch-gerissen-Werdens wie jetzt. Auch damals hatte sie plötzlich eine schwere Grippe bekommen. Vielleicht ist das eine Abwehrmaßnahme ihres Körpers. Er weigert sich, dieses ewige Hin und Her mitzumachen, und flüchtet in Krankheit und wildes Fieber. Das dreht das Denken ab. So jedenfalls erklärt es sich Rose.

Sie will auch gar nicht „gesund“ werden. Sobald sie aufsteht, sieht sie sich wieder vor der Frage. Sie will und kann sie nicht beantworten, sie will und kann sich nicht entscheiden. Wie der Esel zwischen den zwei Heubündeln kommt sie sich vor. Dabei lag die Sache bei jenem Grauchen sehr viel einfacher: Heu schmeckt rechts wie links und sättigt auch rechts wie links. Rose aber hat das Gefühl, daß sie, wohin sie sich auch wendet, etwas Wertvolles, nicht zu Ersetzendes, Kostbares verliert. Etwas, was nicht wiederkommt. Auf der einen wie auf der andern Seite. Schrecklich.

Es klopft. Tante Troll sieht herein. Ob Kurt Dinger sich verabschieden dürfte? Er will endlich wieder heim, das heißt, er muß zurück zu seiner Zeitung. Allmählich wird es ja auch Zeit.

Nicht, daß das Doktorhaus seiner überdrüssig würde. Dinger war ein angenehmer Gast. Er störte nie. Tante Troll wird die abendlichen Schachpartien vermissen.

Rose nickt. Dinger kommt herein und verabschiedet sich mit blumenreichen Worten, bedankt sich für den unvergeßlichen Aufenthalt und fragt, ob er Thomas grüßen dürfe. Rose nickt wieder. Sie sagt dazu: „Warum nicht?“ Es soll gleichgültig klingen. Ganz gelingt es nicht.

Sie schließt die Augen, als die beiden gegangen sind. Sie ist doch noch sehr krank. Ihr Herz lärmt so merkwürdig in der Brust, noch lange nachher. Nie hat sie etwas mit dem Herzen gehabt. Sie legt den Kopf zur Seite und schläft ein, sehnsüchtig nach Ruhe. Aber sie träumt entsetzlich. Wie ein Alpdruck hockt es plötzlich auf ihr, sie wehrt und wehrt sich, sie stöhnt und versucht aufzuwachen. Schließlich gelingt es ihr. Sie hört noch ihr eigenes Keuchen. Ihre Stirn ist naß von Schweiß.

„Na, was gibt's denn?"

Dr. Markus' Stimme. Rose schlägt die Augen auf. Er steht neben ihrem Bett und sieht auf sie herunter.

„So scheußliche Träume? Warten Sie."

Rose hat die Augen wieder geschlossen. Er hantiert am Tisch, Glas klirrt. Dann fühlt sie etwas Kühles an ihrem Mund. Sie trinkt. Es schmeckt säuerlich und frisch.

„Danke, ja. Wie kann man nur so träumen!"

„Jetzt wird nicht mehr geträumt", sagt er. Er hat sich auf den Stuhl neben ihrem Bett gesetzt und legt ganz leicht die Hand auf ihre. „Jetzt sind alle Gespenster verscheucht. Ganz ruhig. Augen zu. Ich bin ja da."

Rose fühlt, wie sie tatsächlich ruhiger wird. Ruhig, beruhigt. Er ist da. Er sitzt neben ihr, ganz selbstverständlich, nichts kann an sie heran, während er da ist. Noch einmal öffnet sie die Augen ein ganz klein wenig. Er sieht sie an und lächelt. Das ist genug.

„Tja, Kollege."

Der Professor hat die Brille abgenommen und liest die Diagnose noch einmal durch. Dr. Hofer beobachtet sein Gesicht drei Sekunden lang und senkt dann die Augen.

Er hat nichts anderes erwartet. Geduld, Geduld. So etwas kann nicht von heute auf morgen heilen. Wer weiß das besser als er. Immerhin scheint es nicht schlimmer geworden zu sein.

„Wir sind jetzt unter uns“, sagt der Professor jetzt und legt den Film aus der Hand, „überall dasselbe. Ein bißchen sehr ins Zeug gegangen mit seinen Kräften, überfordert, Nacht zum Tage gemacht. Nun, dafür müssen Sie eben jetzt Ferienkind in Mergentheim spielen. Sagen wir bis nächsten Mai. Wie ist es zu Hause? Läuft der Betrieb?“

„Ich nehme an. Natürlich werden mir nur die guten Nachrichten übermittelt.“ Dr. Hofer lacht leise. „Aber einen Vertreter habe ich.“

„Ist ja großartig! Denn ich weiß, wie schwierig das oft ist. Also schalten Sie ruhig ab. Nächstes Jahr sieht alles anders aus. Und sagen Sie mal ehrlich: Hat es nicht auch sein Gutes, hier zu liegen, von allen gern gelitten, ohne Telefon, ohne nächtliche Störungen? – Na also. – Ich sehe wieder nach Ihnen. Bis dann.“

Er lacht Dr. Hofer an, wie ein Sanatoriumsarzt zu lachen hat, gleichzeitig rücksichtsvoll mitfühlend und ermunternd. Dr. Hofer lächelt bereitwillig zurück. Dann ist er wieder allein.

Er liegt ganz still. Natürlich hat alles sein Gutes, auch dies. Plötzlich ist er nicht mehr an die sechzig Jahre alt, ein schon grauer, stillgewordener, zur Zeit ein wenig müder Mann, Dr. med. und Familienvater, sondern wieder ein Junge, sechzehnjährig, schlaksig und unfertig und wohl noch ein wenig tapsig und ungeschickt, sonst wäre ihm das nicht passiert. Er ist vom Barren schlecht abgekommen und liegt nun im kleinen Operationssaal, und ein netter Arzt steht vor ihm, ähnlich wie der Kollege vorhin. Ganz deutlich sieht er die lustigen Augen des jungen Mannes im weißen Kittel, der ihn versorgt und tröstet, munter und im Jargon junger Leute, der nichts mit läppischer Kindersprache zu tun hat, sondern genau ankommt.

„Ja, für vier Wochen ist's vorbei mit der Käferkrabbelei. Glatte Waden-Schienbein-Fraktur, sozusagen ganze Arbeit. Schlimm? Rendezvous, was man nun verpaßt? Kann ich was ausrichten?"

„Danke, nein. Nicht ganz so schlimm – oder besser schlimmer. Wie man's nimmt. Morgen haben wir Fußball gegen die Schloßschule. Ich Rechtsaußen. Sehr gemein, daß ich ausfalle."

„Hm. Weißt du eigentlich, daß ein Unglück immer ein Glück auf dem Buckel trägt? Ist eine alte Redensart. Freilich auf dem Buckel, also auf dem Rücken, man kann es nicht gleich sehen. Wie wär' es, wenn wir deinen Fall einmal rundum betrachteten? Versuch es mal. Wer springt ein?"

„Einer aus der Parallelklasse."

„Und der ist?"

„Der ist – objektiv betrachtet – gar nicht mal schlecht."

Dr. Hofer weiß, wie schwer es ihm damals fiel, das zu sagen. Aber der junge Arzt sprach so erwachsen mit ihm, so gleichberechtigt – es war, als wüchse man daran. Jetzt lächelte er.

„Na bravo. Das Spiel geht also auch ohne dich nicht schief. Und du machst Ferien. Zunächst hier, damit wenigstens die Schularbeiten ausfallen. Etwas muß man ja auch davon haben, daß man ein Bein brach, finde ich."

Hans Hofer lachte. Der andere fuhr fort:

„Ich habe eine Bitte. Verstehst du dich auf Briefmarken?"

„Weshalb?"

„Weil – ich bin ein leidenschaftlicher Sammler. Aber dazu, die Marken zu ordnen, komme ich nicht. Könntest du das nicht für mich tun? Ist zwar kein Fußball, aber auch ganz nett. Etwas Zweitbestes, weißt du. Ich ordne alle Dinge dieser Welt in Bestes und Zweitbestes ein. Drittbestes gibt es nicht mehr, das lasse ich unter den Tisch fallen. Aber Zweitbestes ist nicht zu verachten und mitunter sogar besser als Bestes. Schönes Deutsch, was? Aber eine wahre Erfahrung."

Hans Hofer nickte. „Doch, ich glaube." Er ließ sich die Briefmarken bringen. Es wurden genußvolle vier Wochen, nicht nur der Marken wegen. Der junge Arzt hatte sie ihm, ungeordnet in einem Kasten liegend, gebracht. Außerdem aber legte er ihm noch ein Buch auf die Bettdecke, in dem ein paar weitere Marken, abgelöst und getrocknet, zwischen den Seiten verteilt waren. Und als Hans Hofer alle Marken eingeordnet hatte, sah er sich, gelangweilt, das Buch an. Bald aber war er nicht mehr gelangweilt.

Die Geschichte der antiken Medizin. Damals fing er an, darüber zu lesen, und sie hatte ihn dann durch ein halbes Leben begleitet. Heute weiß er längst, daß Zweitbestes besser sein kann als Bestes.

Zu Hause ist ein Vertreter. Vielleicht ist dieser Ersatzmann sogar, wie damals der aus der Parallele, der bessere? Und er selbst kann sich getrost dem zuwenden, was damals zuallererst Wurzeln ins Erdreich senkte, zarte, noch kaum wahrnehmbare Wurzeln. Sie haben sich festgesogen, sind stärker geworden und unausrottbar und treiben nun Stengel und Schaft, seit einem halben Menschenalter. Vielleicht gibt es sogar noch einmal Blüten.

Dr. Hofer schreibt. Er kann im Liegen schreiben. Es hat Maler gegeben, alt und krank, die haben im Liegen gemalt. Warum soll man nicht im Liegen schreiben lernen?

Die Luft hier in der Halle ist leicht und klar. Und wenn die Hand von der Herbstkühle ein wenig klamm wird, zieht man sie unter die Decke und erwärmt sie wieder.

Inzwischen ordnen sich die Gedanken neu. Gedanken erstarren nicht, sie brauchen weder Heizung noch Platz, man hat sie immer zur Hand und kann sie weder verlieren noch verlegen, und keine putzende Haus- und Zugehfrau wirft sie in den Papierkorb. Gedanken brauchen nur eins: Ruhe. Zu Hause hat man keine.

Das Zweitbeste kann das Bessere sein. Dies hat er begriffen, als er sechzehn war. Heute begreift er es aufs neue. Er lächelt. Und gleich darauf bekommt sein Gesicht wieder den gesammelten, hingerissenen und vertieften Ernst, den ein schreibender Mensch leicht bekommt. Wenn er etwas schreibt, was ihm wichtig ist, etwas, was kein anderer schreiben könnte, wie er meint. Und das meint wahrscheinlich jeder, der schreibt.

„Was ist denn mit Josi los?“ fragt Michael eines Abends. Er ist nach Hause gekommen, müde vom Schuften an der frischen Luft, unlustig, jetzt noch mit Schularbeiten anzufangen, und sitzt am Abendbrottisch wie ein Bauer, beide Ellbogen aufgelümmelt. Tante Troll schiebt ihm einen Teller Bratkartoffeln hin.

„Was soll denn sein?“ fragt sie uninteressiert. Michael schiebt die erste Gabel voll Essen in den Mund.

„Sie hopst im Hof rum und singt. Hat vielleicht der Schäker gefohlt? Oder Dr. Markus?“

„Red nicht so dämlich“, murrt Tante Troll verdrossen, „nie hat man Ruhe vor eurem Unfug. Könnt ihr euch nicht benehmen wie anderer Leute Kinder?“

„Sind wir denn welche?“ fragt Michael. Es klingt halb spöttisch, halb melancholisch, nicht rebellisch, auch nicht frech. Eher nachdenklich und etwas müde. Tante Troll merkt, daß sie endgültig von ihren eigenen Gedanken Abschied nehmen und auf ihn eingehen muß. Sie tut es mit einem merklichen Ruck.

„Ja, etwa nicht?“ Sie sieht ihn an. „Was sonst?“

Sein Gesicht ist braun und sieht gesund aus, obwohl es jetzt vor Müdigkeit mager und wie in die Länge gezogen ist. Um Kinn und Oberlippe liegt ein dunkler Schatten, Bartflaum, dunkel, obwohl Michael blond ist. Dieser Flaum muß schon verschiedentlich rasiert worden sein, sonst wäre er weicher.

Der Junge hat recht. Sie sind längst keine Kinder mehr, die „Kleinen“ im Haus Hofer. Sie sind – ja, was denn? Erwachsen? Das denn doch nicht. Also?

„Hier. Ich habe es noch nicht angerissen“, sagt Michael und schiebt einen Umschlag voller Scheine über den Tisch, „viel ist’s nicht, Gärtnereien können sich keine teuren Hilfskräfte leisten. Aber vielleicht stopft's ein Loch."

„Danke", sagt Tante Troll leise. In diesem Augenblick tut ihr der Junge mehr leid als nötig. Er gibt all seine Freizeit daran, hier zu helfen, daß die Karre aus dem Dreck kommt. Freilich, auch andere Jungen verdienen sich etwas. Meist aber tun sie es für ein Steckenpferd, einen bisher unerfüllbaren Wunsch, nicht aber für die Familie.

Tante Troll weiß plötzlich hellsichtig, daß Michael, gerade Michael, von den häuslichen Sorgen am härtesten getroffen worden ist. Volker und Josi haben einander, Sö ist gut aufgehoben, und die andern sind älter. Micha aber –

Michael stand immer ein wenig allein. Zwischen zwei Schwestern geboren, ergab sich das so: Der eine Bruder war zu groß, der andere zu klein. Immer war er auf sich selbst angewiesen. Was geht in ihm vor? Leidet er? Niemand weiß es.

„Iß, Junge", sagt Tante Troll, unwirsch vor unterdrücktem Mitleid, „ich habe noch einen Teller Pudding. Schmeckt's denn?"

„O ja. Danke. – Wollen wir nicht erst mal nach den Kleinen sehen?"

„Richtig. Dann komm also."

Sie gehen hinaus. Josi sitzt auf dem Dach der Garage und singt. Volker ist nicht zu sehen.

„Komm runter. Wo ist Volker?" fragt Tante Troll barsch.

„Im siehiehiebten Himmel", jubiliert Josi nach eigener Melodie, „im siehiehiebten Himmel – und ich auch."

Tante Troll gibt Micha einen Wink. Der Junge schwingt sich auf den Zaun und stemmt sich von dort aufs Dach. Er packt Josi beim Kragen und bugsiert sie energisch und nicht eben brüderlich sanft auf den Erdboden zurück. Josi protestiert.

„Du bist gemein. Ich wollte eben –“

Tante Troll nimmt sie um die Schultern. Dabei streift Josis Atem ihr Gesicht. Sie fährt zurück, schnuppert dann noch einmal. Es stimmt.

„Bist du betrunken?“

Diese Frage ist nicht unberechtigt. Josi – und Volker auch, den Michael eben aus dem Ponystall zutage fördert – hat einen gehörigen Schwips. Du lieber Himmel, woher? Und wieso?

Die Erklärung ist einfach. Im Dorf wird eine Hochzeit gefeiert. Josi und Volker, immer darauf aus, Bargeld zu verdienen, haben sich erboten, alle leeren Flaschen abzuholen und zurückzubringen. Bei Hochzeiten ist es üblich, daß die Kinder, die dieses Amt übernehmen, das gezahlte Flaschenpfand behalten dürfen, eine willkommene Einnahme. Volker indes genügte dieses Vergnügen nicht, er untersuchte, welche Flaschen noch einen Rest enthielten. Den tranken sie aus, beide, alles durcheinander: Bier und Wein, Weinbrand und Sprudel.

Tante Troll ist böse. Mehr auf sich selbst als auf die Kinder, obwohl sie sich immer wieder sagt, daß kein Mensch sie als „Babysitter“ angestellt hat. Freilich, es gibt einen Bibelspruch, der ihr unbequem deutlich im Ohre hallt: Soll ich meines Bruders Hüter sein? Oder die Hüterin der Kinder meiner jüngeren Schwester? Wie komme ich dazu?

Nicht ganz sanft schiebt sie die beiden Sünder vor sich her, dem Haus zu, hält ihnen die Köpfe unter den kalten Wasserstrahl, bis sie sich gurgelnd ihren Händen entwinden, und knurrt:

„Geht schlafen. Ihr bekommt kein Abendbrot."

Ist das nun richtig gehandelt?

Ach, hier müßte eine Mutter her. Eine junge Mutter, mit alten Schachteln wie mit ihr gibt das nichts Ganzes und nichts Halbes. Eine Mutter, die mit den Kindern lacht und sie unmerklich zu vernünftigem Tun hinleitet, die aber solche Unglücksfälle nicht tragisch nimmt. Die sich nicht ärgert, wenn junge Menschen sich jung benehmen. Die über zerrissene Hosen zwar seufzt, aber mit heimlichem Stolz. – Eine Mutter eben.

Tine könnte das, sie ist die geborene Mutter. Aber sie hat einen Beruf und verdient als einziges der Hoferkinder schon wirklich Geld. Alle andern sind in der Ausbildung und kosten noch.

Oder Rose. Rose könnte es auch. Sie müßte es aber hauptberuflich und nicht nebenbei tun. Rose aber studiert.

Tante Troll hat ein schweres Herz. Es ist ja nicht nur, daß sie keine Lust hätte, hier den Krempel richtig zu übernehmen. Dazu würde sie sich, wenn es wirklich auf den Nägeln brennt, schließlich aufraffen. Tante Troll aber hat andere Pläne, seit einiger Zeit.

Sie seufzt. Dann geht sie in ihr Zimmer hinauf, nimmt das feuchte Tuch von dem Tonklumpen, der auf ihre formenden Hände wartet und schon in seinen Konturen ahnen läßt, was aus ihm werden wird. Tante Troll steht eine Weile davor. Einmal zuckt es in ihren

Augen, und sie hebt die Hand, als wollte sie sie unbeherrscht und zerstörend auf das weiche Material niedersausen lassen. Dann aber nimmt sie nur das Tuch und zieht es über den Ton, langsam, behutsam und ein bißchen so, wie man das Antlitz eines sehr teuren Verstorbenen bedeckt. Sie merkt das selbst, ärgert sich über diesen Gedanken und zündet sich eine Zigarette an. Freilich muß hier etwas geschehen, deshalb aber braucht man sich ja nicht so anzustellen, als begrübe man sein letztes Lebensglück.

Rose ist wieder gesund.

Ein wenig blaß, etwas schmaler als sonst, jedoch eifrig bemüht, munter und gleichmütig zu erscheinen, kommt sie eines Morgens zum Frühstück herunter. Man frühstückt jetzt im Wohnzimmer, denn draußen ist es früh noch zu frisch. Es wird Herbst. Die Kleinen sprechen von der Hubertusjagd, die sie mitreiten wollen.

„Das hat doch noch Zeit. Ende Oktober", sagt Rose.

„Na freilich. Heute haben wir den fünfzehnten."

Rose fühlt, wie ihr Herz zuckt. Den fünfzehnten schon? War sie so lange krank? Eben kommt Dr. Markus herein und begrüßt sie mit einem erfreuten Aufstrahlen in den Augen.

„Na endlich! Wie schön!"

Das läßt man sich gern als Begrüßung sagen.

„Wie sind Sie mit der Leonie ausgekommen?" fragt Rose und schenkt ihm ein. Dr. Markus lacht ein wenig unsicher.

„Soweit gut, bis gestern. Ich wußte nicht, daß sie so liebeshungrig ist."

„Wieso?“ Rose sieht unruhig auf. Er lacht behaglich.

„Also, ich biege nichtsahnend um die Ecke an der Mühle, da entdeckt Leonie einen Volkswagen. Ich denke, dieser Anblick ist ihr vertraut. Sie aber, wild und nicht zu halten, stürzt sich auf ihn, ein mannstolles Frauenzimmer in der Tat! Verlust: vordere Stoßstange. Ich bezahle die Reparatur natürlich selbst.“

„Aber wir sind doch versichert.“

„Ich weiß nicht, ob Versicherungen sich auf Liebesrasereien erstrecken.“ Sie sind allein, also kann Dr. Markus unbesorgt so sprechen, ohne daß eins der Kinder, meist das jüngste, das gerade anwesend ist, mahnt: „Es sind Kinder im Zimmer.“ Verkehrte Welt, wie, ach, so oft hier.

„Ich werde Leonie wieder zur Raison bringen“, sagt Rose und steht auf. „Wollen wir los?“

„Wenn Sie sich wieder stark fühlen, mit Vergnügen!“

Sie gehen die kurze Strecke bis zur Garage schweigend.

„Es freut mich, daß Sie wieder mitfahren. Ein schöner Abschluß dieser schönen Zeit.“

Rose schweigt. Erst als sie fahren, fragt sie vorsichtig und so ruhig wie möglich.

„Abschluß, weshalb? Wollen Sie weg?“

„Ich muß wohl.“ Dr. Markus lächelt. „Ich kann ja nicht ewig und drei Tage hierbleiben.“

„Aber Vater schrieb, er müsse noch den Winter über liegen. Tante Troll erzählte es. Wissen Sie das nicht?“ fragt Rose. Es klingt bange, sosehr sie sich bemüht, ruhig zu erscheinen. Ihr Herz fuhrwerkt schon wieder in der Brust herum. Vielleicht ist sie doch nicht gesund. „Gefällt es Ihnen nicht mehr bei uns?“

„Es gefällt mir sehr“, sagt er. Man hört, daß es die Wahrheit ist, was er sagt. „Aber ich bin nicht Herr meiner Entschlüsse.“

Rose schweigt abwartend. Er hat nie von sich erzählt. Einmal hat sie ihn gefragt, da wich er aus. Nichts weiß sie von ihm. Er trägt keinen Ring, er bekommt keine Post. Anfangs hat sie sich darüber gewundert, dann aber gehörte er bald so sehr zu ihnen, daß sie es vergaß. Und nun?

„Bekommen Sie eine eigene Praxis, oder –“ Er ist ja nicht mehr jung. Junge Vertreter warten meist auf eine Praxis. Er jedoch – oh, es ist schwierig. Sie schweigt lieber. Er sieht vor sich hin.

„Praxis – nein. Aber –“

Dann endlich fragt sie, todesmutig und mitten ins Thema springend: „Familie? Frau? Verwandte?“

„Letzteres nicht.“ Warum spricht er so gereizt? Sie fragt doch nicht aus Neugierde. Er merkt, was sie jetzt denkt. Deshalb sagt er, nun selbst befangen und etwas verlegen:

„Wir sprechen noch darüber, Sie und ich“, und schweigt wiederum. Merkwürdig.

Nicht nur merkwürdig. Rose findet es sogar ein wenig unheimlich, wenn einer so heimlich tut. Mit einemmal wird ihr bewußt, wie sehr sie ihn vermissen wird. Seine Ruhe, seine Freundlichkeit, sein Eingehen auf ihre Fachfragen. Warum ist alles Schöne im Leben immer so kurz?

Sie sagt nichts. Er auch nicht. Als er zu einem Patientenbesuch aussteigt, dreht sie sich um und kramt aus der Mappe, die sie wie immer mithat, ein Buch heraus. Es rutscht ihr zwischen Vorder- und Rücksitz. Sie steigt aus dem Wagen, klappt den Vordersitz um und fischt alles, was da unten ein idyllisches Dasein fristet, aus den Tiefen Leonies heraus. Dabei findet sie einen Zettel, den sie erst wegwerfen will und dann, weil man das auf der Straße nicht tut, auf den Nebensitz legt. Als sie wieder ins Auto gestiegen ist, sieht sie ihn an.

Der Zettel ist schmutzig, er muß schon einige Zeit da gelegen haben. Darauf ist eine Zeichnung, ein Gesicht, ihr Gesicht. Es ist karikiert, aber unverkennbar, und nicht häßlich, hämisch, boshaft karikiert, sondern freundlich, ja, liebevoll. Sie denkt an eine Kollegstunde, in der sie müde war und sich ärgerte, weil vor ihr zwei junge Kommilitonen lachten – und dann reckte sie den Hals und sah, daß sie Bildchen malten. Bildchen? Karikaturen – damals eine vom Professor.

Auf dem Papier stehen zwei Namen, in Blockschrift geschrieben, untereinander. Rose Hofer – Thomas Stetten. Die jeweils gleichen Buchstaben beider Namen sind durchgestrichen.

Dies ist ein uraltes Spiel Liebender, das vor allem in langweiligen Schulstunden bis zur Bewußtlosigkeit geübt wird. Ränder von Latein- und Grammatikbüchern geben Zeugnis davon. Man zählt an den übriggebliebenen Buchstaben beider Namen ab wie weiland in Goethes „Faust" Gretchen im Garten an der Margaritenblume. „Er liebt mich – er liebt mich nicht –", oder, etwas fortgeschrittener: „Er liebt mich – von Herzen – mit Schmerzen –" und so weiter. Beziehungsweise: „Sie liebt mich."

Rose kennt dies alles genau. Sie sitzt, starrt auf den Zettel und versinkt in tiefes Grübeln. Bei ihr, bei dem Namen „Rose Hofer" bleibt nur ein einziger Buchstabe übrig, das heißt also, schlicht und ergreifend: „Sie liebt mich". Bei ihm ist es komplizierter. Wenn Rose den alten Spruch abhaspelt, mit dem sie immer operierten, dann heißt es: „Über alle Maßen." Zählt man aber schlicht und einfach ab: „Er liebt mich, er liebt mich nicht", so kommt ein „Nein" heraus. –

Rose sitzt und überlegt und probiert und merkt nicht, daß Dr. Markus aus dem Haus gekommen ist und neben dem Auto steht, an ihrer Seite. Er guckt vorsichtig durch die Scheibe auf sie herunter, sieht sie beschäftigt und wartet. Dann bückt er sich noch einmal und beobachtet, daß sie noch immer einen Zettel in der Hand hält, die Lippen bewegt und sehr nachdenklich ausschaut. Vorsichtig geht er um den Wagen herum, tritt dann lauter auf, räuspert sich sogar und öffnet die Tür. –

An diesem Abend spricht Rose das erstemal vom kommenden Semester. In vierzehn Tagen müsse sie fort, der Ernst des Lebens fange wieder an. Dr. Markus nimmt das Stichwort auf. Auch er muß ja fort.

Tante Troll grollt. Was nun werden solle? Ob er wenigstens einen Nachfolger wisse, zum Kuckuck?

Nein.

Das klingt einsilbig.

Tante Troll erhebt sich verärgert und geht schlafen. Es ist sonst niemand im Zimmer. Rose und Dr. Markus sind spät gekommen. Sie schweigen.

„Können Sie nicht doch noch bleiben?" fragt Rose schließlich. Er sieht auf, durchaus nicht erstaunt.

„Liebe Rose, ich habe Ihnen etwas verschwiegen. Bitte nicht böse sein. Jeder Mensch hat Eigenarten, ich habe diese. Ich bin – wirklich, es spricht sich schwerer aus, als ich dachte –“ Er schweigt wieder.

„Was denn?“ fragt Rose, aufmerksam werdend. Es klingt ein wenig ängstlich. Was kommt jetzt? Sollte er –

„Ich bin – nun, Sie haben gehört, daß ich keine Praxis habe, die auf mich wartet. Nun schön, ich hatte bisher eine in Kiel und bekam jetzt einen Lehrstuhl in Tübingen angeboten. Deshalb muß ich am ersten hier aufhören.“

„Da sind Sie –“ Rose vergißt, den Mund zu schließen.

„Genau. Stört Sie das sehr?“

„Aber wieso denn!“ Rose schweigt. Da macht sie also voraussichtlich das Physikum bei ihm. Eine neue, keineswegs nur liebliche oder verlockende Perspektive. Sie wird nicht sofort fertig damit. Er läßt ihr Zeit.

Schließlich fängt er wieder an, vorsichtig und erklärend.

„Mit dieser Änderung beginnt für mich ein neuer Lebensabschnitt. Ich freue mich auf die Arbeit mit jungen Menschen. – Ich habe wirklich sehr gern mit Ihnen gearbeitet, und der Abschied von der Praxis fällt mir nicht leicht. Deshalb habe ich diese Vertretung dazwischengeschoben. Und ich muß sagen, sie war nicht geeignet, mir den Übergang zum Lehramt zu versüßen. Ich war noch einmal praktischer Arzt, und ich gestehe, es waren fast die schönsten Wochen meines Lebens, die ich hier verleben durfte. Das ist nicht übertrieben. Ich wähle meine Worte genau.“

Er schweigt.

„Trotz unseres Narrenhauses?“ Rose sieht, noch ein wenig geduckt dasitzend, vorsichtig zu ihm hoch. Er lacht.

„Trotz. Oder wegen.“ Dann verstummt er wieder. Auch Rose sagt nichts. Er hat es also auch gespürt. Ihr Herz weitet sich. Sie möchte –

Sie fragt: „Und ein Semester könnten Sie nicht zugeben? Oder ist das eine sehr dumme und aufdringliche Frage, entschuldigen Sie?“

„Bitte. Oh, gar nicht.“ Und dann spricht er weiter, langsam, dringlich und bedeutungsvoll: „Ich würde sehr gern länger hierbleiben, Lehrstuhl hin und her, Rose.“ Er bricht ab. Er steht vor ihr, sieht sie an. Seine beiden Hände berühren mit den Fingerspitzen ganz leicht seine Schläfen. Es sind graue Schläfen, die sattsam bekannten grauen Schläfen eines älteren Mannes.

Rose versteht. Es ist erstaunlich, wie mühelos und ohne Worte sie alles versteht, was dieser Mann meint. Sie wagt nicht zu atmen.

Ruhe. Geborgenheit. Beschützt werden. Zu Hause sein. Das alles hätte sie dann, sie und die Ihren. Ihr Vaterhaus läge in einer Hand, die es erhielte. Warum sagt sie nicht ja? Hat sie sich nicht wochenlang, erst unbewußt, dann immer bewußter, immer deutlicher, genau das gewünscht und ersehnt? Was liegt dazwischen, zwischen einem Ja und dem erträumten Paradies?

Sie weiß es. Ein Zettel. Ein alter, eingerissener, an den Ecken umgebogener Zettel mit einer Karikatur und ein paar Bleistiftkritzeleien. Rose Hofer – Thomas Stetten. Er liebt mich, von Herzen, mit Schmerzen, über alle Maßen.

Soll man das glauben? Schön wäre es. Aber da hätte er ja ruhig einmal aus sich herausgehen können. Vielleicht aber liebt er doch Sö, so jedenfalls sah es damals aus. Oder litt sie an Halluzinationen und hat Sachen gesehen, die nicht wahr sind?

Vielleicht liebt er auch Sö und sie zugleich? Vielen Dank! Entweder – oder. Sie hat Thomas also aus ihrem Herzen hinausgeschoben und versucht, ohne ihn fertig zu werden. Das ging anfangs recht schlecht und dann immer besser, erstaunlicherweise, vermutlich weil – nun, weil da ein anderer kam und alles in die Hand nahm, einem so schön aus der Hand nahm, was einem zu viel, zu schwer und zu bedrohlich zu werden begann. Die Angst und die Sorge, die Mühe und die vielen Ärgernisse. Warum nimmt man nun nicht auch die Hand des anderen, wenn er sie einem so liebevoll entgegenstreckt?

Nicht, weil er graue Haare hat. Er meint zweifellos, sie zögere deshalb. Aber das ist nicht der Grund. Im Gegenteil. Wenn das junge Herz so herumgeworfen und hin und her gerissen wurde, wochenlang, so sehr, daß es schließlich mit Fieber und Krankheit reagierte, dann wünscht es sich eigentlich nichts anderes mehr als Ruhe und Geborgenheit, und wo findet es das besser als an der Seite eines Mannes, der nicht mehr ganz jung, aber um so ruhiger, überlegener und vertrauenerweckender wäre. Eines Mannes, der Schutz ist, nicht nur für sie, sondern für die ganze Familie.

Der dumme Zettel! Der blöde Zettel! Hätte sie ihn doch nicht gefunden, oder erst ein paar Tage später!

Wer weiß, wann Thomas ihn vollgekritzelt hat! Warum hat er eigentlich nicht geschrieben: „Sö Hofer – Thomas Stetten“?

Warum? Er tat es nicht, kurz und schlicht. Er malte „Rose Hofer – Thomas Stetten“ und strich bei diesen Namen die Buchstaben ab.

Stimmt dieses Orakel eigentlich? Liebt sie Thomas? Sie weiß es nicht. Sie sieht ihn neben sich reiten, jung, verschmitzt und gut gelaunt. Sie fühlt beim Tanzen seine Hand auf ihrer Schulter, stark, ein wenig eigenwillig – und sehr angenehm. Sie sieht seine kurze Nase und seine hellen Augen, sie hört seine Stimme mit dem Hamburger Tonfall. Ihr Herz wird heiß, wenn sie an dies alles denkt.

Aber sie sieht ihn auch auf der Mauer sitzen, den Mund an Sös Schläfe. Damals hat sie sich geschworen, ihn nie wieder anzusehen, ihn nie wieder nett zu finden.

Schön, man kann einen Schwur halten. Deshalb aber vergißt man den Menschen doch nicht.

Sie hat Thomas nicht vergessen. Sie weiß das. Es ist ihr im Augenblick klarer als je. Liebt sie ihn noch? Das wagt sie nicht zu beantworten. Wer verlangt auch von ihr, daß sie es ausspricht. Aber vergessen hat sie ihn nicht. Vermutlich wird sie das nie tun.

Wenn man zwanzig ist oder etwas darüber, dann denkt man stets „nie“ oder „immer“. Dr. Markus sieht sie an. Er liest in ihren Augen, ohne daß sie ein Wort sagt.

„Verzeihen Sie“, sagt er leise. Rose möchte in diesem Augenblick die Arme um seinen Hals werfen und ihn festhalten und rufen: „Bleiben Sie! Bleiben Sie!“

Sie möchte Thomas in kleine Fetzen zerreißen, ihn und den Zettel, der in ihrem Präparieratlas liegt, sorgfältig geglättet. Aber sie ist wie gelähmt, sie sagt nichts. Sie sieht, wie er von ihr wegtritt, in die Dämmerung des Zimmers hinein. Er zündet sich eine Zigarette an. Dann spricht er wieder, ruhig, beherrscht und sehr freundlich.

„Dann sehen wir uns also in Tübingen wieder? Ich freue mich darauf", sagt er herzlich. „Ich hoffe, Sie werden die Verbindung mit mir nicht ganz lösen, wenn – nun –, wenn ich nun sozusagen Ihr Vorgesetzter werde, Ihr offizieller Lehrer, nachdem ich es so lange und eine so schöne Zeit hindurch inoffiziell war."

Er sagt es herzhaft und frisch. Er hat überhaupt eine Haltung, die ihr Respekt und Bewunderung abnötigt. Ach, hat sie nicht doch falsch entschieden, verrückt, kleinmädchenhaft? Hier ein Mensch, ein wirklich fertiger, in sich gefestigter Mensch, bei dem man weiß, woran man ist, der nie verspräche, was er nicht hält – und dort ein Schemen, ein Phantom, ein abgerissener Zettel mit einer Jungenschmiererei, sicher längst vergessen von dem, der sie kritzelte. Aber sie kann nicht anders. Sie versucht, Dr. Markus' Lächeln wiederzugeben, ruhig wie seines, freundlich und voller Wärme.

„Natürlich nicht. Ich wünsche mir nur, daß ich mich und Sie, also meinen bisherigen Lehrer, nicht eines Tages im Physikum oder Staatsexamen gar zu sehr blamiere."

„Die Gefahr erscheint mir nicht allzu groß. Haben wir nicht genug gebüffelt? Glauben Sie mir, Rose, ich wünsche Ihnen alles, alles Gute, zu jedem Examen und auch sonst, zum großen Examen des Lebens!"

Nun bebt seine Stimme doch ein wenig. Rose hört es und drückt die Hände ineinander. Lieber Dr. Markus, lieber Freund!

„Rose, hallo! Ist denn keiner mehr wach?"

Michaels Stimme draußen vor dem Fenster.

„Welcher Esel hat denn zugeschlossen? Soll ich vielleicht im Freien übernachten?"

„Warum kommst du auch so spät!" schilt Rose und steht auf, um ihm zu öffnen. „Ich komme ja schon. Übrigens: sieh nach deinen Worten, von wegen Esel!"

„Du warst es wohl selber?" grinst Michael und blinzelt hereinkommend nach der Dunkelheit draußen. Rose gibt ihm einen Rippenstoß. Der kommt aber zu spät.

„Nein, ich. Ich war der Esel. Der alte Esel."

Dr. Markus lächelt und hält Michael die Zigarettenpackung hin. „Übrigens: Ihre Schwester und ich wollten soeben noch eine Flasche Wein miteinander trinken. Tun Sie mit? Das wäre reizend. Wer weiß, wann wieder einmal so ein ruhiger Abend kommt. Und in wenigen Tagen muß ich leider fort, wir sprachen eben darüber."

Ein Ausblick

„Lieber Thomas Stetten, wie sag' ich's meinem Kinde? Ich weiß es nicht. Aber sprechen muß ich Sie. Das letztemal verblühten Sie ja recht wortlos. Ich habe es erst viel später durch die Kinder erfahren, daß Sie überhaupt da waren. Bei uns geht es bekanntlich mitunter etwas durcheinander. Wann paßt es Ihnen? Ich komme nach Tübingen. Hier kann man kein vernünftiges Wort miteinander reden, ohne unterbrochen zu werden. Bitte, rufen Sie an, wir brauchen Sie.

Traude Roll, genannt – Sie wissen schon, wie."

Thomas steht am Fenster seiner Bude, die er soeben gekündigt hat. Draußen stäubt ein harter, grießliger erster Novemberschnee vom Himmel. Er macht Tübingens Gassen nicht traulicher. „Zum Abschiednehmen just das rechte Wetter, grau wie der Himmel liegt vor mir die Welt!"

Was heißt hier Abschiednehmen? Thomas nimmt von niemandem Abschied. Seinem Vater hat er geschrieben, daß er weggeht; den Geschwistern nicht. Die bekommen eine Ansichtskarte von drüben, falls es dort welche zu kaufen gibt.

Falls? Warum denn nicht? Natürlich wird es welche geben, natürlich gibt es Post und Radio und Fernsehen. Trotzdem hat er das Gefühl, als ginge er in die Wüste. In einer Art stimmt es ja auch. Bitte, von mir aus! Überall besser als hier.

Und nun dies. Tante Trolls Hilferuf! Denn das ist

einer, ohne Zweifel. Merkwürdig, es muß ziemlich auf den Nägeln brennen, denn sie mischt sich sonst in nichts, dazu ist sie zu klug. Aber vielleicht handelt es sich um ganz etwas anderes?

Hoffentlich! Nun, er wird sehen. Und es ist vielleicht eine ganz gute Gelegenheit, jemand Bestimmten etwas wissen zu lassen, was man nun vorhat: an die Uni von Philadelphia. Eine schöne Chance, jawohl.

Das soll Rose wissen. Tante Troll soll es ihr erzählen, ganz genau, in allen Einzelheiten, er wird dafür sorgen.

Während Thomas diesen Gedankenfaden wie, ach, so oft spinnt, sieht es aus, als wolle er eine nach der andern lebendig verschlingen. Er stülpt den Hut auf und rennt davon, zum Telefon. Tante Troll soll kommen! Er wird ihr was erzählen!

Er hat sich geirrt. Meist irren Männer, wenn sie sich vornehmen, einer Frau was zu erzählen. Darin sind die Frauen ihnen über. Thomas merkt das schnell.

Sie treffen sich im „Pfuderer", dem Café am Markt. Tante Troll trinkt sogleich einen doppelten Kognak. Sie sitzt Thomas gegenüber. Ihre Augen sind blauer als je, von einem fürchterlichen, durchdringenden Blau, vor dem man in die Knie geht.

„Die Sache ist die, daß ich jemanden brauche. Sonst geht die Praxis vor die Hunde. Ich brauche jetzt jemanden, der bleibt, auch wenn sich kleine Zwischenfälle ereignen. Was ich mit kleinen Zwischenfällen meine, wissen Sie gut genug. Deshalb spreche ich mit Ihnen. Wie ist das, wollen Sie? Freilich müßten Sie sich von vornherein darauf einstellen, daß Sie auf die Gegenwart meiner Persönlichkeit verzichten müssen. Ich werde nicht dasein. Um so nötiger sind Sie."

„Sie werden nicht?"

Thomas hat erst ein wenig ironisch entgegnen wollen, daß man auf solche Weise ja keinen Vertreter chartert. Üblich ist, ihm goldene Berge zu versprechen. Tante Trolls letzte Bemerkung aber macht ihn aufmerksam.

„Und warum?"

„Aus familiären Gründen." Tante Troll macht ihr verschlossenes Gesicht. „Außerdem müßten Sie sich für mindestens ein halbes Jahr verpflichten. Darunter tun wir es nicht. Das ewige Wechseln ist unerträglich."

Das wird ja immer schöner! Schließlich muß er noch schriftlich niederlegen, allen Familienmitgliedern die Schuhe zu putzen und mit den Kindern Schularbeiten zu machen, etwas, was ihm ein Graus ist, ähnlich wie Backpflaumen in Linsen, und das will etwas heißen!

„Und was außerdem?" fragt er, nun doch etwas schneidend. Tante Troll beachtet diesen Ton überhaupt nicht.

„Das beste wäre natürlich, Sie heirateten", sagt sie sachlich. „Eine Frau ist immer noch die billigste Haushälterin. Sie kündigt auch nicht so leicht. Immerhin will ich das nicht gerade als Bedingung hinstellen."

„Wie überaus gütig!"

„Sparen Sie sich Ihren Spott." Tante Troll sagt das ganz ruhig. „Es wird Ihnen sauer genug fallen. Auch mit Frau. Arztsein bedeutet heute kein Zuckerlecken."

„Hier vielleicht nicht“, sagt Thomas langsam. Jetzt ist seine Stunde gekommen! Jetzt oder nie! „Hier verlangt es sehr, sehr viel Idealismus, zugegeben. Und deshalb soll nur der, der ohne die Medizin kreuzunglücklich und verloren wäre, Arzt werden. Aber es gibt noch andere Länder.“

Tante Troll schweigt. Und nun erzählt er es doch. Endlich kann er erzählen, mit Zahlen aufwarten, schildern. Er bringt alles an, was ihm erstrebenswert und verlockend erscheint.

Er spricht, erst stockend, dann immer flüssiger. Tante Troll schweigt. Sie schweigt noch immer, als ihm nichts mehr einfällt. Er kommt sich etwas komisch vor, nun dazusitzen und nichts mehr zu wissen, womit er den Gegensatz zwischen dem Hoferschen Doktorhaus und der Uni in Philadelphia noch stärker herausstellen könnte.

„Und warum – Sie sagten vorhin –?“ Auf irgendeine Weise muß er die Unterhaltung ja weitertreiben. Man kann sich hier ja nicht viertelstundenlang anschweigen wie ein verzanktes Liebespaar. „Warum wollen Sie fort? Ich verstand es jedenfalls so, was Sie anfangs sagten. Daß ich auf Ihre mir teure Gegenwart verzichten müsse?“

„Müssen Sie. Ich heirate. Diese Woche noch“, sagt Tante Troll. Thomas vergißt, den Mund zu schließen.

„Ja, junger Mann –“ Nun hat sie es doch gesagt. „Alter schützt vor Torheit nicht. Es läßt sich nicht vermeiden.“

„Etwa – etwa –“ Kurt Dinger? denkt Thomas. Unmöglich! Das ist doch – nein. Das immerhin nicht.

„Einen Arzt. Die Dummen werden nicht alle. Dr. Neumann, war auch Vertreter bei uns. Wir trennten uns im Unfrieden. Ist aber Nebensache. Nur, daß ich weg bin, wenn Sie kommen, ist unumstößlich. Wir können mit der Heirat nicht warten."

Thomas starrt sie an. Er sieht nicht gerade hochintelligent aus. Tante Troll schüttelt den Kopf über so viel Konsterniertheit.

„Es gibt vielerlei Gründe, schnell zu heiraten. Unter anderen den, daß im neuen Heim eine bettlägerige Schwiegermutter auf richtige Pflege wartet. Jaja, so penetrant kann Amor schießen, daß man selbst dazu ja und amen sagt, in meinem Alter."

Sie sagt das nicht, um nach galantem Widerspruch zu fischen.

Sie sagt es ernst, ruhig, nachdenklich und beinah wehmütig. „Meine anderen Interessen werden sehr oft zurückstehen müssen. Dies aber interessiert Sie nicht. Hauptsache: Sie kommen?"

Sie sieht ihn an. Er erwidert ihren Blick. Plötzlich ist auch er ernst, gesammelt und ruhig. Nicht wehmütig. Nachdenklich. Zum erstenmal wirklich männlich, findet Tante Troll.

„Soll ich ja sagen? Was raten Sie mir?"

Diese Frage ist nur scheinbar paradox. Sie richtet sich nicht an die bittende Tante Troll, die jemanden für die Praxis ihres kranken Schwagers sucht. Sie wendet sich von einem erwachsenen Menschen an den anderen. Der eine fragt, der andere versteht. Restlos ehrlich. Beide wissen das.

Tante Troll bohrt ihren Blick wiederum in seine Augen. Sie forscht in ihnen. Die Augen Thomas Stettens haben sich verändert, seit sie das letztemal hineinsah.

Damals waren es lustige, junge, ein wenig selbstbewußte Augen, neugierig auf das Leben und stolz auf das, was man bisher schaffte, auch vergnügt über alles Schöne, was die Welt bietet. Mitunter nachdenklich, manchmal frech, aber auf eine charmante Art frech – und fast immer gut gelaunt. Jetzt sind sie anders. Tante Troll bildet sich ein, dies alles in den Augen zu lesen.

In ihrem Hintergrund dunkelt etwas, was neu ist. Schwermut, Verzicht, Trauer – eins von dem allen. Oder alles miteinander.

Das kompliziert die Sache. Tante Troll findet es albern, sich hinter einem „Vorsicht, ich will damit nichts zu tun haben!“ oder „Die Verantwortung ist mir zu groß!“ zu verstecken. Sie konstatiert lediglich, was sie sieht, und zieht daraus ihre Schlüsse.

„Ja, Thomas. Ich meine: Sagen Sie ja. Sie müssen da durch, so oder so.“ Und als er ein wenig unsicher zu ihr aufsieht, sagt sie lächelnd: „Ausreißen nützt nichts. Also?“

Da gibt er sich einen Stoß und nickt. Und sagt: „Ja.“ Ein ernstes, bestimmtes, ruhiges „Ja“.

Sie trinken noch einen Doppelten drauf. Was folgt, sind technische Besprechungen. Thomas will nun, da er dies zugesagt hat – gegen all seine Pläne, du lieber Himmel! Das wird ihm nachher erst aufgehen, das nämlich, was er aufsteckt – er will nun wenigstens ein paar praktische Hinweise von Tante Troll haben. Denn einfach wird es nicht sein.

„Ich glaube, Amerika wäre ein Erholungsurlaub

dagegen", sagt er bemerkenswert zahm. Tante Troll nickt.

„Wäre es. Macht aber nichts. Wer braucht in Ihrem Alter schon Erholung?"

„Danke", sagt er kläglich. Sie geht darüber hinweg.

„Mit Tine können Sie auch nicht rechnen. Sie hat sich verlobt. In München. Fällt also aus. Und Sö –"

„Sö kann doch keinen Haushalt führen", sagt Thomas beschwörend. Nein, das nicht, bitte nicht!

„Beruhigen Sie sich, ich bin Ihrer Ansicht", beschwichtigt Tante Troll. „Für den Haushalt findet sich schon eine Lösung. Ihr Bett wird jemand machen, und wenn es Volker tut. Und wie gekocht wird, Gott mag es wissen. Ich frage Sie nur: Gehen Sie in dieses Haus, um lecker zu essen und komfortabel zu schlafen oder um eine Aufgabe zu erfüllen, die – keine Schmeichelei – kein anderer im Augenblick bewältigen könnte? – Eben, ich sage es ja.

Eine Bedingung allerdings stelle ich: Rose sagen Sie nichts davon. Nein? Der schreibe ich es. Sie soll sich keine Gedanken machen müssen. Ich teile ihr mit, daß wir einen Vertreter gefunden haben und daß alles wunderbar laufe. Einverstanden? Übrigens – für die Küche könnten wir ja Kurt Dinger engagieren. Großartig, daß mir der noch einfällt. Er kocht ausgezeichnet."

Zwei Männer wandern durch den herbstlich kahlen Wald. Es ist mild und schön. Dr. Hofer genießt das Ausschreiten, Dinger mit seinen kurzen Beinen strampelt mit, so gut er kann. Er hat in der Nähe zu tun gehabt, und Rose, die das erfuhr, hat ihn gebeten, nach Vater zu sehen. Dinger ist nicht gewohnt, große Fußmärsche zu machen, wenn es sich nicht um Pilze handelt. Er sagt das nach einer Weile. Dr. Hofer lacht.

„Es ist für mich so herrlich, endlich wieder laufen zu dürfen, daß ich unwillkürlich annehme, es mache jedem andern ebensolchen Spaß", sagt er entschuldigend, „außerdem habe ich eine Bitte an Sie, die sich leichter ausspricht, wenn man nebeneinander geht, als wenn man sich Auge in Auge gegenübersitzt. Ich hätte mich mit dieser Bitte auch an Christine wenden können, die im Buchhandel Bescheid weiß. Aber offen gestanden – ich geniere mich. Machen Sie es mir leicht und fragen Sie, bitte!"

„Ein Arzt, der sich geniert", sagt Dinger und macht sofort kugelrunde Reporteraugen, „Sie sehen mich in hellster Vorfreude. Um was handelt es sich also?"

„Um einen Rat. Ich suche, klipp und klar herausgesagt, einen Verlag. Einen wissenschaftlichen, der gleichzeitig auch –" Dr. Hofer bekommt das grüblerische Gesicht, das er auch beim Schreiben hat, und wird sich sofort in Einzelheiten verlieren, wie Dinger genau merkt. Trotzdem unterbricht er nicht.

Es handelt sich um Dr. Hofers Lebensarbeit, die Geschichte der antiken Medizin. Dinger lauscht aufmerksam. Schließlich bleibt er stehen.

„Lieber Onkel" – er sagt Onkel und Sie – „diese Sache interessiert mich sehr, mehr, als Sie ahnen. Ich kann Ihnen Verlage nennen, nicht nur einen, die in Frage kommen. Das aber ist eine spätere Sorge. Mich persönlich interessiert zunächst der Vorabdruck. Wäre das nicht etwas für eine der Zeitschriften, an denen ich Mitarbeiter bin?"

„Auch daran habe ich gedacht. Ich finde es trotzdem freundlich, daß Sie mir den Vorschlag von sich aus machen. Freilich gibt es da Schwierigkeiten. Erstens: Interessiert das Thema heutzutage? Und zweitens, wenn ja, eine mehr technische Frage: Kann jemand meine Handschrift entziffern? Sehr oft gelingt es mir selbst nicht."

„Zum ersten Punkt kann ich nur erwidern: Es kommt drauf an, wie es geschrieben ist. Man kann über jedes Thema, über Kindererziehung, Politik, Nahrungsmittelfälschung, Unterwasserjagden und Müllverwertung langweilig und faszinierend schreiben. Ebenso über die Geschichte der antiken Medizin. Zum zweiten Punkt aber möchte ich sagen: Auch Arzthandschriften sind zu entziffern. Es soll sogar Leute geben, die ägyptische Hieroglyphen fließend lesen lernen."

„Kennen Sie welche dieser Art?" fragt Dr. Hofer zaghaft. „Und wenn ja, können Sie ihn bezahlen? Solche Kunst verkauft sich teuer. Wir müßten dann wohl zuschießen?" Dinger wehrt energisch ab.

„Das glaube ich nicht. Ich glaube vielmehr, daß eine Artikelreihe, geschickt abgefaßt und in einer unserer Zeitschriften gebracht, eine recht beachtliche Summe bringen wird, nicht nur der Zeitschrift, sondern auch dem Verfasser. Das, Onkel Hofer, würde Sie hoffentlich nicht stören."

„Natürlich nicht." Dr. Hofer lacht. „Im Gegenteil. Aber, wie gesagt, wer tippt uns das Ganze ab?"

Dinger denkt keinen Augenblick nach. Er bleibt stehen, nimmt seine Pfeife, die er kalt rauchend im Mund getragen hat, heraus, sieht seinen gleichfalls stehengebliebenen Begleiter durchdringend mit seinen Mephisto-Augen an und tippt ihm mit dem Pfeifenrohr auf den Mantel, daß Dr. Hofer meint, er zertrümmere ihm das Brustbein.

„Sö!" sagt Dinger monumental. „Sö. Natürlich, Sö ist hervorragend im Entziffern schwieriger Handschriften."

Dr. Hofer schweigt. Er kennt seine dritte Tochter recht gut und weiß, daß sie darin geschickt ist, weiß das wahrscheinlich besser als dieser Neffe. Woher will Kurt das überhaupt wissen?

„Darf ich fragen –"

„Sie dürfen. Es hängt so harmlos zusammen wie nur irgend etwas." Dinger seufzt kurz, und Dr. Hofer beobachtet, wie Wolkenschatten über sein Gemüt hinstreichen. „Sö hat im Sommer bei mir gearbeitet. Stenogramme aufgenommen, Briefe getippt. Sie ist flink, geschickt und faßt leicht auf. Sö ist –"

Es folgt noch einiges. Dr. Hofer hört es sich an. Dinger verliert sich in Einzelheiten. Die grundlegende Melodie dieses Liedes jedoch, das er da anstimmt, ohne es selbst zu merken, ist:

„Behüt' dich Gott, es wäre zu schön gewesen,
behüt' dich Gott, es hat nicht sollen sein."

Immerhin, im Sachlichen hat er recht. Sö könnte entziffern, was so schwer zu entziffern ist, und das Manuskript abschnittweise in die Maschine schreiben. Sö könnte eventuell auch noch einiges, was fehlt, diktiert bekommen.

„Sö hat doch aber Schule", sagt Dr. Hofer, immer noch nicht ganz nachgebend. Dinger wird eifrig.

„Wozu eigentlich, Onkel? Wozu muß sie unbedingt das Abitur machen? Sie hat die mittlere Reife, das genügt doch. Und sie hat so viele Fähigkeiten! Ich habe sie beobachtet. Sie paßt in eine Redaktion wie in die unsere, nicht nur mal ein paar Sommerwochen aushilfsweise. Ich suche schon lange jemanden für die Frauenseite einer kleineren Zeitschrift. Zunächst einmal auf Probe. Was meinen Sie? Ein bißchen Mode, ein bißchen Beratung in Herzensdingen, ein bißchen Film –“

„Nana“, sagt Dr. Hofer zweifelnd. Dinger läßt sich nicht beirren.

„Doch, doch, glauben Sie mir! In ihr steckt das Zeug zu einer ordentlichen Journalistin. Nehmen Sie sie aus der Schule! Das ist, glaube ich, auch in anderer Beziehung zu wünschen. Und für Sö wäre es eine große Freude. Ein Pflaster für eine Wunde –“

„Für welche?“ fragt Dr. Hofer befremdet. Dinger sieht ihn grübelnd an.

„Ach, Onkel Hofer, ich weiß nichts Genaues. Aber ich fühle es. Sö hat in diesem Sommer – oder schon im Frühjahr – irgendein bedeutsames Erlebnis gehabt. Eine unglückliche Liebe womöglich, eine unerwiderte, irgend etwas Tragisches. Da ist ein Tapeten- und Beschäftigungswechsel immer gut.“

„Meinen Sie?“ fragt Dr. Hofer. Dinger fährt, erst zögernd, dann heftiger werdend, fort:

„Viele sagen, so etwas gehörte in dieses Alter. Gehört es wirklich hinein? Muß sich jeder junge Mensch quälen, einsam sein und den nicht erreichen, nach dem er sich sehnt? Warum ist das so? Ist es nicht eine blödsinnige und schreckliche Einrichtung, dieses Jungsein, dieses Nicht-wissen-Wohin?“

Er sagt das mehr zu sich. Dr. Hofer antwortet. Er antwortet auch mehr für sich, langsam, die Worte suchend, und nachdenklich: „Doch, ich glaube, es muß so sein, Kurt. Es gehört dazu. Wir sind alle durch dieses Stadium gegangen. Sie auch, und Sie wissen es wenigstens noch. Viele wissen es nicht mehr oder wollen es nicht wahrhaben, wenn ein junger Mensch sie um Rat fragt.

Man muß wohl ratlos gewesen sein, um zu merken, daß sich immer wieder Türen auftun, wo man dachte, die Welt wäre mit Brettern vernagelt. Man muß unglücklich und wütend auf das Schicksal, rebellisch und unnachgiebig und sehr allein mit seinen Ansichten gewesen sein, um sich später anzupassen, einzuordnen, anlehnen zu können. Man muß sich sehr einsam gefühlt haben, um die Süße des Du ganz auskosten zu können. Es ist die alte Geschichte vom Tal, ohne das die Berge nie wären. Manchem geht das nicht nur zwischen fünfzehn und zwanzig so!"

Er lächelt. Dinger sieht ihn unsicher an. Da aber fährt Dr. Hofer fort, in seiner gelassenen, freundlichen Art:

„Gut, versuchen wir es mit Sö, wenn sie selbst es möchte. Rechnen wir sie zu den Erwachsenen. Ein Ritterschlag wirkt manchmal Wunder. Schicken Sie sie mir! Ich will mit ihr sprechen."

Dinger strahlt auf. „Und ich bekomme die Artikelserie? Sie bieten Sie keinem anderen an? Ich muß natürlich erst einmal sehen, wieweit sie sich eignet, aber ich bin überzeugt – und Sö darf auch – ich meine, wenn Sie sie nicht mehr brauchen, in unsere Redaktion?"

Sie besprechen, wie sich alles am besten machen läßt, und verabreden, daß Sö nach Tübingen gehen und dort von Montag bis Freitag in der Redaktion arbeiten soll, zunächst als Volontärin. „Wohnen kann sie doch sicher bei Ihrer ältesten Tochter, wie damals!" sagt Kurt eifrig. Samstagfrüh bis Sonntagabend soll sie dann zu ihrem Vater kommen, die Schreibmaschine unter dem Arm.

„Ich bringe sie mit dem Wagen her!" verspricht Dinger übereifrig. Dr. Hofer aber meint, er hätte angenommen, sie sollte pünktlich kommen – er hat einiges vom „Ferdinand" gehört. Dinger ist empört und glücklich, er macht aus Versehen dem Onkel die Liebeserklärung, die er bei Sö nicht anbrachte, versichert, am liebsten überhaupt hierbleiben zu wollen, weil man sich so großartig verstehe, und sieht gleichzeitig nach der Uhr, ob er die Heimfahrt nicht bald antreten müsse.

Und ein Zusammenfinden

Rose klappt das Buch zu. Dann sitzt sie eine kurze Zeit still und starrt auf den Deckel, als gebe es da etwas zu sehen.

Das Zimmer ist klein und von jener muffigen Billigkeit, die einen sehnsüchtig stimmt nach einer holzgetäfelten Stube mit einfachem Holzbett, darin karierte Überzüge, vor dem Fenster die endlose Weite blendender Schneehänge, über die zweigeteilte Linien von Schispuren gezeichnet sind. Warum ist sie nicht mitgefahren? Es ist Samstag. Mit der Arbeit kommt sie doch nicht weiter bei dieser Zimmertemperatur.

Sie haucht sich in die Hände, rechnet nach, daß im Kasten noch etwas Brot und Margarine sein müssen, kann sich aber nicht entschließen aufzustehen. Außerdem wird die Margarine in dieser Eishöhle zweifellos so hart sein, daß sie sich nicht ordentlich streichen läßt.

„Auf Bude wohnen" kann trostlos sein. Solange Sö da ist, merkt man das nicht so. Sö hat sich auf eine erstaunliche Art geändert, seit sie im Beruf ist. Nicht daß sie plötzlich erwachsen wäre; aber sie strahlt etwas Frohes und Zufriedenes aus, das wärmt. Und immer hat sie Pläne. Ob sich diese auf eine Gesellschaftsreise nach Sizilien oder auf einen neuen Pullover beziehen, ist egal. Alles, was vor ihr liegt, trägt seinen Strahlenkranz von Glück um sich. Sö entzückt sich daran und spiegelt diese Helligkeit wider.

Mit ihr zusammen ist eine kalte Bude nicht kalt und ein leerer Magen nicht störend. Heute aber ist sie fort, bei Vater.

Schön, daß Dingers Plan mit Vaters Artikeln klappte. Herrlich, daß sie langsam wieder in Ordnung kommen. Tante Troll schrieb, zu Hause laufe alles glatt. Sie brauche sich nicht zu sorgen, Näheres später.

Rose hat keine Ahnung, wer jetzt die Vertretung macht. Sie weiß nicht, wer wirtschaftet. Tante Troll ist fort von zu Hause und schreibt, sofern sie schreibt, äußerst vergnügt. „Späte Blüte" nennt sie sich selbst. Rose lächelt.

Sie hat Sehnsucht nach zu Hause, aber eine irgendwie zarte, wehmütige Sehnsucht, keine brennende, wilde. Beinah hat sie sich selbst in Verdacht, diese Sehnsucht zu kultivieren. „Eine kleine Sehnsucht braucht jeder zum Glücklichsein."

Nein, so ist es nicht. Das wäre sentimentaler Unsinn. Aber wenn sie sich jetzt vorstellt, daß zu Hause der Adventskranz hängt, daß es nach Pfefferkuchen riecht und nach dem frischlackierten Ofenrohr, daß Lars heute da ist und Tine, die das erstemal ihren Verlobten mitbringen will, da –

Ja, da findet Rose mit einemmal, daß es nicht tapfer ist, hierzubleiben und zu büffeln. Nein, erster Advent ist nicht alle Tage, und wer weiß, wann sie wieder einmal alle zusammen zu Hause sein werden? Alle? Sö und der Vater fehlen, aber die andern werden wohl vollzählig versammelt sein.

Rose wirft das Buch aufs Regal hinauf. Sie reißt den Schrank auf und wühlt darin. Natürlich ist all das, was sie braucht, nicht gewaschen oder verknüllt, oder man findet es nicht. Dieses Hausen auf Bude, wo man sich dreitausendmal entschuldigen muß, wenn man ein Paar Strümpfe waschen will, hängt einem manchmal „meterlang“ zum Halse heraus. Sicher, es geht nicht anders, aber manchmal rebelliert man eben und wünscht sich doch etwas Besseres.

Ja, was wünscht man sich? Eine kleine, nette, helle, saubere, eigene Dreizimmerwohnung, mit Bad und Küche, Telefon und Kühlschrank, mit Grünpflanzen und Bücherbrettern. Dort wohnt man, dorthin kehrt man abends von der Arbeit froh und zufrieden zurück. Das Radio spendet liebliche Weisen, in der Küche wartet der kalte Aufschnitt, den man sich dann natürlich ebenso leisten kann wie das Glas Wein dazu. Und man bekommt Besuch, lauter kultivierte, bedeutende Leute, man führt lange Gespräche mit ihnen, kluge, gute Gespräche.

Wünscht man sich das wirklich? Dämliche Überlegungen! Sie wünscht sich jetzt, zum Kuckuck, nichts anderes, als endlich den dazugehörigen Strumpf zu finden und schleunigst loszukommen. Sonst kriegt sie auch den vorletzten Zug nicht mehr. –

Es ist Abend, als sie an ihrer Station aussteigt. Hier stieg sie damals mit Thomas aus, als er das erstemal zu ihnen kam. Wie lange ist das her? Es war im Mai. Eine uralte Schnulze dudelt durch ihren Kopf.

„Am Holderstrauch, am Holderstrauch,
der blüht so schön im Mai,
da sang ein kleines Vögelein
ein Lied von Lieb’ und Treu’.“

Früher sangen das die Mädchen beim Geschirrabtrocknen. Jetzt wäscht die Spülmaschine, so daß das Abtrocknen wegfällt. Dafür wird in der Küche auch nicht mehr gesungen. Die Technik bringt Fortschritte, oft aber auf Kosten des Gemütes.

„Am Holderstrauch, am Holderstrauch,
da weint ein Mädchen sehr."

So ein Quatsch. Holunder blüht später, und das Vögelein war damals zweifellos anderweitig beschäftigt, so daß es dieses Lied anzustimmen nicht in der Lage war.

Rose hat nicht viel Gepäck. Sie nimmt die Schnur ihres Matchsackes über die Schulter, hakt den rechten Daumen darunter und wandert los. Hier ist es nicht unfreundlich grau, sondern der Boden hart gefroren, und am Himmel ballen sich Wolken.

„Warte, Josi, hier!"

Volker kommt die Treppe heruntergesaust, vier Stufen auf einmal nehmend. In der Hand hat er einige Wachskerzen, die schon weich und zusammengepappt sind, so fest hält er sie.

„Erst werden sie aber angezündet!"

Josi ist sehr stolz auf die beiden Adventskränze, die sie gewunden hat, nicht nur einen fürs Wohnzimmer, sondern auch einen riesigen großen für den Flur. Das erstemal.

„Weil Thomas mal gesagt hat –"

Es gibt nichts, was sie nicht täten, weil Thomas es irgendwann einmal gesagt hat. Darin sind sie sich einig, Michael, Volker und Josi. Es ist wie ein Rausch. Seit Thomas da ist, ist alles anders.

Man steht früh gern auf, weil man weiß, es schadet nichts, wenn man im Bad laut johlend singt – die Badestube hat eine großartige Akustik – oder im Flur Tapsen macht; wenn man nach Pferdestall riecht oder gar mal mit vollem Mund redet. Hauptsache, Thomas gefällt es hier.

Die Jungen reißen sich förmlich darum, ihm die Schuhe zu putzen, früher liefen sie selbst mit ungeputzten Quanten herum. Josi setzt die erlesensten Dinge auf den Speisezettel. Frau Brücher, die frühere Putzfrau, hat ihr Amt wiederaufgenommen und kocht auch. Für ein Sündengeld freilich, wie Tine festgestellt hat; aber zunächst ist die Hauptsache, daß überhaupt jemand kocht, daß Friede herrscht.

Friede auf Erden. Keiner spricht mehr davon, daß die Ponys verkauft oder geschlachtet werden sollen, keiner verlangt, daß der Telefonhörer dreimal hintereinander abgewischt wird, wenn ihn jemand in die Hand nimmt. Frau Brücher ist von den Kindern angesteckt: Sie räumt dem „jungen Herrn" alles aus dem Wege.

Thomas ist ein fröhlicher und sehr eifriger junger Arzt. Viel zu eifrig, aber das wird sich schon noch geben. Heut steht Tine in der Küche und bäckt.

Theo, Tines Verlobter, ist mit Thomas zusammen auf Patientenbesuch gefahren. Tines Backen glühen feuerrot, eben zieht sie ein Blech mit duftenden Zimtkuchen aus dem Rohr. Josi verbrennt sich die Finger, als sie „bloß mal kosten" will. Volker hält sich an den Teig. Dabei schwatzen sie unausgesetzt.

„Also weißt du, der Theo, große Klasse!“ sagt Josi und pustet auf ihren Kuchen, ehe sie wieder ein Stück abbeißt. „Du darfst ihn nur nicht allzugut füttern. Ich meine, nicht zuviel Rauhfutter. Kraftfutter, das braucht er.“

Theo ist äußerlich das, was man einen schweren Jungen nennt. Nicht dick, dieses Wort verbietet sich, wenn man seine Muskeln sieht. Aber auch nicht ausgesprochen schlank.

„Gut durchwachsen“ nennt er sich selbst. Er ist Schwimmer und boxt außerdem. Man möchte ihm, wenn man eine kleine Meinungsverschiedenheit mit ihm hatte, nicht gern im Dunkeln begegnen.

Von Beruf ist er Buchhändler, paßt also zu Tine.

„Gemeinsame Interessen sind immer gut“, sagt Tine, die ihren Beruf sehr liebt, „wenn wir mal im Lotto gewinnen, machen wir zusammen eine Buchhandlung auf. Aber was für eine. Ich habe Theo schon gezeigt, wo – und beschrieben, wie.“

„Wolltest du nicht immer einen Dichter heiraten?“ fragt Michael grinsend. Er sitzt außen auf der Bank und stützt sich mit beiden Ellbogen hinten auf die Platte. Dauernd fällt man über seine mitten in die Küche gestreckten Beine, die eine erhebliche Länge aufweisen.

Tine lacht. Aber sie sagt nichts. Was würden die kleinen Geschwister spotten, wenn sie wüßten, daß Theo tatsächlich dichtet? Dabei sind es sogar gute Gedichte, richtige, solche, die man versteht, keine modernen!

Tine ist glücklich. Und daß hier zu Hause alles gutgeht!

„Nur, daß Rose nichts ahnt! Ich weiß nicht. Ich hätte es ihr gesagt oder geschrieben. Tante Troll hat manchmal merkwürdige Anwandlungen. Man muß doch wissen, was los ist."

„Eigentlich ja. Aber Thomas sagte auch, wir dürfen es ihr um des Himmels willen nicht schreiben. Erst wenn er länger da wäre, vielleicht Weihnachten."

„Weihnachten erfährt sie es sowieso, da kommt sie ja", sagt Josi. „Aber laß sie mal überraschend kommen! Dann platzt die Bombe!"

„Rose kommt nicht überraschend. Sie büffelt doch. Na, und da ist doch auch ihr Dr. Markus in Tübingen, wenn sie den hat, sehnt sie sich nicht nach Hause."

„Wer sehnt sich nicht nach Hause?"

Die Küchentür geht auf, und Thomas und Theo kommen herein. Lachend und mit dem etwas großspurigen Radau, den junge Menschen um sich verbreiten, wenn sie anfangen, die Zügel des Lebens in den Händen zu halten. Motto: „Was kostet die Welt! Ich kann mir niemanden vorstellen, der nicht vor Sehnsucht zerspringt, vor Sehnsucht nach hier und natürlich nach uns allen."

Thomas nimmt eine Faust voll Zimtkuchen und stopft sie in den Mund, im Vollgefühl seiner Hausherrenrolle. Tine schilt lachend. „Ihr sollt warten! Ihr verbrennt euch!"

„Ach, an Pfefferkuchen! Eher an anderem!"

„Von wem spracht ihr denn vorhin? Wer hat keine Sehnsucht nach hier?" fragt Thomas. „Lars? Ich denke, er kommt?"

„Nein, Rose! Rose hat keine. Lars kommt. Aber

Rose kann sich wahrscheinlich von ihren Atlanten nicht trennen", sagt Tine schnell.

„Man kann es auch Atlanten nennen", brummt Michael frech. Tine tritt ihm auf den Fuß und sagt schnell:

„Sie kommt Weihnachten! Und Theo hat mir versprochen, daß er ebenfalls hier mitfeiern will, wenn es ihm einigermaßen gefällt natürlich nur."

Nun ist es an Theo, rot und verlegen zu werden.

„Das habe ich nicht gesagt, verruchtes Weib!" dräut er. „Ich habe lediglich geäußert –"

„Ach, lirum larum, geht mir aus dem Weg, sonst werde ich nicht fertig. Setzt lieber die Bowle an! Los, müßte das nicht längst geschehen sein?"

„Eine Feuerzangenbowle wird erst am Tisch bereitet, liebwerte Kusine", belehrt sie Thomas, der sich für die Zeit seines Hierseins als Vetter der Geschwister deklariert hat, um zur Familie zu gehören. „Man macht sie, wenn man langweiligen Besuch bekommt. Da hat man immer etwas zu sehen, zu tun und zu bereden, entweder, weil der Arrak nicht brennt oder weil Stücke vom Hutzucker in die Bowle plumpsen, so daß es spritzt und Flecke gibt auf neue, weitläufig ausgeschnittene Tanzkleider."

„Damit hast du wohl Erfahrung?" fragt Tine mißbilligend. „Außerdem geht aus deinen Worten hervor, daß du uns langweilig findest."

„Hat jemand angerufen?" fragt Thomas. „Muß ich noch mal fort?"

„Weiß nicht. Der Zettel liegt auf dem Schreibtisch im Sprechzimmer. Vielleicht ist es nichts Dringendes, und du kannst es telefonisch erledigen", sagt Tine.

„Jawohl. Blinddärme werden neuerdings sogar drahtlos herausgenommen“, sagt Thomas und geht hinaus. Tine schiebt Theo, der sich ihr nähern will, mit der Schulter weg. „Laß den Unfug. Wir müssen uns ums Abendbrot kümmern.“

„Ist das Liebe?“ beschwert sich Theo. „Komm, Josi, süße Schwägerin, tröste mich!“

Thomas braucht nicht noch einmal fort, wie er zu seiner Befriedigung feststellt. –

Sie sitzen beim Abendbrot, als Rose kommt. Nun bereuen die Großen doch, ihr verheimlicht zu haben, daß Thomas hier ist. Obwohl manchmal Überrumpelungen das beste sind.

Rose hält sich bemerkenswert gut. Sie begrüßt alle reihum, auch Thomas, und setzt sich dann zwischen Josi und Volker. Tine stürzt hinaus, um ihr noch ein Spiegelei zu machen. Thomas findet ihr Hinausgehen ziemlich feige. Ihm ist nicht behaglich zumute, Rose hat das Gefühl, als quelle ihr trotz des vorher empfundenen, nagenden Hungers der Bissen im Mund.

„Gibt es nichts zu trinken?“ fragte sie deshalb.

„Ich hole dir was. Wir wollen heute keinen Tee trinken, weil es nachher Feuerzangenbowle gibt.“

„Ach so. – Feiert ihr was?“ fragt Rose einfältig. Natürlich wird gefeiert, Tines Verlobung. Keiner sagt das, es ist unmodern, sich zu verloben.

Eine etwas unbehagliche Stille breitet sich aus. Rose merkt es und kapiert auch, daß sie ungeschickt gefragt hat. Aber empört ist sie trotzdem. Hier sitzen sie und hätten ohne sie gefeiert; denn daß sie nun dabei ist, war ja nicht vorauszusehen gewesen. Keinem tat sie leid, daß sie einsam auf kalter Bude büffeln mußte.

„Wann kommt übrigens Lars?“

„Erst mit dem letzten Zug.“

Wieder Schweigen. Dann stößt Tine die Tür auf und bringt außer dem Ei noch verschiedenes, was sie schnell aus Büchsen zusammengezaubert hat, und nötigt hier und dort und den und jenen, noch ein bißchen mitzuessen: Wenn du nicht weißt, was du sagen sollst, biete etwas zu essen an.

Die andern tun ihr den Gefallen, essen noch einmal los und versuchen, eine Unterhaltung in Gang zu halten. Es gelingt einigermaßen. Rose kann endlich ihren Gedanken nachgehen.

Ganz so überrascht, wie sie sein müßte, ist sie nicht. Irgendein Instinkt hat ihr gesagt, daß sie Thomas noch einmal wiedersehen würde. Manchmal hat sie auch wohl, ganz vor sich selbst verborgen, sogar daran gedacht, ob er der neue Vertreter sein könnte, von dem alle so vielstimmig schweigen.

Nach schön. Außerdem ist Sö ja nicht da. Sö ist bei Vater. Der erste Artikel über die antike Medizin ist, groß aufgemacht, in Dingers Wochenzeitschrift erschienen. Vater hat ein Honorar geerntet und sofort überwiesen. Der Himmel lichtet sich. Über dies alles läßt sich sprechen, während man hier zusammensitzt, und das ist gut.

Später wird die Tafel aufgehoben. Die Kleinen räumen mit Tine zusammen blitzgeschwind ab, und man kuschelt sich in die Couchecke. Die großen Jungen machen sich mit viel Getöse an die Herstellung der Feuerzangenbowle. Rose sitzt und raucht.

Dabei ertappt sie sich bei allerhand merkwürdigen Gedanken. Es könnte ganz ähnlich sein, wenn es ein ganz klein wenig anders wäre. Eben. Wenn man sie nicht derart rigoros, ja vorsätzlich übergangen hätte. „Überfahren" wäre das richtigere Wort. Wenn Thomas, ehe er herkam, zu ihr in die Marktgasse sechs, römisch eins, gekommen wäre und sie gefragt hätte. Gefragt? Was denn? Zum Donnerschlag, natürlich, ob sie einverstanden sei, wenn er hier die Karre aus dem Dreck zöge.

Sie hätte doch nichts dagegen gehabt. Warum wohl auch? Sie wäre eben nie mehr heimgekommen. Nie mehr? Bis Vater wieder da wäre. Jetzt aber kommt sie das erstemal überraschend und platzt in diese Runde, als wäre sie ein fremder, störender Gast.

Sie hätte nichts dagegen gehabt. Aber daß er sie übergangen hat, das zeigt verdächtig deutlich, daß er – daß er –

Er duzt sich bereits mit Theo. Er neckt sich mit Tine. Er geht hier so unbefangen aus und ein, als sei er der Herr, zum mindesten der künftige Herr. Und das alles, ohne daß sie auch nur den Schimmer von einer Ahnung hatte, jedenfalls in den Augen der anderen.

Rose fühlt, wie ihr berechtigter Zorn auf Thomas erfreulich an Boden gewinnt. Er breitet sich aus wie ein Präriefeuer, das klein anfing und nun mächtig anschwillt. Schon knistert es hörbar. Bald wird es fauchen.

Für Thomas selbst ist es natürlich herrlich, ein gefundenes Fressen. Er, der jetzt dran wäre, sich umzutun und nach einer Praxis zu fahnden wie die Frau in der Bibel nach dem verlorenen Groschen, er legt sich hier in ein gemachtes Bett. Wer weiß, wann Vater wiederkommt. Vertreterspielen ist ein guter Job.

„Kinder, warten wir doch noch eine halbe Stunde, dann ist Lars hier. Ich fände das netter“, sagt Tine. Die Kleinen maulen, es wird ihnen aber versprochen, daß sie aufbleiben dürfen. Die Großen sehen sich an.

„Na schön“, entscheidet Thomas, als komme es allein auf ihn an, wie Rose ziemlich erbittert bei sich feststellt, „wer will ihn abholen?“

Theo erbietet sich, Michael schließt sich ihm an. Sie wollen zu Fuß gehen, Leonie muß für Thomas und etwaige Nachtbesuche hierbleiben.

„Ihr werdet es nicht glauben, es schneit!“ ruft Michael, aus diesem Grunde nochmals zurückkommend. „Da, auf meinem Anorak! Und draußen ist es auch schon etwas weiß!“

Tine deckt den Tisch neu. Josi hilft ihr dabei. Volker dreht am Radio. Rose sieht sich nach Thomas um. Er ist nicht im Zimmer. Ist er doch mit zum Bahnhof gegangen? Gesagt hat er nichts davon.

Sie steht auf, ein wenig unruhig, weil sie sich übriggeblieben, allein gelassen vorkommt. Niemand hat sie aufgefordert, Lars mit abzuholen, niemand, hier zu helfen. Ist sie schon abgesetzt? Zählt sie nicht mehr mit?

Sie geht ins Sprechzimmer. Irgend etwas zieht sie dorthin. Irgend etwas? Thomas ist dort. Allein. Na schön. Ihr kann es recht sein.

Sie wird ihn zur Rede stellen. Sie wird ihm Bescheid sagen, aber gründlich. Sie wird –

Er sitzt am Fensterbrett und guckt ins Mikroskop – Rose räuspert sich, da hebt er den Kopf.

„Ach, du bist es, Rose.“

Ja, ich, denkt sie. Wie fange ich an? Los, die Gelegenheit ist günstig.

„Gut, daß du kommst. Da kann ich was mit dir besprechen.“

Seine Stimme klingt ernst, aber ruhig. Rose sieht ihn an.

„Ja, du wirst wohl selbst der Meinung sein, daß es da mancherlei gibt. Bitte, komm mal, sieh dir dieses Präparat an. Drei habe ich da. Drei aus verschiedenen Stadien. Im Abstand von etwa vierzehn Tagen gemacht.“

Rose, die eigentlich dachte, er würde mit etwas anderem anfangen, fühlt sich unwillkürlich angezogen. Sie kneift ein Auge zu und beugt das andere über das Mikroskop. Sie betrachtet das Präparat lange, dann sieht sie auf.

„Verlange nicht zuviel von mir, ich bin noch nicht in den klinischen Semestern“, sagt sie langsam. „Aber nach einem normalen Blutausstrich sieht das nicht aus. Es könnte wirklich eine Leukämie sein, wenn du das meinst.“

Thomas steht neben ihr.

„Und wieviel Zeit gibst du dem Patienten noch?“

Rose überlegt. Woher soll sie das wissen! Ein Jahr? Oder zwei? Oder ein halbes?

Sie sagt das. Thomas sieht sie an, unentwegt, ruhig, sehr ernst.

„Also ungefähr so lange, bis dein Vater wieder hier ist und die Praxis übernehmen kann – nur so überschlagsweise. Aber ich denke, nach dem letzten Befund werden sie ihn nicht länger dortbehalten.“

„Vater? Was hat denn Vater –“ Rose verstummt. Ihr ist, als senke sich etwas auf ihr Herz, schwer, schwer, zentnerschwer. Lastend wie ein Alp. Nein! will sie schreien, nicht! Nein!

Thomas hat sich in den Schreibtischstuhl gesetzt und ihn herumgedreht, so daß er Rose gegenübersitzt. Seine sonst so hellen und lustigen Augen sind ernst und haben einen dringlichen Blick. Er saugt an seinem linken Ringfinger, was Rose schon ganz nervös macht.

„Was würdest du einem Patienten raten, bei dem du diese Diagnose stellen müßtest?"

„Ich würde natürlich alle Mittel versuchen, die es gibt. Tabletten, Spritzen – ach, Thomas, du weißt doch, daß ich das noch nicht wissen kann! Frag mich doch nicht. Sag lieber –"

„Das meine ich auch nicht. Ich meine, wie du ihn persönlich, menschlich behandeln würdest."

Rose erblaßt. Das ist deutlich. Das ist furchtbar, entsetzlich deutlich. Sie sieht zu Thomas auf. Er ist blaß, warum war ihr das vorher nicht aufgefallen? Die Anämie, die mit jeder akuten Leukämie einhergeht! Er hat nicht mit ihr gesprochen, als er sich entschloß, hier die Praxis zu übernehmen. Wollte er ihr den eigentlichen Grund verbergen?

Daß er gern hier ist, spürt sie. Er, der nie ein Elternhaus hatte, saugt förmlich alles in sich hinein, was es hier an familiären und aufregenden Ereignissen gibt. Denn hier genießt man auch die Katastrophen, jedenfalls die kleineren. Tut er das, weil – –?

„Würdest du ihm nicht für den Rest seines Lebens alles, alles Schöne gönnen? Eine Entfaltung seines Könnens, ein Einsetzen aller seiner Kräfte? Und eine Umgebung, in der er sich glücklich fühlt?"

„Natürlich", sagt Rose blaß. Ihr Mund ist wie gefroren. „Natürlich ..." Daß er ausgerechnet das sagt!

Gerade das! Nicht: eine Weltreise, Freiheit, Ferien, alle materiellen Genüsse, die es gibt, nein. Er träumt von der Entfaltung seines Könnens, vom Einsetzen seiner Kräfte, vom Ausüben eines geliebten Berufs. Das ist für Thomas das Schönste, das Erstrebenswerteste im Leben. Arzt sein dürfen, dort, wo er menschlich geliebt wird, etwas Schöneres kann er sich nicht ausdenken. Sie fühlt ihr Herz heiß werden.

Aller Groll ist verflogen. Aber das bestürzende Glück über diese seine Auffassung dem Leben gegenüber wird erdrückt und verdunkelt von dem fürchterlichen Schatten, der darauf fällt: Leukämie. Unheilbar. Noch höchstens neun Monate.

Thomas ist aufgestanden. Rose springt auch auf. Sie steht ganz dicht vor ihm, sieht ihn mit weit aufgerissenen Augen an.

„Thomas, sag, ist das wirklich wahr?“ Ihr Gesicht ist wie aufgebrochen in Angst und Liebe. So elementar und wild blendet das aus ihr heraus, daß er kaum Worte findet. Ganz schnell und impulsiv drückt er seine Hand auf ihre Lippen.

„Still, Rose, sag nichts mehr! Vielleicht ist es gemein, was ich gesagt habe. Es ist sogar hundsgemein, obwohl ich nichts, kein Wort, richtig ausgesprochen habe!“

„Wieso kein Wort?“

„Daß ich der Patient wäre. Daß es mich beträfe. Es sind Präparate aus der Klinik, ich habe sie nur hier, um damit vergleichen zu können. Rose, bitte, hör mich an! Sag nichts, ich bitte dich, ehe du mich zu Ende gehört hast!“

Aber er bittet umsonst. In dem Augenblick, in dem

sie erfaßt, daß nicht er es ist, dessen Diagnose sie stellte, schießt es lodernd aus ihr heraus, Liebe und Zorn gleichermaßen, wie eine heiße und wilde Stichflamme.

„Du – du –“ Sie steht noch dicht vor ihm, hat ihn an beiden Jackenaufschlägen gepackt und beutelt ihn hin und her, daß er ernsthaft Angst bekommt. „Das ist eine Gemeinheit, eine solche Gemeinheit – mir diese Angst einzujagen!“ Sie hebt die Hand gegen ihn auf.

„Rose!“ Er hat ihre Arme erwischt und hält sie fest, während er auf sie einspricht, leise, aber eindringlich, ja streng, ernst, beinah drohend. „Nimm dich in acht! Du hast mich schon einmal gebackpfeift, hier, in diesem Zimmer, du wirst es nicht noch einmal tun. Damals war es zu Unrecht, daß du mich schlugst. Jetzt – hör mich erst an. Willst du? Schön.

Du hast recht, es sieht natürlich so aus, als ob ich dir einen Streich gespielt hätte. So etwas tut man nicht, es wäre Blasphemie. Es ist so gekommen, laß mich erst mal erklären“, sagt Thomas und hält ihr den Finger unter die Nase, „ich habe von mir selbst ein Blutbild gemacht, um es mit den Präparaten zu vergleichen, und es dann mit den andern selbst verwechselt. Und ich will mich gern ausdrücklich entschuldigen, daß ich dich so fragte, so, Rose: Wenn es wirklich an dem wäre, daß ich nur noch kurze Zeit zu leben hätte, dann würdest du mir alles, aber auch alles gönnen. Das Schönste – auch hier in eurem Kreise leben und arbeiten zu dürfen. Warum nicht auch dann, wenn ich gesund bin? Tante Troll hat mich gebeten hierherzukommen, knüpfte daran nur die Bedingung, daß du es nicht wissen solltest. Rose, sei nicht böse, daß ich auf diese Bedingung eingegangen bin. Ich wollte so gern hierherkommen dürfen. Du kannst dir wahrscheinlich nicht vorstellen, wie gern. Und da habe ich eben unter dieser Bedingung zugesagt."

„So, das hast du." Rose hat sich von ihm losgemacht und auf die Kante des Schreibtischs gesetzt. Ihre Knie waren in einer Verfassung, die das sehr energisch forderte. Sie hört, was er sagt, nur wie von fern. Wirklich und mit dem Herzen hat sie nur eins gehört: Es ist nicht sein Blutbild, was sie gesehen hat. Er ist nicht dieser unglückliche Patient. Langsam sammelt sie ihre Lebensgeister wieder zusammen, während er fortfährt:

„Aber auch wenn einer nicht krank ist, wer weiß denn, wie lange er noch zu leben hat? Ob er nicht morgen zwischen zwei Autos kommt oder sich unheilbar ansteckt? Oder auf irgendeine sonstige Weise diese schönste aller Welten mit einem anderen Aufenthaltsort vertauscht? Kennst du den Kalenderspruch – oder ist es ein Vers für Poesiealben? Ich weiß es nicht:

Was auch die Zukunft dir beut',
ach, du enträtselst es nimmer.
Strebe, als lebtest du immer!
Bete, als stürbest du heut!
Liebe, als würde dir schon –

Aber das gehört nicht mehr hierher", unterbricht er sich etwas verwirrt. „Ich meine nur, wenn du es mir gegönnt hättest, hier arbeiten zu dürfen, wenn ich nur noch abgezählte Monate zu leben hätte: warum dann nicht so? Es ist doch auch von Vorteil für euch. Ich will ja alles so gut, wie ich nur kann –"

„Das glaub' ich dir", sagt Rose rasch. Es klingt kurz, aber überzeugt. Beruhigend. Trotzdem scheint sie etwas schwer zu beschäftigen.

„Hättest du auch –"

Nein, das kann man nicht fragen. Nie kann man das fragen. Es gibt Sachen, die man den Partner bis ans Lebensende nicht fragen kann. Dennoch ist es wichtig, ach, so wichtig!

Sie sitzt und grübelt. Sie grübelt so tief, daß sie sich auf die Unterlippe beißen muß. Thomas muß lächeln. So sah sie aus, damals in der Reithalle, vor dem Sprung, durch den er auf sie aufmerksam wurde.

„Warum lachst du?" fragt sie, als sie sein Gesicht sieht. Er zögert kurz und sagt dann die Wahrheit, daß er sich an ihre erste Begegnung erinnert habe.

„Das weißt du noch?" fragt Rose. Es klingt zaghaft. „Übrigens – du brachst vorhin ab. Du hast das Gedicht nicht zu Ende gesagt. Was auch die Zukunft dir beut – oder wie es anfing."

„Du kennst es also nicht?" fragt Thomas.

„Nein."

Thomas wartet eine kleine Weile. Dann sagt er, sehr langsam: „Es geht weiter:

Liebe, als würde dir schon
morgen dein Liebstes entrissen.
Handle nach Pflicht und Gewissen,
ohne die Rücksicht auf Lohn."

Schweigen. Rose hat die Augen gesenkt. Endlich wagt sie, sie wieder zu heben, und sieht direkt in seine Augen, die auf ihr ruhen.

Ganz langsam kommt er auf sie zu. So langsam, daß sie gut ausweichen könnte, wenn sie wollte, ohne daß es für einen von ihnen beiden peinlich werden müßte.

Sie weicht nicht aus. Sie sieht sein Gesicht auf sich zukommen, langsam größer werden, ganz nahe. Und dann schließt sie die Augen. Sie braucht nichts mehr zu sehen.

Und dann versinkt alles um sie her vor lauter Entrücktheit und Glück, wird unwichtig und geradezu unwirklich. Endlich hört sie Thomas wieder sprechen. Er sagt etwas Merkwürdiges.

„So, das war die Rache“, sagt er. Rose reißt die Augen auf und sieht ihn an.

„Weißt du etwa nicht, wofür? Hier in diesem Zimmer, da, vor dem Spiegel, hast du mich geohrfeigt und hinausgeworfen, mit Schimpf und Schande.“

„Ach ja. Ach Thomas, das ist sicher hunderttausend Jahre her. Ich erinnere mich nur noch ganz dunkel.“

„Aber etwas doch noch? Gottlob, dann kann ich es dir also noch einigemal vorwerfen, wenn ich mal einen Vorwurf brauche.“

„Schöne Aussichten! Aber ich fürchte –“

„Was fürchtest du?“

„Ich fürchte, du wirst diese Möglichkeit umsonst im Weckglas deiner Erinnerung einbalsamieren. Entschuldige, meine Gleichnisse sind leicht verworren. Ich fürchte, ich werde wie ein ganz altmodisches, verliebtes, berufloses Mädchen von vor fünfzig Jahren weiter nichts zu tun bestrebt sein, als dich bei froher Laune zu erhalten, dir nie zu widersprechen, alles aus deinem Weg zu räumen und dir deine Lieblingsspeisen zu kochen."

„Und mir alljährlich einen strammen Stammhalter in die Wiege zu legen, verstanden? Mindestens einen. Sonst –"

„Stammhalter ist nur der erste", stellt Rose freundlich, aber bestimmt fest, „die anderen –"

„Wer widerspricht denn da?" grollt Thomas.

„Entschuldige, das ist kein Widerspruch, sondern die Richtigstellung einer verdrehten Tatsache, die –"

„Wie bitte? Wer verdreht Tatsachen?"

„Also Thomas, wenn du so anfängst –"

„Mich bei froher Laune erhalten, alles aus dem Wege räumen und mir meine Lieblingsspeisen –", zitiert er in ihrem Tonfall von vorhin, „ich fand das vielversprechend und überlegenswert. Jetzt allerdings, nachdem du, weder in der Sache im Recht noch im Ton auch nur annähernd respektvoll genug, darauf bestehst –"

„Also Thomas, wenn du noch ein einziges Mal behauptest, daß es mehrere Stammhalter in einer Familie gibt –"

„Natürlich gibt es. Halt den Mund, oder –"

Sie hält ihn. Es ist ihr rein technisch nicht möglich weiterzusprechen. Nach einer Weile schöpfen sie beide tief Atem und haben vergessen, worum sie stritten.

„Komm, die andern warten. Lars scheint gekommen zu sein, dem Gepolter nach zu schließen, das draußen herrscht. Komm. Du, wollen wir?"

„Nein!"

„Was meinst du mit ‚Nein'?"

„Genau, was du meinst. Wir wollen nichts sagen, später erst. Bitte! Es soll uns noch allein gehören."

Und den Spatzen, die es von den Dächern pfeifen, denkt Thomas vergnügt. Aber er nickt ernsthaft. „Schön. Wie du willst, Rose."

Lars ist wirklich gekommen. Alles befindet sich in der vergnügtesten Aufregung. Man begrüßt sich im Flur, wo die Hereinkommenden den Schnee abschütteln, der an ihren Sachen hängt. Sie sind glücklich und wie betrunken vor Freude, daß es schneit, wie jedes Jahr junge Hunde und junge Menschen vom Wunder des ersten Schnees. Dann gehen sie ins Wohnzimmer. Die Adventskerzen brennen.

Es wird ein schöner Abend. Das bläuliche Licht der Feuerzangenbowle ist geheimnisvoll und unvergeßlich. Lars erzählt fürchterlich komische Dinge aus seiner Referendartätigkeit, die schon ganze vierzehn Tage dauert, Theo Anekdoten von der Buchmesse. Thomas schweigt. Er sitzt neben Rose, aber mit einem kleinen Zwischenraum zwischen seinem und ihrem Stuhl. Niemand darf ja „etwas" merken. Man verfaßt ein gemeinsames, gereimtes Brieftelegramm an Tante Troll und ihr junges Glück und eins an Vater und Sö. Man ist so albern, so glücklich und so jung und verliebt wie jede Generation in diesem Stadium. Man prostet ununterbrochen auf alles mögliche. Auf Theo und Tine, auf Volkers vermutliches Sitzenbleiben zu Ostern und auf die erneute Trächtigkeit der Ponys. Schließlich sagt Michael:

„Und jetzt trinken wir auf Amerika. Und auf die

Westernpferde. Wenn du nun nicht hinkommst, Thomas, dann vielleicht ich."

„Wieso Amerika?" fragt Rose halb abwesend. Hier dreht sich so vieles um die Pferde, daß man leicht zuerst daran denkt, vor allem nach dem zuletzt ausgebrachten Toast.

„Ja, das alles ist nun ins Wasser gefallen. Er wollte mir drei mitbringen, weißt du, drei echte Westernpferde", erklärt Josi.

„Und für sich selbst auch einen, einen Hengst", fällt Volker ein. „Ich muß sagen, ich finde es blöde, wenn er es nun nicht tut: Ich wäre hingegangen, das könnt ihr glauben."

„Gar so großartig wäre es vielleicht gar nicht geworden. Freilich, mit Geld verlocken sie einen, bezahlt wäre ich fürstlich worden."

„Na, und das alles gibst du auf, nur weil –"

Volker bricht ab. Seine Lippen sind verächtlich geschürzt. Theo, der noch die Narrenfreiheit des erst kürzlich in die Familie Aufgenommenen genießt, kann es sich nicht verkneifen, süffisant zu fragen: „Weil?"

„Kinder, seid doch nicht so indiskret", sagt Tine resolut. „Thomas wollte uns helfen, weiter nichts. Und das vergessen wir ihm nicht, bestimmt."

Sie stößt mit Thomas an. Rose ist ganz still.

Sie schämt sich schrecklich und durchdringend. Sie schämt sich, wie sie sich in ihrem ganzen Leben noch nie geschämt hat, in irgendeiner Falte ihrer Seele hat also doch noch der Argwohn gesessen, Thomas habe sich hier unter dem Vorwand, ihnen zu helfen, einen Platz an der Sonne gesichert. Wie kann man nur so gemein denken! Noch dazu von dem Menschen, den man liebt, mehr als sein eigenes Herz!

Er hat wirklich nur helfen wollen. Und er verzichtet damit auf das große Abenteuer seines Lebens, auf die Ferne, nach der sich jeder gesunde junge Mann sehnt, auf das bunte und abenteuerliche Leben in fremdem Land. –

Sie wird ihm das nie vergessen. Sie wird immer, ihr ganzes Leben lang, dankbar daran denken. Ihr und sein ganzes Leben lang.

Wie das klingt, dieser Satz! Wie das singt! Wie eine Melodie, schöner als alles, was sie je bisher gehört hat. Sie sieht sein Gesicht vor sich. Er hat das Glas in der Hand und hebt es ihr entgegen.

„Zum Wohl, Rose! Es muß nicht Philadelphia sein! Man kann auch in engen Gassen glücklich sein, wenn nur ein junger Wind drin weht. Magst du mit mir anstoßen? Oder bist du mir noch böse?“ fragt er halblaut. Rose wird dunkelrot. Sie gibt Galopphilfe und geht über die Hürde, wie damals; komme, was da wolle.

„Nein, ich bin dir nicht mehr böse“, sagt sie, nicht laut, aber so fest und eindringlich, daß alle ringsum es hören und aufmerken.

Es ist einen Augenblick ganz still um sie beide. Rose vollendet:

„Sondern gut. Ich bin dir gut, Thomas! – Zum Wohl! Und die andern können es ruhig wissen, findest du nicht auch?“

Thomas lacht. Er findet es auch. Gleich darauf stehen Schwäger und Schwägerinnen um ihn herum und schlagen ihm auf die Schultern, wollen mit ihm anstoßen, lachen ihn an. Er strahlt zurück.

„Also darf ich?"

„Was denn?"

„Hier zu Hause sein. Bei Rose – bei euch – hier –"

„Natürlich! Bist du doch längst. – Frag nicht so dumm. – Thomas, große Klasse! – Gehörst ja schon lange zu uns! – Unser neuer Bruder, Prosit!"

Was man so alles durcheinanderruft und -lacht und beteuert! Thomas stößt mit allen an. Erst mit Rose, dann mit Lars, mit Theo, mit Tine, mit den Kleinen. Dann wieder mit Rose.

Er lächelt, aber seine Augen sind ernst. Rose sieht hinein. Da liest sie, was er denkt und nicht aussprechen mag. Ganz deutlich liest sie es. Es heißt:

„Geliebtes – für ein Leben geliebtes Du!"

Wer nie den Sand geküßt …

Für meine Reittochter Steffi
und ihre Söhne

1

„Vorwärts, Hjela, Galopp … und Sprung …“

Kornelia war fest überzeugt, daß die Stute gehorchen und das soeben kunstvoll aufgebaute Rick in weitem Sprunge nehmen würde. Sie gab die Zügel vor und ging mit der Bewegung. Aber hier, wie überhaupt …

Hjela, die sich im Gelände über Baumstämme und Gräben fliegen ließ, viel höher und weiter als nötig, schien nicht einzusehen, warum man hier, mitten auf dem Stoppelfeld, über ein Hindernis gehen sollte, neben dem rechts und links genügend Platz war, es zu umrunden.

Sie schien diese Absicht zu haben, konnte sich aber nicht entschließen, nach welcher Seite hin, und stemmte kurzerhand die Vorderbeine ein, den Kopf senkend. Sie verweigerte den Sprung. Kornelia, leicht, wie man mit siebzehn Jahren ist, flog, wie von einem Katapult geschleudert, in einem bildschönen Salto über Hjelas Kopf hinweg und landete allein hinter dem Rick. Da sie sich in der Luft instinktiv zusammengerollt hatte wie ein Igel – es war nicht ihr erster Sturz, wahrhaftig nicht, dazu ritt sie schon zu lange –, tat sie sich nicht weh, sondern stand sofort wieder auf den Beinen, freilich aufgebracht und zornig, sowohl auf sich als auch auf die Stute.

„Hoppla, na warte, meine Liebe!“

Das gute an den Islandponys war ja, daß sie stehenblieben, eine wahrhaft liebenswerte Eigenschaft. Ein

Pferd, wie beispielsweise Kronos, den Bertram gern ritt und mitunter auch noch sprang, würde jetzt vermutlich verrückt spielen und davongehen, womöglich in den herabhängenden Zügel treten und stürzen oder sich sonst etwas tun. Hjela stand – Kornelia hatte zwar den Eindruck, als grinse sie schadenfroh, das aber war schließlich ihr gutes Recht, wenn sie ihren Reiter losgeworden war.

„So, jetzt noch mal. Meine Liebe, diesmal passe ich aber besser auf.“

„Vor allem würde ich bis ans Rick rantreiben, immerzu treiben, erst im letzten Augenblick Luft geben.“

Kornelia fuhr herum. Aber der Schreck und der kleine Ärger, daß jemand ihre Blamage gesehen haben mußte, wich sofort einer freundlichen Erleichterung: Es war Pölze, die hinter dem Schlehengebüsch am Rande des Feldes hervorgetreten war, Pölze, Kornelias junge Tante, jedenfalls angeheiratete Tante.

Kornelias Mutter war Witwe und hatte jahrelang ihre drei ledigen Brüder betreut, bis Pölze einen davon, Bertram Werth, heiratete. Frau Kayser lebte mit ihren vier Kindern, von denen Kornelia das älteste war, auf einem Vorwerk nahe dem Werthschen Gut und konnte sich nun ganz diesen Kindern und ihrer Hundezucht widmen, bei der ihr Kornelia mit Eifer und Verständnis half. Kornelia sah man fast nie ohne Hund; auch jetzt lag Tina, ihr Liebling, eine ausnehmend schöne, ziemlich große Schäferhündin, hechelnd und aufmerksam neben dem Gebüsch. Sie durfte nicht auffahren und bellen, wenn ihre Herrin ritt. Pölze wäre beinahe auf sie getreten.

„Hoppla, ich hätte mir ja denken können, daß sie hier ist. Übrigens gut gezogen, Koko, daß sie so gehorcht. Nun spring noch einmal, treibe bis ganz ans Hindernis, und gib erst dann Luft. Mit dem Kreuz treiben, verstehst du, Achtung – ja."

Richtig, nun sprang die Stute. Kornelia setzte auf, wendete das Pony, das übrigens fast die Größe eines Norwegers hatte, und kam zu Pölze herangeritten. Dann saß sie ab und klopfte der Stute den Hals.

„Brav, brav. – Ja, sie reagiert mehr auf Kreuz als auf Schenkel. Und der Sprung jetzt war doch ordentlich, nicht?" Sie schlenderte, den Arm durch den Zügel gesteckt, neben der jungen Tante weiter.

„Tante" sagte sie übrigens nie, höchstens mal aus Neckerei. Aber sie liebte Pölze sehr, und auch Pölze hatte sich sofort herzlich an die zehn Jahre Jüngere angeschlossen. Jetzt, da sie einen kleinen Sohn besaß und das zweite Kind erwartete, war es mit ihrem Reiten natürlich zunächst einmal vorbei, um so mehr kümmerte sie sich um Kornelias Reiterei.

„Ich komm' aber wieder in den Sattel, denk nur nicht, daß ich bereits altes Eisen bin", drohte sie manchmal. „Jetzt aber bist du vorn. Ein Glück, daß du unsere Isländer reitest, bis ich wieder soweit bin."

Dieses „Glück" war kein so reines, jedenfalls dachte Frau Kayser dies mitunter. Kornelia zeigte wenig Interesse für die Schule, bedauerlich wenig. Schon die Tatsache, daß sie sich allzuviel mit den Hunden abgab, bekam ihrem Zeugnis schlecht; man sah genau die abfallende Kurve der Noten, wenn die Wurfkiste daheim voll junger Welpen war. Dazu nun auch noch die Reiterei … Besonders in Sprachen hatte Kornelia schmählich schlechte Noten, obwohl sie recht begabt und leichter Auffassung war. Aber sie war noch heute wie anfangs in der Volksschule der Meinung, die Schule könne man „nebenbei" erledigen, und dies ist und bleibt ein Fehlglaube.

Auch jetzt sprachen sie davon. Pölze versuchte, der Jüngeren klarzumachen, daß für Kornelia noch – noch! – die Schule die Hauptsache war und die Tiere die zweite Geige zu spielen hatten, wie sie es nannte.

„Später kannst du es dann halten, wie du willst, aber jetzt ..."

Kornelia lachte nur. „Ich will raus aus der Schule. Muß denn jeder das Abitur machen? Ich will ja gar nicht studieren. Zum Hundezüchten und zum Reitwart brauche ich kein Abi, da ist die mittlere Reife dicke genug ..."

„Wer die Möglichkeit hat, bis zum Abitur zu gehen, soll sie ausnutzen", eiferte Pölze, sehr erwachsen, aber in Wahrheit nicht ganz überzeugt. Ihr selbst war die Schule auch nicht unbedingt wichtig gewesen, ebenso wie ihr späteres, ziemlich kurzes Studium. „Sieh meine Schwester Svea an! Die hat, obwohl verlobt, ihr Abitur doch noch gemacht, dabei hat sie doch über ein Jahr aussetzen müssen, und nun will sie noch Buchhändlerin lernen, um nicht ohne Beruf zu sein. Es kann ja immer vorkommen, daß die Frau allein für die Kinder zu sorgen hat, wenn dem Mann etwas zustößt, und Conrad bringt schon zwei Kinder mit in die Ehe, Volker und Thomas, du kennst sie ja."

„Svea wird Buchhändlerin?" staunte Kornelia. „Da will sie mit der Heirat noch mal drei Jahre warten? Das finde ich blöd", sagte sie ehrlich. Pölze mußte lachen. Es klang überaus apodiktisch – und gleichzeitig bemerkenswert kindisch.

„Erstens ist so was nicht blöd, sondern genau das Gegenteil, nämlich klug, und zweitens wartet sie gar nicht. Sie heiratet, macht die Lehre aber trotzdem. Onkel Hipp, der ja immer wie ein Vater zu uns war, hat ihr einen kleinen Wagen gekauft, mit dem sie täglich in die Stadt fährt. Volker geht nun auch schon in die höhere Schule, und Thomas bleibt halt unter Tante Ulles Fuchtel, die ich wahrhaftig auch kennenlernte. Da ist man streng gehalten, aber gut behütet. Ja, die beiden Jungen wachsen heran ... Übrigens sind wir zur Hochzeit eingeladen. Bertram und ich ... und du auch. Sie haben sie extra in die Herbstferien gelegt, damit du mitkommen kannst. Freust du dich?"

„Und wie! Endlich mal eine Hochzeit! Als du heiratetest, war ich ja noch zu klein für so was", lachte Kornelia. „Hurra! Übrigens, wohin wolltest du?" Sie waren miteinander ein Stück dem Wald entgegengewandert.

„Ach, nur so. Luft schnappen. Berti schlief, da dachte ich, ich bewege mich ein bißchen draußen." Und dann, nach einem kurzen Seitenblick auf die Jüngere: „Doch, dir kann ich's ja sagen, du hältst den Schnabel: Ich sah neulich hier, es war gegen Abend, einen Dogcart fahren, einen kleinen Einspänner mit einem Shetlandpony davor. Es war schon schummerig, und ich konnte nicht erkennen, wer es war. Da dachte ich, vielleicht treff' ich ihn heute wieder."

Alles, was mit Pferden und Hunden zusammenhing, war für sie beide wichtig. Kornelia wußte auch, wie man sogleich merkte, Bescheid.

„Wer das ist? Das kann ich dir sagen. Die Tochter von Dr. Grünwald, dem Tierarzt, der die vielen Kinder hat, weißt du, die Älteste. Sie geht ein paar Klassen unter mir in meine Schule und erzählte mir neulich, sie habe es satt, immer mit den kleinen Geschwistern spazierentrödeln zu müssen. Da habe ihr Vater ihr endlich einen Dogcart gekauft. In dem fährt sie jetzt die Kleinen aus, wenn Mutter mal Ruhe haben soll. Geht prima, sagt sie, alle, die sonst ekelhaft und bockig sind, werden sanft und lenksam, wenn es heißt: Du darfst sonst nicht mitfahren. Spazieren*gehen* haben sie gehaßt. Wir übrigens auch. Wahrscheinlich tun das alle Kinder."

„Ach! Prima von dem Vater! Und ..."

„Und da fährt sie jetzt jeden Tag. Meist hier, natürlich auf keinen Fall Autostraßen. Vielleicht treffen wir sie tatsächlich. Dr. Grünwald hat eine sehr schöne Dackelzucht, wußtest du das? Lauter V-Hunde, ich sah sie auf einer Ausstellung. Die werden gekauft wie wild. Du mußt mal mit hin und sie angucken."

„Gerne. – Du, Koko?"

„Hm?"

„Wenn Grünwalds jetzt ein eingefahrenes Shetlandpony haben, da könnten wir doch eigentlich mal ..."

„Was denn?"

„Vierspännig fahren. Sieh mal, ich kann jetzt nicht reiten, und fahren macht doch auch Spaß. Erle und Espe haben wir, und Unband – Blessy soll nicht gefahren werden, bis die Wunde abgeheilt ist. Da könnten wir statt dessen doch dieses Pony nehmen. Was ist es denn?"

„Stute. Lottchen heißt sie. Unbändiges Temperament."

„Na, dann wird sie ja zu Unband passen. Wollen wir?“

„Heute?“ Kornelias Augen funkelten.

„Bist du närrisch? Heute! Dazu brauchen wir einen ganzen Nachmittag, damit wir auch was davon haben! Aber wie wär’ es morgen? Am frühen Nachmittag? Natürlich erst, nachdem du Schularbeiten gemacht hast“, fügte Pölze bieder hinzu. Kornelia sah sie aus den Augenwinkeln an.

„Natürlich. Aber ich hab’ das Gefühl, daß ich morgen – morgen ist Mittwoch, nicht wahr? –, ja also, daß ich da gar, gar nichts aufhaben werde …“

Kornelia mußte Hjela noch auf die Isländerkoppel zurückbringen. So saß sie auf, winkte Pölze zu und trabte davon, während Pölze sich heimwärts wandte. Kornelia ritt in Gedanken und bemerkte erst etwas spät einen Menschentrupp von etwa sechzehn Mann, der ihr entgegenkam. Es waren die Strafgefangenen, die in Niederwerth arbeiteten. Sie gingen im Gleichschritt, zwei Wachmänner mit ihnen, einer an der Seite, der andere hinten. Kornelia bog ein wenig hastig ab, um nicht nahe an ihnen vorbeizureiten. Sie konnte sich vorstellen, daß es auf die Männer aufreizend wirken mußte, wenn sie sie zu Pferd sahen. Sicher meinten sie, sie wäre ein Luxusgeschöpf und täte nichts anderes als reiten.

Bertram Werth arbeitete seit Jahren mit Strafgefangenen, Tagelöhner gab es hier kaum mehr. Kornelia wußte, daß Pölze sich daran nur schwer gewöhnt hatte. Daheim auf dem Rosenhof arbeitete Onkel Hipp noch mit Leuten, die seit Generationen zum Gut gehörten, einer richtigen Gutsgemeinschaft. Hier waren es Insassen der Strafanstalt aus der etwas entfernten Großstadt, die jeden Tag mit dem Spezialbus herausgefahren wurden. Kornelia wußte, daß Pölze am Anfang ihrer Ehe mit Bertram gesprochen hatte, ob dies nicht zu ändern sein. Es sei ihr unheimlich, hatte sie gemeint.

„Du mußt das anders ansehen“, hatte er damals geantwortet, „nicht daß dies Männer sind, die Böses im Schilde führen. Es sind Gestrauchelte, solche, die mit dem Gesetz in Konflikt gekommen sind und schwer an ihrer Unfreiheit leiden. Wenn sie hier im Freien arbeiten dürfen – Feldarbeit ist keine Schinderei, ich habe sie selbst jahrelang getan –, so ist das eine Vergünstigung für sie, die man ihnen gönnen sollte.“

Pölze hatte Kornelia davon erzählt, und Kornelia mußte jetzt daran denken, als sie, einen Bogen schlagend, um den Trupp Männer herumritt. Auch auf weitere Entfernung und bei der nun einfallenden Dämmerung glaubte sie erkennen zu können, wie finster die Männer aussahen. Sie selbst kannte es nicht anders, als daß dieser Bus kam und abfuhr und daß man den Männern, wenn man zu Pferde saß, aus dem Weg ritt. Daß sich Pölze fürchtete, fand sie übertrieben, es waren schließlich immer zwei Wachmänner dabei. Und Pölze war sonst wahrhaftig nicht ängstlich; sie hatte auf dem Rosenhof junge Pferde angeritten, Turniere mitgemacht und sich an Geländeritten beteiligt, bei denen sich manchen männlichen Teilnehmern die Haare gesträubt hatten. Wer reitet, darf kein ängstliches Herz haben. Reitersleute, die sich fürchten, taugen nichts.

„Wo warst du denn heute nachmittag?“ fragte Frau Kayser, als Kornelia heimkam.

„Bei Pölze. Wir sind ein Stück spazierengegangen“, erzählte Kornelia harmlos, während sie in ihrer Schulmappe kramte. „Morgen gehen wir wieder. Pölze braucht jetzt ein wenig Bewegung und Ablenkung.“

Frau Kayser schwieg. Aber sie hätte keine Mutter sein müssen, wenn sie nicht gemerkt hätte, daß das „Spazierengehen“ morgen etwas anderes war als das übliche. Trotzdem sagte oder fragte sie nichts. Kornelia war zur Zeit schwer zu ertragen, ungeheuer eigenwillig, sie konnte beim geringsten Anlaß aufbrausen oder sich verbocken. Wie das werden sollte, wenn es einmal einen ernstlichen Konflikt geben würde – und wo blieben ernstliche Konflikte schon aus? –, wagte die Mutter nicht abzusehen.

Kornelia ahnte nichts von den Gedanken ihrer Mutter, auch am andern Tage nicht. Sie setzte sich gleich nach Tisch an ihre Schularbeiten und brachte sie so schnell wie möglich hinter sich. Dann pfiff sie nach Tina, die bisher, die Schnauze auf die Vorderfüße gebettet, in der Ecke des Zimmers gelegen und zu ihr hingeguckt hatte. Sie sprang sofort auf, und zusammen marschierten sie ab nach Niederwerth hinüber. Kornelia wollte Pölze beim Einspannen helfen.

Aber Pölze hatte es nicht erwarten können. Erle und Espe standen schon angeschirrt vor dem kleinen Zweispänner, und Unband, der Shettyhengst, wartete daneben. Pölze legte gerade die Geschirre für ihn und Lottchen und den zweiten Kreuzzügel hinten in den Wagen.

„Hoffentlich spinnt er nicht, wenn er die neue Schönheit sieht“, sagte sie, während sie einstieg, „komm hier neben mich, du kannst ihn halten.“

„Lottchen ist gedeckt, sie fohlt im März", beruhigte Kornelia sie und sich selbst. Unband ging zwar brav und willig mit den zwei Stuten, die er kannte, wie er aber bei einer fremden reagieren würde, konnte man nicht voraussagen. Er hatte ein Temperament, das dem seiner Mutter Unfug ähnelte.

Zunächst aber ging alles glatt. Erle und Espe trabten dahin, und Unband lief neben dem Wagen her, fing allerdings, kaum daß man den Hof verlassen hatte, wie irrsinnig zu trompeten an. Tina, die es nicht mochte, wenn Pferde wiehern, erhob ihre sonore Stimme nun auch, und von einem leisen und heimlichen Davonschleichen konnte keine Rede sein.

„Warum auch, wir fahren ja zu keinem heimlichen Rendezvous", sagte Kornelia, ärgerlich darüber, daß sie ihren Hund nicht zum Schweigen bringen konnte, und Pölze antwortete zerstreut: „Na eben."

Auf halbem Weg bereits trafen sie Renate Grünwald mit ihrem Wägelchen.

„Ich wollte mich leise davonstehlen, aber da bellte die Zenzi wie verrückt", berichtete sie als erstes. Neben ihrem Wagen lief – natürlich – der obligate Dackel.

Da mußten sie alle drei lachen. „Aber meinen kleinen Geschwistern bin ich diesmal mit Erfolg durchgegangen. Ich dachte, es sei vielleicht doch besser, sie warten, ehe sie auf einem Vierspänner, bestehend aus drei Stuten und einem Hengst, ihre Ausfahrten machen."

Pölze hatte Kornelia die Zügel gegeben und war ausgestiegen. Sie nahm Unband kurz.

„So, so, mein Lieber, das ist Lottchen, und du wirst

dich benehmen wie ein gut erzogener Hengst, hast du verstanden?“ Sie führte ihn an das fremde Pony heran. „Nichts Aufregendes, nichts Gefährliches. So, beschnuppert euch mal ausgiebig, und sagt euch guten Tag. Nein. Unband, so war das nicht gemeint …“ Der kleine Hengst schnaubte aufgeregt, stellte die Ohren, machte aus dem Hals einen runden Kragen und ging vorn hoch, mit den Vorderbeinen in der Luft herumschlegelnd. Sie hielt ihn kurz unterm Kinn und zwang ihn wieder herunter, daß er aufsetzte und still stand.

„Das ist nur am Anfang, das gibt sich“, versicherte sie Renate gegenüber, die etwas skeptisch dreinsah. „Vielleicht ist es besser, wir spannen ihn neben Erle, die hat die Ruhe weg, und lassen Lottchen vorn neben Espe gehen.“

Schön. Kornelia sprang vom Wagen und half, Espe wurde ausgeschirrt und Unband an ihren Platz gestellt, dann kamen die zwei vorderen Ponys dran. Die gehen beim Vierspänner ohne Deichsel, sind also etwas schwierig zu fahren.

„Aber wir sind ja zu dritt“, beruhigte Kornelia sich und die anderen, „vielleicht fahren wir erst mal mit zwei Zügeln. Einer fährt die vorderen beiden, einer die hinteren. Aber wer?“

„Wir zwei, du und ich“, meinte Renate nach einem kurzen Zögern, „und Sie, Frau Werth, gehen vielleicht ein bißchen weg …“

„Ich? Weggehen? Warum denn?“ fragte Pölze empört. „Ich glaube, Unband kann es brauchen, daß sich jemand um ihn kümmert. Komm her, mein Lieber, so geht das nicht …“

Der kleine Hengst stieg im Geschirr, schlug aus,

kam mit dem einen Hinterbein über die Deichsel und brachte alles durcheinander. Nun wurden auch die Stuten unruhig und traten hin und her.

„Fahrt los!“ rief Pölze den beiden zu, die etwas bedenklich auf ihr Vierergespann guckten. Sie schob Unband an seinen Platz, hielt ihn vorsorglich – „nun gib nicht so an! –“ und winkte den beiden zu: „Abfahrt, vorwärts! Beim Fahren richtet er sich schon ein!“

Erle und Espe zogen gehorsam an, Lottchen folgte. Ihr eisengraues Fell hatte bereits dunkle Schweißflecken, weil sie sich aufregte. Aber Pferde sind Herdentiere und lassen sich von anderen mitnehmen. Darauf hatte Pölze gerechnet. So begann nun auch Unband, als seine drei Damen sich ins Geschirr legten, zu ziehen, und siehe da, der Vierspänner fuhr ohne Zwischenfall los, allerdings in einem nicht berechneten, ziemlich atemberaubenden Tempo. Pölze mußte loslassen und zur Seite springen.

„Laßt sie laufen, damit sie sich die Mucken abreagieren. Sie werden schon müde werden“, rief sie den beiden Kutscherinnen zu. Dann stand sie und sah das Wägelchen kleiner und kleiner werden.

Alles ging gut. Pferde sind wie Kinder: Solange man sie beschäftigt, machen sie keine Dummheiten. Natürlich war der kleine Wagen viel zu leicht für vier kleine Pferdekräfte, die im Grunde gar nicht so klein sind. Man rechnet, daß ein Shetlandpony in der Ebene das Vierfache seines Gewichts ziehen kann. Wenn es also an die drei Zentner wiegt, könnte es einen solchen Wagen allein im Trab über Land bringen, ohne Mühe. Hier waren es vier, die sich diese Aufgabe teilten …

Kornelia und Renate auf dem Bock sahen mit Vergnügen, wie ihre Pferdchen dahintackelten. Ihnen lachte das Herz. Sie gaben einander halblaute Anweisungen, brachten es fertig, an einer Wegbiegung, wo eine andere Straße abging, sogar im großen Bogen umzudrehen, und fuhren nun wieder zu Pölze zurück. Die stand am Straßenrand und sah dem kleinen Gefährt entgegen.

„Wunderbar, wer sagt es denn!" lobte sie. „Nun haaaaalt. Ja, Unband, du bist doch der Beste, mit drei Frauen zusammenzugehen und keinen Terror zu machen! Beim nächsten Turnier fahren wir alle Preise nach Hause! – Und nun will ich mal!"

Wirklich, die vier Pferdchen hielten. Unband hämmerte zwar mit den Vorderhüfchen wild auf die Erde, während er stand, aber Pölze war schnell auf dem Bock und nahm alle vier Zügel in die Hände. Renate sprang ab, um Platz zu machen, Kornelia blieb neben Pölze sitzen.

„Vorwärts, jawohl!" kommandierte Pölze halblaut, und die vier zogen wieder an. Sie trabten gut und gleichmäßig, jetzt auch in vernünftigem Tempo. Pölze merkte mehr, als sie sah – sie konnte nur aus den Augenwinkeln nach hinten seitlich gucken –, daß Renate sich im letzten Augenblick hinten in den Wagen geschwungen hatte. „Gut so, wir brauchen Gewicht. Ho, hoooo, nein, hier wird nicht verrückt gespielt, immer mit der Ruhe." Sie sprach ständig mit ihren Pferden, auch beim Reiten, halblaut, beruhigend. „So, und nun etwas zulegen, ja, zeigt mal, was ihr könnt ..."

„Darf ich mal kutschieren? Allein?" fragte Kornelia begierig. Pölze gab ihr erst den rechten und dann den anderen Doppelzügel hinüber, immer auf die Pferdchen sehend, und Kornelia fühlte sich ins Kutschieren hinein. Annehmen, nachgeben, eine kleine Parade hier, ein bißchen Luft mehr für Espe. „Erle, komm, komm, meine Schöne. Nein, Lottchen, nicht aus der Reihe tanzen, so, siehst du …“

Da geschah es. Sie fuhren jetzt auf den Wald zu, einen ziemlich schmalen Weg. Dort sprang, kurz vor ihnen, vielleicht fünf Meter entfernt, ein Reh darüber, von links nach rechts, gleich darauf noch eins, und das dritte. Meist sind es drei. Kornelia wollte das gerade sagen, als die Ponys reagierten. Lottchen warf erschrocken den Kopf, stemmte sich zurück, Espe zog noch vorwärts, und schon hatte auch Unband geschaltet. Wie verrückt drückte er nach rechts an die Deichsel, Erle mußte nachgeben, und so hing der Wagen mit den rechten Rädern überm Graben, der hier zwar nicht sehr tief war, aber immerhin tief genug, daß der Wagen kippte. Kornelia kam halb darunter, Pölze war eine Sekunde vorher abgesprungen, nach links.

Es gab ein heilloses Durcheinander von schlagenden Pferdehufen und zerrissenem Geschirr, schrilles Wiehern, und dazu bellten Tina und Zenzi, daß es klang, als probierten eine Kesselpauke und ein grelles Becken miteinander aus, wer lauter könnte.

„Hau, hau, hau!“ gellte Zenzi in den höchsten Tönen, und „Wuff, wuff!“ tobte Tina dazu.

„Haltet doch die Klappe!“ japste Kornelia, die sich unter dem Wagen hervorarbeitete. „Renate, kannst du deinem Köter nicht das Maul zupeppen? Und du, Tina, gib endlich Ruhe, es ist ja nichts passiert.“

Nein, gottlob, nichts war passiert – außer zerrissenem Geschirr, einer kleinen Anzahl Schrammen und blauer Flecke und einer verbogenen Achse. Die war das schlimmste – aber Kornelia und Renate brachten es fertig, sie so weit wieder geradezubiegen, daß man zurückfahren konnte. Diesmal allerdings zweispännig, Lottchen und den kleinen Hengst als Handpferde daneben.

„Das ist sicherer. Wer weiß, ob uns nicht noch ein junger Elefant vor den Wagen kommt“, prustete Kornelia, als sie alles wieder leidlich in Ordnung hatten. „Ein Glück war, daß uns niemand gesehen hat! Ist dir auch wirklich nichts passiert, Pölze? Und der kommenden Tochter? Um die hatte ich am meisten Angst.“

„Alles in Ordnung, ich war ja schon runter“, erwiderte Pölze vergnügt. „Vor allem: alle Pferdebeine heil! Aber vierspännig fahren wir doch vielleicht nicht so bald wieder …“

„… jedenfalls nicht, ehe besagte Tochter das Licht der Welt erblickt und im Körbchen liegt, während ihre Mutter kutschiert“, ergänzte Kornelia. Pölze lachte.

„Kutschiert hast du, bitte sehr, vergiß das nicht. Na, Hauptsache, es erfährt niemand. Wehe euch, wenn ihr im ganzen Leben auch nur eine Silbe davon erzählt! Ihr wißt, ich habe einen sehr, sehr gestrengen Eheherrn, vor dem ich riesigen Respekt habe.“ Sie lachten alle drei. In allerbester Stimmung kehrten sie heim.

2

Am anderen Morgen rief Kornelia bei Pölze an, ehe sie in die Schule fuhr.

„Alles in Ordnung?"

„Gottlob, ja."

„Na, ich bin ja froh." Gerade kam Ulrike vorbei.

„Was war denn?" fragte sie die Schwester.

„Mußt du alles wissen, du Neugierde?" rief Kornelia patzig. Raus war sie. Ulrike sah ihr ziemlich böse nach.

„Man wird ja wohl mal fragen dürfen." Sie fand, daß mit Kornelia schon seit langem kein Auskommen mehr sei. Die Brüder, Martin und Manuel, wollten sowieso nichts von ihr wissen, sie interessierten sich zur Zeit für nichts, außer für ein Moped, das sie sich zurechtgemacht hatten, obwohl sie noch lange nicht im Kraftfahralter waren. Ulrike wußte, daß die Mutter die ganze Sache sorgenvoll beobachtete.

„Ein Glück, daß sie mich hat", dachte Ulrike selbstgefällig und blieb vor dem Spiegel stehen, ordnete ihre Frisur, nahm noch einmal die Bürste, hielt den Kopf schief – „Ich lass' jedenfalls die Haare wachsen. Bis auf die Schulter. Kein vernünftiger Mensch trägt …"

Himmel, da fuhr der Bus! Ohne sie! Weg war er! Ulrike ließ die Haarbürste fallen und rannte, aber das nützte natürlich nichts mehr.

Nun mußte sie das Fahrrad nehmen, gerade heute, wo sie statt des Schulanzugs das helle kurze Kleid angezogen hatte. Aber es half nichts, sie konnte sich nicht mehr umziehen. Ja, das Leben ist nicht so einfach, wenn man fünfzehn ist und eine schnippische Schwester hat, dazu zwei ruppige Brüder, und keiner versteht einen …

3

„Du, Kornelia, Bertram ist am Apparat. Ob wir heute abend hinüberkommen wollen“, sagte Frau Kayser und hielt die Hand auf die Telefonmuschel, „bist du fertig mit den Schularbeiten, oder ist es noch viel? Nein, erst wird alles fertiggemacht. Nicht mehr lange? Gut, wir kommen“, sagte sie in den Apparat. „Nein, die andern nicht. Sie müssen einmal zeitig ins Bett, jeden Abend wird es spät …“

„Sie kommen, jedenfalls Charlotte und Kornelia“, sagte Bertram Werth und setzte sich wieder an den Abendbrottisch, wo Pölze den kleinen Berti fütterte. „Ja, Jupp auch, Guido nicht, er ist nicht da.“ Das waren seine Brüder. Pölze fiel an seinem Tonfall nichts auf, sie hatte gerade ihren Sohn davor gerettet, sich zu verbrühen. Er hatte ihre Teetasse erwischt. Bei Berti mußte man dauernd auf der Hut sein, er befand sich im mühsamsten Kleinkindalter. Umgegossen hatte er die Tasse, Gott sei Dank nicht auf sich.

„Er ist schneller als der Schall“, lachte Bertram.

„Pfui, du kleines Ferkel“, schalt Pölze, „was trinkt deine arme Mutter jetzt? Man hat doch nichts als Ärger mit seinen Männern.“

„Findest du?“ fragte Bertram und blickte sie von der Seite an. „Aber du machst uns wohl nie welchen?“

„Nie. Womit sollte ich auch“, entgegnete Pölze mit treuem blauem Biedermannsblick, „ich tue und lasse doch alles genau, wie du es mir vorschreibst. Kennst du eine gehorsamere Ehefrau als mich?“

„Ich habe nur eine, mir fehlt der Vergleich ... Übrigens: in allem?“

„In allem“, antwortete sie sanft.

Gerade kam der frische Tee. Pölze ließ ihn genießerisch in die weit weggerückte Tasse laufen, während sie mit der linken Hand Berti fernhielt. Da sie aber nur auf die Tasse achtete, hatte er in Sekundenschnelle die Zuckerdose erwischt und ausgeleert.

„Dieser Bengel ist mir über. Hier, nimm deinen Sohn! Jetzt reicht es mir!“ brummte sie aufgebracht. „Eine einzige Tasse möchte man ja in Ruhe und Frieden trinken können. Ich freue mich jedenfalls auf unsere Tochter, die wird nicht so rabiat sein.“

„Wo Berti nur sein Temperament herhaben mag?“ fragte Bertram versonnen.

„Willst du etwa andeuten, er habe es von mir?“ forschte Pölze streitbar. „Aber nun ab ins Bett, Bertram zwo, sonst gibt es noch einen Ehekrach.“

4

Bertram hatte vorgeschlagen, an diesem Abend Dias anzusehen. Er knipste leidenschaftlich gern und auch sehr geschickt.

Nachdem die Gäste gekommen waren, setzte man sich ins Nebenzimmer, wo schon alles vorbereitet war, und bald flimmerte es bunt über die Leinwand: Bilder von Berti, von den Pferden, Jagdbilder, auch reine Landschaftsaufnahmen. Herbstbeleuchtung macht sich immer gut, und Bertram hatte ein ausgesprochenes Geschick, schöne Ausschnitte, gute Beleuchtung und reizende Staffagen zu finden. Die Gäste genossen die Bilder und geizten nicht mit Lob.

„Und nun kommen noch ein paar, die ich mit dem Teleobjektiv, also aus ziemlicher Entfernung, aufgenommen habe, vielleicht sind einige nicht ganz scharf", kündigte Bertram an. „Ich habe sie von – na, ihr werdet ja sehen, aus welcher Perspektive. Die Motive sind sehr lohnend, finde ich."

Es wurde still im Zimmer, so still, daß man die Uhren an den Handgelenken ticken hörte.

„Wann – wann hast du denn das geknipst?" fragte Frau Kayser nach einer Weile ihren Bruder. Alle andern hatten geschwiegen.

„Vorige Woche", antwortete Bertram harmlos. „Es ergab sich so. Ich war beim Mais gewesen und kam dann quer über die Wiesen, und da gefielen mir die Ausschnitte."

Es waren Pölze, Kornelia und Renate Grünwald

mit den beiden kleinen Wagen. Erst sah man, wie sie sich trafen, dann, wie sie umspannten, und dann den kleinen Viererzug. Pölze wagte bei jedem neuen Bild kaum hinzugucken, aber es blieb ihr nichts erspart, auch nicht das Kippen des Wägelchens und alles, was danach folgte. Bertram mußte einen kompletten Film verschossen haben, um die historischen Ereignisse dieses Tages lückenlos festzuhalten.

Die junge Frau Werth hatte das Gefühl, auf einem glühenden Rost zu sitzen, und Kornelia ging es ähnlich.

„So sehr brauchtet ihr wirklich nicht zu heizen“, ächzte sie halblaut. Es war das erste Wort, das fiel – nach dem „Genießen“ der Bilder. „Ich finde es ausgesprochen warm hier, könnten wir nicht …“ Sie blickte zum Fenster hin, fluchtbereit.

„Aber nein, bleib nur bei uns“, sagte Bertram zärtlich, „und Sie, Angeklagte, erleichtern Sie Ihr Gewissen durch ein umfassendes Geständnis. War es ein hübscher Nachmittag?“

„Ich war schuld, ich allein! Ich hatte Renate gebeten, einmal mit ihrem Ponywagen zu kommen, und da trafen wir uns – und da …“, stammelte Kornelia. Himmel, machte Onkel Bertram ein vertracktes Gesicht! „Es war das erstemal.“

„Und hoffentlich das letzte“, ergänzte Bertram, „jedenfalls, bis unsere Tochter einpassiert ist. Versprecht ihr?“

„Alles!“ beeilte sich jetzt Pölze. „Alles! Daß wir dich aber nicht gesehen haben! Wo hast du bloß gesteckt?“

„Das werde ich gerade verraten! Ich bin überall und nirgends, merk es dir.“ Damit war für ihn die Sache abgetan. Pölze atmete auf. Und auch Kornelia, der gar nicht wohl in ihrer Haut gewesen war, schöpfte wieder Luft. Sie wußte: Bertram trug nicht nach. Wenn er seine Meinung gesagt hatte, war es gut, und er kam nicht wieder darauf zurück. Immerhin war sie etwas skeptisch, als ihre Mutter ihr ein paar Tage später ausrichtete, Werths hätten angerufen, sie sollte heute nachmittag hinüberkommen.

„Wieder Dias ansehen?“ fragte sie und machte ein Gesicht, als wollte sie dann lieber nach Australien auswandern.

„Nein, sondern etwas anderes“, sagte Frau Kayser und lachte.

„Du weißt es schon? Bitte, bitte ...“

„Ich verrate nichts! Nun mach schon, daß du hinüberkommst!“

Da folgte Kornelia, und wahrhaftig, auf sie wartete eine Überraschung. Vor dem Herrenhaus in Niederwerth stand ein nagelneuer, halbgroßer Zweispänner mit Ledersitzen und heruntergeschlagenem Verdeck. Dieses Verdeck war denen der altmodischen Kutschen nachgemacht, sonst aber wirkte der Wagen modern und sehr flott.

„Bertram hat ihn gekauft, weil wir doch bisher für die Isländer keinen Wagen hatten“, erzählte Pölze, „gefahren sind wir bislang immer nur mit den Shettys, warum eigentlich? Sieh hier, für Berti!“

Sie war aufgeregt wie ein Kind am Weihnachtsabend, das seine Geschenke vorführt. Am Rücksitz gab es eine Leiste, in die man Bertis kleinen Autositz einhängen konnte, damit er sicher saß. Hinten war ein ordentlicher Gepäckträger angebracht, auch eine Bremse besaß der Wagen. Dies alles gab es beim Shetlandzweispänner nicht.

„Und wann spannen wir ein und probieren ihn aus?“ fragte Kornelia hingerissen.

„Jetzt gleich!“ sagte Bertram, soeben hinzutretend, „und wißt ihr, wohin wir fahren? Zu Habermanns. Die haben gestern einen neuen Transport Isländer und andere Kleinpferde bekommen, die wollte ich mir gern ansehen. Was meinen die Damen zu dem Plan? Sind sie dafür zu begeistern?“

„Wir meinen, daß du der liebste, beste Ponyonkel von der Welt bist!“ rief Kornelia und fiel ihm ganz schnell um den Hals.

„Herrlich, herrlich!“

„Und wen spannen wir ein?“ fragte Pölze.

„Rodi und Grani!“ rief Kornelia stürmisch. Rodi war der kräftigste Islandwallach auf Niederwerth, erst vierjährig, Grani war zwar älter, aber auch schnell. Bertram hob abwehrend die Hände.

„Zum Ausprobieren nicht, würde ich sagen. Hjela und Jörp tun es auch. Ich habe sie schon hier, damit wir sie nicht erst von der Weide holen müssen.“

Er wies nach dem Stall. Kornelia ging hinüber. Sie durfte sich ihre Enttäuschung nicht anmerken lassen. Und es war jetzt nicht die Zeit für leichtsinnige Experimente. Also fuhr man mit den beiden Stuten ... Zu Habermanns zu fahren war auf alle Fälle lohnend, zumal es neue Ponys zu besichtigen gab.

Es waren etwa zwölf Kilometer, die man zurückzulegen hatte, und sie nahmen auch Berti mit, damit er seinen neuen Sitz im Isländerwagen einweihte. Erst kutschierte Pölze, bald aber gab sie Kornelia die Zügel.

„Du brennst doch darauf, oder?“

Natürlich war Kornelia begierig, fahren zu dürfen,

wenn es auch nichts Aufregendes war. Hjela und Jörp gingen einen willigen, gleichmäßigen, aber letztlich lange nicht so rasanten Trab wie die vier kleinen Shettys.

„Sehr enttäuscht? Aber zuverlässige Pferde haben auch ihre Vorteile“, lachte Bertram. Kornelia wurde rot.

„Hast recht. Umwerfen werden wir mit diesem Wagen bestimmt nicht.“

Tina sprang nebenher, ihr behagte es sehr, so weit laufen zu dürfen. Und schließlich sah man das Wahrzeichen von Oberrot auftauchen, jenen gedrungenen, viereckigen Turm, der diesem Gut das Unverwechselbare gab. Habermann erzählte, wenn er gut aufgelegt war, immer neue Spukgeschichten, die sich angeblich in diesem Turm zugetragen hatten. Kornelia freute sich schon darauf und winkte, als sie den Gutsherrn sah – er ritt in seiner ganzen klapperdürren Länge von eins fünfundachtzig einen von den neuen Norwegern, und wieder einmal wunderte sich Kornelia, daß dies gar nicht komisch wirkte. Diese Pferdchen können gut von Erwachsenen geritten werden. Habermann kam sogleich herüber, als er erkannte, wer da mit dem neuen Ponywagen herankam. Er begrüßte seine Gäste freundlich, ein wenig gravitätisch, wie es seine Art war.

„Gott zum Gruß, edle Damen und nicht minder Herren – was verschafft mir die ungeahnte Ehre ...“

„Die neuen Ponys“, lachte Kornelia, „wir wollen sie ansehen. Dürfen wir? Wie viele sind es? Darf man auch mal eins reiten? Oder springen? Denken Sie, daß Sie den Transport noch im Herbst loswerden?“

„Viele Fragen auf einmal, und die letzte ist die schwierigste. Immer den Finger auf den wundesten

Punkt gelegt, o holdes Kind", Habermann grinste, „diese Sorge drückt mir das Herz ab. Im Frühjahr keimt die Tierliebe der Menschen wie das Gras auf den Koppeln, wenn gut gedüngt ist, im Herbst welkt sie dahin ... Dabei sind großartige Kerle dabei, kommen Sie, kommen Sie, Sie müssen sie sofort besichtigen. Wie ist's? Tun Sie es nur mit den Augen oder auch mit dem ... Herzen?" Er hatte vor diesem letzten Wort eine ziemliche Pause gemacht und sich ein wenig auf den rückwärtigen Teil seiner Hose geklopft. Kornelia lachte verständnisvoll.

„Natürlich mit letzterem, wenn man darf."

„Ich bitte darum."

Habermann hob das rechte Bein über den Pferdehals und hatte gleichzeitig den linken Fuß aus dem Bügel genommen. Nun glitt er seitlich vom Pony, sozusagen aus dem Damensitz, und stand. Kornelia sprang vom Wagen und kam heran.

„Läßt er aufsitzen?" fragte sie halblaut.

„Gut gefragt. Er läßt! Bei jedem neuen Pferd fragen, nie vergessen. Wer es nicht tut, ist nicht, wie er vielleicht meint, sehr mutig, sondern ganz einfach dumm. Wenn Sie ein bißchen rückwärts rutschen und ihn gleichzeitig kitzeln, bockelt er bildschön ..." Letzteres flüsterte er mit Verschwörermiene. Kornelia verbiß sich ein Lachen.

Und dann ließ sie den Norweger gehen, Schritt, Trab, Tölt, wendete ihn, Galopp. Es war ein etwas massiger, aber sehr heller Brauner. Er konnte nicht mehr ganz jung sein.

„Wie alt?" fragte sie deshalb halblaut, als sie wieder neben Habermann hielt.

„Acht, im besten Mannesalter. Ich sehe, Sie wissen Bescheid. Es gibt aber auch Käufer, die nach der Farbe wählen …“ Er grinste, was seinem nicht mehr jungen Gesicht unwahrscheinlichen Charme verlieh. Kornelia rückte ein wenig nach hinten und klopfte leicht mit den Hacken. Der Norweger ging wie auf Verabredung vorn und hinten hoch. Sie saß im Drehpunkt, verschmitzt lachend. Auch Habermann lachte.

„Ich sehe, ihr zwei versteht euch. Und wie war die Fahrt?“ wandte er sich an Bertram und Pölze. Pölze lachte: „Harmlos, aber schön. Unsere beiden, Hjela und Jörp, sind vor dem Wagen nicht die schnellsten. Ihre Stärke liegt anderswo, mehr im Springen, vor allem bei Jörp. Nun, gesetzte Damen wie ich …“

„… würden auch gern mal mit rasanten Isländern fahren“, ergänzte Habermann. „Kommen Sie, ich habe alles da, was das Herz begehrt.“

Man hatte die eine Scheune als Auffangstall umgebaut, da meist zweimal im Jahr ein Transport Pferde aus Island ankam. Habermann ging mit seinen Gästen hinüber. Wenn man eintrat, stand man im Mittelgang zweier Boxenreihen, die alle dreiviertelhoch verschalt waren. Aus jeder sah ein Ponykopf heraus. Das war ein Bild. Kornelia unterdrückte nur mit Mühe einen Entzückensschrei, und dann lief sie von Boxe zu Boxe, betrachtete, bewunderte, fragte. Die drei andern folgten ihr nach. Es war des Fragens kein Ende. Erst nach mehr als einer Stunde landeten sie im Haus und am Kaffeetisch, an dem Frau Habermann bereits wartete, ein wenig ungeduldig, aber doch verständnisvoll. „Wenn es neue Pferde zu sehen gibt, weiß ich schon, daß die Uhr nachgeht“, sagte sie ergeben.

Das Thema blieb natürlich auch am Kaffeetisch „vierbeinig". Als Habermann hörte, daß Werths mit dem neuen Wagen bis zum Rosenhof fahren wollten, schmunzelte er ein wenig.

„Ich hätte einen Vorschlag. Ihre beiden Stuten sind nicht die Schnellsten, sagten Sie. Wollen Sie lieber zu der Fahrt zwei vom Transport, einwandfrei eingefahren, aber wirklich schnell? Damit Sie nicht ewig brauchen? Es sind die beiden im letzten Stand, erinnern Sie sich? Wir nennen sie Schnick und Schnack, weil wir ihre Namen nicht behalten können. Ich würde sie Ihnen borgen, denn so leicht kauft sie jetzt im Herbst keiner, und ich will sie nur zusammen abgeben. Vielleicht finden Sie auch unterwegs einen Interessenten?"

Bertram sah, wie es in Pölzes Augen zu funkeln begann.

„Erst müßten wir sie aber ausprobieren", sagte er schnell. Habermann nickte.

„Natürlich. Wie wäre folgendes: Sie spannen sie vor Ihre hübsche neue Kutsche, und ich fahre mit Ihnen hinüber nach Niederwerth, meine Frau holt mich dann mit dem Auto zurück. Und Sie, Herr Werth, und Ihre Nichte reiten Ihre beiden Stuten. Einverstanden?"

So geschah es denn auch. Und dabei erlebten die Niederwerther, wie Isländer, gut eingefahren, im Geschirr gehen können. Pölze nahm nach ein paar Kilometern selbst die Zügel und merkte, welch ein Vergnügen es bedeutet, so hervorragende Islandponys vor sich zu haben. Strahlend bestätigte sie es Habermann.

„Schön, Sie können sie also haben. Fahren Sie beide allein zum Rosenhof?"

„Koko will auch mit. Sie ist auch zur Hochzeit eingeladen, meine Schwester heiratet."

„Oh, wie schade. Entschuldigen Sie, ich meinte nicht das zweifellose Herzensglück Ihrer Schwester, sondern die Tatsache, daß diese junge Dame mit will. Ich könnte sie hier so gut gebrauchen, sie könnte sicher gut Isländer vorreiten, wenn Kundschaft da ist. Sonst macht das mein Sohn, aber der befindet sich augenblicklich im Ausland, und ich brauche eine junge Kraft, eine weibliche wäre natürlich noch besser …"

Pölze merkte genau, was Kornelia jetzt dachte.

„Wenn du lieber nach Oberrot gehst –"

„Oh, ich würde schon gern!"

„Wirklich?"

„Bestimmt, aber …"

„Du könntest ja zur Hochzeit mit der Bahn kommen", half Bertram, „wir fahren ohnehin etwas eher, weil wir endlich einmal Ferien machen wollen. Wenn du willst, bleib ruhig bei Habermanns und dreh seinen Kunden die Pferde an, und komm im letzten Augenblick mit dem Zug!"

„Oh!" Kornelia war dunkelrot geworden. „Aber ist es nicht schuftig, ich meine –"

„Gar nicht schuftig. Bertram und ich fahren auch gerne mal allein mit Berti", tröstete Pölze sofort. „Wir haben keine Hochzeitsreise gemacht, wie das bei Landleuten manchmal so ist. Nie haben sie Zeit. Nun können wir sie ja nachholen, wenn auch nicht ganz stilecht – ich meine, mit Berti und so weiter. Immerhin kommen wir dann eher dazu als manche andere. Bertrams Vater machte seine Hochzeitsreise zur silbernen, weil er vorher keine Zeit fand. Immerhin, erst müssen wir wohl meine Schwägerin fragen …“ Sie sah ein wenig sorgenvoll zu Kornelia hinüber, und sie hatte recht vermutet. Sofort war deren Gesicht verbockt wie das eines Waldesels …

„Mutter? Was kann Mutter dagegen haben?“ fragte sie schnippisch. „Ich bin schließlich erwachsen und kann in meinen Ferien tun und lassen, was ich will. Also das eine sage ich dir, Pölze: Ich frage sie nicht um Erlaubnis, daß du es nur gleich weißt.“

„So was kann man auch liebenswürdig äußern, meine sehr verehrte junge Dame“, schaltete sich hier Habermann in trockenem Ton ein. Es klang so, daß Kornelia über und über rot wurde. Pölze sah rasch weg. Trotzdem fand sie es gut von dem alten Kavalier; oft nützt es ja viel mehr, wenn jemand Fremdes etwas sagt, als wenn man es von den eigenen Angehörigen hört – und dann meist noch in dauernden Wiederholungen. „Mit Liebenswürdigkeit kommt man nämlich im Leben viel weiter, abgesehen davon, daß es netter klingt – aus einem so hübschen Mund“, setzte der alte Herr noch, jetzt ausgesprochen freundlich, hinzu. Kornelia sagte nichts. Später aber, als sie einmal einen Augenblick allein waren, murrte sie: „Du bist wohl trotzdem böse, daß ich abgesprungen bin?“ Pölze sah sie an, bis die Jüngere den Blick senkte, und schüttelte ein wenig den Kopf.

„Böse. Du weißt genau, daß ich das nicht bin. Habe ich je etwas übelgenommen? Ich finde es nicht nett, mir das zu unterstellen.“

„Ich könnte es aber verstehen. Pölze, bitte – o Pölze, ich möchte einmal, *einmal* richtig erwachsen sein.“ Es klang wie ein Schrei, wenn es auch geflüstert war.

Pölze konnte nicht anders, sie nahm die kleine Freundin ganz schnell in die Arme und drückte sie an sich.

„Das verstehe ich. Es ist eine schwere Zeit, die ‚Zeit zwischen den Zeiten'. Wir alle mußten durch, du auch, mein Liebes. Aber nun mache dir wenigstens hier keine Gedanken, zwischen uns ist alles in Ordnung, ob du mitfährst oder nicht. Und ich fahre wirklich gern einmal mit meinen beiden Männern."

„Könntet ihr nicht so fahren, daß ihr uns, ich meine, Habermanns und mich, besucht?" schluckte Kornelia.

„Ein Umweg wäre das schon", sagte Bertram, „kein großer, aber immerhin. Nein, wir fahren doch lieber den direkten Weg. Übrigens, natürlich keine Autostraße. Ich habe eine Wanderkarte, nach der wir uns richten können. Möglichst nur Feld- und Waldwege. Und zweitägig, so, wie Pölze damals mit Unfug fuhr, als sie mich hier verließ."

Kornelia wollte alles genau wissen, vertiefte sich zu Hause in die Karte, in die Bertram die Reiseroute rot eingezeichnet hatte, und schien überhaupt im Grunde ihres Herzens zu bedauern, daß sie nicht mitfuhr.

„Ja, ja, man kann mit einem einzigen Hintern nicht auf zwei Hochzeiten tanzen", stichelte Bertram, als er sie bocken sah, „und verdreh gefälligst dem armen Habermann nicht den Kopf, du schwarzer Deibel, du!"

„Höchstens den Käufern, aber das ist ein gutes Werk", konterte Kornelia. „Man soll jeden Tag ein gutes Werk tun. Wenn mir das gelingt, verkaufen wir in den Herbstferien den ganzen Transport, bäh!"

Sie entsprang.

5

Dünner Nebel lag über der Weite, als die junge Familie Werth im neuen Ponywagen das Dorf verließ. Es war noch früh, die Luft kalt, lebendig und ein klein wenig feucht. Der Wald zur Rechten, ein Stück von der Straße zurückliegend, fing schon an, sich zu färben, der Himmel schien klar oberhalb des Nebels. Pölze atmete tief.

„Komm, laß mich!"

Bertram gab ihr bereitwillig die Zügel. Und als sie die in den Händen spürte, straff zwischen Ring- und kleinem Finger aus der Faust kommend, fühlte Pölze wieder einmal sekundenlang, daß sie glücklich war, randvoll, zersprengend glücklich. Solch einen Mann zu haben, dazu einen gesunden Sohn, ein weiteres Kind auf dem Wege, und mit all diesen Geliebtesten auf einer Reise zu sein im Ponywagen, der Heimat ihrer Kindheit entgegenfahrend – schöner konnte es wohl nie kommen im Leben. Sie seufzte tief auf.

„Das kam von Herzen", sagte Bertram behaglich, während er sie von der Seite betrachtete, diese seine rotbackige junge Frau, „ich gäbe was drum, zu wissen, wem dieser Seufzer galt."

„Das wirst du nie erfahren", erwiderte Pölze und sah geradeaus, „weißt du übrigens, ob sie autosicher sind? Dahinten ..."

Sie befanden sich noch auf der Bundesstraße, wollten erst nach etwa einem Kilometer rechts abbiegen und von da an Nebenstraßen benutzen. Schnack, der rechts ging, hatte den Kopf ein wenig gehoben und blähte die Nüstern. Er würde doch nicht …

Nein, er machte keinen Rabatz. Der Autofahrer hatte auch rücksichtsvoll das Gas weggenommen, da er ein Gefährt auf der Straße sah, das anders war als die üblichen. Langsam fuhr er, zu ihnen herblickend, an ihnen vorbei. Die beiden nicht kleinen Ponys waren wirklich auffallend schön. Pölze sollte auf der weiteren Reise immer wieder erleben, daß jeder ihnen nachstarrte, jeder zweite ihnen zuwinkte und beinahe jeder vierte ihnen etwas nachrief. Kein Mensch ist mehr an Pferdewagen als Fortbewegungsmittel gewöhnt.

„Merkwürdig, daß wir so merkwürdig sein sollen“, sagte sie nachdenklich und beschrieb mit der Peitsche ein paar kleine Kreise in der Luft, „früher – ungefähr zweitausend Jahre lang – sind die Menschen mit Pferden gefahren oder geritten. Nun ist dies seit einer, seit zwei Generationen überholt, und schon hat man Seltenheitswert. So kurz ist das Gedächtnis der Menschheit.“

Die Abzweigung war gekommen, und Pölze lenkte nach rechts. Sie merkte selbst, wie sie sich entspannte: Dies waren die richtigen Wege für solch ein Gefährt. Ein wenig rumpelte es; Berti strampelte vergnügt mit den herabhängenden Beinchen. Am Waldrand angekommen, parierte Pölze durch, gab Bertram die Zügel hinüber und sprang vom Wagen. Sie hatte Brombeeren entdeckt.

„Da, die kannst du gleich essen und dich herrlich damit beschmieren“, sagte sie und füllte gleichzeitig Bertis vertrauensvoll hingereichte kleine Faust, „ganz, ganz frisch, ach, und so herrlich süß! Probier du auch mal, großer Berti –" Sie schob ihrem Mann eine besonders dicke Beere zwischen die Lippen.

„Und Pilze gibt's auch."

„Jetzt werden keine Pilze gesucht!" rief Bertram in komischem Entsetzen, „nein, Pölze, damit fängst du nicht erst an!" Er kannte seine junge Frau. „Wir wollen doch zum Rosenhof fahren und nicht jetzt loslaufen und uns von einem Pilz zum andern locken lassen. Wie hat der Wolf zu Rotkäppchen gesagt? ‚Aber geh nicht vom Weg ab …'"

„Unsinn, das hat die Mutter gesagt."

„Woher denn, die Großmutter zum Jäger, und Jäger gehen mit Vorliebe vom Pfad der Tugend ab. Weißt du das nicht? Ihre Schutzpatronin ist die keusche Diana, aber sie selbst …"

„Moment, das sind ja nette Geständnisse. Wo haben wir uns in Liebe gefunden, besinnst du dich noch? Ich habe in Erinnerung: bei einer Treibjagd auf dem Rosenhof. Du warst selbst Teilnehmer und mußt es also wissen."

„Ich? Wie kommst du denn darauf?"

Pölze war wieder aufgesprungen und hatte ihm die Zügel abgenommen. Schnick und Schnack fielen in Trab. In der Ferne tauchte ein Dach auf. Bertram, froh ob der Ablenkung, deutete darauf.

„Dort werden wir Rast finden, für eine halbe oder eine ganze Stunde. Der Wirt hat einen eingefriedeten Grasgarten hinter dem Haus. Hast du keinen Appetit auf heiße Milch?"

„O ja." Sie hielten, Pölze hob Berti heraus und ließ ihn laufen, während sie mit Bertram zusammen die Ponys ausspannte. Und dann saßen sie in der Sonne vorm Haus, in altmodischen Korbsesseln, die immerzu quietschten und stöhnten, wenn man sich ein bißchen bewegte, aßen selbstgeernteten Honig auf dunklem Brot und tranken Milch dazu, und dann rauchte Bertram, was er sehr selten tat, eine Zigarre. Es war ein Ferienidyll von bemerkenswerter Vollkommenheit.

„Auf der ganzen Welt“, meinte er nach langem Schweigen, „gibt es zur Zeit einen einzigen Menschen, den ich beneide, und das ist Bertram Werth. Übrigens, da fällt mir ein, ich habe vergessen, Jupp zu sagen ...“ Er erhob sich und ging ins Haus. Pölze blinzelte und schloß dann die Augen. Sie schlief ein, schnell wie ein Kind, und wachte aus tiefster Versunkenheit erst auf, als Bertram sie sachte an der Schulter rüttelte.

„Wach auf, Pölze, ich würde dich gern schlafen lassen, aber ... kannst du nicht aufwachen?“

„Ja, ja.“ Es klang traurig und widerwillig, als wollte sie nicht aus dem Traum gerüttelt werden, dem Traum, den sie, wachend oder schlafend, so kurz hatte träumen dürfen: Bertram einmal ganz allein für sich zu haben. Nachgeholte Hochzeitsreise – ach ja. Es war, als ahnte sie, was kam.

Nein, sie ahnte es nicht, jedenfalls nicht bewußt. Keiner von ihnen beiden hatte das geahnt.

6

„Ich muß heim, Pölze, ganz schnell", sagte Bertram eindringlich, als sie halbwegs wach und wahrnehmungsfähig war. „Es ist nötig, leider. Dem Wachmann ist einer durchgebrannt, hinten, an der Winterweide."

Dies war ein Stück Land, das so hieß, weil man die Ponys auch im Winter dort im Freien lassen konnte. Wald und Gestrüpp waren vorhanden, wo sie sich schützen konnten, und außerdem hatte Bertram noch einen Schuppen bauen lassen, der, an drei Seiten geschlossen und nur an der windgeschützten offen, einen idealen Untertritt für die Ponys bildete. Dort bewahrte man auch die Halfter auf, um sie zur Hand zu haben, wenn man einmal herauskam und reiten wollte. Die Winterweide lag etwa drei Kilometer vom Haus entfernt.

Dies alles wußte Pölze natürlich, und sie sah es deutlich vor sich, während Bertram fortfuhr: „Er hat auch das Koppeltor aufgeschoben, ja, ob absichtlich, damit ein rechtes Durcheinander entsteht, wenn wir erst die anderen Isländer einfangen, oder aus Versehen, oder in der Eile, wer weiß es? Jedenfalls sind alle weg."

„Wieso aus Versehen?" fragte Pölze, jetzt hellwach.

„Tja!" Bertram hob ein wenig die Schultern. „Es kann sein, er hat sich einen der Isländer gegriffen und ist damit davon. Die Kopfstücke sind doch im Schuppen, wenn auch innen unterm Dach versteckt. Trotzdem ist es leichtsinnig von uns, daß wir das so halten und immer so gehalten haben. Bisher passierte nie etwas. Aber man kann es direkt als Einladung zum

Pferdediebstahl bezeichnen. Wir müssen das künftig anders machen."

„Hoffentlich nicht Jörp", dachte Pölze inbrünstig und fragte dann: „Und alle sind weg?"

„Anscheinend. Ein paar kamen auf den Hof, sagte Jupp, die haben sie sich natürlich gleich gegriffen."

„Welche, weißt du nicht?"

„Nein. Ich wollte nicht ewig telefonieren, und –"

„Fahren wir nun wieder heim?" fragte Pölze zaghaft. Bertram sah sie an, schüttelte dann jedoch den Kopf, nachdem er ein Weilchen überlegt hatte.

„Ich glaube nicht. Weißt du was, fahr du weiter! Was sollst du jetzt in Niederwerth? Es ist sogar besser, du bist fort. Es ist immerhin ein bißchen unheimlich, zu wissen, daß sich da einer herumdrückt ... Aber wir werden ihn schon bekommen und dingfest machen. Weit kommt der nicht! Schließlich aber muß ich dabeisein, wenn sich das abspielt, verstehst du."

„Klar, das sehe ich ein." Sie dachte und sagte nicht, wie andere Frauen jetzt vielleicht getan hätten: „Und wenn du nicht zufällig angerufen hättest?" Sie dachte nur: „Das muß in Ordnung kommen." Und daß es für Jupp allein schwieriger sein würde, wußte sie nur zu gut.

„Aber wie willst du zurück?"

„Der Wirt fährt mich, ich sprach schon mit ihm. Er hat einen Wagen. Wir sind schnell in Niederwerth, und du fährst inzwischen weiter. Es ist ja alles genau in die Karte eingezeichnet, jeder einzelne Weg, mit Rotstift markiert. Sobald die Sache in Ordnung ist, komme ich mit Jupps Wagen nach, oder mit dem meiner Schwester. Einverstanden?"

„Natürlich. Da mache ich die Hochzeitsreise eben

allein. Ach Bertram ... Aber Hauptsache, ihr bekommt ihn bald und ohne Zwischenfälle. Gib acht auf dich, Bertram, du, ja? Mach's gut."

Das mußte sie schon noch sagen. Bertram lächelte ihr zu, ehe er die Autotür zuzog. Sie sah dem immer kleiner werdenden Wagen nach, bis sie ihn nicht mehr erkennen konnte.

Dies alles war schnell und ohne zu großen Wortwechsel über die Bühne gegangen. Pölze stand nachdenklich da, die Hände in den Taschen ihrer weiten Jacke, und sah vor sich hin. Als sie sich umwandte, blickte sie geradewegs in das entsetzte Gesicht der Wirtsfrau.

„Müssen Sie jetzt ganz allein weiter mit den Pferden?" fragte sie, und es klang, als meinte sie nicht „mit den Pferden", sondern „mit den wilden Bestien". Sie hatte wohl einiges am Telefon gehört und sich mancherlei zusammengereimt.

„Es sind keine Bengali-Tiger", antwortete ihr Pölze und lachte. – „Und wenn es welche wären, und Bertram vertraute sie mir an, so führe ich mit Bengali-Tigern", dachte sie. Bei dieser Vorstellung mußte sie lachen. – „Und allein bin ich auch nicht. Ich habe doch meinen großen Sohn bei mir." Sie hob Berti auf, der im Sand gespielt hatte, und stellte ihn auf die Beine.

„Berti ist sehr weit für sein Alter und ein ausgezeichneter Schutz für seine Mutter, nicht wahr, mein Schatz?"

Es war gut, vor dieser Frau die Gelassene zu spielen. Im Grunde hatte es sie ziemlich hart getroffen; jetzt endlich, endlich hätte sie einmal ihren Mann zwei Tage lang für sich gehabt, ohne Arbeit, ohne Besprechungen, ohne Telefon, ohne ewige Anfragen, was hier und da und dort zu tun sei, da mußte er auch schon wieder fort. „Er kommt mir nach, sobald alles in Ordnung ist, vielleicht schon heute nachmittag."

„Wollen Sie da nicht solange hierbleiben?" bot die Frau ihr an. Es war gut und mütterlich gemeint. Pölze schüttelte den Kopf.

„Danke, nein. Er sagte, wir sollten fahren, und da fahren wir. Berti und ich. Mit dem Wagen holt er uns überall noch ein."

7

„Kornelia – entschuldige! Kann ich dich einen Augenblick sprechen?"

Bertram sah, daß er recht ungelegen kam. In der Reithalle standen drei Herren und sahen mit kritischen Augen zu, wie Kornelia einen der schlankeren, eleganteren Isländer vorritt, einen Rappen ohne Abzeichen, äußerlich sehr hübsch, aber kaum angeritten, wie Bertram sofort merkte. Kornelia versuchte das so gut wie möglich zu verdecken. Sie wußte, wie kindlich unbedacht die Isländer-Ponylieferanten manchmal sind: Bestellt man zugerittene – dort sagt man „eingebrochne" – Ponys, so kann es einem passieren, eins zu bekommen, das im ganzen Leben den Sattel bisher zwei Stunden und nicht länger trug. Bei dieser Gola schien es so zu sein.

„Was gibt's denn?“ fragte sie, an ihn heranreitend.

„Ich brauche dich – und Tina“, sagte Bertram eindringlich und informierte sie kurz. „Natürlich ist die Polizei benachrichtigt, um den Gefangenen aufzuspüren, mir aber geht es um die Pferde. Sechs Isländer fehlen noch, sagte Jupp am Telefon – Jupp vertritt mich –, und Kronos. Ob sich der Gefangene für seine Flucht nun Kronos oder einen Isländer genommen hat – jedenfalls nur eins. Wir müssen aber auch die anderen finden. Mit Tina hättest du eine große Chance mehr als wir. Kommst du mit?“

„Natürlich. Sofort“, sagte Kornelia und warf beide Beine gestreckt nach hinten. Sie landete mit einem Sprung neben Bertram. „Bist du mit einem Wagen hier? Oder soll ich rüberreiten?“

„Mit einem Bekannten, ja. Er fährt uns nach Niederwerth. Danke, daß du mitkommst.“

Zwei Minuten später wußte Habermann Bescheid, Kornelia hatte sich verabschiedet, Tina sprang ins Auto, Kornelia kroch hinterher, und ab ging die Fahrt.

„Den Isländern macht es selbstverständlich nichts aus, wenn sie nicht sofort gefunden werden“, sagte Bertram unterwegs, „sie sind ja immer draußen und richten um diese Jahreszeit auch keinen erheblichen Schaden an. Aber Kronos. Er steht sonst nachts im Stall, er war zufällig ausnahmsweise mit den Ponys auf der Weide.“

Kornelia nickte. Sie war in Reithose und Jacke, wie sie von Gola gesprungen war, und lief sofort zum Pferdestall, als sie in Niederwerth ankamen.

„Komm, Tina, hier!“ Sie führte ihn in Kronos'

Stand, ließ ihn schnuppern, forderte ihn auf; „Such verloren, guter Hund, such verloren ..."

Bertram hatte inzwischen mit Jupp gesprochen, der am Hoftor auf sie gewartet hatte.

„Drei der noch ausstehenden Isländer sind da, fehlen also noch drei", berichtete er, zu Kornelia in den Stall tretend, „ich habe sie hier hereingestellt."

„Jörp und Blesa – darf ich Jörp nehmen, Onkel Bertram?" fragte Kornelia, die diese Stute besonders liebte. Bertram nickte. Sie sattelten nicht erst, nahmen nur ein paar Stallhalfter mit.

Es wurde ein wilder Ritt. Tina, die Witterung aufgenommen hatte, setzte in gezielten, weiten Sprüngen davon, Kornelia und Bertram hinterdrein. Die Voraussetzungen für solch einen Querfeldeinritt waren ja die allerbesten; im Herbst richtet man keinen Schaden auf Feldern und Wiesen an, und der Untergrund ist so, daß man fast überall galoppieren kann. Das war gut. Tina legte ein unheimliches Tempo vor, und die Isländer ließen sich von ihr anstecken.

„Du, Onkel Bertram, die weiß genau, worum es geht!" rief Kornelia einmal halblaut, als sie auf eine Rübenmiete zuhielten. Bertram meinte das auch. Tina lief nicht irgendwohin, um Kronos zu suchen, sondern verfolgte irgendwie einen Plan. Jetzt umrundete sie die Miete und wurde auf der andern Seite wieder sichtbar. Bertram ließ seinen Isländer hinaufspringen und auf der andern Seite wieder herunter, um abzukürzen und den Hund nicht aus den Augen zu verlieren. Natürlich dachte er, Kornelia würde es genauso machen.

Sie hatte auch die Absicht. Aber Jörp schien das

unbequem zu finden. Sie setzte zum Sprung an – Bertram blickte sich zufällig gerade um, da sah er Pony und Reiterin genau in der Luft. Jörp war ab-, aber nicht auf die Miete aufgesprungen, sondern hatte sie kurzerhand überflogen.

„Na, ob Kornelia *den* Sprung aussitzt –", dachte Bertram besorgt. Wie schnell man doch denken kann! Schon jagten sie wieder Seite an Seite.

„Dort!" rief Kornelia und deutete leicht seitwärts. Man sah Pferde – sie kniffen die Augen zusammen, ritten jetzt genau gegen das Licht. Die fehlenden Isländer, wahrhaftig!

„Tina! Zurück! Tina! – Daß sie sie uns nicht aufjagt –", jappte Kornelia. Tina aber schien wirklich zu begreifen, um was es ging. Sie fuhr nicht wie eine Wilde zwischen die Ponys, die an einer Mohrrübenmiete scharrten, sondern umkreiste sie abwartend, bis die beiden Reiter heran waren. Bertram saß ab, legte ihnen – es waren nur zwei, Rodi fehlte also immer noch – die Stallhalfter um und sagte:

„Am besten, ich bringe sie zur Mühle, das ist nicht weit, und lasse sie vorläufig dort. Du suchst mit Tina weiter, Rodi muß noch gefunden werden – und Kronos. Wie wir uns verständigen? Am besten so: Jeder von uns ruft zu Hause an, wenn irgend etwas auszurichten ist. Auf diese Weise bekommen wir Bescheid voneinander. Sobald etwas Wissenswertes geschieht, reiten wir in das nächste Dorf und telefonieren, sowohl du als auch ich."

„Machen wir." Kornelia winkte ihm zu, während sie Jörp anspringen ließ. Tina zog bereits wieder in weiten Sprüngen vor ihr übers Feld …

8

Pölze merkte schon eine Weile, daß sie falsch gefahren sein mußte. Wahrscheinlich hatte sie eine Abzweigung übersehen. Nun, dann nahm sie eben die nächste, so kam sie schon wieder auf den richtigen Weg. Wenn sie Birkelbach erreicht hatte, wollte sie daheim anrufen, dann erfuhr sie vielleicht schon, daß der Gefangene erwischt und sichergestellt war. So jedenfalls redete sie sich ein.

Im September sind die Tage kurz. Sie hatte nicht darauf geachtet und befand sich plötzlich in einer ziemlich schnell herabsinkenden Dämmerung. Nanu? Das Dorf, in dem sie übernachten wollte, ließ auf sich warten. Freilich, vorhin hatte sie eine Pause eingelegt, weil Berti einfach nicht mehr still sitzen konnte. Das war nicht eingerechnet gewesen. Sie versuchte, die Karte zu erkennen, und ihrer Meinung nach mußte Birkelbach unmittelbar kommen. Sie fuhr zur Zeit im Wald, da ist es ja dunkler als auf freiem Feld. Sie spähte nun ziemlich sehnsüchtig nach vorn: Sah man nicht bald Lichter, die menschliche Ansiedlungen ankündigten?

Während sie den Hals reckte, war ihr, als hörte sie hinter sich Hufschlag. Sie horchte – nichts. Die Wege hier waren unterschiedlich in ihrer Beschaffenheit, manchmal weich, so daß sie auch die Hufe ihrer Isländer nicht aufsetzen hörte, manchmal sehr unangenehm, nämlich mit Bauschutt und Ziegelbrocken aufgefüllt, die man hier in die größeren Vertiefungen geworfen hatte, wie das üblich ist. Dort hörte man natürlich jeden Schritt. Pölze, die jetzt ziemlich müde war, glaubte, sich geirrt zu haben, als sie plötzlich ein Wiehern hinter sich vernahm. Und nun wurde sie sehr wach.

Nein, Lichter waren noch nicht zu erspähen. Sie fuhr hier allein im Wald, auf einem Weg, auf dem sicher tagelang kein Mensch ging oder fuhr. Und hinter ihr war jemand, jemand zu Pferde.

Sie fühlte, wie ihre Kopfhaut eiskalt wurde, und sie hatte den Eindruck, als stellten sich ihre Haare einzeln borstenartig auf. Über ihren Rücken lief es, als streiche jemand mit einer eisigen Hand darüber entlang. Himmel, sie, Pölze Werth, fürchtete sich. Gab es denn das?

Sie faßte die Zügel fester, ließ die Peitsche durch die Luft pfeifen und schnalzte mit der Zunge. Vorwärts – obwohl das ja wenig Sinn hatte. War ein Reiter hinter ihr, der ihr übelwollte – *der* Reiter, und sie wußte genau, an wen sie dachte –, dann half alles schnellere Fahren nichts. Ein Reiter ist immer der schnellere. Also, auszureißen hatte keinen Sinn. Anhalten? Ihn herankommen lassen? Ihn stellen?

Waffen würde er nicht haben. Woher wohl! Sie überlegte. Der Wachmann, der mit den Strafgefangenen aufs Feld ging, war immer bewaffnet, er hatte stets seine Dienstpistole bei sich, das wußte sie. Wenn er diesen überrannt und niedergeworfen hatte, konnte er ihm auch die Pistole abgenommen haben. (Es stellte sich später heraus, daß es sich wirklich so zugetragen hatte.) Pölze sah das klar vor Augen, sagte sich aber, die Möglichkeit, daß er keine Waffe hatte, sei genauso groß.

Außerdem: gesetzt den Fall, er hatte eine, warum sollte er sie auf sie richten? Um sich noch schuldiger zu machen und dabei keinen Vorteil zu haben? Soviel Überlegung mußte er eigentlich aufbringen, wenn er nicht ausgesprochen dumm war.

Vielleicht, um ihr Geld abzunehmen? Daß sie etwas bei sich trug, konnte er natürlich annehmen. Eins aber würde er bestimmt wollen, an einem lag ihm unter allen Umständen – an Zivilkleidung. In seinem Strafgefangenenanzug hatte er keine Chance durchzukommen. Die Absicht, an Zivilkleidung zu gelangen, konnte ihn dazu treiben, handgreiflich zu werden, milde gesprochen. Daran war nicht zu deuteln. Pölze fühlte ihr Herz sich zusammenziehen, und wieder trieb sie unwillkürlich die Pferde an.

Vielleicht irrte sie sich doch. Vielleicht war da kein Reiter hinter ihr, es hatte nur irgendwo ein Echo gegeben, oder sonst ein Spuk narrte sie. Pölze war nicht umsonst auf dem Lande aufgewachsen, sie wußte, wieviel vorkommen kann, was einem als Spuk oder Bedrohung erscheint und nichts ist als eine Sinnestäuschung. Deshalb versuchte sie, ruhig zu bleiben und sich nichts einzubilden, sondern sich dies, was sie alles sekundenschnell, aber sehr deutlich gedacht hatte, auszureden. Würde der Strafgefangene ausgerechnet hier hinter ihr herreiten, wo es tausend und einen anderen Weg gab? Würde er sie überfallen wollen, sie, eine Frau, von der er höchstwahrscheinlich keine passende Kleidung zu erwarten hatte?

Höchstwahrscheinlich? So sehr wahrscheinlich war das vielleicht nicht. Wenn er überhaupt wußte, daß sie unterwegs war, und das mußte er wissen, wenn er sie verfolgte –, dann war er auch darüber informiert, daß Bertram ursprünglich mitgefahren war und daß er also Gepäck, sprich Anzüge, im Wagen hatte.

Nun, Pölze Werth, was meinst du dazu?

Deubel auch, mußte ihr das passieren! Pölze fühlte, wie die Angst Herr über sie werden wollte. Einen Augenblick lang fand sie, daß das Leben sie schlecht behandelte: Sie war allein unterwegs, hatte ein kleines Kind im Wagen und ein zweites unter dem Herzen, und es wurde dunkel, ohne daß sie wußte, wo sie war. Genügte das nicht? Hätten nicht Frauen in ihrer Lage jetzt absolut den Anspruch darauf, „nicht weiterzuwissen" und mitleiderregend in Ohnmacht zu fallen? Vor allem Frauen von früher, die, je zarter und anfälliger sie waren, desto höher im Preise standen?

Pölze fühlten sich sekundenlang versucht, diese Frauen zu beneiden. Im nächsten Augenblick aber erhob sich ein tapferer Wille in ihr. Sie hatte zeit ihres Lebens mit einem etwas verächtlichen Mitleid auf solche Frauen herabgesehen und sie nicht für voll genommen. Sich ausreden, ich erwarte ein Kind, ich bin schwach, habt Mitleid mit mir? Oh, danke. Ich erwarte ein Kind, nun muß ich Mut und Kraft für zwei haben, das klang schon anders! Pölze setzte sich aufrecht hin, drehte die Peitsche in der Hand um, so daß der dickere Kolben, an dem man sie sonst zu halten pflegt, nach oben zeigte und das dünne, schwippende Ende nach unten. Komm nur ran, mein Junge, dann sollst du was erleben! Ohne Gegenwehr bekommst du auch nicht einen Fetzen von Bertrams gutem Anzug, den er tatsächlich eingepackt und mitgenommen hatte, um damit auf Sveas Fest zu prunken.

9

So fuhr sie, die Peitsche kampfbereit in der Rechten, durch die schnell einfallende Dunkelheit, immerzu nach hinten lauschend. Übrigens, wenn sie sich hatte einreden wollen, sie bildete sich die Hufschläge hinter sich nur ein, dann war das jetzt vorbei. Klack, klack, klack – sie hörte sie jetzt sehr deutlich, sehr nahe, nicht immer, aber oft. „Vorwärts, Schnick und Schnack! Lauft, was ihr könnt, vielleicht begegnen wir doch jemandem, der uns hilft."

Die Ponys liefen. Sie liefen sehr sicher, schienen im Dunkeln gut sehen zu können. Pölze wagte nicht, anzuhalten und die Wagenlaternen zu entzünden, was längst hätte geschehen müssen. Berti schien eingeschlafen zu sein. Während des Kutschierens zog sie ihre Jacke aus – an ein anderes Kleidungsstück reichte sie von ihrem Sitz aus nicht – und legte sie um ihn. Es war jetzt kühl, kalt, ja sogar empfindlich kalt. Und immer noch keine Lichter eines Dorfes vor ihr!

Bestimmt fuhr sie falsch, nun schon eine ganze Weile. Während sie das dachte, wurde ihr bei aller Kälte heiß vor Schreck. Die einzige Chance, die ihr blieb, war ja, so bald wie möglich in die Nähe von Menschen zu kommen. Wenn sie aber auf diesem vermaledeiten Waldweg weit um alle Ortschaften herumfuhr, die halbe, die ganze Nacht hindurch vielleicht?

Jetzt fühlte sie doch, wie die Angst und das Entsetzen sie überwältigen wollten. So ein Strafgefangener ist ja auch kein herzig-freundlicher Mitmensch, an dessen gute Seiten man appellieren könnte. Sie befand sich in wirklicher Gefahr, sie und ihre Kinder.

Mit einem plötzlichen Entschluß parierte sie durch.

„Haaaaalt! Oho, steh!“ befahl sie halblaut, die Zügel anziehend. Die Isländer gehorchten. Pölze wandte sich um. Lieber der Gefahr ins Auge sehen als weiter so im Dunklen vor ihr hin hasten und jetzt – und jetzt – gewärtigen, daß einem einer über den Kopf haute ...

„Kommen Sie ran! Was wollen Sie von mir?“ fragte sie halblaut, drohend. Jetzt, da die Isländer standen, hörte sie den Hufschlag des Reiters ganz genau hinter sich näher kommen. Er trabte, sie konnte es genau unterscheiden. Galopp ist ein Dreiklang, und für Schritt war es zu schnell.

„Also? Was haben Sie hier zu suchen?“ Berti schien dadurch aufgewacht zu sein, daß sie anhielt. Wie heißt es doch im Sprichwort? „Wenn die Mühle stillsteht, wacht der Müller auf.“

„Papa?“ sagte er. Es klang fragend. Pölze schnürte es den Hals ab. „Ja, wenn dein Papi hier wäre, kleiner Berti ... Aber auch deine Mutter ist dir Schutz und Schirm, glaub mir das. Sie läßt dir nichts tun, darauf kannst du dich verlassen. Deine Mutter hat keine Angst.“

Ohne weiter zu denken, sprang sie vom Wagen und erwartete den Reiter. Sie sah ihn jetzt ganz gut, ihre Augen hatten sich mittlerweile an die Dunkelheit gewöhnt, und es war keine pechschwarze Nacht. Wahrscheinlich würde der Mond bald kommen. Pölze hatte die Zügel um den Griff der Bremse gewickelt und ging dem Heranreitenden die letzten Schritte entgegen, faßte in den Zügel.

„So. Was wollen Sie von mir?“

„Pölze, du?“

Kornelias Stimme! Pölze hatte einmal einen Film gesehen, da wurde die Szenerie von einem wild schießenden MG zu einem still im Bett schlafenden Kind überblendet. Sie hatte dies längst vergessen und dachte jetzt sekundenlang wieder daran. So war ihr zumute. Kornelia! Kornelia war der Reiter!

„Menschenskind, was machst du denn hier?“ war das erste, was sie herausbrachte, und Kornelia lachte:

„Wir haben sie, bis auf Kronos! Den aber finden die Männer bestimmt noch, außer, der Gefangene hat ihn genommen. Und wie ich dich gefunden habe? Tina hat mich geführt. Dort, wo du falsch abgebogen bist, blieb sie stehen und jaulte, bis ich diesen Weg ritt. Großartig, nicht? Ja, Tina soll leben, sonst ritte ich wahrscheinlich sonstwo und hätte dich nie eingeholt. Übrigens, wo ist sie jetzt? Tina! Ti – – na!“

Das zweitemal rief sie laut. Beide horchten.

„Da“, sagte Pölze dann leise. Man hörte, ziemlich entfernt, die Hündin jappen und dann anschlagen, aufgeregt, wild.

„Die jagt! So klingt das, wenn ein Hund hetzt! Ich denke, sie ist sicher?“

„Tina jagt nie!“ rief Kornelia außer sich. „Nie! Das wäre was, wenn Tina jagte, wo bei uns so viel Wald ist. Die Förster würden sie mir ja sofort abknallen. Nein …“

„Aber hörst du denn nicht …“

Wieder lauschten sie beide.

„Ich muß hin. Ich muß zu ihr“, sagte Kornelia.

Pölze sah in der Dämmerung, wie blaß sie aussah. „Hast du eine Taschenlampe? Für alle Fälle, es wird ja jeden Augenblick dunkler, und im Wald erst recht.“

„Ja, hier." Pölze hatte eine aus dem Wagen geholt und gab sie der Jüngeren. „Ich warte hier. Von Zeit zu Zeit rufe ich, oder ich pfeife, damit du mich findest ..." Kornelia mußte ja quer durch den Wald reiten. Sie nickte, und weg war sie.

Pölze wartete. Die Erleichterung, daß es Kornelia war und kein entsprungener Häftling, legte sich wie eine schwere Müdigkeit über sie. Sie setzte sich wieder in den Wagen und stützte die Stirn in die Hand. Eine Weile, sie wußte nicht, wie lange, war sie wie abwesend, wie in einem Dämmerschlaf. Gleich darauf hörte sie brechende Zweige, Stampfen, Keuchen, und dann war Kornelia wieder da.

„Hast du sie?" rief Pölze.

„Ja, hier ist sie. Du, wir müssen ihr viel abbitten, denk nur –"

Kornelia konnte kaum sprechen, so atemlos war sie. „Sie hat ein Reh gefunden, ja, aber weißt du, wie? Nicht gehetzt, ich sagte ja, sie hetzt nicht! Es hing in einer Schlinge! Daß es immer noch diese verfluchten Wilddiebe gibt, die Schlingen legen! Am Waldrand, dort –", sie deutete mit der Gerte –, „hatte einer eine Drahtschlinge gelegt, und das Reh hing mit dem Hals drin. Das hatte Tina gefunden. Ich kam noch zurecht, habe es befreien können. So eine Gemeinheit! Nicht nur, daß sie die Rehe umbringen aus lauter Habsucht, sie tun es auch noch auf so schreckliche Art. Ich könnte solche Leute durchprügeln!"

„Das hätten sie weiß Gott auch verdient", sagte Pölze grimmig.

„Und du hast die Schlinge aufbekommen?" Ihre Stimme klang tief und empört, sie war nicht umsonst die Frau eines Waidmannes. Nichts haßt ein Jäger so sehr wie das Quälen der Kreatur.

„Ja, ich habe doch so ein Taschenmesser mit zehnerlei dran, mit Schere und Zange, Korkenzieher und dem allen. Manuel hat es mir zu Weihnachten geschenkt“, erzählte Kornelia. „Da hab’ ich den Draht durchknipsen können. Es war fast unverletzt, das Reh, und sprang sofort ab. Ach Pölze, wie gut, daß Tina es fand. Und wir dachten, sie hetzt.“

Sie war abgesprungen und liebkoste die Hündin zärtlich. Auch Pölze war sehr froh.

„So, jetzt fahre ich mit dir“, sagte Kornelia und band ihren Isländer an den Wagen, „Gottlob, nun kommen wir endlich zur Ruhe. Nie im Leben dachte ich, als ich hinter dir ritt, daß du mich hören könntest und etwa annähmst, ich wäre der Leibhaftige!“

„Das nicht. Aber der Gefangene, das dachte ich doch. Das lag doch wahrhaftig nahe! Wer reitet denn sonst nachts durch die Gegend. Na, Hauptsache –“

„Hauptsache, du hast mir keine übergehauen, sondern dich höflich erkundigt, wer da kommt“, lachte Kornelia. Sie waren beide so froh und glücklich und erleichtert wie noch nie im Leben – glaubten sie. Kornelia kuschelte sich an Pölze, und die hatte die Zügel wieder losgemacht und trieb ihre beiden PS an. Ach, wie wunderschön, beisammen und aller Gefahr entronnen zu sein.

10

Es dauerte noch ziemlich lange, bis sie die ersten Lichter sahen, eine Zeit, die Pölze im andern Fall sicher schwer zugesetzt hätte. Sie hatte sich mehr aufgeregt, als je ein Mensch erfahren würde, schämte sich darüber und tat forsch und vergnügt. Endlich, endlich das Dorf! Sie fanden den Gasthof sofort, und die Wirtin begrüßte sie voller Erleichterung. Bertram hatte schon zweimal angerufen und sich erkundigt, ob sie gesund eingetrudelt seien. Um neun wollte er es nochmals versuchen. Jetzt war es acht. Nun schnell die Pferde in den Stall und hinein in die warme Gaststube!

Berti hatte nichts davon gemerkt, als er aus seinem Sitz gehoben wurde, er schlief, ins große Bett gelegt, sofort weiter. Pölze und Kornelia konnten unbesorgt hinuntergehen und auf Bertrams Anruf warten, während sie etwas aßen. Ach, es schmeckte so wundervoll zu zweit nach dieser abenteuerlichen Fahrt!

Und es tat so gut, so gut, mit Bertram zu sprechen, wenn auch über so viele Kilometer hinweg!

„Macht euch keine Sorgen um uns hier“, sagte er, „wir werden den Ausreißer bald haben. Fahrt morgen weiter. – Ach, bin ich froh, daß Koko bei dir ist! Ich komme dann direkt zum Rosenhof. Grüßt inzwischen.“

In der Nacht ging es Pölze schlecht. Sie war erst schnell und tief eingeschlafen, wachte aber gegen eins in der Nacht auf, weil sie entsetzlich geträumt hatte. Es ging um Bertram, und sie vermochte nicht, verwirrt und aufgeregt, Traum und Wirklichkeit zu unterscheiden, wie das nachts manchmal eben so ist. Sie hatte geträumt, daß jemand ihn verfolgte und mit einem schweren Gegenstand über den Kopf schlug. Er stand einen Augenblick noch still, mit einem sonderbar verwunderten Ausdruck in den Augen, dann drehte er sich auf eine merkwürdige Art und fiel zu Boden. Pölze versuchte, zu ihm zu gelangen, aber es ging nicht. Als sie wach wurde, war sie naß von Schweiß und weinte.

Sie versuchte, sich zu beruhigen, stand auf, trank einen Schluck Wasser, kroch wieder ins Bett. Aber an Einschlafen war nicht zu denken, es schüttelte sie, und sie merkte, daß sie Fieber hatte. Als ihr immer elender wurde, weckte sie Kornelia.

„Warte, das haben wir gleich!" sagte diese sofort auf eine gute und nüchterne Art, die sehr an die ihrer Mutter erinnerte, bereit zu helfen. Sie kramte im Gepäck und förderte eine Wärmflasche zutage, die Pölze für Berti eingepackt hatte, füllte sie am Kran mit heißem Wasser und brachte sie Pölze.

„So, auf den Bauch damit. Du hast schlimm geträumt, da muß man das Blut vom Gehirn abziehen, das hilft."

„Denkst du wirklich? Ich meine, bist du sicher, es war nur geträumt?" murmelte Pölze, die es nur zu gern glauben würde. Kornelia lachte.

„Natürlich! Was denn sonst? Du hast gestern auf dem Wagen gefroren, weil du deine Jacke über Berti gelegt hast, wie sich das für eine treusorgende Mutter gehört. Aber erkältet hat sich diese Treusorgende eben. Und wegen Bertram hast du Sorgen, das beides wirkt zusammen. Weiter nichts als Fieberträume."

„Aber – aber Bertram ...! Sie sind doch immer noch auf der Suche nach dem Gefangenen!"

„Woher weißt du denn das? Vielleicht haben sie ihn längst." Kornelia wühlte sich genießerisch wieder ins Bett, rückte zu Pölze heran und suchte nach deren Hand. „Wahrscheinlich sogar. Er ist auf Nummer Sicher und unter Dach, was man ihm wünschen sollte – draußen ist es kalt, und er würde frieren wie ein junger Hund. Also. Und Bertram hat mit Jupp einen auf den Schreck getrunken und schläft jetzt süß, so süß und gut, wie du jetzt gleich schlafen wirst. Und morgen ist das Fieber weg, du bist putzgesund, und wir fahren auf den Rosenhof. Na, die werden staunen, wenn wir einziehen!"

„Aber – aber wenn –"

„Weißt du, was meine Mutter immer sagte, wenn es uns nachts schlechtging und wir fürchterliche Dinge geträumt haben? Wir Kaysers sind nämlich groß im Träumen, mußt du wissen. Da meinte sie: ‚Früh sieht man, daß es ein Handtuch ist. Nachts dachte man, es wäre ein Gespenst.'"

Pölze mußte lachen.

„Vielleicht", sagte sie. Sollte sie Kornelia wissen lassen, was *sie* von Träumen hielt? In Schweden jedenfalls gab es einen alten Aberglauben, der besagte, daß das, was man zum ersten Male unter einem fremden Dach träumte, unter dem man noch nie schlief, in Erfüllung geht. Eine der wenigen Erinnerungen, die sie noch an ihre Mutter hatte, war die: Mutter verabschiedete sich von jedem ihrer Hausgäste, die das erstemal bei ihr übernachteten, mit dem freundlich-herzlichen Wunsch: „Träumen Sie was Schönes! Denn was Sie jetzt träumen, geht in Erfüllung!"

Sie sagte nichts davon. Kornelia war schon wieder halb eingeschlafen, dann aber wurde sie noch mal ganz wach.

„Weißt du, was ich geträumt hab'?“ fragte sie, als sie merkte, daß auch Pölze noch nicht schlief. „Wir sind weitergefahren – ich geritten, du gefahren –, und da haben wir zwei Reiter getroffen. Die nahmen uns mit, nicht als Gefangene, sondern sie luden uns ein, zu sich. Und sie hatten ein großes, riesiges Schloß mit einem weiten Hof, der stand voller Isländer …“

„Ein Wunschtraum“, sagte Pölze und mußte ein wenig lächeln.

„Und?“ Solch ein Traum war ja nun sehr einfach zu erklären. „War ein Märchenprinz dabei?“

„Ja“, bestätigte Kornelia sofort, „ein sehr schöner, sehr netter. Der wollte mich auf sein Pferd nehmen, wie es im Märchen immer heißt, aber da hast du mich gestört und nach mir gerufen, und ich mußte aufstehen.“

„Du Armes“, Pölze lachte, „versuche, wieder einzuschlafen und an dieser Stelle weiterzuträumen. Aufs Pferd gehoben zu werden, von einem Märchenprinzen …“

„Ich will es versuchen, kann aber nicht garantieren, daß es auch klappt“, murmelte Kornelia, schon halb von den Federbetten erstickt, die es hier in dem ländlichen Gasthof auf altmodische Weise und nach dem Motto „viel hilft viel“ für Gäste gab. Daheim schlief man unter dünnen Decken; solche Gebirge auf sich zu haben, das schuf natürlich Alpträume. Jedenfalls …

„Nachts dachte man, es wäre ein Gespenst“, sagte sich Pölze, „Koko hat recht, es ist sicher nur …“, und dann schlief auch sie wieder, und sie schlief sich, wie es ihrer Natur entsprach, gleich wieder gesund.

11

„Na also“, sagte Kornelia am Morgen befriedigt, als Pölze zu sich kam. Sie stand, gewaschen, gekämmt, im Reitanzug mit blankgeputzten Stiefeln vor Pölzes Bett und lachte, daß man hätte denken können, sie habe vierundsechzig Zähne. Kornelia besaß das schönste Gebiß, das man sich vorstellen kann, weiß mit einem winzigen bläulichen Emailleschimmer und so ebenmäßig, daß nirgends auch nur die kleinste Lücke zwischen den Zähnen zu sehen war. Pölze hatte sie oft mit einem kleinen freundlichen Neid betrachtet.

„Ich war schon bei den Pferden, es geht ihnen danke“, erzählte Kornelia, „und Berti ist angezogen, hat gefrühstückt und sitzt auf dem Arm unserer Frau Wirtin wundermild, die ihm den ganzen Hof zeigt. Die einzige, die noch faul in den Federn liegt, bist du, und wenn du nicht jetzt mit der Schnelligkeit einer Leuchtrakete aufschießt und ganz gesund bist, bin ich ewig böse.“

„Ich bin ja gesund“, sagte Pölze.

Es war wahr. Sie fühlte sich wunderbar wohl und ausgeruht und hatte einen brüllgesunden Hunger.

„Kann man hier irgendwo duschen?“ fragte sie. Kornelia nickte. Während Pölze etwas später unter dem kalten, prasselnden Wasserstrahl stand, mußte sie über sich selbst den Kopf schütteln. Natürlich war es nur ein Handtuch gewesen, das Gespenst, das sie in der Nacht geängstigt hatte. Natürlich war ein Aberglaube nur ein Aberglaube. –

Es gab Eier und Speck und ein wundervolles dunkles Brot zu einem Kaffee, der leider so dünn war, daß man ihn durchaus auch für Tee hätte halten können, aber …

„Des Lebens ungemischte Freude ward keinem Sterblichen zuteil“, zitierte Kornelia, bei der es in der Schule zur Zeit gerade schillerte, wie sie es nannte. „Halte dich an die Eier, die sind unverfälscht und dazu billig.“

„Ja, leider. Eier kosten ungefähr soviel wie vor dem letzten Krieg“, sagte Pölze, die das oft von Bertram gehört hatte, „alles andere das Dreifache. Mit Eiern ist heutzutage nichts zu verdienen.“

„Alle Bauern klagen“, fügte Kornelia hinzu und köpfte ungerührt das dritte Ei, „sie haben vermutlich schon vor dem Krieg geklagt. So, nun sind wir satt bis abends, nun kann's weitergehen. Mir juckt die Sitzfläche schon wieder nach dem Sattelleder.“

„Dabei reitest du ohne Sattel“, meinte Pölze vergnügt, „aber mir geht es ähnlich. Komm!“

Sie stand auf und fühlte im selben Augenblick einen ganz schnellen, ganz heißen Schmerz durch ihren Körper zucken. Gleich darauf war es vorbei, und sie wußte nicht einmal so recht, ob er Wirklichkeit gewesen war. „Uh –“, stöhnte es doch noch aus ihr, und Kornelia, die sie an der Hand mit sich gezogen hatte, blickte überrascht zurück.

„Was hast du?“

„Ach, mir war bloß so komisch. Ist schon vorbei. Los!“

Pölze spürte wirklich nichts mehr. Und dann sah sie Berti, der vom Arm der Wirtin aus zu ihr hinstrebte, lachend und zappelnd, nahm ihn und drückte ihn an sich. Im selben Augenblick ging das Telefon.

„Ich gehe schon!“ schrie Kornelia und rannte davon. Gleich darauf erschien sie mit strahlendem Gesicht wieder.

12

„Der Ausreißer ist geschnappt, alles in Ordnung! Jawohl, er hatte den Kronos genommen, und das wurde ihm zum Verhängnis. Ein Mann zu Pferde fällt eben heutzutage auf. Dem Pferd geht es übrigens prima, soll ich ausrichten, und Bertram käme so, daß er heute abend auf dem Rosenhof ist, nicht eher. Er will zunächst noch einiges regeln.“

„Gut, gut.“ Pölze war mit allem zufrieden, sie wußte ja nun, daß keine Gefahr mehr bestand. Dankbar und erleichtert kletterte sie auf ihren Wagen, und dann ließ sie die Peitsche schwirren. „Nun lauft, meine Gäule, ab geht die Post!“

„So ließe ich mich als ein Pferd nicht nennen“, unkte Kornelia und trieb ihren Isländer neben den anrollenden Wagen, „Gaul ist beleidigend für ein flottes Wagenpferd!“

Sie hatten gestern mehr als die Hälfte des Weges geschafft und konnten sich eigentlich Zeit nehmen. Aber die Ponys liefen eilig und eifrig, und jeder fährt lieber schnell als langsam. Pölze jedenfalls genoß das flotte Tempo, sie saß, angelehnt und bequem, und hielt die Zügel in der Linken.

„Hallihallo, wir fahren,
wir fahren in die Welt!"

sang sie halblaut. Kornelia ritt mit ihrem Isländer bald neben, bald vor dem Wagen. Es war köstlich, zumal das Wetter sich heute strahlend zeigte. Ach, es ist eine Lust zu leben! dachte Pölze.

„Guck, ein Reiter!" rief Kornelia in diesem Augenblick.

„Der Märchenprinz!" lachte Pölze. „Genau wie im Traum! Trägt er eine goldene Rüstung und einen weißbebuschten Helm?"

„Du glaubst es wohl nicht. Dort reitet aber wirklich einer", erwiderte Kornelia und deutete mit dem Knauf ihrer Gerte, „nein, zwei sind es. Im Traum waren es übrigens auch zwei, wenn du dich vielleicht an meine goldenen Worte zu erinnern beliebst. Zwei, und einer davon ..."

„Nahm dich mit auf sein Schloß", ergänzte Pölze.

„So war es", bestätigte Kornelia ärgerlich, „wie es weiterging, habe ich, dank deiner Jammerei, nicht mehr träumen können, sonst wüßte ich es noch."

„Jammerei! Herzlichen Dank. Hab du mal solches Fieber!" brummte Pölze. „Es ging mir sehr schlecht, und ich war dem Tode nahe, habe es nur aus Rücksicht auf dich gut verborgen."

„Aha. Siehst du, jetzt kommen sie, der Traum wird wahr!" bemerkte Kornelia aufgeregt, keinen Blick von den beiden Reitern lassend. „Im gestreckten Galopp, ein Glück, daß wir im Zeitalter der Stoppelfelder leben! Jetzt – hopp! Ach je, den hat's geschmissen!"

Zwischen dem Stoppelfeld, das die beiden überquert hatten, und der geschnittenen Wiese mußte sich ein Graben befinden. Der eine Reiter hatte ihn gesehen und war gesprungen, der andere aber mußte ihn übersehen haben. Sein Pferd versuchte im letzten Augenblick, noch darüberzugehen, streckte sich in der Luft, aber es reichte nicht mehr. Mit den Vorderbeinen erwischte es noch den jenseitigen Grabenrand, mit der Hinterhand kam es nicht nach. Es mühte sich verzweifelt, Fuß zu fassen, und dabei räumte der Reiter den Sattel. Es war kein heroischer Sturz, sondern einer, der so komisch wirkte, daß sowohl Kornelia als auch Pölze vor Lachen herausplatzten, zumal man sofort sah, daß weder Reiter noch Pferd Schaden genommen hatten. Das Pferd stand augenblicklich wieder, und der Reiter krabbelte aus dem Graben, in den er rückwärts köpflings hineingesaust war, was ja immer ein überaus erheiternder Anblick ist.

Die Pferde dieser beiden jungen Männer waren übrigens auch Isländer. Diese Rasse, jetzt in Deutschland schon bekannter als vor zwanzig Jahren, da sie ganz neu importiert wurde, ist noch immer ein Grund für junge Reiter, einander anzusprechen, so, wie es Autofahrer desselben, ein wenig unüblichen Typs halten, die sich allerdings nur im Fahren grüßen.

Hier war der Sturz noch ein Anlaß mehr. Kornelia ließ ihr Pferd über den Straßenrand hinübersetzen und faßte den reiterlosen Isländer am Zügel. Gerade kam dessen Herr wieder auf die Beine. Er sah ungeheuer lustig aus: das Haar vom Grabenwasser angeklatscht, so daß er einer Robbe ähnelte, das Gesicht braun vom Moorwasser. Auch der Anzug klatschte und klebte.

„Sie sehen hervorragend aus“, grunzte Kornelia, „nein, zu schade, daß kein Spiegel greifbar ist! Oder hast du einen mit, Pölze?“ rief sie der Kameradin zu.

„Wozu? Brauchst du einen?“ fragte Pölze zurück und begann, in ihrem Reisesack zu kramen. Kornelia winkte lachend ab.

„Aber wo! Ich meine nur, er müßte sich bewundern können, so etwas sieht man nicht alle Tage. Sie müssen sich umziehen, Sie erkälten sich sonst“, fuhr sie dann fort, zu dem Gestürzten gewandt, und sie bemühte sich, ihr Lachen zu verkneifen. Er sah ziemlich kläglich zu ihr auf.

„Ja, ich glaube, ich muß. Wenn ich einmal Eindruck schinden will, geht es bestimmt daneben“, sagte er. „Ich wollte so richtig schneidig angaloppiert kommen ...“ Er versuchte, Teile seines Anzugs auszudrücken, was natürlich ein hoffnungsloses Unternehmen war. „Wir sahen Ihr Gespann und vor allem Sie, die Vorreiterin ...“ Dabei machte er ein bewunderndes Gesicht, das, naß und schmutzig, in der Wirkung etwas danebenging. In Kornelias Augen tanzten schon wieder tausend Lachteufel.

„Haben Sie weit nach Hause? Ich meine, zum Umziehen?“ fragte sie.

„Nicht sehr weit. Dort drüben ...“, er deutete hinüber, „liegt unser trautes Heim. Mit vielen anderen Isländern übrigens ...“ Er sah sie listig an. Sie biß sofort auf den Angelhaken.

„Wie vielen?“ fragte sie.

„Im ganzen, Hug, wieviel haben wir zur Zeit?"

„Dreißig!" antwortete der andere.

„Dreißig Isländer?" fragten Kornelia und Pölze wie aus einem Mund.

„Nicht alles Isländer. Wir haben auch Haflinger, Bosnier und Norweger dabei."

„Zucht?"

„Auch. Vor allem aber …"

„Verleihstall. Wir sind ‚Klein Island', wenn Ihnen das ein Begriff ist."

„Ah –" Pölze und Kornelia öffneten beide zugleich den Mund zu diesem anerkennenden Ah, worauf nun wieder die zwei jungen Männer das Lachen bekamen. Sie unterdrückten es. Aber man sah, wie gut es ihnen tat, ein Begriff zu sein.

Pölze und Kornelia hatten natürlich in einschlägigen Zeitschriften Annoncen gefunden: „Ponytrekking durch Deutschland, Unterkunft, Gepäckbeförderung, fröhliche Abende mit Weinproben, Frühstück und Versicherung inklusive –" Billig war das Ganze nicht. Aber heutzutage saß ja das Geld allen Leuten locker, und Reiten war große Mode. Leider, dachte Pölze oft. Früher waren es einzelne Verschworene, die ritten, oft heimlich, um den Spott der andern nicht herauszufordern oder das beliebte: „Die hat's nötig, auch noch zu reiten!" Jetzt gab es kaum eine Familie mehr, wo nicht Sohn oder Tochter, Nichte oder Enkel ritt und natürlich schon soundso viele Turniere gewonnen hatte. So viele Turniere gab es gar nicht in der Bundesrepublik, wie da gewonnen wurden, genau wie jener Araber im letzten Krieg, der so feurig war, daß ihn immer nur der Kommandeur und derjenige reiten konnte, der davon erzählte. Dieser Araber hatte, wie so manche Legende, ein ewiges Leben. Hier aber, so dachten Pölze und Kornelia genau parallel, waren die Angaben der jungen Männer ja schnell nachzuprüfen und konnten somit eigentlich keine reinen Angebereien sein. Hier hatten Lügen sehr kurze Beine.

„Wollen Sie uns nicht das Vergnügen gönnen und unsere Pferde ansehen?" fragte der Nasse, der inzwischen ein wenig zu tief in Kornelias schwarze Augen gesehen zu haben schien, lockend und werbend. Sie lachte.

„Warum nicht, Herr Froschkönig?" Froschkönig statt Märchenprinz – so geht es einem, dachte sie. Aber sei es drum, wenn man dabei dreißig Isländer kennenlernt ...

„Pölze, wollen wir? Zeit haben wir ja, wenn Bertram sowieso erst heute abend auf dem Rosenhof sein will."

„Schön, wir wollen!" entschied Pölze sogleich. Und Kornelia setzte hinzu: „Aber nur, damit Sie zum Umziehen kommen. Wohin?"

„Hier herüber!"

Der zweite Reiter wies mit der Gerte auf einen Übergang über den Straßengraben. Hier führte ein halbbreiter Feldweg, richtig urig, Spuren rechts und links und in der Mitte eine Grasnarbe, geradewegs nach Norden, also rechtwinklig von ihrer eigenen Richtung ab.

„Weit?" fragte Pölze noch.

„Höchstens drei Kilometer."

„Also los!"

Kornelia war schon angetrabt, die Ponys folgten.

Rechts und links des Wagens ritten die beiden jungen Männer, der Jägersmann – er war in grünen Loden gekleidet, und Kornelia hätte ihn bereits so getauft – und der Froschkönig. Pölze unterhielt sich mit den beiden, während Kornelia vorn ritt. Berti hatte die Fahrerei, deren Zweck er nicht einsah, satt und strampelte und wollte aus seinem Sitz heraus. Schon deshalb war es geraten, eine Pause einzulegen, dachte Pölze zufrieden.

13

Das Haus, zu dem sie gelangten, war hübsch und sauber, ein wenig kahl, eine langgestreckte, niedrige Baracke, einstöckig. Jäger und Froschkönig sprangen ab und banden ihre Pferde an, Pölze parierte durch und hielt. Die beiden jungen Männer überstürzten sich, ihr beim Ausspannen zu helfen. Sie durfte keine Hand rühren. Es tat wohl, so behandelt zu werden. Dann wurden sie und Kornelia ins Haus gebeten.

Pölze hatte sich unwillkürlich eine Junggesellenbude vorgestellt, ähnlich der, die sie damals in Niederwerth angetroffen hatte, als sie erstmals die drei Brüder dort besuchte. Mit leeren Flaschen überall, unabgewaschenem Frühstücksgeschirr, vollen Aschenbechern und einem halben Rittergut Erde auf den Teppichen oder darunter. So wunderte sie sich ein bißchen. Der Flur war ordentlich, das Wohnzimmer, in das sie gebeten wurden, sauber, gemütlich, geschmackvoll. Niedrige Zimmer mit breiten Fenstern sind ja immer leicht wohnlich zu gestalten. So setzte sie sich vergnügt auf die breite Eckcouch und sagte nicht nein, als der Froschkönig sie bat, einen Kaffee mit ihnen zu trinken.

„Ich muß mich nur schnell umziehen", sagte er und entschwand in Eile. Der Jägersmann blieb eifrig bemüht, inzwischen bei Kornelia einen guten Eindruck zu machen. Er erzählte und zeigte Fotos. Pölze lobte den gepflegten Raum.

„Wenn man bedenkt, daß Sie hier als zwei Junggesellen – das sind Sie doch? – ohne weibliche Hilfe hausen, dann ist das höchst anerkennenswert."

„Sie sagen es, Gnädigste", fiel hier der Froschkönig ein, der eben, frisch gekleidet, mit Scheitel und blankgeputzten Stiefeln wieder hereinstürmte, ein Tablett in den Händen, „und fragen Sie mich, warum? Weil ich es bin, der hier verantwortlich zeichnet. Wir haben damals, Hug und ich, als wir mit unserm Plan an die Ausführung gingen, geknobelt, wer was tun muß, wer die Innenseite und wer den Außendienst versorgt. Mich traf es innen – es traf mich schwer! Ich würde viel lieber draußen bei den Ponys arbeiten als drinnen im Haus, aber, wie gesagt, das Los entschied, und ich zog das dunklere. Daß Sie meine Arbeit loben, tut meiner verwundeten Seele wohl."

„Wirklich! Und wenn es draußen ähnlich ist wie hier ..." Pölze sah sich um. „... dann, meinte ich, müßten Sie zu Ihrem Ponytrekking den größten Zulauf haben. Nun erzählen Sie: Wer kommt zu Ihnen, wie verstehen Sie sich mit ihren Kunden, wohin reiten

Sie, was kostet das alles? Ich habe schon eine Menge über Ponytrekking gelesen, es aber noch nie mitgemacht, da wir selbst Ponys haben."

„Kunden, wie Sie es nennen, kommen aus allen Berufs- und Altersschichten", erzählte der Froschkönig bereitwillig, „vom Generaldirektor über den Schauspieler bis zum Rentner oder der Rentnerin, von Kindern und Jugendlichen gar nicht zu reden. Die hängen uns die meist begüterten Eltern für die Ferien auf, um ungestört nach Teneriffa oder Südafrika reisen zu können. Geld spielt heute bei vielen keine Rolle. Aber auch die etwas weniger reichen Leute, wenn ich so sagen darf, bezahlen lieber für ihre Kinder hier einen Ferienaufenthalt, als daß sie sich selbst in dieser Zeit um sie kümmern, mit ihnen wandern, schwimmen oder sonst etwas Bescheideneres unternehmen. Sie wollen ihnen etwas bieten, sagen sie, und Reiten ist halt Mode. Meiner Meinung nach wollen sie sie auf gute Art los sein. Viele dieser Kinder schlagen erstaunlich gut ein. Sie müssen nämlich dafür, daß ihre Eltern tüchtig zahlen, ganz hübsch arbeiten, mein Freund Hug sorgt auf seine bewährte Weise dafür."

Er blinzelte zum Jägersmann hinüber, der empört unterbrechen wollte, wischte aber seine Einwände sofort mit einer Handbewegung weg und beschwichtigte: „Sie tun es gern, das stimmt. Neulich kamen Eltern, die ihr Kind abholen wollten, und zeigten mir den Brief ihres Sprößlings, übrigens weiblichen Sprößlings. ‚Wir haben den ganzen Tag geschrubbt und geputzt', schrieb dieses Mädchen, das herkam mit Langhaar bis über die Schultern, spitzen Schuhen und Fingernägeln, so lang wie ein Heldengedicht, ‚und

Mist gefahren. Alles, was wir zu Hause nie dürfen.' Wörtlich. Ist das nicht wundervoll?"

Pölze lachte.

„Gut so. Es gibt meines Wissens ein Sanatorium für managerkranke Nabobs und deren Frauen. Dort muß man auch für teures Geld schuften, Kühe melken, Gärten umgraben und ähnliches. Die Leute werden dabei gesund und froh."

„Na eben", sagte der Froschkönig, „aber reiten müßten sie auch dürfen, finde ich."

„Dürfen sie das denn nicht?" fragte Kornelia erstaunt.

„Natürlich, aber höchstens eine Stunde am Tag. Mir erscheint das immer, in Anbetracht der Arbeit, die sie leisten, etwas wenig."

„Sie haben meist genug, wenn ich sie ordentlich jage", brummte der Jägersmann. „Bekanntlich löst sich die Tapete auf der Rückseite dieser Leute, die es nicht gewohnt sind zu reiten, leichter als bei unsereinem, und dann macht Reiten nur noch den halben Spaß. ‚Wer selten reitet, dem tut der A... weh', heißt ein alter Reiterspruch. So schone ich sie, wenn sie geschont werden wollen, und sie danken es mir. C'est tout. Aber du weißt ja immer alles besser. Und sobald ein wirklich hübsches Mädchen dabei ist, willst du Außendienst machen, aber nur dann."

„Gelogen, gelogen!" rief der Froschkönig wütend, und Pölze und Kornelia amüsierten sich herzlich über das wilde Hin und Her, das jetzt losging und viertelstundenlang nicht aufhörte.

„Er ist eben beleidigt, daß er die Rolle der Hausangestellten zog", sagte der Jägersmann abschließend, und der Froschkönig zeigte ihm wütend drei Vögel hintereinander.

„Nimm dich nur in acht, daß dir deine Hausangestellte nicht kündigt!“

„Wie wäre es, wenn Sie sich jetzt erst einmal versöhnten und uns Ihre Ponys zeigten?“ schlug Pölze vor. „Ewig können wir unsere Reise nicht unterbrechen, und die Ponys sind ja nun einmal die Hauptsache.“

„Erst noch mein weiteres Innenleben“, beschwor der Froschkönig, „kommen Sie, auf die Zimmer bin ich besonders stolz. Alles selbst gemacht, die Trennwände gezogen, das Licht installiert. Hier –“ Er ging voran, den Flur entlang, öffnete eine der vielen Türen. Ein sehr kleines Zimmer mit zwei Etagenbetten, also für vier Mann, schmale, verschließbare Spinde, auch vier, eine Tischplatte, unterm Fensterbrett herausklappbar, vier Schemel. Die Wände grün gestrichen und die Gardinen passend. Es sah süß aus und genügte für einen Ferienaufenthalt, bei dem man die meiste Zeit draußen war, bestimmt.

„Waschgelegenheit?“ fragte Pölze nach dem ersten Blick.

„Hinten gemeinsam. Einer für Jungen, einer für Mädchen. Kommen Sie!“

Dort gab es Waschbecken und Duschen, primitiv, aber ausreichend. Pölze betrachtete alles genau und sehr nachdenklich. Kornelia strebte weiter, zu den Vierbeinern. So verließen sie das Haus und folgten einem kleinen Weg, der durch Gebüsch und Gesträuch führte. Ein Glück, daß hier welches stand, denn was man nun, da der Blick frei wurde, zu sehen bekam, war weniger schön.

Es mochte eine stillgelegte Fabrik sein, deren Mauern hier noch standen, teilweise wenigstens. Überall jedenfalls lagen Trümmer, Eisenträger, verrostete Gartenzäune, Tür- und Fensterrahmen, Blech, Schutt, und ein paar Autoleichen glotzten einem mit toten Scheinwerfern entgegen. Nach ein paar Windungen des Weges kamen sie zu einer halb eingestürzten Halle. Zwei Wände standen noch, im Winkel zueinander, so daß sie eine Ecke bildeten, an deren inneren Seiten eiserne Raufen befestigt waren. Hier standen die dreißig Ponys, von denen die Freunde gesprochen hatten, knietief im Stroh, das sicher nicht allzuoft gewechselt wurde. Mitten auf dem Platz befand sich eine ausrangierte Zinkbadewanne, in die ein Schlauchende hineinhing. Darum herum war Morast. Pölze sah es mit ziemlichem Schauder.

„Ja, das sind unsere Pferde, wetterhart und anspruchslos“, sagte der Jägersmann stolz. „Von zu Hause – ich bin Westfale – kenne ich nur Großpferde, und da muß man ja umlernen. Ponys wollen winters und sommers im Freien sein, sie brauchen keine Pflege, sind genügsam und hart im Nehmen …“ Pölze hatte das Gefühl, als läse er aus einem Prospekt vor. Sie kannte Isländer nun auch schon ein paar Jahre lang, aber …

Übrigens stand auch in Kornelias Gesicht ein deutliches Aber, oder sogar mehrere.

„Wir putzen unsere Isländer aber doch“, sagte sie, als er einmal eine Pause machte, „jedenfalls vor dem Reiten, und pflegen die Hufe –“ Sie hatte sich unauffällig gebückt und danach gesehen.

„Und ein Stall … natürlich ein kalter mit offenen Fenstern, aber trocken von unten und ganz zugfrei, und mit Jaucheabfluß, ist bestimmt keine Verweichlichung."

Der Jägersmann sah sie verständnislos an.

„Vielleicht. Wenn man ihn hat. Sonst aber … es steht doch überall so nachzulesen. Und wir machen auch immer wieder die Erfahrung, daß es geht."

„Wie lange reiten Sie denn Ihre Isländer mit den Kunden?" fragte Pölze jetzt vorsichtig.

„Zwei Jahre im Verleihstall. Dann verkaufen wir sie gewöhnlich an Private und beziehen neue. Gut eingerittene Isländer wird man immer los."

Zwei Jahre. Wenn man ein Pferd gerade in allen – oder beinahe allen – Eigenheiten kennt. Wenn man es liebgewonnen hat und sich mit ihm eins fühlt. Aber wahrscheinlich sind manche dann kurz vor dem Lahmen, dachte Pölze betrübt. Sie streichelte das ihr zunächststehende Pony und sprach mit ihm. Kornelia ging zwischen den Isländern umher, suchte und spähte.

„Der da ist gut", sagte sie einmal, auf einen klobigen Rotschimmel zeigend, „ein ausgesprochener Gewichtträger, ordentlich in den Beinen. Und die Stute dort!"

„Ist auch unsere beste Zuchtstute, Eyglo", erklärte ihr der Jäger, „sie bringt schöne Fohlen und läßt sich ohne Schwierigkeiten bis zum letzten Tag reiten."

„Bis zum letzten?"

„Na, von Kindern eben. Mehr Schritt als anderes. Hat noch nie verfohlt."

Pölze war still geworden, sehr nachdenklich. Sie hörte zu, Kornelia dagegen fragte und fragte. Schließlich brachen sie auf. Der Froschkönig erbot sich großzügig und freundlich, ihnen noch ein Stück des Weges das Geleit zu geben.

„Morgen kommen neue Reitkinder, da wollen wir heute noch mal unsere Freiheit genießen. Er“ – er wies auf seinen Freund – „reitet dann ja mit den Kindern aus. Ich muß putzen und kochen –“ Er zog ein Gesicht.

„Nehmen Sie den Rotschimmel“, flüsterte Kornelia ihm zu, „ich möchte ihn nachher mal probieren.“ Er zwinkerte ihr zu und holte das Kopfstück. Kornelia streifte es mit einem kurzen Blick. Na, geputzt war es wochenlang nicht, und das Gebiß.

Doch, das Gebiß war blank. Gottlob, wenigstens das! Er halfterte auf und nahm keinen Sattel. Das gefiel ihr. Ganz ahnungslos oder gleichgültig war er wenigstens nicht.

„Darf ich?“ fragte sie und glitt auf den Rücken des Wallachs, nachdem dessen Besitzer ihr zugenickt hatte. Sie ritt ihn im Schritt bis zum Haus, dann ein Stück Trab. Zurück ließ sie ihn einmal in Galopp gehen. Oh, er ritt sich gut, großartig. Sie hob das Bein über seinen Hals und rutschte hinunter, lobte und liebelte ihn. Sie hatte gleich Gefallen an ihm gefunden.

„Ein feiner Kerl bist du, ja, ja …“

„Wenn nur nicht immer die Schwergewichte drauf säßen!“ murrte der Froschkönig. „Überhaupt, er …“ wieder wies er mit dem Daumen nach dem Freund. „… läßt die Isländer schon ab drei Jahren unterm Reiter gehen. Das ist doch tatsächlich zu früh, was meinen Sie?“ wandte er sich an Pölze.

„Ist es auch“, sagte sie schnell, froh, daß dieses Thema von ihm aus zur Sprache kam. Sie hatte sich über einige Senkrücken schon Gedanken gemacht.

„Höchstens Kinder!“ verteidigte sich der Jägersmann, „und Isländer, die hier aufgewachsen sind, kann man auch schon zeitiger reiten als importierte. Das steht in jeder Fachzeitschrift."

Sie verabschiedeten sich von ihm, und Pölze stieg in den Wagen. Kornelia und der Froschkönig ritten voran. Pölze war sehr nachdenklich geworden und vermißte keine Unterhaltung.

14

Später wechselten Kornelia und ihr Begleiter die Ponys für eine Weile. Pölze merkte genau, wie bewundernd seine Augen an Kornelia hingen, und war stolz auf ihre kleine Freundin. Die sah auch bezaubernd aus, die dunklen Haare verwirrt, die Augen blitzend vor Lust am Reiten. Einmal, als sie auf die Karte sahen, fragte Pölze, wie weit er noch mitkäme. Sie wollte nicht, daß er zuviel von seiner wertvollen Zeit opferte.

„Wenn ich darf, noch ein kleines Stück", antwortete er, aber es klang, als sagte er: „Bis ans Ende der Welt!" Pölze lachte. Gerade kam ihnen ein Auto entgegen – sie fuhren eine kleine Strecke die Bundesstraße –, fuhr auf die von ihnen aus gesehen rechte Seite der Straße herüber und hielt genau vor den Ponys, die Pölze natürlich rechtzeitig zum Stehen gebracht hatte. „Der ist wohl nicht recht gescheit!" rief Kornelia empört,

Pölze aber lachte. Sie hatte von Anfang an geahnt, was hier gespielt wurde, und sprang aus dem Wagen.

„Onkel Hipp, Onkel Hipp!"

Ja, er war es, der Onkel und geliebte Pflegevater, bei dem sie groß geworden waren, Svea und sie, und nach ihm kämpfte sich Tante Ulle aus dem Wagen, noch immer gleich rotwangig, rund und geschäftig wie eh.

„Guten Tag, Tante Ulle. Habt ihr auch Svea mit?" wollte Pölze wissen, nachdem sie umarmt und geküßt worden war und wiedergeküßt hatte. Tante Ulle verneinte.

„Die bereitet doch das Fest vor. Nein, herrlich, dieser neue Wagen. Also, ich kann unmöglich im Auto weiterfahren, ich werde so leicht limousinenkrank. Ich darf doch?" Sie kletterte sofort in den Wagen, strahlend vergnügt. „Und das ist Kornelia? Und das Martin?" Offensichtlich hielt sie den Froschkönig für Kornelias älteren Bruder. „Schön, daß ich euch alle mal kennenlerne! Na, und du bist natürlich die Hauptperson, kleiner Berti, das letztemal sah ich dich bei deiner Taufe ..."

Pölze lachte und versuchte, sie zu unterbrechen, um wenigstens zu erklären, daß der Froschkönig nicht Martin war, aber bei Tante Ulle war das nicht leicht. Erst nach einer ganzen Weile drang Pölze mit ihrer Stimme durch.

„Nicht Martin? Nun, auch recht. Dann ist er, nehme ich an, Kornelias Verlobter, und –"

„Tante Ulle!" stöhnte Pölze und hoffte, daß der Froschkönig ein wenig – wenigstens ein kleines bißchen – schwerhörig sei. Dieser Wunsch schien unerfüllt zu bleiben. Der Besprochene jedenfalls grinste von einem Ohr zum andern, und Kornelia lief dunkelrot an vor Verlegenheit.

„Ich muß mich übrigens hier verabschieden, ich hätte es längst gemußt“, sagte er und beugte sich über Tante Ulles Hand, drückte Pölzes und verabschiedete sich von Onkel Hipp. Dann wandte er sich Kornelia zu.

„Es war sehr, sehr schön, Sie zu treffen“ – man sah förmlich, wie er nach Worten rang – „und wenn Sie auf dem Rückweg hereinschauen wollen, reiten Sie doch, bitte, nicht vorbei, ich meine, wenn Sie vorbeireiten, verfehlen Sie doch bitte, hereinzuschauen ...“

Pölze, Onkel Hipp und Tante Ulle versuchten, das Lachen zu verbeißen, dadurch wurde er verwirrter und verwirrter. Und so nahm er nochmals Kornelias Hand und riß sie auf und ab wie einen Pumpenschwengel. Dann wollte er aufsitzen, vergaß aber, den Isländer dabei festzuhalten. Der ging ein paar Schritte auf Schnick und Schnack zu, erst im Schritt, dann übersprang er die letzte, etwa zwei Meter weite Entfernung und biß das linke, das Sattelpferd, also Schnick, blitzschnell in den Hals. Schnick quiekte auf und ging senkrecht in die Luft, Schnack, empört, daß sein Gefährte angegriffen wurde, feuerte aus, obwohl er den Angreifer unmöglich treffen konnte, denn der stand ja links von der Deichsel und links von Schnick; es war mehr die moralische Unterstützung des Angegriffenen. Seine Hintereisen donnerten gegen den Wagen, dann warf er sich nach vorn ins Geschirr, Schnick folgte, und los ging es, mit Tante Ulle im Wagen, die seitlich in den Rücksitz gefallen war. Berti schrie, und Onkel Hipp und Kornelia auch, jeder in einer anderen Tonlage, Pölze aber hatte den Zügel bereits in den

Fäusten und reagierte, wie es hier sein mußte – nicht mit wildem Gegenhalten, sondern mit Paraden, mit Annehmen und Nachgeben, immer wieder, damit die Ponys sich nicht festbissen und, aufs Gebiß gelegt, davondonnerten. So bekam sie sie nach einem halben Kilometer an den Zügel, konnte wenden und fuhr zurück, und damit war der Schreck ausgestanden.

Der Froschkönig entschuldigte sich wortreich für die Untat seines Pferdes, Onkel Hipp winkte ab, und Kornelia saß auf. Nun ging es, diesmal ohne weitere Pannen, dem Rosenhof entgegen. Daß Kornelia sich noch mehrmals umdrehte, übersahen die anderen taktvoll. Sie tat es auch so unauffällig wie möglich. An der Stelle des Abschieds hielt der Rotschimmelreiter, solange er sie erkennen konnte, still wie ein Reitermonument. Schließlich verdeckte ein Buschwerk die Davonziehenden.

15

„Und wenn er nicht gestorben ist, so hält er dort noch übermorgen“, sagte Onkel Hipp, der links neben dem Ponywagen herfuhr, zum Fenster hinaus, „Koko, du bist, glaube ich, schlimmer als Svea und Pölze zusammen; sprich, schlimmer als Pech und Schwefel. Armer Rosenhof, was für eine Laus wird dir da in den Pelz gesetzt!“ Dabei lachten seine Augen hinter der Brille vor Entzücken. Nichts fand Onkel Hipp schöner als verliebte Jugend.

Pölze saß ganz still und ließ die Ponys traben. Sie sah ringsum, wie alles bekannter wurde. Jetzt grüßte schon jeder Kirchturm, der in näherer oder weiterer Entfernung auftauchte, wie ein alter Vertrauter zu ihr herüber. Hier hatte sie einmal ein Turnier mitgeritten – überall gab es ja in dieser Gegend jene kleinen ländlichen Turniere, bei denen man sich die Sporen verdient –, dort einen Geländeritt. Jetzt kam das Dorf, in dem einmal eine Stutenschau stattfand, zu der sie mit Svea ritt, mit sieben Pferden – keine einfache Angelegenheit. Sie bekamen dann zwei erste und vier zweite Preise, Onkel Hipps Zucht galt schon etwas in der Umgebung. Hoffnungsschimmer war damals dabei, die Stute, die am Tage des Waffenstillstandes geboren wurde und die Onkel Hipp nicht verkaufte, gerade weil sie so hieß und ihm damals, in allerdunkelster Zeit, einen Schimmer von Hoffnung schenkte …

Würden Berti und seine Geschwister auch solche Erinnerungen sammeln, unvergeßliche Kleinigkeiten mitunter, aber dennoch oder gerade deshalb so kostbare? Sie sah ihren kleinen Sohn an, er saß jetzt neben ihr auf Tante Ulles Schoß, zutraulich an sie geschmiegt, und nagte an einem Stück Kuchen, das sie ihm gegeben hatte. Und jetzt –

Nein, es war nicht die Zeit, sich solchen Überlegungen hinzugeben, wahrhaftig! Jetzt schrie es „hurra" und „hoch" am Straßenrand, und Volker und Thomas stürzten hervor. Sie hatten auf der Lauer gelegen und kletterten in den fahrenden Wagen.

„Nein, seid ihr so weit gelaufen?" wunderte sich

Pölze, die die Sache genau durchschaute: Onkel Hipp hatte sie mit dem Auto bis hierher mitgenommen und hier ausgesetzt, damit sie den Ponywagen überfallen konnten. Sein verschmitztes Gesicht verriet genug.

Pölze hatte die Jungen fast ein Jahr nicht gesehen. Volker war sehr gewachsen, mager, mit den herausstehenden Gelenken, die Jungen in diesem Alter haben, während Arme und Beine dünn bleiben. Er war zehn, hatte seines Vaters schmalen Kopf und seine gescheiten Augen. Früher blond, dunkelte er jetzt stark nach.

Thomas dagegen hatte noch den richtigen Blondschopf des Kleinkindes, während seine Zahnlücken, wenig verschönend, aber irgendwie rührend, darauf hinwiesen, daß jetzt der Ernst des Lebens, sprich: die Schule, auch für ihn heranrückte. Das hübscheste an ihm war seine harte, runde Kinderstirn, die Pölze immer geliebt hatte.

Die beiden hockten sich sofort auf das Bänkchen gegenüber den beiden Frauen im „Fond“ und fragten Pölze aus; nach dem entsprungenen Strafgefangenen und seiner Flucht, ob er geschossen oder ob Onkel Bertram ihn im Handgemenge dingfest gemacht habe.

Volker befand sich im Karl-May-Alter und las, gutmütiger Bruder, der er war, oft stundenlang dem Kleinen vor. So beherrschte er alle gängigen Ausdrücke, die sich in seinem Mund altklug und putzig ausnahmen.

„Warum habt ihr Svea nicht mitgebracht?“ fragte Pölze schließlich, als der Redestrom der beiden nachzulassen begann.

„Vater hat gesagt, sie wollten endlich mal ungestört sein“, berichtete Volker, und Thomas setzte hinzu: „‚Zum Hagelwetter noch eins!‘ hat er geschrien. Aber wir dürfen nie so was sagen. Kinder werden immer unterdrückt!“

16

Dieser erste Abend auf dem Rosenhof verlief um einiges anders als erwartet. Pölze hatte insgeheim gehofft, daß Bertram schon da sei, und als das nicht der Fall war, rief sie an, „sinnlos verliebt, wie junge Eheleute das sind“, nannte es Onkel Hipp. In Niederwerth sagte man ihr, er müßte eigentlich schon angekommen sein. So wartete sie, und dachte immerzu an ihren Traum. Sie fand sich selbst blöd, aber war nicht auch Kornelias Traum wahr geworden? Obwohl ein Märchenprinz kein Froschkönig ist, aber im Märchen war er doch tatsächlich einer, und im Märchen, das heißt sehr oft: in Wahrheit. Daß Märchen verbrämte Wahrheiten sind, hatte sie längst begriffen.

Gleich darauf schrillte das Telefon, aber es war nicht für sie, sondern für Kornelia. Onkel Hipp rief sie heran, und nun stand die Ärmste hier im Herrenzimmer vor aller andern Augen und mußte „Ja, danke“ und „Ich glaube schon“ und „Genau wie Sie meinen“ sagen, während alle so taktvoll schwiegen, daß es schon entsetzlich taktlos war. Sie kam sich vor wie in der dritten Stufe des Fegefeuers mindestens. Gott sei Dank gab es gleich darauf einen entsetzlichen Spektakel im Flur, und als Tante Ulle, die der Tür am nächsten saß, noch immer flink wie in ihren besten Zeiten, diese öffnete, um nachzusehen, schoß Tina herein, merkwürdig anzusehen. Sie trug einen grünen Jägerhut auf dem Kopf und schleppte einiges hinter sich her – eine Lederweste, aus der sie schon wieder halb herausgeschlüpft war, und einen Gürtel mit einigem klirrenden Krimskrams dran. So raste sie quer durchs Zimmer und kroch unter Kornelias Stuhl.

„Wer hat ...“

Na, wer wohl? Natürlich die beiden Jungen, Volker und Thomas. Kornelia hatte die Bekanntschaft zwischen Hündin und Jungen gleich beim Treffen ordnungsgemäß angebahnt, sie an die zwei herangeführt, sie beschnuppern lassen und sie gelobt, als sie von selbst die Pfote hob, um sie ihnen zu geben. Der Erfolg war, daß sie nun meinten, sie würde sich alles von ihnen gefallen lassen. Natürlich wären sie, seit Jahren auf einem Gutshof lebend, nie auf den Gedanken gekommen, ein Tier zu necken oder gar zu quälen. Thomas wollte sie nur „mal schön anziehen“, und so hatten sie einiges von den Garderobenhaken heruntergeholt und sie damit geschmückt. Erst ließ sie es sich gutmütig gefallen, aber dann wurde es ihr doch zu arg ...

„So was! Zur Strafe geht ihr aber jetzt sofort ...“

„... ins Bett“, hatte Vater Conrad sagen wollen, da aber hatte Volker, der sehr wach und ein guter Beobachter war, durchs Fenster die Scheinwerfer erspäht, die in den Hof einbogen.

„Onkel Bertram kommt bestimmt. Das ist er!" schrie er und sauste ab, dem Kommenden entgegen. Thomas folgte, die Tür im Rennen mit einem ungeheuren Krach hinter sich zuschmetternd. Dieser Krach fuhr Pölze durch Mark und Bein. Kornelia, die die Freundin zufällig in diesem Moment ansah, faßte nach ihrer Hand.

„Was hast du?"

„Ach, ich weiß nicht –" Sie fühlte wieder diesen wilden, schneidenden Schmerz. Und nun jagten sich die Ereignisse derart, daß keiner richtig zur Besinnung kam, am wenigsten Pölze. Sie konnte erst wieder denken, als sie in Tante Ulles Bett, in das man sie schleunigst geschafft hatte, ihren neugeborenen Sohn in den Arm gelegt bekam. Himmel, war das ein ereignisreicher Tag. Sechs Wochen zu früh – und wieder ein Sohn. Diesmal hätte es ja eine Tochter sein sollen. Und auf dem Rosenhof geboren, kein Mensch bekam sonst noch Kinder zu Hause, und einen Namen hatte man auch nicht zur Hand. Dies alles wirbelte durch ihren Kopf, während sie das winzige Geschöpf betrachtete, voller Rührung und Dankbarkeit, dankbar auch dafür, daß es so schnell gegangen war. Nach Bertis Start ins Leben, der eine ganze Weile gedauert hatte, war ihr vor diesen Stunden ein wenig bange gewesen, je näher sie heranrückten, obwohl sie nie etwas gesagt hatte. Nun waren sie in eine knappe Dreiviertelstunde zusammengedrängt worden. Wenn man da auch nicht zu Verstand kam, jetzt waren sie vorbei. Sie sagte so etwas zu Bertram, der sich über sie beugte.

„Ja, mein Herz, Gott sei Dank, wunderschön! Großartig hast du das gemacht, und ich finde den zweiten Sohn mindestens so schön wie eine erste Tochter. Und ein Name wird sich schon finden."

„Ich weiß: Kornelius!" sagte Pölze in einer plötzlichen Erleuchtung. „Kornelius, nach Kornelia. Dort guckt sie nämlich durch den Türspalt. Herein mit dir, Kornelia Kayser. Hiermit übertrage ich dir feierlich das Amt einer Patin, denn nach dir soll unser Sohn heißen. Da du den ganzen Tag heute, an seinem Geburtstag, keinen anderen Gedanken hattest als an ihn, oder mich, seine Mutter – rührend, wie du bist …"

Kornelia wurde wieder einmal feuerrot. Sie lachte und kam heran, betrachtete das Miniaturmenschlein mit schiefgehaltenem Kopf, so wie sie etwa ein neugeborenes Fohlen taxierte – „schräge Schulter, guter Hals, hm, kann was werden" – und setzte sich dann auf den Stuhl neben Tante Ulles Bett.

„Wenn ich wüßte, wie der Froschkönig heißt", sagte sie versonnen, „ich meine, mit Vornamen …"

„Dann, meinst du, sollten wir ihn nach ihm nennen?" fragte Pölze hinterlistig und so ernsthaft, wie es nur ging. Kornelia merkte nichts.

„Ja, das meine ich", sagte sie und nickte nachdrücklich, „ist doch weiter nicht verwunderlich, oder? Unsere Begegnung hatte etwas Schicksalhaftes, finde ich. Freilich, wenn er Nebukadnezar oder Fridolin heißt, aber das glaube ich nicht. Nein, das glaube ich wirklich nicht. Du etwa?" fragte sie, als Pölze nicht antwortete.

„Nein, ich auch nicht", sagte Pölze. Und dann platzte sie heraus, und Tante Ulle, die gerade zur Tür hereinsah, wurde ganz ärgerlich.

„Kurz nach der Entbindung so zu lachen; also zu unserer Zeit …"

„Da haben sicher auch welche gelacht, wenn ihre Söhne Nebukadnezar oder Fridolin heißen sollten“, brachte Pölze mühsam hervor, Tante Ulle aber schüttelte den Kopf.

„Dann schon Fridolin“, entschied sie, „nein, Neb – ach, ich weiß nicht, wie der hieß, so jedenfalls nicht. Das klingt ja geradezu kriminell.“

„Es war ein König, Tante Ulle, ein babylonischer“, röchelte Pölze, „aber wir wollten ja gar nicht. Auch nicht Fridolin ...“ Sie konnte nicht weitersprechen. Ganz schnell waren ihre Augen, die noch in Lachtränen schwammen, zugefallen. Das Kinn an das Köpfchen ihres neugeborenen Kindes gelehnt, war sie eingeschlafen, so plötzlich und übergangslos, daß sogar Tante Ulle leise wurde.

„Komm raus, Kornelia, sie braucht Ruhe!“ flüsterte sie und wollte das junge Mädchen mit sich ziehen. Kornelia aber machte ihre flehenden Augen.

„Frau Elgers, bitte, bitte, darf ich noch bleiben?“ bettelte Kornelia. „Bei Stuten, die gefohlt haben, bleib ich auch immer noch, bis es hell ist. Ich sitze auch ganz still und störe bestimmt nicht! Aber ich möchte so gern. Und es ist sicher gut, es ist jemand bei ihr.“ Sie dachte an Pölzes plötzliche Fieberattacke in der vorigen Nacht.

Sie sagte nichts davon, aber Tante Ulle schien etwas davon zu spüren, denn sie wurde mit einem Male nachgiebig, was bei ihr bemerkenswert selten war.

„Meinst du? Die Hebamme“ – sie hatten noch eine geholt, die allerdings zu spät gekommen war – „sagt doch, es wäre alles tadellos in Ordnung?“

„Ist es sicher auch. Trotzdem.“

„Dann krieche in Onkels Bett. Warte ...“ Tante Ulle

öffnete leise den alten Eichenschrank und hantierte mit Bettlaken und Bezügen. „Vielleicht hast du recht, wenn ich auch finde, es sollte ein Erwachsener dasein."

„Ich bin siebzehn, Frau Elgers!" betonte Kornelia, und es klang abgrundtief empört. „Und der Junge heißt nach mir. Das gibt mir doch ein gewisses Anrecht ... und ich verstehe mich mit Pölze auch wirklich gut!"

Es wurde ihr erlaubt. Kornelia besaß nun einmal das Talent, daß man ihr nur schwer etwas abschlagen konnte. Tiefbefriedigt kuschelte sie sich in die frischen Betten, die Nase zu Pölze gewandt, nachdem sie das Nachttischlämpchen ausreichend abgeschirmt hatte.

„Jetzt halte ich Stallwache", dachte sie vergnügt, „bleib' die ganze Nacht wach. Nein, wenn das unterwegs passiert wäre! Aber der Froschkönig hätte sicher Hilfe geholt, bestimmt! So patent, wie er ist, und so verläßlich! Und – nein, der heißt bestimmt anders, Roland vielleicht, oder – aber niemals Nebukadnezar ..."

Und da war sie schon eingeschlafen.

17

An einem strahlendbunten, in warmer Sonne schwimmenden Oktobertag kamen Pölze und Kornelia heim. Es war bisher windstill gewesen, die Bäume hielten ihren Schmuck noch fest; die Färbung hatte in diesem Jahr etwas Überwältigendes. Eine so bunte Skala von

Gelb, Orange, Gold und dunklem Rot glaubte Kornelia noch nie erlebt zu haben, und sie fand das Ganze beinahe schwermütig schön. Warum? Weil es nicht in jedem Jahr so strahlte oder weil man wußte: ein Nachtfrost, ein ordentlich rüttelnder Sturm, und alles ist dahin?

Welch ein Unsinn. Als Kind des Landes wußte sie: Das Leben geht weiter. Der Sommer kommt wieder. Auf den Winter folgt der Frühling mit tausend blühenden Bäumen. Wie schön, daß das so war. Eines jedenfalls war ihr sehr klar, sie hätte nie in den Tropen leben mögen.

Der Wechsel, der Reigen der Jahreszeiten war es, der entzückte; sei es nun schäumende Blütenfülle, satter Sommer, sonnenmilder Herbst oder blitzender Rauhreif.

Bertram hatte Kornelia nach dem Rosenhof gebracht, damit sie mit Pölze fahren sollte, und seine beiden Söhne ins Auto genommen. Mit einer Vernunft, die, wie er sagte, ihre Jahre weit überstieg, hatte Pölze sich damit einverstanden erklärt. Dafür waren sie eintägig gefahren, sehr früh aufgebrochen und vor Dunkelheit am Ziel gewesen. Bertram hatte dieselbe Strecke einmal mit den Shettys, den kleineren Ponys, an einem Tag geschafft, mit dem Pferdeschlitten, dreispännig, kurz vor jenem Weihnachten, als sie sich verlobten. Er war damals mit der Troika gekommen, mit Espe, Erle und in der Mitte Blessy. Er war immer sehr stolz auf diese Leistung gewesen, und die beiden brannten vor Ehrgeiz, es ihm mit Schnick und Schnack nachzutun. So waren sie fast ohne Pause gefahren und hatten es geschafft. Daß Kornelia vielleicht gern einen kleinen Umweg gemacht hätte, sagte sie nicht.

Pölze wartete darauf, wollte die Frage aber nicht von sich aus zur Sprache bringen. So fuhren sie vorbei, dort, wo sie einmal abgebogen waren. Man sah auch keinen Reiter am Horizont.

Sonst aber verlief alles ausgezeichnet, und es gab in Niederwerth ein lautstarkes Wiedersehen. Frau Kayser war auch gekommen, und Jupp, der magere Jockei-Typ, hatte sich diesen Sonntag noch herausgespart, ehe er für vier Monate nach den Staaten flog. Er hatte diese Reise längst geplant. Nur Guido fehlte.

„Guido geht auf Freiersfüßen, wie ich gehört habe", verriet Kornelias Mutter, „mit einem Hof von über siebenhundert Morgen. Sehr gut im Stand. In den hat er sich verliebt, unser Dicker. Aber das Mädchen soll auch ganz nett sein."

Alle lachten.

„Guido und heiraten!" Pölze schüttelte den Kopf. „Nun fehlt nur noch, daß auch Jupp in die zärtliche Falle geht."

„Warum nicht?" sagte der und sah in diesem Augenblick Bertram ziemlich ähnlich, wenn dieser seine vertrackten Falten machte. „Wenn alle untreu werden …"

„Hast du schon eine, oder willst du drüben eine suchen?" fragte Kornelia. „Oder – oder fliegst du gar vor einer davon in das Land der unbegrenzten Möglichkeiten?"

Er sah sie prüfend an und strich ihr über das Gesicht.

„Darüber schweigt des Sängers Höflichkeit. Aber

manchmal tut Kindermund Wahrheit kund. Es ist sicher besser, ich lege zunächst mal den großen Teich zwischen mich und meine Vergangenheit."

„Eigentlich gemein. Als ich beschloß zu heiraten, hatte ich die menschenfreundliche Absicht, hier bei drei Junggesellen Ordnung zu schaffen", sagte Pölze. „Und nun wandert einer nach dem andern ab."

„Du hast ja für Nachwuchs gesorgt", Jupp grinste, „zählen deine beiden kleinen Männer etwa nicht? Für die mußt du voraussichtlich noch zwei Jahrzehnte sorgen."

„Ja, ja. Eine Frau braucht zwanzig Jahre, um aus einem Kind einen Mann, und eine andere zwanzig Minuten, um aus einem Mann einen Narren zu machen", sagte Frau Kayser. Sie hatte schon vorher einiges von Guidos ein wenig lächerlichen Balzereien, wie sie es nannte, erzählt. Verliebte Leute wirken ja auf die Umwelt immer umwerfend komisch, so ernst sie sich selbst auch nehmen.

18

Verliebte Leute – in diesem Augenblick hörte man im Hof ein schrilles Wiehern, und Kornelia stürzte ans Fenster. Gleich darauf verließ sie das Zimmer schnell wie die Kugel das Rohr.

„Das wird wohl der Froschkönig sein", sagte Pölze,

„ich habe mich schon gewundert, daß wir ihn nicht zufällig unterwegs trafen."

Er war es. Kornelia brachte ihn nach einer Viertelstunde glücklich, atemlos und ein wenig zerrauft ins Zimmer. Sie wußte nun auch seinen richtigen Namen: Ulrich Thorwald, und stellte ihn der Familie als „Pölzes und mein Reisebekannter" vor. Er war mit seinem Isländer auf einer größeren Tour, wie er erzählte, und wollte bescheiden anfragen, ob er ihn hier für eine Nacht unterstellen könnte.

„Meine Übernachtungen richten sich natürlich immer danach, ob ich ihn unterbringe oder nicht", erklärte er. „Mit Koffer und Auto zu reisen ist wesentlich einfacher. Aber nicht so schön."

Bertram sagte es ihm freundlich zu, Thorwald bedankte sich und ging sogleich daran, sich ein Zimmer für die Nacht im Dorfgasthaus zu besorgen.

„Zum Nachtessen sind Sie aber bei uns", sagte Pölze noch. Er strahlte sie an. Kornelia ging mit ihm, sein Pferd auf die Koppel zu den anderen Isländern zu bringen.

„Das ist doch ein abgekartetes Spiel", sagte Frau Kayser, den beiden nachschauend, und Pölze lachte:

„Natürlich. Aber warum nicht? Die beiden – er führt mit einem Freund zusammen ‚Klein-Island', das Ponytrekking, das immer in den Zeitschriften annonciert, und hat uns alles gezeigt. Ich habe mich schon gewundert, daß wir ihn heute nicht unterwegs trafen."

„Und Kornelia?" fragte Frau Kayser. Ihr Ton klang so unheilvoll, daß alle lachten.

„Ist natürlich verliebt bis über ihre hübschen kleinen Ohren", gab Jupp trocken von sich. „Der Mann ist jung, sieht gut aus, hat Manieren und reitet. Bitte. Wann, geliebte Schwester, sollte sie sich wohl verlieben, wenn nicht jetzt mit ihren holden siebzehn Jahren? Gibt es ein schöneres Alter?“

„Sie ist viel zu jung. Ihr wißt nicht, was für ein Kind sie im Grunde noch ist“, jammerte die Mutter, erntete damit aber nichts als einen großen Lacherfolg.

„Kennst du das Lied: ‚Ihren Schäfer zu erwarten …‘?“ fragte Pölze lustig. „Da küßt die Mutter die Tochter wach, die, in Erwartung eines Rendezvous, im Garten eingeschlafen ist. Eigentlich recht unglaubhaft, denn da schläft man nicht ein, sondern ist hellwach. Egal, sie war es, und die Tochter, ihrem Schlummer sanft entrissen, ruft:

O Damöth,
Warum kommst du heut so spät?

Womit sie sich also verrät. Die Mutter, zornig, betrogen zu sein, droht der Tochter, sie ins Kloster einzusperren, wo sie für immer zu bleiben habe.

‚Kloster ist nicht mein Verlangen‘, singt darauf das kleine Herzchen, ‚bist ja selbst nicht reingegangen …‘“

„Ach, bei uns damals war das ganz anders“, sagte Frau Kayser ärgerlich, „das ist kein Vergleich. Bei uns …“

„Na? Wie war es denn da?“ fragte Pölze listig.

„Da traft ihr euch hinterm Strohfeim, und ich mußte Schmiere stehen, damit es die Eltern nicht merkten“, grinste Jupp. Frau Kayser wollte wütend widersprechen, sah jedoch die lachenden Gesichter ihrer Brüder und machte eine resignierende Handbewegung.

„Aber es *war* anders“, beharrte sie.

„Gott sei Dank. Wenn es sich immer in der gleichen Art wiederholte, wäre es ja stinklangweilig“, sagte Bertram behaglich. „Die ewigen Variationen über das Thema Liebe sind es doch, die das Leben reich machen. Möchtest du eine einzige Erinnerung von damals, als du dich mit deinem Mann hinterm Strohfeim trafst, missen? Na also.“

Ulrich Thorwald erwies sich als netter, angenehm bescheidener junger Mann. Er saß bei Tisch zwischen Pölze und Frau Kayser, Kornelia gegenüber, und ließ sich freundlich ins Gespräch ziehen. Ja, er studierte, dieses Wintersemester wahrscheinlich in Bonn, ja, er habe bisher – „Bisher?“ dachte Pölze – bei seinem Freund gewohnt, der „Klein-Island“ führte. Ja, er stünde ziemlich dicht vor dem Examen. Nein, die Reiterei habe er nur als Ferienhobby betrieben, es sei ja schließlich kein Beruf für einen ausgewachsenen Mann, Kinder, Jugendliche und dickbebauchte Alte auf Isländer zu heben oder ihre Zimmer aufzuräumen. Sein Freund habe sich jetzt eine weibliche Hilfskraft zugelegt, und so hätten sie sich getrennt.

Kornelia bekam Tütenohren, die jedes Wort aufzufangen sich bemühten, während sie mit artig gesenkten Augen ihre Suppe löffelte. Pölze fragte weiter, dies und das, sie fand es praktisch, daß Frau Kayser gleich mithörte. Später saßen sie am Kamin, und Bertram hatte die Ziehharmonika geholt. Er war der einzige der Geschwister, der ein wenig von der Muse der Musik geküßt war; sie horchten ihm alle gern zu, und wenn er ein bekanntes Lied spielte, wurde auch mitgesungen. Man trennte sich nicht allzu spät, Landbewohner sind keine Nachtunken. Frau Kayser nahm Thorwald im Auto mit bis zum Gasthof. Er fragte noch zuletzt, einige Hemmungen ruckartig überwindend, ob Kornelia morgen nach der Schule ein wenig mit ihm reiten dürfe. Natürlich, gern. Danke, danke. Dann also – gute Nacht. Mutter und Tochter fuhren weiter, beide schweigend. Nach einer Weile fand Frau Kayser dieses Schweigen gar zu beredt.

„Ein netter Kerl, dieser Thorwald“, sagte sie, um Kornelia eine Freude zu machen, „nett und gescheit.“

„Ja“, antwortete Kornelia. Das war nicht eben viel.

„Und sein Pferd?“ fragte Frau Kayser also. Jetzt wurde Kornelia gesprächig.

„Wallach, Rotschimmel, ziemlich massig. Bin ihn schon geritten. Achtjährig. Ich weiß nicht, ob er ihm gehört oder ihm und dem Freund zusammen. Als wir die beiden kennenlernten, machten sie noch gemeinsame Sache. Jetzt scheinen sie sich ja zerstritten zu haben. Die Unterkunft der Isländer dort gefiel mir übrigens gar nicht sehr ...“ Sie erzählte weiter. Viel von den Pferden, vom Reitersmann nichts.

„Nun, so hält man es wohl mit siebzehn Jahren“, dachte Frau Kayser und versuchte, sich damit zu bescheiden. Aber daß die andern so über sie gelacht hatten, als sie Kornelias Verliebtheit sahen, fand sie auch jetzt noch empörend. Welche Sorge hatte eine Mutter heutzutage. „Na wartet, wenn es euch erst mit euren Kindern so geht!“

Aber zwei ihrer Brüder hatten ja noch keine, und Bertram und Pölze nur Söhne. Mit Söhnen ist es ganz anders, viel leichter – das heißt, wenn sie an Martin dachte ...

Mit diesen Überlegungen ging Frau Kayser zu Bett, überzeugt davon, nicht eine Minute schlafen zu können. Jedoch nach zwei Minuten bereits hatte das Sandmännchen – oder war es Morpheus persönlich? – sie überwältigt. Sie war eine Landfrau, und deren Tag ist lang und anstrengend.

19

Am andern Morgen erschien Ulrich Thorwald gegen zehn Uhr in Niederwerth, sah nach seinem Isländer, fütterte ihn mit Mohrrüben und striegelte ihn. Bertram hatte den jungen Mann gesehen und gesellte sich zu ihm. Sie schlenderten miteinander weiter.

Jetzt gab es nicht allzuviel Arbeit in der Landwirtschaft, man hatte Zeit. Bertram trug die Büchse am Riemen über der Schulter und das Glas um den Hals. Das war nichts Außergewöhnliches, zum Gut gehörte eine Jagd.

„Sie arbeiten mit Strafgefangenen?“ fragte Thorwald schließlich, als sie eine Weile geschwiegen hatten. „Kornelia erzählte mir davon.“

„Ja. Man bekommt keine Feldarbeiter mehr. Das, was man früher Tagelöhner nannte. Einiges von der Arbeit, die sie leisteten, kann man mit Maschinen machen, aber nicht alles. Deshalb.“ Bertram schwieg abwartend.

„Ist das nicht – ich meine, es kann recht gefährlich sein, oder? Im September, als ich Ihre Frau und Kornelia kennenlernte, war gerade einer bei Ihnen entflohen, erzählte sie mir."

„Haben Sie es gelesen?" fragte Bertram nun geradezu. Thorwald sah ihn an.

„Ja."

„Es ist derselbe", sagte Bertram mit einem Entschluß. Er hatte noch mit keinem Menschen davon gesprochen. „Der, der damals hier dem Wachmann durchbrannte, ist jetzt aus der Strafanstalt ausgebrochen. Wie, das ahne ich nicht. Vorgestern stand es in der Zeitung. Ich hoffe, meine Familie hat es, durch die Reise der beiden und Ihre Ankunft und das ganze Durcheinander, das gestern herrschte, nicht gelesen. Ich möchte Sie auch bitten, Herr Thorwald, nicht darüber zu sprechen."

„Wäre es nicht besser, sie wüßten es?" fragte der andere vorsichtig.

Bertram zuckte mit den Schultern.

„Ich weiß es nicht. Es kann so und so richtig oder verkehrt sein. Meine Überlegung ist die: Die Frauen kommen jetzt nicht viel ins Freie, sind also nicht unbedingt gefährdet. Mit dem Hofmeister habe ich gesprochen. Vielleicht wird er bald erwischt, und ich kann es hinterher erzählen. Ich möchte meine Frau jetzt nicht unnötig belasten ..."

Sie gingen nebeneinanderher, langsam, beide in Gedanken.

„Haben Sie deshalb ..., sind Sie deshalb bewaffnet?" fragte der Jüngere ein wenig scheu nach langem Schweigen. Bertram lächelte verhalten.

„Man kann es so nennen. Natürlich nicht nach außen hin, nach außen lauere ich auf Rebhühner oder Enten. Es fällt deshalb nicht auf. Aber auch sonst … Ich habe damals, als wir ihn festnahmen, keine Waffe gehabt. Er hatte eine. Diesmal hat er, soviel ich aus der Zeitung entnahm, keine. Nun, warten wir ab."

„Meinen Sie, er … ich meine, ob er hier in der Nähe ist?" fragte Thorwald. Bertram hob wieder die Schultern.

„Wer kann das wissen? Vielleicht ist er schon in Hamburg, vielleicht sitzt er im Keller eines Hauses dicht neben der Strafanstalt. Er hat mich damals, als ich ihn stellte, beschworen, ihn laufenzulassen. Beschworen und dann bedroht. Nun, das Drohen gab den Ausschlag, damit hatte er bei mir verspielt. Durch Bitten hätte ich mich vielleicht erweichen lassen. So: Einmal straffällig geworden, nie wieder, an die eigenen Kinder denken, denen ähnliches passieren kann, und so weiter. Aber als er drohte, merkte ich, wes Geistes Kind er war. Und da gab es keine Gnade bei mir."

„Sie sollten vorsichtig sein, Herr Werth", sagte Thorwald leise. „Wenn er Sie bedroht hat …"

„Wie – vorsichtig?"

„Nicht allein hier umhergehen, nicht …" Er brach ab. Bertram lachte.

„Ich bin ja bewaffnet, wie Sie es nennen."

„Ja, aber …" Der Jüngere schwieg verzagt.

„Was würden Sie denn tun, Herr Thorwald, wenn Ihnen etwas Ähnliches passierte? Sich hinter dem Ofen verkriechen? Na, sehen Sie."

Thorwald lachte ein wenig geniert. Sie gingen weiter.

20

Am Nachmittag ritt Kornelia mit Ulrich Thorwald zu Habermanns hinüber. Sie wollte ihm dort die Isländer zeigen. Bertram hatte sie aussuchen lassen, wen sie reiten wollte, und sie hatte Jörp gewählt. Jörp war noch immer einer der schnellsten Isländer der Herde. Es war eine Lust, über die Stoppelfelder zu galoppieren, mit einem Partner, dem es genauso viel Spaß machte wie einem selbst.

„Herrlich, herrlich. Das tut gut nach der Stubenhockerei in der Schule und den dauernden Schularbeiten", freute sich Kornelia und strich sich die Haare aus dem glühenden Gesicht. Sie hatten durchpariert und ritten jetzt Schritt. „Ich wünschte überhaupt, die ganze Schule ginge zum Teufel."

„Und?" fragte Thorwald.

„Ach, alles andere ist besser als ausgerechnet die Schule. Ich finde es schrecklich, als erwachsener Mensch derart eingezwängt zu werden", murrte Kornelia. „Vielleicht wird es eines Tages anders, aber uns nützt das nichts mehr. Dabei ist das nur hier bei uns so. In anderen Ländern ist man viel freier und fortschrittlicher.

Natürlich ist es gut, das Abitur zu machen, dadurch hat man viel mehr Auswahl bei den Berufen. Andererseits verliert man drei ganze Jahre. In England ist das viel besser, auch in Amerika. Bei Habermanns arbeitet jetzt eine junge Engländerin, Maud, die ist in Wales zu Hause. Dort hat ihre Mutter einen Verleihstall, Pferde und Ponys, nur zum Ausreiten, kein Unterricht. Maud ist jetzt für ein halbes Jahr herübergekommen, damit sie Deutsch lernt. Das lob' ich mir. Sie kann jeden Tag reiten, soviel sie will, versorgt die Ponytransporte und braucht in keiner Schule zu sitzen, und Deutsch spricht sie bestimmt nach ein paar Wochen schon fließend, ohne Mühe."

„So was würde Ihnen auch gefallen?" fragte ihr Begleiter. Kornelias Augen funkelten.

„Und ob! Dabei ein Land kennenzulernen und neue Menschen und Geld zu verdienen! Ich ginge sofort nach England, natürlich nur zu Pferden."

„Ich habe ja nun eine Weile solch einen Verleihstall kennengelernt", sagte ihr Partner nachdenklich, „also die reine Freude ist das nicht. Man darf es sich nicht zu ideal vorstellen, es hat auch Nachteile. Man muß mit den ‚Kunden' umgehen können, es sind sehr oft Snobs, reicher Leute Kinder, die meinen, sie könnten aufgrund des elterlichen Geldbeutels die Welt kommandieren. So was liegt mir nicht."

„Das kann ich mir vorstellen. Man müßte es anders aufziehen. Einen ausgebildeten Reitlehrer haben, der Unterricht gibt – und eine Bahn. Am besten eine Halle, in der richtig gearbeitet wird. Ausritte gibt es nur als Belohnung. Als Abschluß meinetwegen die Möglichkeit, das Reitabzeichen zu machen, mindestens das Jugendabzeichen oder eine gutplacierte Reiterprüfung auf einem Turnier. Aber das Ganze so, daß die jungen Leute herangenommen werden, tüchtig und unnachsichtig. Das täte manchem gut. Sicher fänden es viele viel schöner als dieses Wildwestreiten."

„Sicher. Der Meinung bin ich auch. Mein Freund

machte es falsch, deshalb haben wir uns ja auch getrennt. Also ich würde …"

Sie vertieften sich in das Gespräch. Eifrig schwatzend ritten sie dahin, bis Kornelia schließlich lachte:

„Wenn wir noch mal galoppieren wollen, dann jetzt. Wir sind nämlich bald da. Also?"

Da mußte auch er lachen. –

21

Ein paar Tage später kam Frau Kayser nach Niederwerth herüber, vormittags, was selten der Fall war. Pölze badete gerade ihren kleineren Sohn, die Kinderstube war bestreut mit Spielzeug und allem möglichen anderen Kram, den Berti unentwegt durch die Gegend schleppte.

„Setz dich, ich bin gleich fertig", rief Pölze der Schwägerin zu, „hier sieht es aus wie nach dem Türkenkrieg. Macht nichts, dort" – sie deutete mit dem Ellbogen auf die Fensterbank – „steht Kaffee unter der Haube. Da ich die Melkkuh für Seine Majestät König Kornelius den Ersten bin, habe ich von früh bis spät Durst. Du kannst aber gern mithalten."

Sie wußte, daß Frau Kayser eine Schwäche für Kaffee hatte. Die dankte und setzte sich. Pölze plauderte mit ihr, während sie den Kleinen fertigmachte.

„Paß auf, jetzt wird er kalt abgegossen, und er

schreit gar nicht“, sagte sie stolz. „Platsch, siehst du, ein nasser Spaß, weiter nichts! So habe ich es auch mit Berti gemacht, von Anfang an.“

„Gut, gut, da härtet man sie ab“, meinte die Schwägerin lobend und verschwieg, daß sie es mit ihren Kindern nicht anders gehalten hatte. Jugend denkt immer, sie habe alles selbst erfunden, man läßt sie am besten dabei. Dann aber gab sie sich einen Stoß und rückte mit dem heraus, weswegen sie gekommen war.

„Du, Pölze, ich wollte mal was mit dir besprechen …“

„Ja? Was gibt's?“

„Also, der junge Thorwald ist doch immer noch da. Ich finde ihn soweit nett, er versteht sich mit Bertram, ist bei uns ausgesucht höflich und hilfsbereit und alles. Jetzt aber kommen doch ein paar Feiertage, Reformationsfest und Allerheiligen, und da trifft es sich so, daß noch ein Sonntag dazukommt, das heißt, der Samstag ist dazwischen, aber die Schule nimmt einen jener verschiebbaren Feiertage dazu, kurz und gut, es sind vier freie Tage. Und da will Kornelia nun …“

„Ja?“ fragte Pölze. „Die Hubertusjagd mitreiten, oder?“

„Nein, diesmal nicht. Nicht einmal das, und das gibt mir zu denken. Sie will mit diesem Ulrich Thorwald – sie duzen sich ja längst – diese vier Tage wegreiten, einen großen Ritt unternehmen, bis an den Niederrhein.“ Frau Kayser schwieg. Pölze rubbelte ihrem Sohn den Rücken trocken. Sie sagte zunächst nichts.

„Hat sie dich gefragt?“ fragte sie schließlich nach einer ziemlich langen Zeit. Frau Kayser wiegte unbehaglich den Kopf.

„N-nein, eigentlich … ehrlich, Pölze, sie hat mich

nicht gefragt. Sie hat gesagt: ‚Ich reite mit ihm.' Einfach so. Ich war etwas perplex, das kannst du dir denken, und stotterte herum. Schließlich fragte ich, mit welchem Pferd denn, bitte. Ach, mit einem von Bertrams Isländern, der würde ihr schon einen geben. Punkt."

„Und du möchtest sie nicht mit ihm losschicken?" fragte Pölze. Es klang blöd, sie fand es selbst, aber was sollte man sagen?

„Natürlich nicht, Pölze. Kornelia ist doch noch so jung."

„Sicher. Aber sie ist doch auch – wie soll ich sagen – vernünftig. Nicht auf den Kopf gefallen …" Das alles klang so lahm. Pölze gab es auf und schwieg.

„Ich kann es ihr nicht verbieten", sagte Frau Kayser jetzt, sich zusammennehmend, gleichzeitig gefaßt und verzweifelt, „verbieten, heutzutage, nein. Dann tun es die Kinder erst recht. Vielleicht hältst du mich für zu weich, aber ich bin dieser Ansicht. Wenn aber …" Sie zögerte, setzte dann neu an: „Wenn Bertram meinetwegen eingriffe, hier fehlt der Vater, verstehst du. Wenn Kornelia noch einen Vater hätte, der nein sagte … Vielleicht sagt Bertram einfach, er gibt ihr kein Pferd?" Sie sah die junge Schwägerin flehend an. Pölze schüttelte den Kopf.

„Ich weiß nicht, Charlotte. Ach nein, so nicht. Ich glaube, so geht es auf keinen Fall. Hast du denn mit ihr gesprochen, dich mit ihr unterhalten?"

„Natürlich. Sie wurde furchtbar heftig, böse, ungezogen, könnte man sagen. Alle hätten ihre Freiheit, nur sie nicht, alle in ihrer Klasse wären schon mit Freunden verreist, wir wären hier antiquiert und verkalkt – und so. In dieser Tonart, verstehst du."

„Alle aus ihrer Klasse, das glaubt sie doch selbst nicht! Da hat doch nicht jede schon einen festen Freund!“

„Doch, Pölze, doch! Die Mädel heute sind viel weiter als wir zu unserer Zeit und auch zu deiner! Sie haben ihre festen Freunde, glaube mir! Ob sie nun alle schon Reisen mit ihnen gemacht haben, das weiß ich natürlich nicht. Aber das ist ja auch belanglos. Wenn Kornelia nun darauf besteht?“

„Und das tut sie?“

„Ja. Sie ist wie ausgetauscht, früher kam ich doch gut mit ihr aus. Pölze, ich habe solche Angst, solche Angst … Kannst du das nicht verstehen?“

„Kann ich verstehen“, dachte Pölze. Sie hatte auch welche, wenn sie ehrlich war. Sie stand im Alter zwischen den Generationen, der Mutter beinahe so nahe wie der Tochter, sie konnte beide verstehen. Es war tatsächlich schwierig heutzutage, ach ja, schwierig.

„‚Es passiert nichts, sei unbesorgt‘, hat sie zu mir gesagt, ganz schnippisch“, erzählte Frau Kayser leise. „Mit siebzehn Jahren. Diese jungen Menschen … Als ob es nur das wäre …“

„‚Nur das‘ ist gut“, sagte Pölze mutlos. Sie nahm ihren kleinen Sohn, der inzwischen fertig angezogen und frisch gewindelt war, auf den Arm, drehte sich um, sah den Kalender an und sagte:

„Noch drei Tage bis dahin. Ich kann nichts anderes sagen als: Warten wir erst mal ab. Vielleicht ergibt sich eine Gelegenheit, daß ich mit Kornelia spreche.“

„Kannst du diese Gelegenheit nicht suchen?“ fragte Frau Kayser dringend. „Deshalb kam ich ja, um dich darum zu bitten. Nicht warten, ob sie sich ergibt.

Dazu ist das Ganze zu wichtig. Du verstehst dich doch so gut mit ihr, sie liebt und bewundert dich. Vielleicht hört sie auf dich. Mir gegenüber ist sie völlig, absolut unzugänglich, so, wie ich sie überhaupt nicht kenne. Völlig verrückt …"

„Das sind wir alle, wenn wir verliebt sind", dachte Pölze, sprach es aber nicht aus. Sie erinnerte sich so gut an jenen Jagdtag, als Bertram auf den Rosenhof kam, ihretwegen. Kopf und Herz waren ihr durcheinandergewirbelt, daß sie nicht hätte sagen können, wie sie hieß und wann sie geboren war, so rasend verliebt war sie gewesen. Das Ahnen, das Beinah-Wissen: Er liebt dich, er kommt deinetwegen. Es hatte sie fast aus den Angeln gehoben vor lauter Glück.

„Wem das Gift der Verliebtheit in den Adern rollt, der ist nicht zurechnungsfähig, er müßte unter die Schwachsinnigen gezählt werden", hatte sie einmal gelesen. Und nun war also Kornelia dran. Nun stand sie auf dem Grat des Lebens, von dem man nach allen Seiten abstürzen kann, wo es eigentlich ein Wunder und kaum zu begreifen ist, wenn man mit einem blauen Auge davonkam, so etwa dachte Pölze. Und das nannte man früher „Lenz des Lebens" und besang es in Liedern, die begannen:

‚Oh, wonnevolle Jugendzeit,
mit Freuden ohne Ende …'

Pölze mochte den jungen Thorwald gern. Sie kannte ihn natürlich nicht näher, nur von außen, von der Besuchsseite her, aber er war ihr sympathisch. Sie konnte auch verstehen, daß Kornelia sich in ihn verliebte. Aber, du lieber Himmel …

„Gib mir auch eine Tasse, bitte!" sagte sie zu ihrer Schwägerin, während sie den Kleinen zum Trinken zurechtlegte. „Danke, ja. Ich bekomme immer einen so gräßlichen Durst, wenn er anfängt. Und trink du auch noch eine. Wir müssen uns das erst einmal gründlich überlegen."

„Vielleicht sagst du, du brauchtest sie in diesen Tagen?" setzte Frau Kayser noch einmal an. „Wenn du sie bittest, dir zu helfen, ich glaube, sie würde es dir nicht abschlagen. Vielleicht macht ihr eine große Einladung, eine Hubertusjagd."

Es klang schüchtern, wie sie das sagte, gleichzeitig hoffnungsvoll und verzagt. Sie wagte selbst nicht, daran zu glauben.

„Charlotte, ich weiß nicht. Ich glaube, so geht das nicht, so nicht", sagte Pölze leise. „Wenn schon, dann spreche ich direkt mit ihr, ohne Ausreden und vorgeschobene Gründe. Richtig wie zu einer Freundin oder Schwester. Daß es für die Männer anders ist als für uns, verstehst du, daß die Frau immer mehr Herz investiert bei so etwas – und immer ein Stück Herz läßt, wenn es schiefgeht. Ihm, dem Thorwald, kann ich es nicht übelnehmen, daß er ihr das vorgeschlagen hat. Du? Nein, Charlotte, er ist ja auch ein Kind unserer Zeit, warum soll ausgerechnet er sich benehmen wie ein Freier der Jahrhundertwende. Der zur Mutter kam, eh' er die Tochter küßte, und dann wartete, bis die Braut im holden Eifer ihre Ausstattung gestichelt hatte. Ich versuche es, mit ihr zu sprechen, so, daß sie auch darauf hört. Ich befürchte, mehr kann ich nicht tun. Guck, da kommt er." Sie deutete zum Fenster hinaus.

Bertram und Ulrich Thorwald waren gerade um den Silo gebogen und kamen auf das Haus zu. „Oder ich spreche mit ihm, wenn es sich so gibt. Ich versuche es jedenfalls, mehr kann man, wie gesagt, nicht tun."

Frau Kayser seufzte und nickte.

22

Jupp war abgeflogen und hatte bereits von drüben geschrieben. Es gefalle ihm ganz ausgezeichnet, er war wohl froh, seinem Minnedienst entronnen zu sein. Den Eindruck machte er jedenfalls. Um so mehr hatte Guido damit zu schaffen.

„Er raspelt Süßholz, daß die Schwarte kracht", berichtete Bertram vergnügt, „den hat es erwischt! Sollte sich die Liebe wirklich nur auf die siebenhundert Morgen beziehen?" Guido hatte nämlich immer den Standpunkt vertreten, man sollte ein reiches Mädchen aus Liebe heiraten.

„Eine kombinierte Liebes-Vernunft-Ehe", hatte er immer gegrinst, „das Geld nimmt man aus Liebe, die Frau aus Vernunft dazu." Daß hier für Geld das bestens gehaltene und große Gut stand, war allen klar. Der arme Dicke hatte viel an Neckereien auszustehen.

Pölze entbehrte die beiden Schwäger nicht allzusehr. Sie hatte mit den zwei so nahe aufeinanderfolgenden Kindern genug zu tun, so daß ihr Tag ausgefüllt war und sie den Abend aufatmend begrüßte. Nicht, um der Geselligkeit zu pflegen, sondern um so bald wie möglich schlafen zu gehen. Sie hatte sich auf die Zeit, in der sie wieder reiten würde, sehr gefreut, aber vorläufig kam sie kaum dazu.

Svea schrieb sehr vergnügt aus Italien. Conrad hatte durchgesetzt, daß sie eine Hochzeitsreise machten, nicht weit, nicht lange, aber immerhin. Pölze las die grellbunt bebilderten Postkarten ohne Neid. Sie hatte andere Sorgen, als sich ins sonnige Italien zu träumen.

Wirklich Sorgen, um Kornelia, die ihr nahestand wie eine jüngere Schwester oder eine sehr gute Freundin. Sie hatte mit ihr gesprochen und nichts, nicht das mindeste bei ihr erreicht. „Mit ihr gesprochen" traf es übrigens nicht ganz. Kornelia hatte einfach geschwiegen, nichts erwidert, auf keine Bitte oder Frage geantwortet. Pölze fand das zunächst ganz gut, auf diese Weise konnte sie alle ihre Argumente, die Reise zu zweit betreffend, ungestört auskramen, dann allerdings ärgerlich. Sie wollte ja mit Kornelia im Dialog klarkommen und brauchte ihre Erwiderungen. Schließlich fand sie Kornelias Schweigen fürchterlich beängstigend. Am Schluß der Unterredung, die keine geworden war, merkte Pölze, daß Kornelia weinte. Das war so ungewöhnlich und sah Kornelia so wenig ähnlich, daß Pölze überhaupt nicht mehr weiterwußte, die Jüngere in die Arme nahm und die ganze Sache, nun selbst schluckend und schnupfend, einfach aufgab. Am nächsten Tag ritten die beiden los.

23

Es war ein Herbsttag ohne Sonne, so daß auch die Farben matt blieben und weniger leuchteten. Er ließ nicht an Hubertusjagden im roten Rock denken, mit schaumbespritzten Pferdeflanken und lachender Atemlosigkeit, sondern er duftete nach Grabkränzen und Allerseelen.

Pölze sah zum Fenster hinaus und seufzte, ärgerlich über sich selbst. Sie stellte dann zum ersten Male ihren kleineren Sohn zum Schlafen nicht in den Garten, sondern im Kinderzimmer ans offene Fenster. Ach ja, die schönste Zeit des Jahres war dahin …

Dann riß sie sich zusammen, fing Berti ein, zog ihn winterlich an und ging mit ihm hinunter, Unband zu suchen. Bertram hatte für den kleinen Shetty einen Gurt machen lassen, der um den Bauch kam und oben einen Griff hatte, ähnlich den Griffen an Voltigiergurten. Daran konnte Berti sich gut festhalten, wenn seine Mutter Unband führte, und bekam dadurch ein gewisses Gefühl der Sicherheit. So konnte er ausreiten, statt daß Pölze ihn im Sportwagen spazierenfuhr. Er mußte ja an die Luft, denn zum Spielen im Freien war er noch zu klein. Später würde Pölze dann selbst reiten und das Pony mit dem Kind an den Führzügel nehmen. Jetzt aber sollte er erst einmal Zutrauen zum Pferderücken bekommen.

„Wenn er uns ein einziges Mal richtig absegelt, verlieren wir Jahre, in denen er nicht mehr hinaufwill", hatte Bertram gesagt. „Sei vorsichtig, sei übervorsichtig, Pölze. Es ist dein eigenes Interesse.“ Sie sah das ein.

Zu ihrer Genugtuung war Berti sehr angetan davon, auf Unbands breitem Rücken zu sitzen, die Beinchen beinahe waagerecht abgespreizt, so kurz waren sie noch, die beiden Hände in roten Fäusten um den Griff geschlossen. Es gab ein Buch mit lustigen Zeichnungen, ein englisches, „Angels on Horsebacks“ hieß es wohl, darin waren solche Reiterlein abgebildet. In England reiten ja viele Kinder, bevor sie laufen lernen. Pölze dachte an ein solches Bild: Ein Pony von hinten, mehr Kugel als Körper, darunter zottige Beine und darauf das Kind, Beine und Zöpfe, diese unter der harten, runden Kappe hervorwachsend, seitlich gestreckt. Ach ja, es mußte bestimmt nett sein, eine Tochter zu haben, mit der man später ritt, aber Kornelius hätte sie, nun sie ihn besaß, niemals tauschen mögen. Töchter konnten ja immerhin noch kommen.

Dies alles dachte sie, während sie dahinstapfte, das Pony am Zügel, mitunter mit ihm oder dem Kind redend. Sie wollte sich ordentlich rühren, um ihren Gedanken zu entfliehen. Trotzdem dachte sie fast die ganze Zeit an Kornelia. Auch an Charlotte und wie ihr heute zumute sein mochte. Dabei ertappte sie sich, daß sie im Grunde ganz froh war, zunächst nur Söhne und keine Tochter zu haben. Feige war das, zugegeben, aber es war so. Kruzitürken noch mal, kam sie denn heute von diesem Thema überhaupt nicht los? So ein Unglück war das Ganze ja auch nicht. Schließlich ritt Kornelia nicht in den Tod, sondern in ein wahrscheinlich höchst entzückendes, vielleicht in *das* Abenteuer ihres Lebens.

Es konnte ja auch gut ausgehen. Es konnte … Was hieß hier übrigens „gut ausgehen"? Pölze, nun völlig verwirrt über ihre eigenen, saublöden und altersverkalkten Gedanken, wie sie sie nannte, fiel jetzt in Dauerlauf. Rennen, ordentlich rennen! Es war noch eine ganze Menge Speck bei ihr aus der Zeit der „Erwartung" herunterzurennen, fangen wir also heute damit an. Unband fiel in Trab, aber sein Trab war nicht stockrig, wie es Ponys, meist von Laien, die noch nie auf einem saßen, nachgesagt wird, sondern butterweich. Berti wurde überhaupt nicht geworfen. Er saß auf Unbands Rücken im Trab wie im Schritt ausgesprochen sicher.

Pölze bemerkte das und wurde nun endlich vergnügt. Das Rennen tat gut, der Junge saß schneidig und stramm und kreischte manchmal vor Vergnügen, und Pölze begann, nach einer Weile wieder in Schritt fallend, zu pfeifen. Ein kluger Mann, der viel von Atemgymnastik verstand, hatte ihr einmal gesagt, man könne schlechte Laune, Sorgen, Bedrückungen, ja sogar sich nähernde Grippen einfach wegpfeifen oder wegsingen, wenn man nur dabei marschierte und sich wirklich davon befreien wollte. Man müsse es nur versuchen, müsse nur die Bereitschaft dazu in sich tragen.

Sie versuchte es. Und siehe da, es half. Zu singen wagte sie zunächst noch nicht, das kam ihr irgendwie komisch vor, und sie hätte sich geniert, wenn sie jemanden getroffen hätte. Pfeifen aber tat sie. Und schließlich, als sie weit genug von Wegen entfernt war, auf denen man gefaßt sein mußte, jemanden zu treffen, begann sie auch zu singen. Sie und Svea kannten viele Lieder, sie hatten immer gern miteinander gesungen. Pölze fing mit Marschliedern an und kam dann auf Reiterlieder, und so zog sie dahin, das Pony am Zügel, marschierend und singend, und es wurde ihr leichter und leichter ums Herz. Das Leben hatte doch seine schönen Seiten.

24

Einmal, als sie gerade überlegte, welches Lied sie jetzt anstimmen sollte, sah sie am Waldrand einen Mann stehen, der offensichtlich bemüht war, nicht entdeckt zu werden. Ein Wilderer? Sie versuchte, sein Gesicht zu erkennen, aber da hatte er sich schon hinter einen Stamm gestellt. Jetzt fiel ihr auch ein, daß Bertram vor ein paar Tagen gesagt hatte, sie sollte nicht allein vom Hof gehen oder reiten, jedenfalls nie ohne Hund. So hatte sie heute Tina mitgenommen, die bei ihnen geblieben war, als Kornelia wegritt – sie fühlte sich schon lange auf Niederwerth mehr heimisch als zu Hause. Sie umkreiste sie und ihr Reiterlein in weiten Sprüngen, sie beobachtete sie immer ein wenig mißtrauisch, besorgt, Tina könnte doch Kornelias Spur folgen. Sie war nun, seit sie den merkwürdigen Mann gesehen hatte, froh, den Hund in der Nähe zu haben.

Es wurde auch schon dämmerig, bald war November und jeder Tag etwas kürzer. Pölze drehte bei und wanderte nun in Richtung Heimat. Sie war weiter marschiert, als sie gemerkt hatte, und sie war nicht sehr erbaut, nun zu sehen, daß sie noch einen ganz anständigen Heimweg vor sich hatte. Gottlob konnte man mit Unband querfeldein gehen, was man mit dem Fahrrad nicht gekonnt hätte. Das kürzte schon etwas ab.

Plötzlich merkte sie, daß Tina nicht mehr umhersprang, sondern still stand. Sie schien in der Ferne etwas zu sehen, was sie interessierte. Dann blaffte sie kurz auf und eilte in langen Sprüngen davon. Pölze pfiff und rief, vergebens. Und da sah sie vor dem melancholisch rostroten Abendhimmel die Silhouette eines Reiters, ziemlich entfernt. Dorthin raste Tina? Pölze dachte daran, wie ein Reiter ihr einmal eine ganze Zeitlang ziemliche Angst eingeflößt hatte, als sie ihn hinter sich hörte. Damals war es dann Kornelia, die aber würde es wohl heute schwerlich sein …

25

Und doch war es Kornelia. Pölze fiel aus allen Wolken und war plötzlich, nach dem langen Marsch, der sie ziemlich müde gemacht hatte, hellwach und putzmunter. Kornelia, auf Jörp! Pölze, die soeben ihren Sohn vom Pony gehoben hatte, ließ beide, Pferd und Reiterlein, stehen und rannte zu Kornelia hinüber.

„Koko, du! Was um des Himmels willen bedeutet das? Ist was passiert?“ fragte sie mit knappem Atem.

Kornelia schüttelte den Kopf. Sie sagte nichts. Dann sprang sie ab, wie es ihre Gewohnheit war, beide Beine gestreckt nach hinten werfend, so hoch wie möglich, wie sie es vor vielen Jahren beim Voltigieren geübt hatten, federnd auf dem Boden aufkommend. Sie konnte das sehr gut. Nun stand sie auf der anderen Seite von Jörp, klopfte dem Pferd den Hals, gab ihm Zucker, den sie aus der Tasche grub. Immer noch kein Wort ...

„Wo ist denn Thorwald?“ fragte Pölze jetzt.

Kornelia wies in die Richtung, aus der sie gekommen war. Dann führte sie Jörp weg, zum Stall, wohin Unband inzwischen getrottet war. Jörp konnte die eine Nacht auch mal im Stall stehen. Kornelia halfterte sie ab, hob den Sattel auf den Bock und warf Heu in die Raufen. Pölze fragte nichts mehr. Schweigend gingen sie miteinander über den Hof, dem Haus zu, Pölze ihren Sohn tragend, Kornelia mit der Gerte gedankenlos an die Stiefel schwippend. Das war ja eine schöne Bescherung, dachte Pölze.

„Habt ihr euch verkracht?“ fragte sie dann schließlich doch wieder. Kornelia schüttelte den Kopf. Dann sagte sie, es klang heiser, rauh, wie gebellt: „Ich hab' mir's anders überlegt. So was gibt es ja. Oder findest du, man dürfte seine Ansichten nicht ändern?“

„Aber Koko, natürlich finde ich das nicht! Komm, jetzt müssen wir dich erst einmal auftauen. Du bist ja ganz erstarrt. Los, los, am besten ins Badezimmer, heißes Wasser ist da. Du sollst mal sehen, wie gut das tut.“

Sie zog Kornelia die Treppe hinauf und ins Zimmer hinein, rief nach Anne, der Küchenhilfe, und händigte ihr Berti aus. Dann drehte sie im Bad den Hahn mit dem roten Plättchen auf und stellte im Schlafzimmer die Heizung an.

„So, runter mit den Klamotten und rein ins Wasser“, befahl sie, während sie Kornelia aus den Sachen half. Deren Hände waren steif und ungeschickt. „So, siehst du. Na, wird dir besser?“

„Ist schon“, seufzte Kornelia jetzt, und ihre Stimme klang wieder ein bißchen wie sonst. „Danke – ja, viel besser. Ach, Pölze, du!“

„Jetzt wird gar nichts mehr geredet, bloß gebadet. Und dann geht's in mein Bett, in dem bleibst du heute nacht. Ich krieche in Bertrams, und der wird ausquartiert, ins Herrenzimmer auf den Diwan. Still, das macht ihm gar nichts, das hat er sogar ganz gern mal zur Abwechslung. Aber erst rufe ich deine Mutter an und sage, daß du da bist. Ich darf doch?“

„Ach ja. Gut, Pölze, ja. Himmel, unser Telefon ist ja kaputt!“ erinnerte sich Kornelia gleich darauf erschrocken. „Heute früh jedenfalls ging es nicht.“

„Dann fahre ich hin. Jaja, das mache ich, sie muß es doch wissen, klar. Nur, daß du da bist, weiter nichts. Du brauchst gar nichts zu erklären.“

„Ach Pölze. Ach du, weißt du, warum ich umgekehrt bin? Weil ich ihn so schrecklich gern hab', so entsetzlich gern. Nie wieder im ganzen Leben werde ich einen Mann so lieben können wie Ulrich ...“

Es kam geschossen wie ein wilder Strom, wenn der Staudamm geöffnet wird. „Ich liebe ihn, wirklich, ich weiß das schon lange. Und deshalb, deshalb ... Ihr braucht gar nicht zu denken, daß ich ein solcher Kindskopf bin, Mutter und du. Ich habe ja schließlich auch Augen im Kopf und Ohren daran und etwas Gehirn im Schädel. Und ich sehe es doch überall. Immer, wenn die Mädel gleich ja sagen, springen die Jungen ab, früher oder später. Meist früher. Ich habe es doch so oft bestätigt bekommen. Erst ist die Liebe ganz groß und einmalig, und man gehört zusammen für immer und ewig, beide Seiten beteuern das, und dann steht das Mädel allein da, ohne einen Anlaß, ohne Zank oder so was. Einfach, weil ... nun, die Jungen mögen nicht mehr. Fertig. Und ich möchte Ulrich nicht verlieren. Nicht um die Welt. Aber andererseits ist es ja auch wieder gemein, berechnend?"

„Hat er das gesagt?" fragte Pölze sachte.

Kornelia fuhr auf, empört. „Nie, nie! Wir haben überhaupt nicht darüber gesprochen. Ich habe einfach gesagt, ich kehre um. Ohne Erklärung. Und das, Pölze, ich glaube, das verzeiht er mir nie."

„Aber Koko, Koko!"

„Ich habe nicht darüber sprechen können. Es gibt Dinge, die kann man nicht sagen, man kann sie nur tun."

Kornelia war jetzt in Pölzes Bett gelandet, Pölze saß neben ihr, hörte ihr zu. Immer wieder strich sie über das junge Gesicht.

„Jetzt ganz still, ganz ruhig. Er wird es schon verstehen. Schlimmstenfalls spreche ich mit ihm ..."

Als Kornelia etwas ruhiger geworden war, holte Pölze ihr etwas zu essen. Sie selbst aß auch, neben ihr auf der Bettkante sitzend; sie war hungrig von ihrem langen Spaziergang in der Herbstkälte. Sie erzählte davon, auch, daß sie Kornelia schon von weitem gesehen hatte. „Nur dachte ich im Leben nicht, daß du es sein könntest. Ach, wie gut, daß du gekommen bist, und wie gut, daß es kein anderer war, kein böser Mann." Sie mußte plötzlich wieder an den Fremden am Waldrand denken. Aber sie sagte nichts von ihm.

„So, nun bleib schön liegen, ich fahre zu deiner Mutter", sagte sie schließlich. „Vorher sehe ich noch mal nach Berti und dem Kleinen. Ich komme dann wieder her und schlafe bei dir."

„Danke", sagte Kornelia und lächelte ihr zu. Pölze fühlte, wie ihr Herz sich dehnte und froh und leicht wurde, leicht wie ein Vogel. Alles würde gut werden, bestimmt, alles! Sie lief hinunter, um schnell wieder zurück zu sein.

Ihr Fahrrad stand im Schuppen. Sie griff es und stieg auf. Das Licht ging wieder einmal nicht. Na, wenn schon, es war kein dunkler Abend, wahrscheinlich würde der Mond kommen. Sie fuhr die bekannte Strecke bis zum Vorwerk in einem Höllentempo, einfach, weil sie so froh war, so unbeschreiblich froh und erleichtert.

26

Charlotte Kayser war sehr erstaunt über den abendlichen Besuch, sie machte ein erschrockenes Gesicht und fragte natürlich als erstes: „Ist was passiert?" Pölze lachte und schüttelte den Kopf. Und dann erzählte sie. Kornelias Mutter sah sie gerührt an.

„Daß du noch kamst, ist wirklich schrecklich lieb von dir, Pölze! Hab Dank, du gutes Herz! Das Telefon geht tatsächlich noch nicht wieder. Bist du mit dem Pferd da?"

„Nein, mit dem Stahlroß. Das kann man draußen einfach hinschmeißen, wenn man's eilig hat. Ich muß auch sofort wieder los, ich kann jetzt nicht länger bleiben."

Sie blieb dann doch noch etwas. Sie saßen zusammen und waren einander nahe, und als Pölze sich endlich verabschiedete, gab sie ihrer Schwägerin einen Kuß. Das kam sehr selten vor.

Sie fuhr jetzt langsamer, war nun doch müde. Als sie in den Hof bog, sah sie in der Dämmerung eine Gestalt stehen, am Silo, einen Mann: Bertram. Sie sprang vom Rad und wollte gerade rufen, da sah sie, wie eine zweite Gestalt aus dem Schatten tauchte, von hinten heransprang, und dann ...

„Das hab' ich schon mal erlebt", dachte Pölze mit entsetzlicher Deutlichkeit, „das, genau das."

Der andere schlug Bertram von rückwärts über den Kopf, und Bertram, das Gesicht zu ihr gewandt – sie konnte es nicht erkennen, aber sie sah seinen Ausdruck genau: erstaunt und ein wenig vom Schmerz gezeichnet. Bertram drehte sich auf eine merkwürdige Art und fiel dann in sich zusammen. Die andere Gestalt huschte davon.

„Bertram!" schrie Pölze und war schon bei ihm. „Bertram, was ist? Bertram, mein Liebstes, hörst du mich ...?"

Es ging alles wie in einem alten Stummfilm, schnell, grau und schattenhaft. Sie rannte zum Haus, bog dann doch wieder ab und fand sich im Wirtschaftsgebäude wieder, wo sie an die Tür hämmerte. Hier wohnte der alte Hofmeister.

„Niegard, kommen Sie, der Herr!“ hörte sie sich rufen. „Schnell, schnell! Es ist was passiert!“

Oh, wie unendlich lange dauerte es, so meinte sie, bis die Tür sich öffnete. Dann hasteten sie zusammen über den dunklen Hof.

Bertram war ohne Besinnung. Aus dem einen Ohr rann ein dunkler Streifen, Pölze sah es. Sie kniete sich neben ihn.

„Wir müssen noch jemanden holen, zum Hineintragen“, hörte sie Niegard sagen, halblaut. „Wie stillt man das Blut“, dachte sie, „legt man ihn auf das andere Ohr? Oder darf man gerade das nicht?“

Sie hatte schon manche Verletzung erlebt, auf dem Hof, bei Turnieren. Ohrenbluten allerdings noch nie. Unklar erinnerte sie sich, daß dies Schädelbasisbruch bedeuten könne, also etwas Lebensgefährliches. Schädelbrüche heilten, die gab es häufiger, vor allem bei Kindern. Schädelbasisbrüche aber …

„Ich glaube, wir dürfen ihn nicht anheben, wir müssen ihn liegen lassen“, hörte sie sich sagen, nicht sehr laut, merkwürdig stimmlos, es klang wie vom Tonband, „jede Erschütterung vermeiden, die zu vermeiden ist. Vielleicht könnte man ihm – ganz vorsichtig – ja, so, etwas unterschieben. Der Boden ist kalt.“ Niegard hatte seine Jacke ausgezogen, hob Bertram ein klein wenig an, und sie zog den Stoff unter Bertrams Oberkörper. „Mehr nicht, ist gut. Bleiben Sie hier bei ihm, ich ruf’ das Krankenhaus an. Oder die Ambulanz, und dann sofort die Polizei.“

„Den Krankenwagen“, sagte jemand hinter ihr, „das Rote Kreuz, Kranken- und Unfalltransport.“

Es war Ulrich Thorwald. Er stand hinter ihr, sein Pferd am Zügel, übergab diesen Niegard. „Kommen Sie, Frau Werth, es geht bestimmt schnell.“

Pölze hatte keine Zeit, sich zu wundern. Sie liefen nebeneinanderher, dem Haus zu. Alles war jetzt wirklich und richtig. Thorwald fand sofort die Nummer und bekam im Augenblick Anschluß. Sie hatte noch nicht bis drei gezählt, da legte er schon wieder auf.

„Sie werden gleich dasein.“

„Wann ist es passiert?“ fragte Thorwald, mit ihr zu der Unfallstelle zurückgehend. Pölze versuchte, ihre Uhr zu erkennen.

„Vor vielleicht elf Minuten etwa. Ich habe es gesehen. Ich kam gerade ...“

„Wäre ich doch eher umgedreht“, sagte Thorwald halblaut, mehr zu sich selbst. „Mein Gott, elf Minuten! Elf Minuten eher, und alles wäre anders verlaufen! Sie wußten nicht, daß dieser Strafgefangene wieder heraus war und Ihrem Mann gedroht hat, damals. Ich wußte es. Er wollte Sie nicht beunruhigen. Himmel, wäre ich doch – wenn schon nicht geblieben, das hätte ich wahrhaftig auch müssen, aber wenigstens eher umgedreht. Gleich. Ich wollte ihr auch nachreiten, dann aber habe ich doch gezögert ...“

„Sich deshalb Gedanken zu machen ist müßig“, sagte Pölze. Sie war unbegreiflich ruhig, hörte ihre eigene Stimme, als wäre es eine andere. „Dann müßte ich ja dasselbe sagen. Ich war noch bei Kornelias Mutter, ja, ich fuhr noch schnell zu ihr. Insofern ist es ja ein einziges Glück, daß es so kam. Ich wäre sonst im Bett gewesen und hätte nichts gemerkt, und bis morgen früh ... Nein, natürlich hätte ich ihn vermißt und dann gesucht. Aber es wäre bestimmt mehr Zeit vergangen als so. Deshalb ...“

Sie brach ab. Gleich darauf hörten sie den Unfallwagen in den Hof biegen.

27

Pölze kam mit einer Taxe zurück, sie war mit dem Krankenwagen mitgefahren und hatte sehr gebeten, im Krankenhaus bleiben zu dürfen, bis Bertram wieder zu sich kam oder der Arzt etwas Entscheidendes sagen konnte. Man hatte sie ziemlich schroff, wie sie erzählte, mit der Begründung abgewiesen, alle Angehörigen verlangten das, wohin käme man denn, wenn man sie alle dabehielte.

„Ich habe gar nicht ‚verlangt‘, sondern nur schüchtern gefragt“, sagte sie und schluckte, „natürlich ist Nachtdienst etwas Schweres, und man freut sich nicht über derartige Sonderwünsche. Ich rufe nachher noch mal an.“

„Ulrich tut es für dich, wenn du möchtest“, sagte Kornelia, die sofort aufgestanden war, als sie hörte, was passiert war, und faßte die Freundin um die Schulter, „komm, wir bleiben bei dir bis dahin.“

Pölze nickte dankbar. Es tat ihr wohl, daß Ulrich Thorwald und Kornelia sich nicht gleich verabschiedeten. Allzu schwer wäre es gewesen, jetzt allein hier zu sitzen, den angstvollen Gedanken ausgeliefert.

Sie holte dann den kleinen elektrischen Kocher, nahm Tassen aus dem alten Eichenschrank, Zucker und die kleine Rumflasche. Während sie den Tisch fertigmachte, kochte das Wasser. Sie brühte Tee auf. Er tat ihnen allen wunderbar gut. Essen wollte keiner von ihnen, auch Thorwald nicht, obwohl er hungrig sein mußte. Er fragte nur, ob er rauchen dürfe. Natürlich.

Sie sprachen von allen möglichen Unfällen, die sie erlebt oder von denen sie gehört hatten. Thorwald erzählte, daß er selbst einmal einen Schädelbasisbruch gehabt habe. Er hatte eine sympathische Art, davon zu sprechen, ein wenig spöttisch, wegwerfend, aber nicht bagatellisierend. Es war genau der richtige Ton für diese Situation. Er erzählte auch, daß er damals – er war noch ein Junge – völlig verlaust von diesem Krankenlager aufgestanden war.

„Ich hatte nämlich Locken, übrigens zu meinem großen Ärgernis“, erzählte er, „deshalb trage ich ja jetzt mein Haar so kurz. Und meine Mutter durfte meinen kostbaren Schopf nicht striegeln, weil ich eben so still liegen mußte. Wenn sie rausging, kratzte ich mich wie verrückt. Später dann, in der dritten Woche – ich mußte drei Wochen ganz still liegen –, hat mir meine Schwester, wenn Mutter nicht da war, eine Rutschbahn gebaut, das Bügelbrett ans Fenster gelehnt, darauf rutschte ich abwechselnd mit ihr, weil mir das Lesen verboten war. Irgend etwas mußte ich ja anfangen, ich langweilte mich fürchterlich.“

„Und da bist du …“ Kornelia schauderte. Er nickte.

„Gerutscht. Wie wild. Ich glaube, lesen wäre weniger schädlich gewesen.“

„Das glaube ich auch“, sagte Pölze trocken. „Nun, Bertram wird im Krankenhaus, so hoffe ich, nicht rutschen, sondern äußerst folgsam sein. Hoffentlich sind dort nette Schwestern.“

„Ja, eine Nachtschwester – ich weiß das, denn ich mache manchmal Sonntagsdienst in Krankenhäusern – also eine Nachtfee …“

„Hübsch und jung?“ fragte Kornelia sofort.

„Hübsch? Eine Nase wie ein Raubvogel. Und jung? Zirka fünfzig, wenn ich richtig schätze.“ Sie lachten alle drei. Es tat so gut, zu lachen, es lockerte ein wenig die eisernen Bänder, die Pölze, so meinte sie, sich um das Herz gelegt hatten, wie im Märchen vom Froschkönig. Froschkönig, richtig …

„Wissen Sie, wie wir Sie immer unter uns betitelt haben? Den Froschkönig, weil Sie damals in den Graben gesaust waren und klatschnaß vor uns auftauchten.“

Er lachte.

„Später hatte ich dann nochmals eine schwere Gehirnerschütterung. Die ist übrigens immer dabei, ob Schädel- oder Schädelbasisbruch. Es war beim Klettern, und ich schoß ziemlich steil kopfüber hinunter, vermutlich, um auszuprobieren, wer mehr aushielt, der Fels oder mein Kopf. Ersterer war es. Der Abtransport war damals wesentlich schwieriger.“

„Das kann ich mir vorstellen“, sagte Pölze. Seine Art tat ihr gut. Natürlich gab es unendlich viele Möglichkeiten, sich einen Schädelbruch zuzuziehen, und sie bedeuteten alle eine ernste Bedrohung. Nicht aber in jedem Fall das Ende, dies nicht.

„Nein, bestimmt nicht", sagte Thorwald, als sie es aussprach. Sie hatte es schließlich gewagt. Er antwortete, ohne sich wichtig zu machen, ausführlich, freundlich. Pölze fühlte, wie sie sich ein wenig entspannte. Bisher hatte ihre Haltung etwas Krampfhaftes gehabt, jetzt lockerte sie sich. Sie durfte ein bißchen nachgeben.

„Wie gut, daß Sie da sind", sagte sie und versuchte ein Lächeln. Es gelang noch nicht. Er sah sie an, nickte ihr zu.

„Wie gesagt, wenn ich *etwas* früher gewesen wäre, ich meine: da", sagte er. „Aber es sollte nicht sein. Sprechen wir nicht mehr davon."

„Eines aber weiß ich, das weiß ich genau", sagte Pölze jetzt, und es klang wild entschlossen: „Die Sache mit den Strafgefangenen hört auf. Ich habe immer Sorgen gehabt, immer, immer. Und neulich, das erstemal, als er ausrückte ... Es hätte mich warnen sollen. Von nun an wird das anders. Das ist das erste, was ich von Bertram erbitte."

„Das kann ich gut verstehen", sagte Ulrich Thorwald, „freilich, Landarbeiter bekommt man ja nicht mehr. Und alles ist nicht mit Maschinen zu machen."

„Das ist gleichgültig. Und wenn wir den ganzen Betrieb umstellen. Ich habe noch nicht viel von Bertram erbeten, seit wir verheiratet sind", sagte Pölze wild, „er wollte mir zum ersten Kind etwas schenken, und ich sagte, ich wäre wunschlos glücklich, so reich beschenkt, wie ich war. Ich hatte mir so sehr einen Jungen gewünscht. Und beim zweiten auch. Jetzt aber werde ich ihn bitten, das weiß ich."

„Würde ich auch", sagte Kornelia. „O Pölze, und Jupp ist nicht da. Und Guido auch nicht." Sie sah der Freundin an, daß sie dasselbe dachte. Sie dachten alle drei dasselbe.

„Wir sind da", wiederholte Ulrich Thorwald noch einmal in seiner eindringlichen Art, der man glauben mußte, daß sie echt war, „und Niegard. Zunächst läuft draußen alles weiter, viel ist ja jetzt nicht zu tun. Jedenfalls nichts, was drängt, also wie etwa mitten in der Ernte oder der Felderbestellung oder im Heu. Lassen Sie doch alles auf sich zukommen, Frau Werth."

„Muß ich wohl", sagte Pölze. „Aber in einem gebe ich nicht nach. Denken Sie doch, wenn die Kinder erst größer werden und im Hof herumlaufen ... Man wird ja seines Lebens nicht froh."

28

An diesem Abend lernte Pölze den jungen Thorwald eigentlich erst kennen. Bisher hatte sie ihn gut erzogen und sympathisch gefunden, jetzt beobachtete sie ihn und machte sich ein Bild von ihm. Er hatte dunkelblaue, gescheite Augen unter einer schmalen Stirn; schmal war überhaupt sein Gesicht.

O ja, sie verstand Kornelia, die sich in diesen jungen Mann verliebt hatte. Und sie war froh für die kleine Freundin, daß er ihr nicht übelgenommen hatte umzukehren. Was freilich nun werden würde, wer wußte es?

Sie schob alle Überlegungen von sich und mahnte, nun müßten sie aber ins Bett. Thorwald hatte noch einmal angerufen und nichts Neues erfahren, auch nichts Schlimmes.

„Morgen früh frage ich wieder nach, dann kann ich euch vielleicht schon eine gute Nachricht bringen", sagte sie und gab ihm die Hand. „Gute Nacht, und danke. Schlafen werden wir wohl jetzt."

Sie hatte gesehen, daß es halb eins war, für Landleute eine unwahrscheinlich späte Stunde. Aber sie hatten sich nicht trennen wollen. Die beiden jungen Menschen ahnten natürlich, wie Pölze zumute war. Nun, morgen würde man weitersehen, man mußte hoffen und glauben. Thorwald ging, Kornelia blieb.

29

„Daß man das aushält", dachte Pölze ab und zu in den folgenden Tagen, „daß man umhergeht, sich verhält, als sei nichts geschehen, und ißt und schläft ..."

Der Arzt konnte oder wollte noch immer nichts Endgültiges über Bertrams Zustand sagen. Pölze mußte jetzt oft an die Zeit denken, in der Svea an den Folgen ihres Reitunfalls lag, damals, als man noch nicht wußte, ob sie nur vorübergehend oder für immer gelähmt sein würde. Sie dachte an ihre Angst und Verzweiflung, sie dachte daran, wie sie Gott damals gebeten, daß sie gebetet hatte, sich Sveas zu erbarmen, und ihm dann sozusagen einen Handel anbot: „Wenn du Svea wieder gesund machst, will ich nicht mehr reiten." So ähnlich.

Sie war wirklich ein Jahr lang auf kein Pferd gestiegen; ein ungeheures Opfer für sie. Jetzt dachte sie anders.

Vielleicht ist es gut, wenn man, noch während man jung ist, Schweres erlebt. Es bildet. Es macht stärker und klüger. Nie würde ihr jetzt mehr einfallen, solch ein Gelöbnis zu tun.

Sie waren christlich erzogen worden, Svea und sie, nicht bigott, sondern in einem guten, getrosten Glauben, einem einfachen Christentum, wie es Tante Ulle selbst praktizierte: Man tut, was man kann, das Weitere überläßt man dem lieben Gott. Vielleicht ein wenig zu simpel und einfach, hatte Pölze wiederholt gedacht, aber einer guten, tüchtigen, nächstenliebenden Landfrau entsprechend. Jetzt empfand sie diese Art des Christentums doch als sehr tröstlich und stärkend.

„Lieber Gott, gib mir die Kraft, zu tragen, was du mir auferlegst, und lasse mich meine Mitmenschen über dieser Sorge nicht vergessen", so etwa sah es in ihr aus. Und so ging sie durch diese Tage, durch diese angstvollen, unendlich langen Tage. Man glaubte nicht, wie sich ein an sich so kurzer Novembertag dehnen kann, wenn man solche Sorgen trägt. Jeden Tag wieder seiner Umwelt ein gelassenes Gesicht zeigen zu können – oh, es war nicht leicht.

Charlotte kam; Pölze mußte trösten, nicht umgekehrt. Guido rief an; auch ihm gegenüber mußte sie getrost und zuversichtlich tun. Manchmal meinte sie, es ginge über ihre Kraft.

Einmal fand sie auf dem Kalenderblatt einen Spruch, der ihr ein wenig half. Er war von Goethe, wie darunter stand. Pölze las ihn und legte ihn dann auf ihren kleinen Schreibtisch unter Bertrams Bild, neben dem in einem Glas die letzte Rose aus dem Garten stand.

Ich habe geglaubt, nun glaub' ich erst recht,
und ging es oft wunderlich, ging es oft schlecht,
ich bleibe beim gläubigen Orden.
So dunkel es oft, und so trübe es war,
in drängenden Sorgen, in naher Gefahr –
auf einmal ist's lichter geworden.

In dieser Zeit empfand sie es auch als sehr tröstlich, mit den beiden jungen Menschen zusammenzusein, mit Kornelia und dem jungen Thorwald. Der wohnte noch immer im Gasthof und verbrachte fast den ganzen Tag auf Niederwerth, manchmal ritt er mit ihr, und immer fand er Dinge, die zurechtzumachen, in Ordnung zu bringen oder neu zu richten waren, ob es nun Koppelzäune, elektrische Sicherungen oder leckende Wasserhähne sein mochten. Ein Bastler aus Leidenschaft, so etwas ist überall willkommen. Und Kornelia fand sich fast jeden Nachmittag ein, wenn ihre Schularbeiten es auch nur irgendwie gestatteten.

Diese beiden jungen Leute, ihr zugetan wie sonst

keine, taten Pölze unbeschreiblich wohl. Sie waren, schon aufgrund ihrer Jugend, positiv und optimistisch eingestellt, und aus ihrer Zuversicht schöpfte auch sie immer wieder neuen Mut. Mit ihnen sprach sie auch über die weitere Zukunft.

Wenn Bertram wieder gesund würde, mußten hier durchgreifende Änderungen vorgenommen werden. Sie war fest entschlossen, darauf zu beharren, daß die Arbeit mit den Strafgefangenen nicht wiederaufgenommen würde. Deshalb mußte Neues vorgeschlagen werden. Und wenn Bertram nicht wieder gesund und arbeitsfähig würde, mußte auch etwas geschehen. Sie selbst hatte nichts oder doch so gut wie nichts gelernt, als Landfrau zu sein. Wie oft dachte sie jetzt an Svea und deren Entschluß, auf einem gelernten Beruf zu bestehen. Svea hatte recht getan. Und sie?

„Ich wüßte schon, was ich an Ihrer Stelle täte", sagte Thorwald einmal, als sie nach getaner Arbeit durch den Hof schlenderten. „Ich führte *das* richtig aus, was mein Freund Hug und ich falsch oder doch unzulänglich zu tun versuchten: Ich machte hier einen Pferde- und Pony-Verleihstall auf. Sie haben beides, und Sie haben Platz. Wenn Sie die alten sogenannten ‚Leutewohnungen', also die beiden Häuser, in denen früher die Tagelöhner wohnten, neu herrichten, könnten Sie in den Ferien bis zu zwanzig Kinder oder Jugendliche aufnehmen. Ein Reitplatz ließe sich auch anlegen, man brauchte dazu Schotter und Sand und für ein paar Tage einige Arbeiter, die um diese Zeit schon zu bekommen wären. Dazu einen Reitlehrer und jemanden, der Ihnen in der Innenwirtschaft hülfe, also beim Beköstigen und Betreuen der Kinder. Weiter nichts."

„Mein Mann hat seine Prüfung als Reitwart, also als Hilfsreitlehrer“, sagte Pölze, absichtlich sachlich auf diesen Gedanken eingehend, der ihr übrigens nicht neu war. „Und zum Helfen und Ausreiten hätte ich, wenigstens an manchen Nachmittagen der Woche, Kornelia und auch Ulrike, die schon ganz tüchtig im Sattel ist. Bliebe noch die Hilfe für die Innenwirtschaft. Ich weiß, Haushaltshilfen sind schwer zu bekommen. Aber ein junges Mädel würde sich schon finden, das mir beispränge, wenn es dafür jeden Tag eine Stunde reiten dürfte. Was man investieren müßte, wären Bettwäsche und sonst vielleicht einiges, eine Spülmaschine, der Einbau von Duschen, vielleicht fünf Sättel, die man aber auch gebraucht bekommt. Einiges an Sattel- und Zaumzeug ist ja bei uns da. Solch ein altes Gutshaus enthält allerlei an heimlichen Reserven. Es muß also nicht alles neu angeschafft werden, was auf den ersten Blick noch fehlt.“

„In manchem, in vielem könnte ich Ihnen helfen und raten“, sagte Thorwald, begeistert davon, daß sie auf seinen Plan einging, „eben weil ich solch einen Betrieb kenne und wir vieles falsch gemacht haben. Eins ist hier natürlich von vornherein besser als bei uns: Sie haben die Pferde schon, die wir mit vielen Schulden erst anschaffen mußten, und Sie haben Platz. Daß ich Ihnen gern, nur zu gern beistünde, das glauben Sie mir wohl?“

„Und ich, ich lasse die Schule sausen und mache auch mit!“ fiel Kornelia mit blitzenden Augen ein. „Wozu soll ich das Abitur denn unbedingt machen?“

„Koko! Siehst du denn nicht ein …“

„Ruhig, ruhig. Wenn wir schon Pläne machen, dann in aller Ruhe“, mischte Thorwald sich ein und versetzte ihr einen Rippenstoß, der sie ächzen ließ, „dies alles sind vorderhand nichts als theoretische Erwägungen, meiner Meinung nach aber solche, die man gut in die Praxis umsetzen könnte. Der Reitplatz ...“

„Wir haben schon einen“, sagte Pölze. „Einen Sprunggarten von der Zeit her, als die drei Brüder Werth noch jünger waren und auf Turniere gingen. Freilich, er müßte neu aufgeschüttet werden, aber das wäre ja zu machen. Ich würde sogar sagen, wir richten eine Halle ein, damit man unabhängig vom Wetter reiten kann. Ohne Halle ist der Unterricht nur eine halbe Sache. Die Scheune neben dem Schafstall brauchte nur ausgeräumt und voll Lohe gepackt zu werden, sie hat Maße, die man nehmen kann. Einiges an Umbau wäre schon nötig, ist aber minimal, wenn man bedenkt, was andere investieren müssen, wenn sie einen Verleihstall aufmachen. Freilich gibt es noch eine Menge Aber. Fremde Leute, Anfänger, manchmal richtige Rohlinge auf den geliebten Pferden sehen zu müssen – leicht und einfach stelle ich mir das nicht vor.“

„Rohlinge – ich glaube, da sehen Sie zu schwarz. Wer seine Ferien in einem Verleihstall zubringen will und dafür bezahlt, ist meist ein Tierfreund. Nehmen Sie vorwiegend Kinder, die sind leicht, und leichte Gewichte schaden den Pferden nicht so. Und lassen Sie sie tüchtig helfen, Stalldienst tun, putzen, Bollen sammeln – das alles tut Stadtkindern gut!“

„Wir sehen uns die Scheune gleich mal an“, sagte Kornelia drängend, „und die Leutehäuser auch. Menschenskind, Pölze, *das* wäre eine Sache!“ Sie war, wie man sah, für den Plan bereits mit Leib und Seele gewonnen. Pölze lachte, und sie gingen hinüber.

30

An diesem Abend saßen sie noch lange beisammen, und der Gesprächsstoff ging ihnen nicht aus. Es tat Pölze gut, auf die Vorschläge der beiden einzugehen, obwohl sie genau wußte: So, wie sie es sich dachten, ging es bestimmt nicht. Thorwald mußte zum Studium zurück. Daß es in Bonn stattfinden würde, also ziemlich in der Nähe, davon sprach sie lieber nicht, und Kornelia blieb vorläufig in der Schule. Sie saß in der drittletzten Klasse, also dort, wo man früher von Obersekunda sprach, und bisher hatte sie zwar immer gemeutert, sie brauche kein Abitur, sie wolle nicht studieren, sie wolle etwas Praktisches lernen; da sie aber keine konkreten Vorschläge brachte, hatte sie sich damit abgefunden, zunächst weiter in die Schule zu gehen.

„Solange die Kinder in die Schule gehen, kosten sie am wenigsten, und sie werden in bezug auf den Beruf wahlreifer", sagte Charlotte Kayser immer.

An all dies dachte Pölze, während sie zu dritt im Herrenzimmer am Kamin saßen. Pölze war es lieb, die Gesellschaft der beiden jungen Leute zu genießen, obwohl sie ein schlechtes Gewissen nicht ganz unterdrücken konnte: Kornelia hätte längst im Bett sein müssen, aber Berti schien Zähne zu bekommen, jedenfalls brüllte er nachts, sobald sie schlafen ging, ob dies nun um neun oder um eins geschah. Er schien es genau zu merken und mit seinem Konzert darauf zu warten. So war es ihr lieber, mit den beiden zu schwatzen, als verzweiflungsvoll mit Berti auf dem

Arm im Schlafzimmer auf und ab zu marschieren. Der Kleine durfte ja nicht gestört werden, er hatte gerade erst gelernt durchzuschlafen.

Ach ja, einfach war diese Zeit nicht. Nachts überfielen einen die Sorgen erst richtig. Pölze, die bisher mit der robusten Gesundheit des Landmenschen geschlafen hatte wie ein Stein, lernte nun die qualvolle Länge sorgenvoller Nächte kennen. „O Bertram, du darfst mich nicht verlassen.“ Wann endlich würde es lichter werden?

31

Und dann erschien eines Tages ein neues Gesicht in ihrem Kreis, unerwartet, auch sehr ungewöhnlich. Ulrich Thorwalds Mutter, Bergratswitwe ihres Zeichens, war plötzlich da, und Pölze vergaß für kurze Minuten, was so schwer auf ihr lastete. Sie verspürte eine zwar unterdrückte, aber doch deutlich vorhandene Lachlust in sich aufsteigen, während sie sie begrüßte. Diese Mutter war zweifellos etwas Außerordentliches, wovon aber erwachsene oder doch nahezu erwachsene Kinder nicht sehr beglückt zu sein pflegen.

Schön war bereits, zu beobachten, wie Thorwald erschrak, als er seine Altvordere erkannte. Sie stieg, nicht mehr ganz schlank, aber um so majestätischer, aus einem winzigen Auto, dessen Federn sich aufatmend streckten, als sie ihr Gewicht los waren, und rauschte auf Pölze zu, ohne zunächst ihren Sohn zu begrüßen, der eigentlich in ihrer Ziellinie lag. Sie erinnerte an eine Fregatte, aufrecht, stolz, auch nicht zu ausladend, und sehr selbstbewußt. Pölze begrüßte sie mit gebührender Hochachtung, beherrschte ihre Lachmuskeln erfolgreich und ging mit ihr ins Haus.

Sie fand Frau Thorwald wundervoll. So mochte es die Zarin gehalten haben, als es noch eine Zarin gab. Unwillkürlich lauschte Pölze auf den Trommelwirbel, der ihren Einzug hätte begleiten müssen. Sie winkte, und man gehorchte, sie bestimmte, und jeder beeilte sich, ihr zu dienen.

„Es ist an der Zeit, daß ich nach meinem Sohne sehe“, verkündete sie, als sie im Wohnzimmer Platz genommen hatte. Sie saß nicht, sie thronte. Pölze verschluckte ihr Lachen.

„Er wohnt im Dorf, ist aber tagsüber fast immer bei uns und mir ein sehr lieber Besuch“, sagte sie bescheiden, die andere aber nahm ihr mit einer freundlich-strengen Handbewegung das Wort vom Mund, als sei sie hier die Herrin und Pölze ein zwar artiges, aber doch völlig unmündiges Kind.

„Und bis zum Schwachsinn verliebt in Ihre kleine Nichte, ich weiß“, fuhr sie fort. „Deshalb bin ich hier. Etwas muß geschehen!“ Man hörte förmlich den heranrollenden Theaterdonner.

„Und was soll geschehen?“ fragte Pölze amüsiert. Da wollte sie doch mal sehen, was nun geschah! Heutzutage läßt die Jugend ja nichts mehr mit sich geschehen, sondern sie tut, was sie will. Die Bergratswitwe Thorwald hingegen kümmerte sich, wie man sah, nicht im geringsten um die Gepflogenheiten heutiger Zeit.

„Ulrich ist soweit ein ganz guter Junge, relativ begabt, kein Überflieger“, sagte sie in einer lobenswerten Sachlichkeit ihrem eigenen Fleisch und Blut gegenüber, die man selten findet, „immerhin noch durch kein Examen gefallen. Das würde also jetzt geschehen. Deshalb – und aus anderen Gründen auch noch – muß er hier fort.“

„Er ist mir eine wirkliche Hilfe. Mein Mann liegt im Krankenhaus“, sagte Pölze, jetzt ernst werdend. Frau Thorwald hob wieder die Hand.

„Weiß ich. Hilfe! Er ist hier, um mit dieser, übrigens sehr reizenden Kornelia zusammenzusein, that's it. So war es, und so wird es bleiben, von nun an bis in Ewigkeit. Natürlich macht er sich außerdem bei Ihnen Liebkind, ist ja klar, würde ich auch. Übrigens – welcher Arzt behandelt Ihren Mann?“

Pölze nannte den Namen.

„Kenn' ich. Sehr gut sogar. Wenn es Sie interessiert: Ich duze mich mit ihm. Hat er Sie ins Bild gesetzt? Ich meine, wie es Ihrem Mann wirklich geht?“

„Ich habe nicht gefragt. Das heißt, ich habe … bei den Schwestern. Da kriegt man natürlich keine Antwort.“ Pölze stockte. Sie fand jetzt selbst, daß sie sich zu bescheiden, zu zurückhaltend benommen hatte, wohl in der begreiflichen Sorge, allzu aufdringlich zu werden. Auch das kann ein Fehler sein. Sie bekam es sogleich zu hören.

„Und da laufen Sie hier herum und warten und sorgen sich? Ich meine, soweit ich Sie kenne, ist Ihnen doch ein klares Bild lieber als eine Ungewißheit – wie allen erwachsenen und ernsten Menschen. Oder? Na also. Jetzt fahren wir auf der Stelle hin, und dann reden wir weiter."

Pölze sagte kein Wort. Die alte Dame hatte recht. Sie war hier umhergegangen und hatte das Gesicht gewahrt und gewartet – und – vielleicht? – gehofft, das Schicksal dadurch zu bestechen, daß sie diese Haltung einnahm. Jetzt merkte sie, daß auch Tapferkeit falsch sein kann, Krampf, unnötig vergeudete Energie.

„Darf ich mich noch umziehen?" fragte sie kleinlaut, als Frau Thorwald bereits an der Tür stand, um den behandelnden Arzt aufzusuchen. Die Besucherin nickte. Und dann fuhren sie. Pölze erfuhr, daß das Schlimmste nicht zu befürchten sei, Gott sei gelobt. Sie hätte dies sicherlich auch zu hören bekommen, wenn sie ohne diese Atombombe von Dame hingekommen wäre, so aber war es wesentlich einfacher. Auf jeden Fall war sie glücklich, so glücklich, so dankbar, so klein und schwach, daß sie im Auto an der Schulter der imponierenden Dame erst einmal richtig heulte.

„Recht so, immer heraus damit!" ermunterte diese. „Blödes Kalb, nichts als tapfer sein zu wollen. Na, ist ja vorbei. Und nun ..."

„Nun gnade unserm Ulrich", dachte Pölze und mußte mitten im Schluchzen so lachen, daß es klang, als explodierte ein Dampfkessel. Aber Frau Thorwald erschrak natürlich überhaupt nicht, sie wäre auch vor einer wirklichen Explosion nicht erschrocken.

„Ausgeschnauft? Recht so. Sie brauchen ein Taschentuch, nicht wahr?" Sie zog eins aus ihrer Handtasche, das, entfaltet, etwa die Größe eines Kinderbettlakens aufwies, und Pölze schnaubte genußvoll und abschließend hinein. Sie brauchte zu dieser Aktion länger als sonst, denn es begann sie bereits zu lächern, wie man in Schweden sagt, und sie mußte es natürlich verbergen.

Frau Thorwald fuhr fort: „Also, Ulrich muß ins Semester. Aber Bonn ist verteufelt nahe. Diese hübsche und muntere Kornelia hier bei Ihnen ... Er wäre doch nie im Hörsaal. Deshalb.

Denken Sie einmal gut nach, Frau Werth, haben Sie keine gleichgesinnten Seelen im Ausland? Jeder junge Mensch muß einmal in die Welt. Am besten für junge Mädchen ist England, denn Englisch muß jedermann fließend sprechen können, und die Engländer nehmen sehr gern deutsche Mädchen in die Familie. Also?"

„Doch, da wüßte ich was", sagte Pölze, sich heftig zusammennehmend. Sie durfte hier weder zu lange weinen noch lachen. „Bekannte von uns haben eine junge Engländerin ins Haus genommen, die aus einem Verleihstall – Pferde und Ponys – in Wales stammt. Vielleicht könnte man Kornelia im Tausch dorthin geben?"

„Schön, der Vorschlag gefällt mir", sagte Frau Thorwald, „und wo wohnen diese Bekannten? Können wir gleich hinfahren?"

„Ob es nicht ratsam wäre, erst mit Kornelia zu sprechen – und mit ihrer Mutter?" sagte Pölze vorsichtig.

„Mit beiden natürlich", bestätigte Frau Thorwald, „und zwar sofort. Gute Entschlüsse soll man auf der Stelle durchführen, merken Sie sich das fürs Leben. Wir fahren also zu Kornelias Mutter."

32

Es stellte sich heraus, daß sich sowohl Frau Kayser als auch Kornelia mit diesem Vorschlag befreundeten. Kornelia war froh, der Schule zunächst einmal „vale!“ sagen zu können, und Charlotte, die unmittelbare Sorge loszuwerden.

„Die Bedrohung durch allzu nahe Liebe“, sagte sie später zu Pölze, zu Frau Thorwald sagte sie so etwas natürlich nicht. Frau Thorwald handelte zwar, aber sie war viel zu königlich, als daß sie diese Dinge beim richtigen Namen genannt hätte. Man wußte ja sowieso, woran man war.

„Nun müssen wir also zu Habermanns, um mit der jungen Engländerin zu sprechen“, bestimmte sie, die nie eine Sache halbfertig liegenließ, „wie weit ist es, fünfzehn Kilometer? Ich bin dafür, hinüberzureiten.“

„Zu rei…“ Pölze stockte nun doch, ausgerechnet bei dieser ihr so geläufigen Vokabel. Frau Thorwald sah sie leicht strafend an.

„Sagten Sie nicht, daß Sie Isländer hierhaben? Hoffentlich ist ein Gewichtsträger dabei, oder? Na also. Ich wiege zwar nicht mehr als ein einigermaßen ausgewachsener Mann – Männer sind immer schwerer, als sie aussehen –, aber ich ziehe es vor, auf starken Isländern zu sitzen. Oder haben Sie ein entsprechendes Pferd?“

„Einen Hannoveraner, unter anderen“, beeilte sich Pölze zu sagen, und sie war auf einmal wieder fünfzehn Jahre alt, so wollte das Lachen aus ihr herausbrechen. „Sie können ihn gern haben. Ich denke es mir ganz reizend, wenn wir alle zusammen hinüberreiten, Kornelia und ihre Mutter, meine Schwägerin, Ihr Sohn und wir beide. Heute nachmittag?“

So wurde es beschlossen.

33

Pölze besprach die Angelegenheit mit Kornelia telefonisch und nahm ihr dabei das dreimal größte Ehrenwort ab, nicht zu lachen. Kornelia schwor. Dann kam sie mit ihrer Mutter in Charlottes kleinem Wagen herübergeflitzt. Ulrich Thorwald hatte die Isländer von der Weide geholt, und Niegard stand, von Kopf bis Fuß herrschaftlicher Reitknecht, und hielt den gesattelten Kronos am Zügel, den starkknochigen Hannoveranerwallach, den Bertram mit Vorliebe ritt. Frau Thorwald trat aus dem Haus, diesmal rauschte sie nur seelisch, denn sie trug lange schwarze Lastexhosen, in denen sie übrigens gar nicht so komisch aussah, und eine weite Jacke. Hoheitsvoll klopfte sie Kronos den Hals und ließ sich von Niegard hinaufhelfen. Eigentlich hätte sie ein schwarzsamtenes Reitkleid tragen und im Damensattel reiten müssen, fand Kornelia, und sie fühlte sich genötigt, das Ulrich sofort mitzuteilen. So trieb sie ihren Isländer neben seinen, während Frau Kayser neben Frau Thorwald ritt, Pölze allein am Schluß. Die hatte den besten Platz erwählt. So konnte sie die Kavalkade beobachten und soviel lachen, wie sie nur wollte.

„Und da strahlst du, wenn du nach England mußt?“ fragte Ulrich. Es klang anklagend.

„Natürlich, ich will doch Englisch lernen, und immerzu reiten“, antwortete Kornelia sofort. „Und du hast ja sowieso keine Zeit für mich, wenn du jetzt studierst, daß es nur so raucht, genau, wie deine liebe Frau Mutter es bestimmt.“

„Will ich ja auch“, brummte Ulrich, „aber Wales, das ist weit. Vielleicht bist du in Geographie nicht ganz so sattelfest wie auf Isländern. Das ist, von London aus, sicher kaum in acht Stunden zu erreichen. London, ja, das liegt nicht aus der Welt, dahin kann man mal übers Wochenende fliegen …“

„Kann man?“ fragte Kornelia und war gar nicht entrüstet.

„Kann man. Es gibt Gelegenheiten, die für Studenten einigermaßen erschwinglich sind. Aber von London bis Wales, wie gesagt …“

„Wenn du mich fragst: Ich betrachte diesen meinen geplanten Auslandsaufenthalt natürlich auch von der Seite der Allgemeinbildung her. Und dazu gehört, daß ich immer einmal in London sein werde. Ausstellungen, Konzerte, das Britische Museum …“

„Hm. Und das Wachsfigurenkabinett …“ Sie grinsten einander an. „Nur, *wenn* unsereins nach London kommt, dann natürlich nicht nur für ein paar Stunden, sondern für ein paar Tage. Was meinen Gnädigste dazu? Wobei ich betonen möchte, daß, wenn man beispielsweise übers Wochenende kommt, in England sonntags keine Züge fahren ..."

„Das wäre ...", setzte Kornelia an, in diesem Augenblick aber befahl Frau Thorwald Galopp. Ihr Kronos, wegen Bertrams Abwesenheit lange nicht geritten und dadurch stallmutig, sprang sofort an, und Kornelia verhielt ihren Isländer, um das Vergnügen zu haben, die Frau Mutter an sich vorbeisprengen zu sehen. Thorwald durchschaute dieses Manöver sofort.

„Mach dir keine Illusionen, sie reitet seit fünfzig Jahren", kommentierte er, „und Gewohnheit ist nun einmal ein sehr wichtiger Faktor. Wenn ich auch nicht behaupte, daß ihr Sitz turnierreif wäre."

Wirklich. Kronos ging unter der Zarin einen ruhigen, kontrollierten Schaufelgalopp, als wüßte er, was man von ihm erwartete. Ohne Zwischenfall langten alle bei Habermanns an.

Auch hier lief alles nach Wunsch. Frau Thorwald ließ sich erst die Isländer zeigen und nahm dann die Einladung zum Tee an. Dabei trug sie ihren und Kornelias Wunsch vor. Maud, die schon recht gut Deutsch verstand, war der sicheren Überzeugung, daß ihre Eltern nichts dagegen haben, sondern es sogar begrüßen würden, eine Austauschtochter zu bekommen, die mit Pferden umgehen konnte. Kurz, alles ließ sich prächtig an, es zeigte sich wieder einmal, daß nur jemand die Regie mit sicherer Hand an sich nehmen muß. Als sie heimritten, befahl Frau Thorwald Kornelia an ihre Seite.

„Sie wissen natürlich, warum Sie so schnell und so dringend Englisch lernen müssen", sagte sie ohne Umschweife. „Der Beruf kommt später, jetzt ist die

Fremdsprache das Primäre. Da Sie so vernünftig und einsichtig sind, wie man das bei der heutigen Jugend keineswegs voraussetzen kann, möchte ich Ihnen noch einen zweiten Vorschlag machen."

„Und der wäre, Ihren Sohn zu heiraten?" entfuhr es jetzt Kornelia. „Darf ich mich da auch gleich erkundigen, wann Sie die ersten Enkelkinder erwarten? Soll es ein Stammhalter sein, oder sind Zwillinge unumgänglich, damit gleich beide Sorten vorhanden sind?" Ulrich, der an ihrer andern Seite ritt, machte wilde Zeichen, aber Kornelias Temperament, allzulange sozusagen mit Kandare geritten, hatte sich jetzt aufs Gebiß gelegt und ging mit ihr durch.

„Erste Enkel? Ich besitze schon fünf", sagte indessen seine Mutter, ohne sich von Kornelias seelischem Jagdgalopp irritieren zu lassen, in größter Gelassenheit, „heiraten, ja, eventuell, nicht sofort natürlich. Wir werden den Zeitpunkt noch festsetzen. Nein, ich wollte Ihnen etwas anderes vorschlagen. Ich habe gehört, daß Sie auch in Französisch, ähnlich wie in Englisch, nicht recht sattelfest sind. Sprachen aber sind wichtig, zumal heute, da einem ja die ganze Welt zum Reisen offensteht. Ich selbst spreche sechs fließend, dies nur nebenbei. Nun ist die Sache die, daß ich jedes Jahr im Sommer nach Frankreich fahre, in die Camargue. Dort habe ich eine Freundin, eine Dame, die einige tausend Schafe besitzt. Ja, ja, sie ist trotzdem eine Dame, klein, fein, zierlich, hoch gebildet, so etwas gibt es, glauben Sie es ruhig. Ihre fünf Söhne sind alle Schäfer geworden. Diese Dame besuche ich jedes Jahr, und dort kann man nicht nur alte hochinteressante Städte und Baulichkeiten besichtigen, sondern auch die bekannten weißen Pferde, die Schimmel der Camargue. Meine Freundin besitzt eine Anzahl, und wir reiten stets zusammen. Nun dachte ich mir …"

„Ja?" hauchte Kornelia, nun gar nicht mehr lachend, sondern gespannt bis zum Zerplatzen.

„Daß ich Sie, falls Sie in England einschlagen und ein halbes Jahr dort bleiben – und dann fließend Englisch sprechen und fehlerlos schreiben, das auch –, im kommenden Sommer mit nach Frankreich nehme. Zu zweit ist solch eine Reise immer genußreicher und angenehmer. Ihren Sprachkenntnissen wird beides guttun, England sowie Frankreich. Und auch sonst ergänzen solche Reisen vieles, was man nur aus Büchern kennt und bald vergessen würde. Denn es ist Ihnen wohl klar, daß Sie die Schule fertig und Abitur machen werden; der Mensch soll sich nie mit halben Dingen abgeben. Ob Sie im Herbst auf dieselbe Schule zurück oder in eine andere kommen, darüber sprechen wir noch, Ihre Mutter und wir. Nun?"

„In die Camargue? Die berühmten Schimmel sehen und reiten? Und Avignon und Arles und … und die rosa Reiher … und die Stadt Les Beaux, die in die Felswände eingesprengt ist … und …"

„Dies alles, jawohl. Sie scheinen ja schon eine ziemlich konkrete Vorstellung davon zu haben, um so besser. Nun, es wird an Ihnen selbst liegen, ob wir diese Reise machen oder nicht", sagte Frau Thorwald zufrieden, „es bleibt also dabei, Sie gehen zunächst nach Wales. Das andere, worüber wir sprachen …"

„Die spätere Heirat", sagte Kornelia und versuchte, ebenso gelassen und sachlich zu sprechen wie ihre Partnerin, nur gelang es nicht ganz. Die Erregung verschlug ihr fast die Stimme. Frau Thorwald aber nickte unverwundert.

„Eben. Darüber sprechen wir noch. Einverstanden? Also sind wir einig, und von jetzt an sage ich du zu dir, klar? Du zu mir noch nicht, das warten wir ab, ich werde dir den richtigen Zeitpunkt angeben. Und noch einmal: Galopp!“

34

„Eine tolle Frau, deine Mutter“, sagte Kornelia, als die drei „älteren“ Damen, zu denen sich zu ihrem glucksenden Vergnügen auch Pölze zu zählen hatte, ins Haus gingen, während sie und Ulrich sich um die Pferde kümmerten, „Teufel auch, so was nennt man Persönlichkeit. Wenn die mal was will, was unsereins *nicht* will – au backe, da ist Vorsicht am Platze!“

„Ja, ja, du sagst es. Und in mir erblickst du einen Mann, der im Schatten seiner großartigen Mutter verkümmert und nun voller Komplexe darauf harrt, daß eine andere Frau ihn an ihr Herz nimmt und aufblühen läßt …“

„Das hast du sehr schön gesagt. Nun hebe den Sattel richtig, der Gurt schleift im Dreck. So, siehst du. Aufblühen? Ich finde, du bist schon Blüte genug. Jetzt komm, die andern warten auf uns …“

„Nein, mein Kind, erst …“ Er zog sie heftig an sich,

hier, im dämmerigen Pferdestall. „Wenn du mir nicht auf der Stelle sagst, daß du ..."

Gerade kam Niegard. Er wollte Kronos abreiben, hatte es demnach gut gemeint. Und so klang Ulrichs gotteslästerlicher Fluch piano und nicht ganz so schlimm, wie er gemeint war.

„Also, das Fluchen gewöhne ich dir ab, wenn es deine Mutter nicht fertigbrachte", japste Kornelia, als sie wieder Luft bekam, „das Fluchen und ..."

„Und?" Es klang drohend.

„Das wirst du schon noch sehen. Ich finde ja, daß du, so allgemein gesagt, recht gut reitest, aber deine Art zu treiben ..." Der Satz verlief in Gemurmel. Ulrich hatte sie in die Futterkammer geschoben, und bald hatte Kornelia den Anfang ihres Satzes vergessen.

Sie hätte wahrscheinlich noch wichtigere Sachen vergessen. So geht es einem eben, wenn man siebzehn Jahre jung und zum erstenmal richtig verliebt ist.

35

Es hatte bis zum Morgen geregnet, jetzt aber schien die Sonne, und vom Wald herüber rief der Kuckuck unaufhörlich, unaufhaltsam. Pölze hatte ihn vorhin in Gedanken gefragt: „Wie viele Kinder bekomme ich noch?" und seine Rufe gezählt; als das Dutzend voll war, rief er jedoch immer noch. Sie lachte.

Das erzählte sie Bertram lieber nicht. Aber daß Berti vorhin „Pony“ gesagt hatte, ein einziges Mal – er wiederholte es nicht, sooft sie es ihm auch vorsagte –, das sollte sein Vater wissen.

Bertram fand nämlich, daß sein Erstgeborener viel zu spät mit dem Sprechen anfinge. Er selbst habe mit einem Jahr schon kleinere Gedichte aufgesagt, behauptete er.

„Die heutige Jugend ist eben anders“, antwortete Pölze vergnügt, war aber im Grunde jetzt viel stolzer auf die Leistung ihres Sohnes, als der Vater es sein würde.

Bertram stand am Rand des Reitplatzes und sah den Kindern zu, die soeben aus Galopp und Schritt gefallen waren und nach „Zügel lang, Pferde loben!“ ihren Tieren die Hälse klopften. Außer den Isländern, Norwegern, Bosniern und Großpferden gingen auch Shettys mit, darunter Unband mit einem sehr kleinen Jungen auf dem Rücken, der hier umsonst mitreiten durfte.

Pölze fand, daß Unband unbedingt an den Reiter gewöhnt sein müsse, ehe Berti ihn bestieg. Und diesen Augenblick konnte sie kaum erwarten. Neulich hatte sie sogar schon Kornelius draufgesetzt.

„Du bist verrückt, das ist zu früh“, sagte Bertram ärgerlich, „wie oft soll ich dir das noch sagen? Ja, natürlich, im Bett sitzt er, und sein Rücken ist auch gerade, er ist kräftiger als Berti in diesem Alter. Trotzdem! Komm mir bloß nicht wieder mit dem Argument, du selbst wärst schon ungeboren geritten.“ Pölzes Mutter war ja eine Reiterin aus Passion gewesen.

„Na, Kornelius etwa nicht? Bis zum Mai sind wir noch täglich geritten, Kornelia und ich ..." Sie sprach nicht weiter. Bertram hatte bei dem Stichwort „Kornelia" in die Tasche gegriffen und reichte ihr jetzt einen Brief.

„Da, heute gekommen. Ich traf den Postboten. In London abgestempelt."

„Na ja, warum denn nicht", murmelte Pölze und riß den Brief auf. Bertram wandte sich erneut seinen jungen Reitern zu.

Pölze las. Der Brief umfaßte viele Seiten, und Fotos lagen dazwischen. Fotos vom Verleihstall, Fotos von Kornelia zu Pferde, aber auch welche von ihrem Gesicht. Von einem strahlend jungen, doch veränderten Gesicht.

Ihre Schrift, groß, bewegt, ging auf und ab. Die u-Bögen und i-Punkte, so meinte Pölze, sahen aus, als wären sie wilde Schwäne und wollten davonfliegen, mit hellen, metallisch klingenden Flügelschlägen.

„Wir haben uns wieder in London getroffen, er war drei Tage hier", schrieb sie. „O Pölze, wir lieben uns, und es ist so schön! Wir verstehen uns wunderbar, es ist so – so ... Stell Dir vor, er sagt, er kann es verstehen, daß ich ihm damals wegritt, weißt Du, an dem Abend, an dem dann das Unglück mit Bertram passierte. Ich war zu jener Zeit noch nicht soweit, innerlich, verstehst Du. Wir haben über alles gesprochen.

Und daß wir beide die Pferde so lieben! Ich habe hier sehr viel gelernt, aber ich werde noch weiter lernen. Hier galoppiert man auch bergab, jedenfalls bei Jagden. Seine Mutter war auch in England, als sie jung war, hat er erzählt. Ist es nicht wunderbar, daß sie mich leiden kann? Sonst würde sie nie daran denken, mich nach Frankreich mitzunehmen, sagte er. Und er meint …"

„Er sagt, er meint, er kann verstehen …" Pölze lächelte und wurde gleich darauf wieder ernst. „Wir lieben uns –" Sie hatte es längst gewußt. „Nun, junge Kornelia, bleib an den Hilfen, wie der Reiter sagt. Das Leben hat viele Hürden."

Kornelia war die neue Generation. Bei dieser ist vieles anders, als es noch vor zehn, ja vor fünf Jahren war. Immer wird es bei jeder Generation anders sein. Und jede Generation muß ihre Zeit bestehen.

Pölze sah und verstand das gut. Und wenn die Jugend wie diese siebzehnjährige Kornelia durch die Liebe lebendiger, schöner, klüger, attraktiver, fleißiger wurde … Pölze betrachtete das beigelegte Foto, das Ulrich Thorwald geknipst hatte, und lächelte nun doch wieder, ja, dann war es wohl gleichgültig, ob sie diese Liebe etwas früher als die vorigen Generationen erlebte, und in einer Freiheit, die man früher nicht kannte.

„Zügel wieder aufnehmen, und noch einmal: im Arbeitsgalopp – marsch!" hörte sie Bertrams Stimme. Sie sah zu den jungen Menschen hinüber, zu den Reitern von morgen. Wie sie sich bemühten zu lernen, ernsthaft und gleichzeitig leidenschaftlich. Das Leben lag vor ihnen, bewährt euch! Im Sattel wie im Leben ist jeder auf sich allein gestellt, bleibt an den Hilfen, ihr jungen Menschen, und wenn ihr ein Hindernis vor euch habt, werft euer Herz voran! Wir haben es alle lernen müssen.

36

Die Kindergruppe, die hier ritt, war schon acht Tage da, die ganzen Pfingstferien. Erst hatte es ausgesehen, als würde nie etwas aus ihr, jedenfalls eher ein Sauhaufen als eine Abteilung. Jetzt aber zeichneten sich bereits diejenigen mit der besseren Begabung ab, und die andern mühten sich, ihnen nachzukommen.

Bertram wunderte sich selbst, wie schnell er sich in sein neues Arbeitsgebiet hineingefunden hatte und wieviel Spaß es ihm machte. Niegard war sofort einverstanden gewesen zu übernehmen, was an Landwirtschaft noch nötig war: Heu, Hafer, Kartoffeln, ein paar Morgen Futterrüben, dazu intensive Schweinezucht, die wenig Personal erfordert. Der Ferkelverkauf lohnte noch immer. Alles andere war verpachtet worden. Und er selbst, Bertram Werth, war Reitlehrer, Kinderbetreuer, Gruppenbegleiter, abends Lehrer in Theorie. Und wie gern war er es! Nun waren auch in diesem Jahr sehr nette Kinder da, ganz entzückende Kerlchen, sowohl Jungen als auch Mädchen. Sie nannten Bertram „Pappus", weiß der Teufel, wer das aufgebracht hatte, es setzte sich aber sofort durch, und die höchste Auszeichnung, die es gab, war, ihn duzen zu dürfen. Dies erlaubte er nur ganz wenigen, ganz besonders fleißigen und tüchtigen Kindern, die dann allerdings für ihn durchs Feuer gegangen wären.

„Sieh mal, wie die Zwillinge jetzt sitzen, im Vergleich zum Anfang", sagte er eben, als Pölze neben ihn getreten war. „Ich werde sie nie unterscheiden können, so ähnlich sind sie einander. Auch die Fortschritte machen sie genau parallel. Und der kleine Robert, sieh nur! Jede seiner Sommersprossen strahlt einzeln, wenn er Unband in Galopp bringt."

„Tüchtig, tüchtig", lobte Pölze. „Ja, wahrhaftig, es muß doch am Lehrer liegen, oder? Aber so eine wie Kornelia ist nicht dabei, Kornelia ist schon Sonderklasse", fuhr sie nachdenklich fort, die Kinder betrachtend, „ich freue mich schrecklich, wenn sie wiederkommt, ich verstehe mich mit ihr halt gar zu gut."

37

So einfach, wie Pölze sich die ganze Geschichte vorgestellt hatte, war sie übrigens nicht. Es gab Schwierigkeiten, von denen auch Ulrich Thorwald, der ja einen Verleihstall durch und durch praktiziert hatte, nichts hatte verlauten lassen. Schwierigkeiten übrigens, die man sich vorher hätte denken können. Ostern bereits, beim ersten Kinderschub, hatte eins die Masern mitgebracht, und nun maserte alles durch, was die Krankheit noch nicht in früher Jugend absolviert hatte. Das waren nicht weniger als zwölf Kinder, und Pölze sah sich in der Rolle der Krankenpflegerin, statt endlich tun zu können, wonach sie am meisten Sehnsucht hatte, nämlich jeden Tag mit der Abteilung ausreiten zu dürfen, ja zu müssen. Nun lief sie statt dessen mit Fieberthermometer, Umschlägen und Eimern von Bett zu Bett, beruhigte besorgte Eltern, die zu jeder Tages- und Nachtzeit anläuteten, gab Krankenberichte und kochte Schonkost. Das alles war ein recht zweifelhaftes Vergnügen.

Zum großen Glück steckten sich ihre eigenen Kinder nicht an. Sie waren schon frühzeitig gegen einige Infektionskrankheiten, darunter auch Masern, geimpft worden. Dazu kam, daß sie mit Muttermilch ernährt worden waren. Pölze hatte gekonnt, was die meisten Mütter heutzutage nicht mehr können; sie hatte beide Buben selbst gestillt, und sie war sehr dankbar dafür. Solche Babys sind ja gegen manches immun, was die armen Flaschenkinder erwischt.

„Könntest du heute mit den Kindern ausreiten?" fragte Bertram in diesem Augenblick in ihre Gedanken hinein. „Ich muß noch aufs Amt, einiges in Ordnung bringen, außerdem Habermann anrufen, er hat doch eine neue Sendung Isländer bekommen, ich möchte sie sehr gern sehen. Nein, ich reite nicht allein hinüber; wenn wir etwas zukaufen, nehme ich dich mit. Du würdest mich vermutlich umbringen vor Wut, und ich bin nicht lebensmüde. Vielleicht heute gegen Abend? Ich frage ihn. Aber reitet nicht zu lange, hörst du?" setzte er noch hinzu. Pölze hörte es nur noch mit einem halben Ohr. Sie war schon unterwegs, lief zum Stall.

Eins der Pferde, das sie den Kindern nicht gern gab, Trakehner-Hannoveraner, sehr temperamentvoll, stand noch in der Boxe. Es hieß „Schüler". Ein dummer Name, fand sie. Aber sie ritt ihn gern, und bewegt mußte er werden.

Schüler drehte den Kopf, als sie hereinkam, und schnaubte halblaut, es war wie ein Prusten durch die Nüstern. Sie trat zu ihm in den Stand. Er erinnerte sie ein wenig an Rote Rose daheim, hatte einen ganz ähnlichen Stern auf der Stirn. Rote Rose. Auf ihr hatte Svea damals den zweiten Platz im Turnier gemacht, unvergeßlich. Dadurch kamen sie an Rochus, den sie zuritt und mit dem das Unglück geschah. Lieber Gott, wieviel erlebte man doch im Sattel.

Pölze dachte manchmal darüber nach. Sie hatte das Gefühl, daß der, der ritt, doppelt oder dreifach lebte. Leute, die nie zu Pferde saßen, was erlebten die eigentlich?

38

Nun war es ja zur Zeit wahrhaftig so, daß die Reiterei sich mehr und mehr durchsetzte. Es gab wohl nur noch wenige Familien, in denen nicht wenigstens ein Neffe, ein Enkel oder eine Tochter ritt. Auch in der Stadt, gerade in der Stadt. Es war wohl eine Art Sehnsucht bei den Stadtmenschen, an irgendeiner Stelle noch ein Zipfelchen Natur zu erwischen. Dazu half auch der Niederwerthsche Verleihstall, und Pölze war froh darüber. Wer wirklich wollte, kam auch in den Sattel, das war heute schon so. Freilich waren es zum Teil recht begüterte Eltern, die ihren Kindern

Ferien auf Niederwerth spendierten. Aber wirklich passionierte junge Menschen kamen auch ohne allzuviel Geld in den Sattel. Der kleine Robert zum Beispiel, der Unband ritt; er war jeden und jeden Tag hergekommen, wohnte etwa eine halbe Stunde entfernt in einer Siedlung, aber er scheute den Weg nicht. Und er arbeitete wie ein Großer, sammelte Bollen, reparierte Zäune, so klein er war, sorgte für Ordnung in der Sattelkammer und kratzte Hufe aus. Er war durch seine unentwegte Tätigkeit ein ausgezeichnetes Vorbild für manche Stadtkinder, die zuerst meinten, es genüge, wenn sie sich auf ein aufgezäumtes und gesatteltes Pony setzten. Durch ihn, den kleinen Robert, lernten sie, sich um die Arbeit zu reißen.

„Ich *darf* doch heute die Karre hinausfahren?"

Oder: „Diesmal will ich aber das Geschirr fetten", hieß es jetzt. „Vorige Woche hat Monika es gedurft!" Vielleicht nahmen sie Robert später einmal umsonst für eine ganze Reitzeit her, sie mußte gelegentlich mit Bertram darüber sprechen.

Gerade als sie das dachte, kam er hereingehuscht, der kleine Sommersproß.

„Die Bügel sind zu lang, das letztemal hat Pappus den Schüler gehabt", sagte er eifrig, als sie den Sattel auflegte. Er wußte immer alles. „Zwei Loch kürzer, warten Sie ..."

Pölze ließ sich gerne helfen. Sie sah lächelnd in das verschwitzte, ernsthafte, stubsnäsige Jungengesicht. Robert war kein bißchen hübsch, aber er war zum Fressen nett, fand sie, und sie wünschte nur, ihre eigenen Söhne würden einmal so werden.

„Möchtest du zum Ausreiten Unband haben oder

lieber einen Großen?" fragte sie, um ihm etwas Freundliches anzutun. Er sah zu ihr auf.

„Möchten? Einen Großen. Aber ich reite Unband", sagte er, ohne eine Sekunde zu zögern. „Unband muß im Gelände lernen, zuverlässig zu gehen. Er legt sich noch immer auf den Zügel und pullt wie verrückt, so klein, wie er ist. Berti soll ihn doch später reiten."

„Ja, natürlich. Ja, da ist es selbstverständlich gut, wenn du ihn nimmst."

Robert war zwölf, aber klein wie ein Siebenjähriger. Pölze dachte manchmal, daß es ihn doch verletzen müßte, wenn ihn jeder, der ihn zum ersten Male sah, für ein kleines Kind hielt. Manche sagten sogar ganz ungeniert: „Guck mal, der Kleine, wie süß!" Dabei hatte er Verstand und Fähigkeiten, die sein Alter weit überstiegen. Deshalb war er ihr ja auch so wichtig für Unband. Sie wünschte dem Jungen, daß er eines Tages wachsen würde, „ins Schießen kommen", wie das manchmal bei zu klein Gebliebenen geschieht; aber solange er klein war, nützte er ihr sehr.

Sie ließ ihn Schüler hinausreiten, er riß sich darum, nicht nur bei den Ponys, sondern auch bei den Pferden seinen Mann zu stehen. Am Reitplatz glitt er herunter, gab ihr den Zügel und holte sich Unband.

39

Die Kindergruppe wartete schon. Pölze fühlte, wie sich ihre Brust vor Glück weitete. Da hielt der Nachwuchs im Sattel, bereit loszureiten in den herrlichen, noch frischen Maientag, ins Leben hinein. Die jungen Gesichter waren vom Reiten in der Abteilung noch verschwitzt, die Haare zerrauft, hier und da sah man, daß das Reiterlein nähere Bekanntschaft mit Mutter Erde gemacht hatte. Auch so was blieb schließlich nicht aus.

> Der, der noch nie den Sand geküßt,
> der weiß nicht, was ein Reiter ist,

so hieß ein alter Spruch. Bisher waren alle Purzelbäume erfreulicherweise harmlos verlaufen. Mögen Sankt Georg, Sankt Stefan und Sankt Leonhard weiter ihre schützenden Hände über sie halten.

Pölze dachte bei diesem Stoßgebet auch an Kornelia. Nun war deren halbes Jahr in Wales bald vorbei. Dann ging es in die Camargue. Pölze ertappte sich dabei, die junge Freundin für eine Sekunde ein bißchen zu beneiden. In der Camargue die wilden Pferde reiten, über weite Ebenen, die Reiherschwärme fliegen zu sehen … Aber vielleicht machte sie, Pölze, eines Tages auch solch eine Reise. Und wenn auch nicht, nein, sie beneidete niemanden. Sie hatte den besten Mann, den man sich denken konnte, und zwei entzückende Söhne. Und ihr war gegeben, was nur ganz wenigen Menschen auf dieser Welt gewährt wurde: Sie tat beruflich das, was sie jederzeit als Hobby gewählt hätte:

reiten. In der Bahn, in der Halle, im Gelände, und immer war Jugend um sie, lernbegierige, roßnärrische Jugend. Mit einem plötzlichen Entschluß wendete sie Schüler und ritt zur Gruppe zurück.

„Wir machen jetzt ein paar Spiele“, rief sie, „Spiele zu Pferde, paßt auf. Durch nichts wird man so vertraut mit dem Pferd wie durch lustige Wettspiele. Hört zu. Ihr stellt euch jetzt dort drüben auf, Großpferde und Ponys durcheinander, wie es gerade kommt. Hier ...“ Sie sprang ab und zeichnete mit der Reitgerte einen Strich in den Sand. „Hier lege ich jetzt so viele Kartoffeln hin, wie ihr Reiter seid. Wenn ich bis drei gezählt habe, kommt ihr geritten, jeder springt ab, nimmt sich eine Kartoffel, wieder rauf aufs Pferd und zurückgeritten. Wer zuerst wieder über die Startlinie ist, hat gewonnen. Verstanden? Rudi, lauf zu Niegard, und laß dir ... nun, wie viele seid ihr? Sechzehn? Also laß dir sechzehn mittelgroße Kartoffeln geben, sag ihm, ich schickte dich.“

40

Während die jungen Reiter ihre Pferde in eine Reihe stellten und sich bemühten, sie dort ruhig zu halten, erklärte sie ihnen das nächste Spiel. Das war die „Reise nach Jerusalem“, wie man sie an Kindergeburtstagen spielt, hier allerdings zu Pferde. Dazu wurden so viele

Strohballen – jene schweren, viereckigen, von der Maschine gepreßten – in einen Kreis gelegt, wie Kinder da waren. Eigentlich mußte es einer weniger sein, aber sie selbst wollte auch mitspielen. Dann wurde ringsum galoppiert, im langsamen, kontrollierten Arbeitsgalopp, und wenn Pölze pfiff, mußte jeder Reiter sehen, daß er vom Pferd herunter und auf einen Strohballen zu sitzen kam. Derjenige, der übrigblieb, mußte ausscheiden, und ein Strohballen wurde auch herausgenommen. Auf diese Weise ging es weiter, bis nur noch ein einziger Reiter übrig war. Und der war Sieger.

Es war lustig und auch ein wenig rührend, zu sehen, wie hingerissen und eifrig und randvoll erfüllt von diesen doch sehr einfachen Spielen die verschieden alten Jugendlichen und Kinder waren. Da gab es kein „Ich mach' nicht mit!“ oder „Ist doch Kinderei!“, sondern alle taten, als ginge es um die Weltmeisterschaft. Schon beim Kartoffelrennen gab es unendlich viel zu lachen, wenn die Reiter sich vom Sattel schleuderten und nach den Kartoffeln grabschten, mit den Köpfen zusammenkrachten und sich dann bemühten, so schnell wie möglich wieder auf Rosses Rücken zu kommen. Manchmal verwechselten sie dann auch die Pferde, und es gab Geschrei und Gequietsche. Keineswegs waren hier übrigens die Reiter der Großpferde im Vorteil, o nein. Sie hatten zwar längere Beine, um die Strecken zu bewältigen, dafür kam man auf Ponys schneller rauf, es glich sich so ziemlich aus. Pölze lachte und lachte, als das Spiel endlich beendet war. Nun aber verlangten die Kinder stürmisch, jetzt solle „Reise nach Jerusalem“ gespielt werden. Und da wurde es noch lustiger und wilder. Junge Menschen lieben das nun mal besonders.

„Sie haben es gut, Frau Werth, Sie pfeifen einfach, wenn Sie ganz nahe an einem Strohballen sind, damit Sie gleich draufkommen!“ schrie ein kleiner Junge, der das zweite Kartoffelrennen beinah und dann doch nicht gewonnen hatte. Pölze versprach, mit geschlossenen Augen zu reiten.

„Schüler geht bestimmt mit, wenn ihr alle im Kreis reitet“, beruhigte sie den Kleinen.

„Aber wehe, wenn Sie mogeln!“ drohte er. „Überhaupt, mit geschlossenen Augen galoppieren!“

„Glaubst du es etwa nicht?“ fragte Pölze belustigt.

„Nee, höchstens halb“, murrte er. Die andern lachten. Sie spielten dann noch ein paar andere Spiele, von denen Kornelia geschrieben hatte. In England gibt es ja sogenannte Reiterspiele, Gymkhanas heißen sie, davon hatte sie ausführlich berichtet. Mit einem Glas Wasser in der Hand um die Wette reiten, Stafetten, Kurvenreiten, Wettsatteln; immer wieder fiel Pölze etwas ein. Sie spielte selbst leidenschaftlich gern, schon immer.

41

Die Zeit war längst überschritten, aber die Kinder glühten vor Begeisterung. Endlich mußte Pölze die Abteilung sammeln lassen. Es ließ sich nicht länger hinausschieben.

„Zu zweit formieren, vorn die Shettys. Halt, Unband neben Blessy und dann Erle und Espe – dahinter die Isländer, zwei und zwei. Dann die beiden Norweger und Bosnier – ja, gut so, und nun die großen. Robert, halt den Unband, daß er dir nicht davongeht, ich nehme die Tete. Achtung, Herr Niegard." Sie hatte den Verwalter eben kommen sehen und winkte ihm zu. „Herr Niegard legt eine Platte auf. Nun nach Musik reiten, wie die Großen am Sonntagvormittag. Nein, bitte, nicht ganz so laut den Lautsprecher, danke. Also ..."

Sie sah über die Schulter zurück und beobachtete, wie jeder sich mühte, in der Reihe zu bleiben. Die Pferde tänzelten und fanden dann in den Takt des Reitermarsches, die kleinen wie die großen. Vielleicht ritt Kornelia gerade jetzt genauso an der Spitze einer Reiterkavalkade. Pölze dachte viel an die Jüngere, die ihr Glück auf Pferderücken gefunden hatte wie sie selbst. Glückliche junge Kornelia ...

Es trabte hinter ihr, Trensenringe klingelten, hier und da schnaubte ein Pferd. Die Sättel knarrten, die Abteilung versuchte, genau Richtung zu halten. Pölze führte sie um die Reithalle herum in einem schönen Bogen in den Hof hinein, vor das Gutshaus. Vielleicht sah Bertram heraus und freute sich.

Geliebte Pferde, geliebte Ponys. Geliebter, geliebter Nachwuchs im Sattel!